U0117147

高职高专公共课教材编审委员会

主　任：赵杰民

副主任：徐建中　王绍良　霍献育　李居参
　　　　周立雪　陈炳和　曾悟声　苏华龙
　　　　王黎明　王厚利　朱开才　王爱广
　　　　于宗保　梁　正　任耀生

委　员：杨和稳　唐轮章　黄　斌　李金平
　　　　庄小虎　魏　勇　隆　平　慕东周
　　　　董芸芸　朱荷放　尤　峥　何琦静
　　　　陈远霞　杨晓华　舒本平　刘素平
　　　　袁宜芝　陈广旭　段国富　李　弘
　　　　李　杰　韩志刚　侯焕玲　何迎建
　　　　黄万碧　王红平　郭　正　马贵生
　　　　吴玉亮　肖正荣　王振吉　葛正利
　　　　薛德庆　梁占禄　杨亚非　郭尚玲
　　　　陈宗胜　于孝廷　黄兆文　王　林

（以上排名均不分先后）

教育部高职高专规划教材

应用文写作

第二版

陈佩玲　许国英　主编

化学工业出版社

·北京·

本书根据日益发展变化的经济形势要求，选取与目前工作、生活密切相关的，并在实际工作、生活中经常使用的应用文体作为主要教学内容，结合最新的范例与分析，体现了当前高职教育对应用文教学的要求。

　　本书内容丰富，包括行政公文、事务应用文、经济应用文、诉状应用文、科技应用文、常用书信、公关礼仪应用文 7 类，编排新颖、科学，体现了高职应用文写作教学的特色。

　　本书为高职高专院校应用文写作课程教材。

图书在版编目（CIP）数据

　　应用文写作/陈佩玲，许国英主编 . —2 版 . —北京：
化学工业出版社，2008.6
　　教育部高职高专规划教材
　　ISBN 978-7-122-03294-2

　　Ⅰ . 应… Ⅱ . ①陈…②许… Ⅲ . 汉语-应用文-写
作-高等学校：技术学院-教材 Ⅳ . H152.3

　　中国版本图书馆 CIP 数据核字（2008）第 102180 号

责任编辑：张建茹　陈有华　　　　　　　文字编辑：李　曦
责任校对：吴　静　　　　　　　　　　　装帧设计：郑小红

出版发行：化学工业出版社（北京市东城区青年湖南街 13 号　邮政编码 100011）
印　　刷：大厂聚鑫印刷有限责任公司
装　　订：三河市延风装订厂
787mm×1092mm　1/16　印张 16½　字数 386 千字　　2008 年 9 月北京第 2 版第 1 次印刷

购书咨询：010-64518888（传真：010-64519686）　　售后服务：010-64518899
网　　址：http://www.cip.com.cn
凡购买本书，如有缺损质量问题，本社销售中心负责调换。

定　　价：28.00 元
　　　　　　　　　　　　　　　　　　　　　　　　　　　　　　　　版权所有　违者必究

出 版 说 明

　　高职高专教材建设工作是整个高职高专教学工作中的重要组成部分，改革开放以来，在各级教育行政部门、有关学校和出版社的共同努力下，各地先后出版了一些高职高专教育教材。但从整体上看，具有高职高专教育特色的教材极其匮乏，不少院校尚在借用本科或中专教材，教材建设落后于高职高专教育的发展需要。为此，1999 年教育部组织制定了《高职高专教育专门课课程基本要求》（以下简称《基本要求》）和《高职高专教育专业人才培养目标及规格》（以下简称《培养规格》），通过推荐、招标及遴选，组织了一批学术水平高、教学经验丰富、实践能力强的教师，成立了"教育部高职高专规划教材"编写队伍，并在有关出版社的积极配合下，推出一批"教育部高职高专规划教材"。

　　"教育部高职高专规划教材"计划出版 500 种，用 5 年左右时间完成。这 500 种教材中，专门课（专业基础课、专业理论与专业能力课）教材将占很高的比例。专门课教材建设在很大程度上影响着高职高专教学质量。专门课教材是按照《培养规格》的要求，在对有关专业的人才培养模式和教学内容体系改革进行充分调查研究和论证的基础上，充分吸取高职、高专和成人高等学校在探索培养技术应用性专门人才方面取得的成功经验和教学成果编写而成的。这套教材充分体现了高等职业教育的应用特色和能力本位，调整了新世纪人才必须具备的文化基础和技术基础，突出了人才的创新素质和创新能力的培养。在有关课程开发委员会组织下，专门课教材建设得到了举办高职高专教育的广大院校的积极支持。我们计划先用 2～3 年的时间，在继承原有高职高专和成人高等学校教材建设成果的基础上，充分汲取近几年来各类学校在探索培养技术应用性专门人才方面取得的成功经验，解决新形势下高职高专教育教材的有无问题；然后再用 2～3 年的时间，在《新世纪高职高专教育人才培养模式和教学内容体系改革与建设项目计划》立项研究的基础上，通过研究、改革和建设，推出一大批教育部高职高专规划教材，从而形成优化配套的高职高专教育教材体系。

　　本套教材适用于各级各类举办高职高专教育的院校使用。希望各用书学校积极选用这批经过系统论证、严格审查、正式出版的规划教材，并组织本校教师以对事业的责任感对教材教学开展研究工作，不断推动规划教材建设工作的发展与提高。

教育部高等教育司

第二版前言

应用文写作是高等职业技术院校的一门公共基础课。加强应用文写作教学对提高学生的文化素质，培养学生的综合职业能力有着重要的促进作用。

为此，我们在 2004 年编写的《应用文写作》教材的基础上对此教材进行了修订。在编写理念上，该书更加充分体现以素质教育为宗旨，以培养技术应用型人才为目标，以必须够用为原则的编写思路；在编写内容上，该书取材深度适宜，分量恰当，便于学习，有利于激发学生的学习兴趣。

修订后的教材选择了人们在实际工作和生活中常用的应用文体，对这些文体的特点、写作格式和写作要求进行了介绍。教材的主要特点如下。

(1) 教材符合当前高职学生的语文基础。既与中学教材紧密衔接，又淡化写作理论，降低学习难度，编写的基础知识简要、易懂、好记。

(2) 教材突出应用文写作知识在实际工作中的应用。在内容选取上，力争做到与时俱进，注重职业性和针对性，以必须够用为度，不追求学科的系统性和完整性，符合高职院校的培养目标。

(3) 教材每一章节后均有配套的读写练习，注重写作技能的训练。读写训练扎实、有序、讲求实效，充分体现指导性与可操作性的特点，方便教师的教学和学生的自主学习。

(4) 书中文字力求通俗易懂，叙述深入浅出。该书既可以作为高等职业技术院校的教材，也适合各行各业的工作人员作为工作中的备查资料。

全书由陈佩玲、许国英任主编。各章执笔分工如下：第一、二、三、八章由许国英、汪淑霞编写，第四、五、六、七章由朱松方、赵志英编写，初稿汇总以后，由陈佩玲修改定稿。

编者在编写过程中参阅了有关著作、报刊，并从中选用了一些例文，在此一并表示感谢。

书中不足之处，敬请读者批评指正。

编　者

2008 年 6 月 16 日

第一版前言

本教材依据高等职业教育的培养目标以及本门课程的性质，遵循以培养应用文写作能力为本位的原则，力求突破原有学科体系，注重实践，强化应用，充分体现指导性与可操作性的特点。具体体现在以下方面。

（1）强化基本功训练。全书以应用文的基础理论为主线，后附相应的例文简析及读写训练。本书所编写的基础知识精要易懂、易记，读写训练扎实、有序、讲求实效，全书注重联系实际，注意应用能力与自学能力的培养。通过学习，学生可深入地了解各类应用文的特点和写作常识，逐步把书本知识转化为自己的实用技能。

（2）突出时代色彩。本书在文种分类上注重从学生自身的实际需要出发，突出知识性、专业性、实用性、时代性的结合；在具体内容上避免中学已学过的内容的重复，克服陈旧感，以新的知识、新的信息来吸引学生，使写作知识与当今有关的政策和实际情况密切联系，充分体现浓厚的时代气息。

随着教育改革的深入，职业院校培养合格以至高质量的应用型人才已成根本方向。应用文教学对于提高学生文化素质，掌握职业技能，培养综合职业能力有着重要的作用。本教材依据高等职业教育的培养目标以及本门课程的性质，力求突破原有学科体系，淡化理论，强化实践，充分体现指导性与可操作性的特点。这门课的侧重点在于强化基本功的训练，与其他应用文教材相比，本书所编写的基础知识精炼、易懂、好记；读写训练扎实、有序、讲求实效，注重联系实际；注意自学能力与应用能力的培养。通过学习，学生可深入地了解各类应用文的特点和写作常识，逐步把书本知识转化为自己的实用技能。

由于职业院校的学制将逐步由三年改为两年，许多学校减少了应用文写作课的教学时数，原有的教材就显得量大、内容多、训练少，不适合职业院校的学生选用。为此，我们组织编写了本书。

全书由陈佩玲、许国英任主编，各章执笔分工如下：第一章、第二章由许国英编写，第四章至第七章由朱松方、陈佩玲编写，第三章、第八章由汪淑霞编写，初稿汇总以后，由陈佩玲、朱松方最后修改、定稿。

编者在编写过程中参阅了有关著作、报刊，并从中选用了一些例文，在此一并表示感谢。

书中错误和不足之处，敬请读者批评、指正。

编　者
2004 年 11 月

目 录

第一章 绪 论

一、应用文的特点及种类

应用文是国家机关、企事业单位、社会团体及个人在处理事务，传递信息，解决问题，实行管理时使用的、具有特定格式的文体，是一切社会组织和个人进行社会活动和处理个人事务必不可少的工具。应用文的使用范围相当广泛，各行各业都有其常用的应用文类型。如国家机关中的行政公务文书、科研部门的学术论文、司法部门的法律诉讼文书等，多种多样。个人日常生活中所接触的应用文也不少，如条据、契约、书信等。在现代社会里，应用文与人们学习、工作、生活关系十分密切。

（一）应用文的主要特点

1. 实用性

应用文与常用文体写作的最大区别，就在于它有明确的实用性。常用文体写作能给读者以审美享受，有认识生活、陶冶情操的功能，但很难立即解决现实生活中的实际问题。应用文的写作目的不是为了审美，而是为了应用，为了解决实际问题，具有很明确的实用性。如写一则新闻，就要达到传递消息的目的；写一份公文，就要发挥其管理职能。任何一篇应用文都有特定的事由和需要解决的实际问题，目的明确，针对性强，与实际生活、工作要求密切相关。它具有实事求是地反映客观事物、解决实际问题的实用价值。

2. 真实性

文学写作可以虚构，可以进行艺术加工，所写的人与事，不可能与生活中的原型一模一样，而是更富典型性、更具概括力，这样才能反映生活的本质。但应用文就不能这样，应用文中所涉及的人与事必须绝对真实，包括情节、数字、细节，绝不允许有半点虚构和夸张，否则，就不能达到解决现实生活中实际问题的目的，还会给工作造成很大损失。如公务文书中的发布法规、传达指示、做出决定，体现的是国家政权的权威性和法规政策的严肃性，决不能有任何的不真实之处。又如经济文书中的商品介绍、贸易商洽，也都要实事求是，否则，以虚假的情况骗取对方一时的信任，终究会带来不良后果。

3. 时效性

文学作品一般不讲究时效性，作者可以精雕细刻。一部长篇小说，可以写几十年。应用文的实用性决定了其时效性，必须讲究时间和效益。随着生活节奏的加快，机关、企事业单位的工作效率也必然加快，而为之服务的应用文必然要求更加迅捷、高效。如会议通知，就一定要在开会前发出，若会议开过后再写通知，就失去其效用了。

4. 规范性

文学作品讲究独创性，力图摆脱模式的束缚，以适应不同读者的审美需要。而应用文为了达到实用目的，则要求按照一定的规范去写作，这样，作者写起来简便快捷，读者看起来一目了然，便于迅速做出判断和反应。可见，规范性是实用性在形式上的体现。

在应用文中，有些文体的模式是在漫长的历史发展过程中约定俗成的，如书信、条据、日记等，如不按约定俗成的模式写作，则会贻笑大方；有的则是由权力机关以法规的形式加以认定而形成的，如行政公文、司法文书，若不按规定格式写作，则会影响文件的传递和办理。写作应用文时必须了解这些规范和程式，不能随意更改和杜撰。

（二）应用文的分类

应用文广泛应用于各种不同的社会交际领域，因其目的、性质、特点、使用范围、格式的不同，而形成众多的文种，现大致划分为以下几类。

1. 行政公务文书

行政公务文书指国家机关、社会团体、企事业单位处理公务时使用的文书，包括命令（令）、决定、公告、通告、通知、通报、议案、报告、请示、批复、意见、函、会议纪要共13种。

2. 机关事务文书

机关事务文书指国家机关、社会团体、企事业单位处理内、外部事务时使用的文书，包括计划、总结、简报、调查报告等。

3. 经济管理文书

经济管理文书指企事业单位处理各类经济事务时使用的文书，包括市场调查、经济预测、经济决策、经济活动分析报告、审计报告、合同、商品广告等。

4. 法律诉讼文书

法律诉讼文书指解决企事业单位之间经济纠纷时使用的文书，包括起诉状、上诉状、申诉状和答辩状等。

5. 管理与科技论文

管理与科技论文指记录各项管理经验及总结各种科学研究成果的文章，包括学术论文、毕业论文、毕业设计报告（说明书）等。

6. 日常事务文书

日常事务文书指单位和个人在日常生活中所运用的各种应用文书，如书信、条据、启事、海报等。

二、学习应用文写作的要求和方法

要学好应用文写作这门课程，应当注意以下三点。

（1）以理论为指导　应用文写作的理论对应用文写作实践有直接的、具体的指导作用。掌握理论，正确认识各类应用文的特点和写法，无疑会帮助人们进行写作实践。但是有的人存有一种偏见，认为实践性强的课程就不必学习理论，只要苦练，就能练出真功夫。很多事实证明，不学习理论，就不会有理性的提高，做起事来，容易走弯路，事倍功半。有的人学习理论，不与实践相结合，就把它束之高阁，想都不去想它，那么理论就什么作用也不起。有的人上课，记完笔记，下课再也不想看，也属于这类问题。要把知识化为己有，需要认真掌握基本概念，理解本门课程的理论框架，熟悉重要的例文，把握其中的规律，这样，知识才能转化为能力，在实践中才能应用。

（2）以例文为借鉴　应用文写作的学习需要经历模仿、熟悉、自如三个阶段。尤其在各类文种的体式训练中，阅读例文、模仿例文写作是第一步；熟悉应用文的格式，领悟各类文种的写作思路是第二步；反复练习，最终达到写作自如是第三步。因此，对例文的分析和模仿是学习应用文写作的重要途径。例文分析可以使人们从中领悟具体的写作规律，典型例文可以帮人们开拓思想掌握技法。

（3）以训练为中心　将应用文写作知识转化为写作能力，主要依靠有目的、有计划的写作训练。尽管写作能力是各种知识的综合性体现，但有重点地针对各文种特点进行训练，对于掌握其基本写作方法是十分有效的。因此，学习本门课程必须重视训练。不要怕麻烦，也不要怕吃苦。那种只想听课，不想动笔的人，永远也不会有真正的提高。

三、应用文体的语言特点及常用表达方式

（一）应用文体的语言特点

应用文的语言运用，总的来说，要求表述准确、恰当，不能使记载与传递的信息变异、失真而导致接收者产生误解，从而贻误工作。应用文的语言表述，应遵循下述要求。

1. 严谨庄重

应用文中的公文代表机关发言，具有法定的权威性，其用语应当严谨、庄重，以体现出公文的严肃性。应作到"一词不虚设，一字不苟下"。具体要求如下。

（1）使用规范化的书面语言　规范化的书面语言词义严谨周密，正确使用它可使读者准确理解公文、不产生歧义从而能认真执行。因此，不宜使用口语，也不宜运用文学语言。如：在文件用语中，使用"商榷"、"批准"、"颁发"、"共同"、"表彰"、"拟"等书面语言，而不使用"商量"、"答应"、"发给"、"合伙"、"夸奖"、"打算"等口语，这是因为口语比较随意，欠庄重，且不严谨，意思不明确，有碍内容的准确表达。同时，不宜使用形象性、情意性的词语。如：把"显露真相"表述为"浮出水面"，把"结束"表述为"尘埃落定"。此外，不使用生造的晦涩难懂的词语和不规范的行话、方言或简称，使读者费解，影响到公文传递信息的功能，而且也影响公文发文机关（制发机关）的尊严与文件的权威性。

（2）使用专用词语　长期以来，人们在公文中沿用一些使用频率较高的专用词语。这些词语具有单义性、稳定性及一定范围内的可读性。尤其是公文中的专用词语，虽然与旧文书中的套语有一定的联系，但经过历次公文改革的筛选提炼，已去除糟粕，保留了至今仍具积极作用的部分。应用文中使用一定数量的专用词语，有助于文章表述得简练、平实、易懂。

2. 恰当准确

正确地记载与传递信息是撰写应用文的基本要求，遵循这一要求，应用文的语言表述必须符合客观实际，符合逻辑，既要概念准确、恰当，还要符合语法修辞的规范。

词语的信息容量与信息的确定性成反比例，如果一个词语的信息容量太大，就会使人们对词语所含内容认识模糊，从而影响对文章的准确理解，甚至因为主观因素的不同而发生歧解，因此，在撰写公文和科技文章时，要避免使用词义不确定的词语。如"最近他表现不好"这句话，就难以给人以准确的认识。首先，"最近"是指什么时间？而"表现不好"又缺乏明确而具体的衡量标准，在公文和科技文章中表述事物状态时，宜用含义单一、意义确定的数量词、名词、动词和代词，尽量不用或少用副词与形容词，如：说明一项工作任务已"基本完成"，不如说"已完成80%"更为确定；表述事件发生的时间，应确切地写出"××时××分"，而不要写"太阳已经落山"或"时近黄昏"，因为后者会使读者对时间产生模糊认识。在表述事物的性质时，也应选用词义确定的词语，如因事物性

质复杂，无确切的词语表示，就要增添附加词语，作必要的修饰与限定，使概念得以明确。如《中华人民共和国刑法》第86条对于"首要分子"的界定是"在犯罪集团或聚众犯罪中起组织、策划、指挥作用的犯罪分子。""首要分子"的概念，经如此说明之后，就非常明确了，有利于在执行时划清政策界限。与此相反，如果使用词义不确定的词语，则无法准确地反映客观事物的本质属性、形态以及作者的意图。

3. 朴实得体

应用文是处理事务的工具又是沟通信息的基本方式，因此，强调用语朴实和得体。

朴实，即文风朴实无华，语言实在，强调直接叙述。不追求华丽辞藻，也不搞形象描写，更不用含蓄、虚构的写作技巧。

得体，即指应用文语言应适应不同文体的需要，说话讲究分寸、适度。例如：撰写公文，其用语就应当符合公文的行文关系、使用范围与作者的职权范围（地位与身份）。对上行文，宜用语尊重、简要，体现出下级机关对上级机关负责的精神；平行机关之间行文，要体现出诚恳配合、自愿协作的态度，用语谦和礼貌；对下行文，要体现出领导机关的权威与政策水平，用语明确、具体，分寸得当；公布性文告的用语宜通俗、明白，尽力避免生僻难懂的词语、典故及专业术语。用于社会公共服务的文件，更要注意词语平和而有礼貌，表示出热诚服务的愿望。

4. 简明生动

为了加快阅文办事的节奏，应用文语言必须简明精炼，即用尽可能少的文字，浓缩大量的信息，做到言简意赅。如果是面对听众的报告、演说词，就需要语言生动一些，以加强文章的感染力。

（二）应用文体的常用表达方式

应用文体的常用表达方式，指撰写文章所采用的具体表述方式和形式。即：记叙、描写、抒情、议论和说明。

由于文体性质和撰文目的的不同，不同种类的应用文运用的表达方式也各有侧重。工作报告、简报、通报、消息和通讯等，侧重采用议论的形式；而行政法规、规章、合同、公告和通告等，则侧重采用说明的形式；还有些文体，如总结报告、调查报告和会议纪要等，要同时运用多种表达方式，即在说明目的、叙述事实的基础上再论证说明。但不论哪种文体，一般都要以说明作为应用文的最基本的表达方式，说明情况、整理具体的措施，以达到使人知晓的行文目的。描写和抒情在通讯和广告中均有使用，以增强文章的生动性和形象性。

1. 记叙

记叙是以记述人物或事件的发展过程、变化过程来表达思想的一种表达方式。

撰写应用文，常用的叙述种类有顺叙、倒叙、概叙等。顺叙是按照事件发生、发展到结局的顺序进行叙述。这种方法有利于将事情的来龙去脉交代清楚，给人以完整的印象。倒叙是根据表达内容的需要，把事件的结局或某个精彩的、突出的片断提到开头叙述，然后再按事件的发展顺序进行叙述。倒叙的方法运用得当，可造成悬念，提高读者的阅读兴趣，能更好表现文章的主旨。倒叙多用于新闻报道，一般不能用于公文。概叙是概括、粗线条的叙述，即用简洁、概括的语言将事件的全貌和本质交代清楚，给人整体的认识。应用文普遍采用概叙，但概叙不同于略叙，略叙是将无关紧要的情况略去的叙述，概叙则是对材料，特别是一些主要材料作概括的叙述。

运用记叙的要求：记叙要素必须交代清楚。记叙要素包括时间、地点、人物、事件、原因、结果等。这些要素是把事实说清楚的最起码的条件，是使读者认识事物、掌握内容的基本要点与线索，因此，不能错漏。重点突出，层次清楚，即围绕文件的主题，有次序地安排叙述的层次、段落，并分清主次详略。凡与说明主题密切相关的部分是叙述的重点，应写深说透，使重点突出，与主题关系不大的部分，则概括叙述，无关的部分则予省略，使全文层次清晰，主题明确、突出。总之，要以有利于说明主题为宗旨。

记叙方法视文体表述需要而定。撰写应用文，一般采用顺叙的方法，使叙述的层次、段落与事件、管理活动的发展顺序等相一致。有的应用文，如调查报告、通讯也采取平叙、倒叙的方法。平叙是分头并叙的方法，即叙述发生在不同地点而在同一时间内的两个以上事件的过程。倒叙多用于通讯这种新闻体裁，以增强叙事效果。

2. 描写

描写就是描绘、摹写人物、事物及景物的形态与特征的一种表达方式。描写是文学创作的重要手段，在应用文写作中有时也采用，常与叙述结合在一起。描写多用于新闻通讯、广告等，在公文写作中很少使用。

3. 抒情

抒情即抒发感情。抒情是文学创作中重要的表达方式，但它也适用于应用文写作。应用文写作具有很强的针对性、目的性，为了使读者接受应用文章的思想内容，就不能只满足于客观的叙事、冷静的说理，往往要借助于感情的抒发。但应用文写作的抒情一般是间接的，即在叙述和说明中蕴含感情色彩，而很少直抒胸臆。

4. 议论

议论是运用概念、判断和推理的逻辑形式，结合有关材料来反映客观事物，揭示其内在联系、本质与规律，并阐明作者主张的一种表达方式。

（1）议论的三要素

①论点。是作者通过对材料和客观事物的分析而提出的见解和主张。论点是在分析客观事物，找出其本质和规律的基础上形成的。

② 论据。就是用以证明论点的材料，论据有事实论据和理论论据。

③ 论证方式。是运用论据证明论点的表述形式。有两种方式：一是立论，即用论据直接或间接证明论点的方式；二是驳论，即用论据反驳对方观点或驳斥对方论据的方式。在论证过程中，这两种方式常综合运用，共同完成对论点的证明。

（2）常用的论证方法

① 例证法。即用具体事例作为论据证明论点的方法。

② 引证法。即引用权威性的论述、科学上的定理、生活中的道理等作论据来证明论点的方法。

③ 类比法。即用同类事物进行比较，若甲事物有某种属性，则推断乙事物也可能有某种属性的推断性证明方法。类比法多用于科学实验，即采用模拟的方法缩小实物比例制作模型，以方便实验，取得有说服力的数据。在科技论文中，常用模型实验证明要论证的问题。

④ 喻证法。即通过打比方、讲道理来证明论点的方法。

⑤ 对比法。可以进行横向对比，即将截然相反的两种事物或观点加以对比，辩明是非、优劣；也可进行纵向对比，即通过过去与现在的对比证明变化。

⑥ 归谬法。即将错误的观点进行合乎逻辑的推理，引出荒谬的结论，从而证明该观点错误的证明方法。

⑦ 因果法。即分析事物的前因后果，并以此证明论点的方法。在论证过程中，人们常常根据实际需要选择运用论证方法，或综合运用多种方法进行论证。

（3）运用议论的要求

① 论点正确、鲜明。对于公文来说，论点体现在行文目的之中，体现在公文事项的各项工作原则、措施、方案中，因此其论点必须符合国家的各项方针政策，同时还要符合客观实际。对于科技论文和管理论文来说，论点是通过对科学资料或管理资料的分析得来的，因此要求其分析具有科学性。无论是哪类应用文，运用议论都要求明确地阐明作者的论点，即提倡什么，反对什么，肯定什么，否定什么，必须态度鲜明，决不能含糊其辞。

② 论据充分、翔实。论证论点，作为论据的材料必须充分、翔实。对于理论论据，在引证时要严格说明出处，忠于原意；事实论据，必须客观真实，所引证的事例和数据须具有典型性、真实性，经得起推敲考核，绝不能用未经验证的材料去证明论点。

③ 论证规范、有力。指论证材料必须能够证明论点，论据和论点之间具有必然推出的联系，符合推理的规则。

5. 说明

即以简明的文字，将被说明对象的形态、性质、特征、构造、成因、关系、功能等解说清楚的一种表达方式，它以让人们认识、了解被说明对象为目的。

（1）常用的说明方法

① 定义说明。是用简洁的语言提示事物或事理的本质特征，使人能够明确概念内涵的说明方法。它要求语言准确，有科学性，能把握住事物、事理的本质特征。

② 诠释说明。是对被说明对象的性质、特点、规律、做法等所作的具体解释。定义说明，是对事物本质特征的说明，但有时不免失之笼统，所以人们常用诠释说明加以补充，从而使人们对客观事物有一个全面的认识。

③ 举例说明。是用典型的例子说明事物、事理的一般原则、原理和特征的方法。举例说明是通过个别认识一般的一种方法，它能把比较抽象的事物或事理的本质特征具体而浅显地表达出来，便于读者理解和接受。举例说明有典型举例法等。

④ 比较说明。是用相同事物、事理之间的异同，或不同事物、事理之间的异同来突出说明被说明对象的方法。

⑤ 分类说明。是把被说明对象，按照统一的标准，划分成不同类别的方法。通过分类，可以显示出不同事物的差异性，使人们可以按类掌握事物的特征。

除上述说明方法外，还有数字说明、引用说明以及图表说明等方法。在写作中，要根据需要选用恰当的说明方法。

（2）运用说明的要求

① 说明要客观。即实事求是地进行说明，要求对被说明对象作出符合实际的介绍或解说，以反映事物的本来面目。

② 说明要准确。即要抓住说明对象的特征，用语要恰当，归类要正确，能够将被说

明对象与其他类似事物区别开来。

③ 说明要科学。即内容上要求正确，选择的说明方法要得当。

需要注意的是，应用文如果整体以说明为主要表达方式时，其整体结构要讲究说明顺序，以符合人们的认识规律。其说明顺序有时间顺序、空间顺序和逻辑顺序三种。无论哪一种，都应该反映事物本身的特征和条理。说明性公文，多以逻辑关系为主要顺序，同时与其他顺序相结合使用。

第二章 行政公文

第一节 行政公文概述

一、行政公文的特点

与其他应用文相比，行政公文有以下五个特点。

（一）法定性

首先，行政公文的内容具有法定效力和权威性，一旦发布生效，任何单位和个人必须遵守执行。其次，作为一个法规性文件，《国家行政机关公文处理办法》（见附录一，以下简称《办法》）对行政公文的处理做了明确规定：行政公文的文种是法定的13种，行文关系有法定的规则，发文、收文、归档、管理有法定的程序。行政公文的格式必须以《办法》和1999年国家质量技术监督局发布的《国家行政机关公文格式》（GB/T 9704—1999，见附录二，以下简称《格式》）为标准。

（二）规范性

首先是内在结构的规范性。在长期的实践中，各种行政公文的结构已经形成了相对稳定的模式性，如"请示"的主体结构一般可分为请示缘由、请示事项、结语三部分；"通知"的主体结构一般由通知缘由和通知事项组成。其次是外在表现形式的规范性。行政公文在长期的实践中形成了一套较规范的习惯用语，使用位置也较固定，带有一定的模式性，如开头用语"为了"、"根据"、"遵照"，引叙用语"收悉"、"均悉"，结尾用语"请批复"、"现予公布"、"特此函复"等。另一方面，《办法》和《格式》对行政公文格式的组成部分、用纸幅画及版面尺寸、排版规格与印制装订要求、各要素标识规则、页码、表格、特定格式、样式等都做了具体详细的规定，各级行政机关必须以此为标准，不能任意变动。

（三）程序性

《办法》规定了行政公文的发文、收文、归档、管理的具体程序和要求：发文包括草拟、审核、签发、复核、缮印、用印、登记、分发等程序；收文包括签收、登记、审核、拟办、批办、承办、催办等程序；归档要及时、齐全、完整；行政公文管理由文秘部门或专职人员统一收发、审核、用印、归档和销毁。

（四）时效性

首先，行政公文是为解决实际问题而发，因此要求快写、快发、快传、快办、快复，讲究工作效率。在行政公文处理过程中，应坚持及时、高效的原则，不能延误、推诿，尤其对于一些紧急的文件，更要在规定时间内送达，收文单位要快速办理和答复，如有困难，应当及时予以说明。其次，作为依法行政和进行公务活动的工具，行政公文的效力都有一定的期限，有关工作完成后，该效力也将随之消失。有的被撤销，视作"自始不产生效力"；有的被废止，视作"自废止之日起不产生效力"。

（五）保密性

除了公告等普发性的行政公文，一般行政公文都有特定的读者；有些重要文件涉及国家秘密，均标有密级和保密期限，"绝密"、"机密"级还标有份数序号，只允许个别人阅读。文秘人员必须有一定的保密意识，《办法》规定："公文处理必须严格执行国家保密法律、法规和其他有关规定，确保国家秘密的安全。""翻印时应当注明翻印的机关、日期、份数和印发范围。""销毁秘密公文应当到指定场所由二人以上监销，保证不丢失、不漏销。其中，销毁绝密公文（含密码电报）应当进行登记。"

二、行政公文的文体结构

按国家质量技术监督局 1999 年 12 月发布的《国家行政机关公文格式》规定，组成公文的各要素划分为眉首、主体、版记三部分，置于公文首页红色线以上的各要素统称眉首；置于红色线以下至主题词之间的各要素统称主体；置于主题词以下的各要素统称版记。

（一）眉首

公文的眉首部分包括公文份数序号、秘密等级和保密期限、紧急程度、发文机关标识、发文字号、签发人等项。

（1）公文份数序号　公文份数序号是指将同一文稿印制若干份时每份公文的顺序编号。如需标识公文份数序号，应用阿拉伯数码顶格标识在版心左上角第一行。

（2）秘密等级和保密期限　涉及国家秘密的公文应当在首页右上角第一行标明密级和保密期限，其中绝密、机密级公文还应标明份数序号。如需用同时标识秘密等级和保密期限，它们之间用"★"号隔开。

（3）紧急程度　紧急程度表示对公文送达和办理的时间要求，分为特急和急件。紧急程度要顶格标识在版心右上角第二行。

（4）发文机关　发文机关指制发公文的机关。应当使用发文机关全称或规范化简称；联合行文，主办机关排列在前。

（5）发文字号　发文字号由机关代字、年份、序号组成。机关代字，指用一到三个汉字表示发文的机关。例如："国办发"表示国务院办公厅制发。年份表示制发文件的纪年，应标全称，用六角括号"〔　〕"括入。例如〔2000〕表示文件是 2000 年制发的。序号表示某年依次制发的文件的号码。序号的编写不能编虚位，不能加"第"字。联合行文，只标明主办机关发文字号。

（6）签发人　上报公文（上行公文）需标识签发人姓名，平行排列于发文字号右侧。如有多个签发人，主办单位签发人姓名置于第一行，其他签发人姓名从第二行起在主办单位签发人姓名之下按发文机关顺序依次顺排。

（二）主体

公文主体部分包括公文标题、主送机关、公文正文、附件、成文时间、印章、附注等项。

（1）公文标题　一般由发文机关名称（作者）、文件的主题（事由）及文种（文件名称）三部分组成，位于文件首页文字号之下，可分一行或多行居中书写。其结构如下。

《民政部。财政部关于进一步提高城乡低保补助水平妥善安排当前困难群众基本生活的通知》

作者　　　　　　　　　　　　介词＋事由　　　　　　　　　文种

在撰写标题时，发文机关的名称要写全称或规范化简称，如果文件首页具有制发机关的标志（文头），其标题中可省略发文机关名称。事由是标题的主体部分，应准确、简要地加以概括。文种是公文文体的名称，用以概括揭示公文的性质与制发的目的。正确使用文种，有利于及时、准确地处理文件。发文机关名称之后用介词"关于"引出文件事由，用助词"的"与文种相连接，以文种为中心词成偏正词组。公文标题中除法规、规章名称加书名号外，一般不用标点符号。

公文标题的三个组成部分一般要写完整，也有部分省略的情况：一是法规类或单位内部使用的公文，标题中可省略发文单位；二是省略事由，有些公文内容单一，正文较简单，就可以在标题中省略事由，如《中华人民共和国主席令》。

文件标题应当准确、概括、简要，以便于公文的检索与处理，便于读者理解公文的内容与行文的目的。

（2）主送机关　指公文的主要受理机关，应当使用全称或者规范化简称、统称。其位于标题之下、正文之上，要求左起顶格书写。

（3）公文正文　这是公文的主体或中心，用来表达公文的具体内容。正文结构一般包括导语、正文主体和结尾三部分。导语部分用来表明制发公文的依据、目的或原因。主体是公文的核心部分，其结构安排要有逻辑性、条理性。因各文种的发文目的等方面不同，其写作要求也不同，结尾也不同，各种公文一般有与文种相适的习惯结束语。

（4）附件　指与公文内容有关的随文发送的文件、材料等。如有附件，在正文下空一行、空两格标识"附件"字样，说明所附材料名称及份数。

（5）成文时间　即成文日期，一般文件，以负责人签发日期为准；经会议讨论通过的文件，以通过日期为准；法规性文件以批准日期为准；联合发文，以最后签发机关（部门）的负责人签发日期为准；电报以发出的日期为准。行政公文的成文时间用汉字书写，要将年、月、日标全，"零"写为"〇"。

（6）公文生效标识——印章　单一机关制发公文时，也可不签署发文机关名称，只标识成文时间。成文时间距离右边沿空四个字，加盖印章；当联合行文需加盖两个印章时，应将成文时间拉开，主办机关印章在前，两个印章均应压着成文时间；当联合发文需加盖三个以上印章时，应将各发文机关名称排在发文时间与正文之间。主办机关印章在前，每排最多三个印章，两端不得超出版心，最后一排如余一个或两个印章，均居中排布。印章之间互不相交相切。

署名。以国家领导人名义发布的公文还需有领导人署名。

（7）附注　指与文件有关的简要说明。如有附注，应当加括号标注，标识在成文时间下一行。

（三）版记

版记包括主题词、抄送单位、印发机关和印发时间（日期）等项。

（1）主题词　是指标识公文主题、文件类别的并经过规范化处理的名称或名称性词组。标引主题词必须从有关主题词表中选用，如《国务院主题词表》、《教育类公文主题词表》等。主题词的位置在附注下方、文尾横线上端。一份文件选用两至三个主题词，最多不超过五个，词与词之间各有一个字的间距。

（2）抄送单位（抄送机关）　指除主送机关外需要执行或知晓公文的其他机关，应当使用全称或规范化简称、统称。公文如需抄送，则在主题词下一行写明抄送单位。抄送机关之间用逗号隔开。

（3）印发机关和印发时间（日期） 印发机关指负责把公文文稿印成正式公文的机关。印发日期是指把公文文稿送往印刷的日期。这两项位于抄送机关之下（无抄送机关位于主题词之下）占一行位置，印发机关左空一字，印发日期右空一字。印发日期用阿拉伯数码标识。

公文首页版式（下行）、上报公文首页版式及公文末页版式分别如图 2-1～图 2-3 所示。

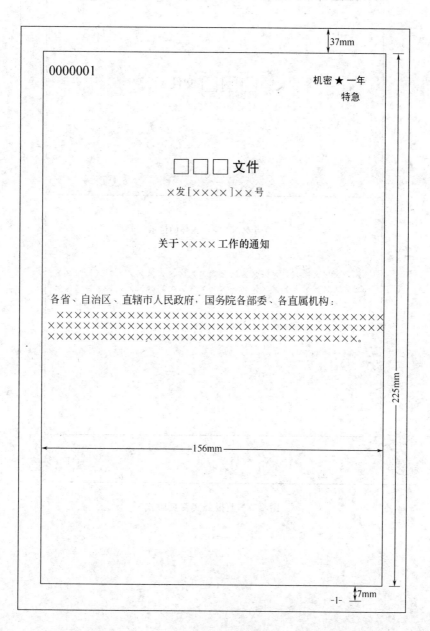

图 2-1　公文首页版式

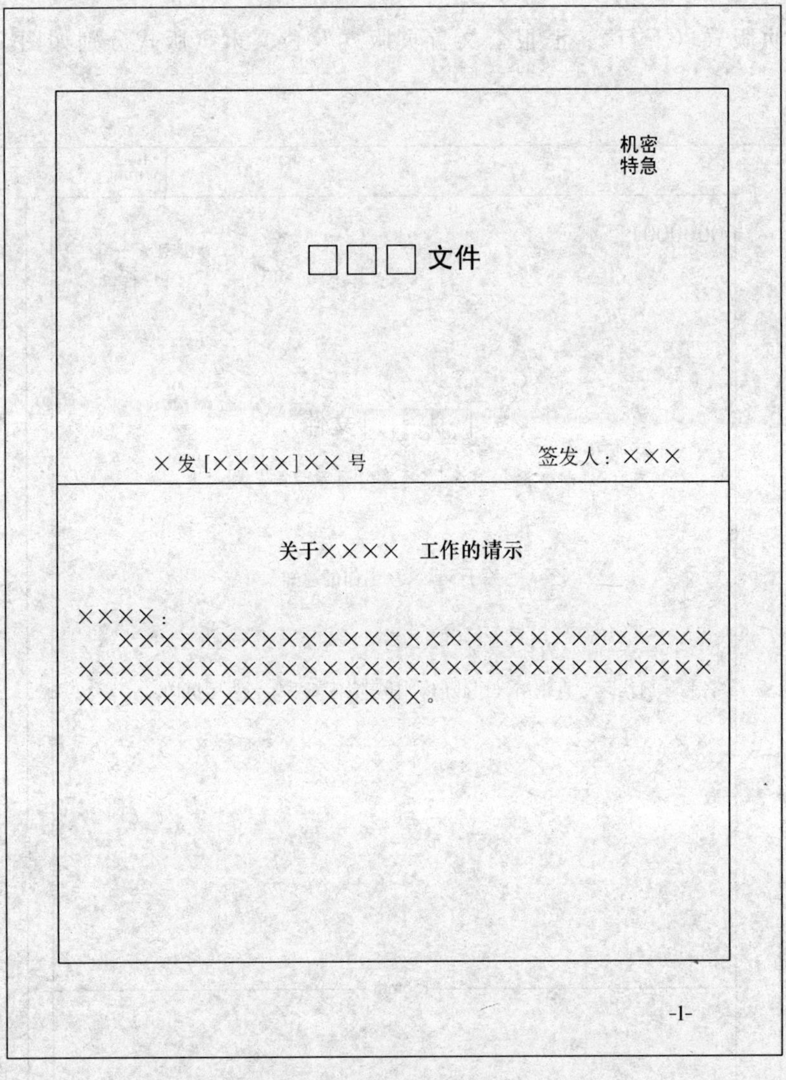

机密
特急

□□□ 文件

×发 [××××]×× 号　　　　　　　　签发人：×××

关于×××× 工作的请示

××××：
　　××××××××××××××××××××××××
××××××××××××××××××××××××
×××××××××××××××××。

-1-

图 2-2　上报公文首页版式

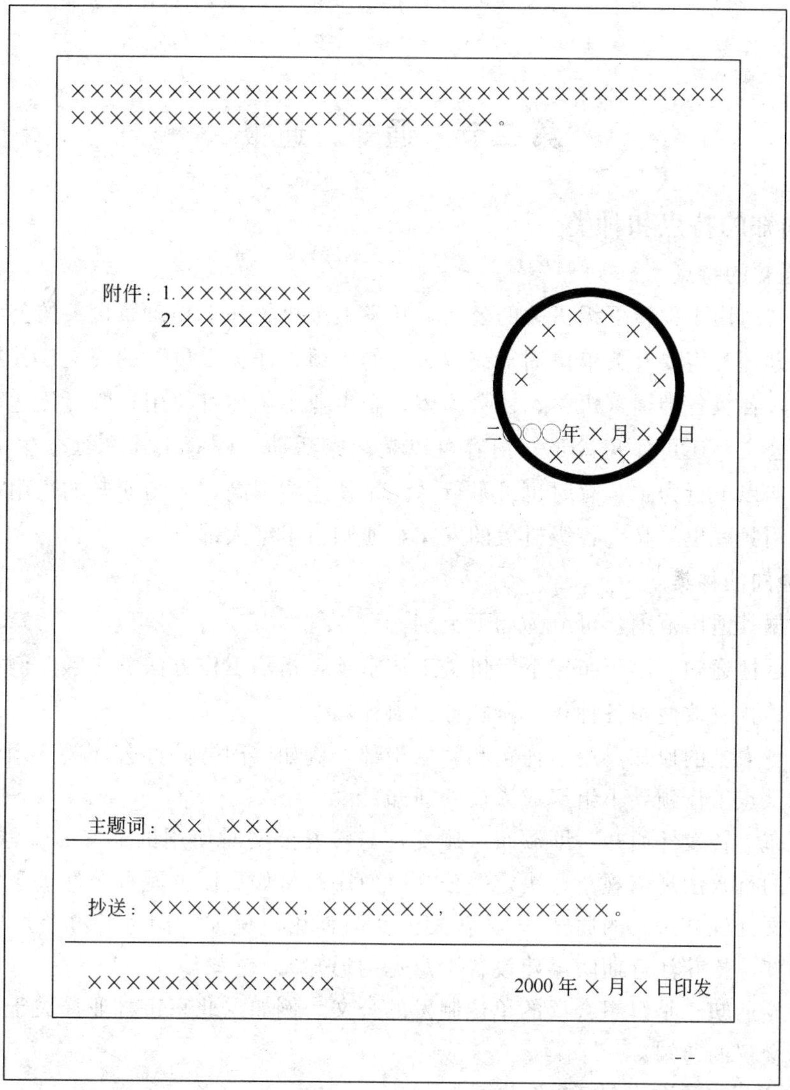

××××××××××××××××××××××××××××××××××
×××××××××××××××××××××××。

　　附件：1.×××××××
　　　　　2.×××××××

二〇〇〇年×月×日
×××

主题词：×× ×××

抄送：×××××××，××××××，××××××××。

×××××××××××　　　　　　　　2000年×月×日印发

图 2-3　公文末页版式

三、行政公文的办理程序

　　行政公文的办理程序，请参见附录一《国家行政机关公文处理办法》。

思考与练习

一、阅读本章第二节［例文 2-1］回答下列问题。

1. 结合此文内容阐明行政公文有什么特点？

2. 结合此文内容谈谈行政公文有哪些作用？它的行文规则有哪些要求？

二、简述行政公文的文体结构。

第二节　通知、通报

一、通知的特点和种类

（一）通知的特点

通知是"适用于批转下级机关的公文，转发上级机关和不相隶属机关的公文，传达要求下级机关办理和需要有关单位周知或者执行的事项、任免人员"的公文。其特点，一是适用范围广，各级各类国家机关、社会团体、企事业单位均可使用；既可传达事项，也可转发和批转公文，还可任免人员；内容可以是国家活动、政府工作和社会生活的各个方面；行文方向以下行为主，有时也可平行。二是使用频率高，因为通知的适用范围特别广泛，因此使用频率也最高，各级机关的发文，通知占了绝大部分。

（二）通知的种类

通知根据其适用范围，可分为如下类别。

（1）指示性通知　用于布置下级机关工作事项，指示工作方法、步骤。例如《国务院办公厅关于禁止发放使用各种代币购物券的通知》。

（2）任免人员的通知　用于任免和聘用干部。例如《国务院办公厅关于调整国务院三峡工程移民试点工作领导小组组成人员的通知》。

（3）颁布、转发性通知　即颁布（颁发）与转发公文时使用的通知。①颁布（颁发）本机关制定的行政法规与规章、决定等公文时使用。例如《国务院办公厅关于发布〈国家行政机关公文处理办法〉的通知》。②转发公文时使用。例如《国务院办公厅转发水利部关于加强嫩江、松花江近期防洪建设若干意见的通知》。

（4）会议通知　是组织会议的单位制发的公文。例如《北京市林业局关于召开会计决算编审工作会议的通知》。

二、通知的写作方法和要求

（一）通知的写作方法

1. 标题

通知的标题与其他公文文种的格式相同，由制发机关、事由、文种三部分组成。需要注意的是，批转、转发通知的标题也是由三要素组成，不过其中的事由是所批转、所转发公文的名称。如《国务院批准国家旅游局关于加强旅游行业管理若干问题请示的通知》，这个标题的事由部分是"国家旅游局关于加强旅游行业管理若干问题（的）

请示"，这即是所批转公文的名称，这个名称（即公文标题）也是"三要素"齐全的，转发通知的标题也同此。所以，颁布、批转、转发性通知的标题内又含有一个被批转或被转发公文的标题，是大标题里包含着一个小标题，这个小标题是作为大标题的事由出现的。如果被转发、批转的公文是法规性文件，则须在法规性文件名称上加上书名号。

2. 发文字号

为完全式。

3. 主送机关

所有通知都须有主送机关，即必须指定此通知的承办、执行和应当知晓的主要受文机关。这些机关一般为直属下级机关，或需要了解通知内容的不相隶属的单位。

4. 正文

颁布或转发性通知结构简单，其余通知一般由三部分构成。

（1）通知事由　即写明制发通知的理由、目的、依据或情况。

（2）通知主体　即通知事项。要求主要受文机关承办、执行和应予知晓的事项。通知事项多数分条列项写出，条目分明。

（3）结尾部分　通知的结尾有三种常用写法：一是事项结束，全文就自然结尾，意尽言止，不单写结束语；二是用习惯用语"特此通知"收尾，但前言和主体之间如用了"特作如下通知"作过渡语，则不宜在收尾处再用习惯用语；三是用简要的文字再次明确主题或作必要的说明，以引起收文单位对通知的重视。

5. 落款

在正文右下方写明发文机关名称，如果发文机关已在标题中标明，落款时可以省略。

6. 成文日期

写在落款之下。

（二）通知的写作要求

（1）指示性通知　须写明提出指示的根据与指示事项，内容要求明确具体。

（2）任免人员的通知　要求写明批准的机关、日期与被任免人员的职务、姓名。

（3）颁布或转发性通知　要求在正文中简短地说明所颁布或转发的公文的制发机关、制发（批准、生效）日期与公文标题以及颁发或转发的目的、意义与要求等。被颁布或转发的公文均为通知的附件，须注明附件的序号与标题、件数。

（4）会议通知　要求写明召开会议的名称、目的、议题、时间、会址、对参加会议人员的要求（如准备发言、文件、论文、生活用品等），注意事项以及筹办会议单位名称、联系人、联系地址、电话号码、电报挂号、会议食宿安排、去会址路线、接洽标志等。有的通知后面还附上入场凭证或请柬等。总之，要写得清楚、具体，对必须写明的项目无一错漏，以保证会议按规定要求顺利召开。

三、通报的特点和种类

（一）通报的特点

通报是"适用于表彰先进、批评错误，传达重要精神或者情况"的公文。通报有三个特点。一是通报事件的真实性。被通报的事件首先是真实无误的，不能有丝毫的夸大和缩小；其次还应是典型的，即在某一方面有代表性、普遍性。二是通报行文的及时性。通报内容是针对近期发生的事件，并对当前的工作有一定的指导和促进作用，必须及时发出。三是通报目的的宣传教育性，通报的目的或是表彰先进以号召学习，或是批评错误使引以为戒，或是传达情况以了解上级精神，都是为了宣传上级方针政策、教育广大群众。

（二）通报的种类

通报根据其适用范围，可分为如下类别。

（1）表扬通报　用于表扬先进人物和先进集体的事迹，树立榜样，宣传典型，总结成功经验。

（2）批评通报　用于批评错误，通报事故或反面典型，总结教训。

（3）情况通报　用于传达情况、沟通信息。

四、通报的写作方法和要求

（一）通报的写作方法

1. 标题

通报的标题与其他公文文种标题的格式相同，由制发机关、事由、文种三部分组成。

2. 发文字号

为完全式。

3. 主送机关

一般为直属下级机关，或需要了解该内容的不相隶属的单位。

4. 正文

一般由三部分组成：导语，写通报的目的或缘由；通报主体，即通报具体内容；结尾，即根据通报内容提出各类事项的要求或希望。

5. 落款

在正文后右下方标注发文机关名称，如在标题中已出现发文机关，也可不署发文机关。

6. 成文日期

可只注发文日期，日期也可注于标题之下。

（二）通报的写作要求

（1）及时、快速　通报具有较强的时间性。因为通报的内容都是新发生的事件和情况，与推动当前中心工作密切相关，因此，必须不误时机，否则，时过境迁，就失去了通报的价值。

（2）材料必须新颖、典型、具有代表性　通报必须选择新颖、典型、具有代表性的人与事，选择与中心任务有关的重大情况和事项，使人周知，引起重视或警惕，从而对各机关的工作有所启示与推动。

（3）通报的材料必须调查核实　无论是哪种通报，材料都应当真实可靠。特别是批评性通报，通常被认为是对被批评者的一种处分形式，因此应特别慎重。通报应力求事实准确，用词分寸恰当，以理服人，不乱扣帽子，只有这样才有说服力，才能起到教育作用。

例文2-1

教育部关于进一步做好学校应对雨雪冰冻灾害工作的紧急通知

教电〔2008〕38号

各省、自治区、直辖市党委教育（高校）工委、教育厅（教委），新疆生产建设兵团××局，部属各高等学校：

我国南方大部分地区和西北地区东部发生持续大范围低温、雨雪冰冻极端天气以来，各地特别是受灾地区教育部门和高校按照党中央、国务院的统一部署，认真落实教育部和地方党委政府的工作要求，做了大量深入细致的工作，高校留校学生情绪平静、生活稳定，校园秩序正常。但是，未来一段时间，我国南方大部分地区仍将维持阴雨雪和冻雨天气，灾情还在继续发展，抗灾救灾的形势依然严峻。各地教育部门和高校要坚决贯彻执行党中央、国务院的决策部署，把抗灾救灾工作作为学习贯彻十七大精神的实际行动，在原有工作基础上，加强组织领导，进一步把学校应对雨雪冰冻灾害工作做实做细，坚决打好抗灾救灾这场硬仗。

一、全力安排好留校学生的学习和生活。各地教育部门和高校要切实做好留校学生的后勤服务保障工作，对家庭经济困难学生给予必要的生活补助，确保留校学生过一个欢乐祥和的春节。要免费开放校内文体活动场所，开展多种形式的慰问活动和文娱活动，丰富留校学生的生活。要整合学校资源，尽可能为留校学生提供勤工助学岗位，帮助他们解决实际困难。

二、对灾区学校留校学生给予更多的关心和照顾。灾区教育部门和高校要克服困难，采取有效措施，安排好伙食，解决好保暖，保证好安全。要继续保持与受灾地区返乡学生及滞留返乡途中学生的联系，帮助他们解决遇到的困难。在保证学生安全的前提下，鼓励学生以主人翁的精神积极从事力所能及的抢险救灾工作，帮助困难群众，为抢险救灾做出应有的贡献。

三、进一步加强校园安全管理。要进一步加强安全防范，全面排查基础设施安全和事故隐患，做好危旧房屋的除险加固和供水、供电、供气、供暖、通信等关键设施的安全防护，特别要防止屋顶积雪可能造成的垮塌伤害事件。要加强安全教育，通过多种形式提醒学生注意自我保护、注意保暖防冻、注意交通安全和用水用电安全。要强化学生安全意识，提醒学生不要到不安全的地方去，防止发生安全事故。要做好校园及周边道路除冰防滑工作，加强校园交通安全管理，防止师生摔伤和交通事故发生。

四、提前安排好学生返校和开学后的有关工作。要及时帮助和协调解决学生在返校途中遇到的特殊困难和问题。受灾地区学校可根据灾情发展情况，适当调整教育教学安排，确保师生安全。要及早部署开学后学生生活方面的有关工作，按照《教育部、财政部关于落实高校学生食堂补贴措施的通知》（教发〔2008〕1号）要求，落实对学生食堂的补贴，保证学生食堂饭菜质量不受影响，价格基本稳定。

五、深入做好学生思想政治工作。要把抗灾救灾工作作为和谐校园建设的生动课堂，教育学生积极面对自然灾害，团结互助、战胜困难。要教育引导学生节约用电，以实际行动支援灾区人民抗灾斗争。要利用各种形式宣传党和政府防灾救灾采取的各项措施，宣传学校防灾救灾、保障师生生活的做法和成效，宣传各条战线抵御自然灾害的感人事迹，增强师生战胜灾害的信心，稳定师生的情绪。要加强对校内舆论的引导，密切关注校园网上舆情动态，及时删除不良信息并掌握苗头性问题，确保学校稳定。

目前正处于抗灾救灾的关键时刻。教育系统各级领导干部特别是主要负责同志要深入一线，靠前指挥，帮助基层解决实际问题。要充分发挥基层党组织的战斗堡垒作用和共产党员的先锋模范作用，团结带领广大师生，夺取抗灾救灾的全面胜利。

教育部

二○○八年二月二日

例文简析　　这是一则指示性通知。标题由发文单位、事由、文种三部分组成，"紧急"一词表明该通知的紧急程度。正文部分说明了发通知的背景、目的及主要内容。

××自治区人民政府干部免职通知

×政发〔2008〕7号

各行署、××市人民政府，自治区各委、办、厅、局：

经 2008 年 1 月 4 日自治区人民政府第一次常务会议研究，决定：

免去××××的自治区科学技术厅副厅长职务；

免去×××的自治区农牧科学院副院长职务；

免去××的×××医学院副院长职务。

二○○八年一月十八日

例文简析　　这是一则任免通知。先写任免根据，后写任免名单。

××省人民政府文件

×府〔2008〕8号

转发国务院关于开展第二次全国经济普查的通知

各地级以上市人民政府，各县（市、区）人民政府，省政府各部门、各直属机构：

现将《国务院关于开展第二次全国经济普查的通知》（国发〔2007〕35号）转发给你们，结合××省实际，提出如下意见，请一并贯彻执行。

一、统一思想，提高认识。经济普查是一项重大的国情国力调查。××省通过 2004

年进行的第一次经济普查，摸清了全省第二产业和第三产业的发展状况，为全省重大经济决策提供了翔实有力的基础数据和依据。近年来，广东省经济建设持续快速发展，产业结构不断调整优化，区域经济布局发生了明显变化。开展第二次经济普查，摸清全省的"家底"和能源消耗等基本情况，对研究制定××省国民经济发展战略，促进经济发展方式转变，实现经济又好又快发展，率先基本实现社会主义现代化，具有十分重要的意义。各地、各有关部门要从深入贯彻落实科学发展观、构建社会主义和谐社会的高度，进一步提高认识，统一思想，把第二次经济普查工作列入重要议事日程，认真制订工作计划，采取切实有效措施，按时完成各项普查任务。

二、加强领导，明确职责。经济普查涉及除第一产业外的所有经济部门，调查覆盖面占××省经济总量的90%以上，参与部门多，技术要求高，特别是增加了能源消耗基本情况等内容，工作难度大，调查任务重。为加强对普查工作的组织领导，确保普查工作的顺利开展，省成立第二次全国经济普查领导小组，由分管副省长任组长，成员单位包括省委宣传部、省发展改革委、经贸委、信息产业厅、监察厅、民政厅、财政厅、编办、地税局、统计局、工商局、质监局、国税局和国家统计局××调查总队等单位，统一组织和协调全省经济普查工作。普查领导小组办公室设在省统计局，负责普查的具体组织实施工作。各地级以上市政府也要建立相应的普查工作协调机制，抓紧组织实施本地区、本系统的普查工作。省各有关部门要按照国发〔2007〕35号文精神，进一步明确职责分工，做到各负其责，密切配合，共同做好普查工作。

三、精心组织，确保质量。各级普查机构要在当地人民政府的领导下，严格按照国务院的统一部署，结合本地实际，制订切实可行的普查方案，开展形式多样的普查宣传和社会动员，认真搞好试点和单位清查摸底工作，精心组织培训和填表登记，高质量地完成普查数据审核、录入、汇总、上报及普查资料开发应用等各环节的工作。各地、各有关部门要建立普查工作责任制，制订数据质量控制办法，对普查各阶段实行全过程的质量管理，确保普查结果真实、可靠。要通过普查建立健全覆盖国民经济各行业的基本单位名录库、基础信息数据库和统计电子地理信息系统，进一步夯实统计基础，为完善国民经济核算制度，加强和改善宏观调控，提高决策和管理水平，提供科学准确的统计信息支持。

四、落实经费，依法普查。各地要按照国发〔2007〕35号文的要求，按照财政分级负担的原则，将普查工作必需经费列入相应年度的财政预算，并按时拨付。对于东西两翼及粤北山区，省级财政给予适当补助。各地、各有关部门要及时协调解决普查工作中遇到的困难和问题，确保普查工作顺利开展。要坚持依法普查，所有普查对象必须严格按照《中华人民共和国统计法》和《全国经济普查条例》的规定，按时、如实地填报普查表。任何单位和个人不得虚报、瞒报、拒报、迟报，不得伪造、篡改普查数据。对普查中发现的各种违法违纪行为，将依法依规严肃处理。

附：国务院关于开展第二次全国经济普查的通知　国发〔2007〕35号

××省人民政府
二〇〇八年一月十四日

主题词：经济管理　统计　普查　通知

例文简析　这是一则转发式通知。文头由发文机关、发文字号组成，标题含事由、文种两要素，因有文头，故略去发文机关，正文提出执行要求和指导性意见。

例文2-4

××××总局办公厅文件

环办会〔2007〕32 号

关于召开全国××系统政务公开工作现场会的通知

各省、自治区、直辖市××××局（厅），计划单列市、新疆生产建设兵团××××局，总局政务公开领导小组成员：

为贯彻落实《中华人民共和国政府信息公开条例》，加强全国环保系统政务公开工作，推进环保系统"五大建设"，我局定于 2007 年 5 月 24 日至 25 日在广东省佛山市召开全国××系统政务公开工作现场会，有关事项通知如下：

一、会议主要内容

总结交流经验，部署下一阶段环保系统政务公开工作，传达全国纠风工作会议精神。

二、会议时间

2007 年 5 月 24 日至 25 日，会期一天半。

三、会议地点

广东省佛山市×××××酒店。

四、参加人员

（一）各省（自治区、直辖市）、计划单列市、新疆生产建设兵团环保局（厅）分管政务公开工作的负责人、办公室主任（或政务公开工作主管部门负责人）各 1 人；

（二）总局政务公开领导小组成员。

五、会议报名与报到

（一）报到时间 2007 年 5 月 23 日（周三）8 时至 20 时；

（二）请各单位（部门）于 2007 年 5 月 16 日（周三）下班前将会议回执传真至环保总局办公厅。

六、联系方式

环保总局办公厅

联系人及电话：汤×× （010）××××××××

乔永刚 （010）××××××××

传真：（010）××××××××

广东省佛山市××局

联系人及电话：苏建国 （0757）8×××××××，139×××××××

阮绮芬 （0757）8×××××××，138×××××××

广东省佛山市×××××酒店

地址：广东省佛山市×××××旅游度假区××路

联系人：向惠曦

电话：(0757) 8××××××转8085，135××××××××

附件：1. 会议回执

　　　2. 广东省佛山市××××××酒店交通示意图

二〇〇七年五月十一日

主题词：环保　政务公开　会议　通知

例文简析　　这是一则会议通知。其正文由召开会议的目的和会议注意事项两部分组成。该会议事项较详细。撰写会议事项经常出问题的，往往是地点和时间。有时地点写得过于粗略，时间只写日子，不写具体时间，这都将给与会者带来不便。

例文2-5

××市人民政府办公厅关于表彰2007年
支持北部新区开发建设的市政府有关部门和建设单位的通报

×办〔2008〕4号

市政府各部门，有关单位：

2007年，市政府有关部门和单位积极落实北部新区开发建设工作会议确定的目标任务，在资金安排、项目推进、政策支持、工作措施等方面加大对北部新区的支持力度，促使北部新区开发建设在国家实行宏观调控的新形势下保持了良好的发展势头。

根据《××市人民政府办公厅关于印发2007年市政府有关部门支持北部新区工作任务的通知》(×办〔2007〕23号) 精神，经市政府同意，对市发展改革委、市经委、市科委、市民政局、市财政局、市国土房管局、市建委、市规划局、市市政委、市交委、市信息产业局、市外经贸委、市政府新闻办、市旅游局、市园林局等15个部门予以通报表彰；对市台办、市编办、市信访办、市教委、市公安局、市人事局、市劳动保障局、市水利局、市农业局、市商委、市文化广电局、市外办、市地税局、市环保局、市体育局、市统计局、市工商局、市质监局、市农办、市侨办、市政府法制办、市政府金融办、市农综办、市国税局、××海关、××检验检疫局、新华社××分社等27个部门和市水务集团、××燃气集团、凯源石油燃气公司、市电力公司、市电信公司、××移动公司、联通××分公司等7个建设单位予以通报表扬。北部新区管委会根据有关规定对受到表彰和表扬的部门给予适当奖励。受到通报表扬的建设单位，可结合本单位的工作实际安排对有关人员的奖励。

2008年是北部新区、经开区、高新区实行"三区合一"管理体制的第一年，是北部新区开发建设在取得阶段性成果基础上加快建设的一年。希望受到表彰和表扬的市政府各部门和建设单位再接再厉，促使北部新区实现新区产能和老区产能"两个翻番"，达到2012年实现工业产值3000亿元的目标，为把重庆建设成为西部地区重要增长极作出新的贡献。

附件：2007年市政府有关部门支持北部新区工作任务落实情

二〇〇八年一月二十九日

例文简析　这是一则表彰性通报。先讲通报的缘由和根据；然后是表彰单位的名单；最后写号召和希望。

例文2-6

国家安全监管总局国家煤矿安监局关于国有重点煤矿近期
发生两起煤与瓦斯突出事故的通报

安监总煤调〔2008〕27号

各产煤省、自治区、直辖市及新疆生产建设兵团安全生产监督管理局、煤矿安全监管部门和煤炭行业管理部门，各省级煤矿安全监察机构，有关中央企业：

2008年1月20日19时18分，河南平顶山××××有限责任公司十三矿掘进工作面发生煤与瓦斯突出事故，造成6人死亡。该矿为煤与瓦斯突出矿井，发生事故的己15-17-13031机巷掘进工作面按照突出危险进行管理，初步分析，该工作面地质构造复杂，突出地点有背斜构造，煤层厚度从5～6米变化到3米左右，煤层倾角从6°～16°变化到2°，瓦斯压力大，虽已经采取了浅孔排放和卸压区浅孔抽放等综合防突措施，但仍没能有效消除突出危险，在综掘机割煤时导致突出事故发生，详细原因正在调查之中。

2008年2月2日12时50分，陕西××矿务局下峪口煤矿发生煤与瓦斯突出事故，造成9人死亡。该矿为煤与瓦斯突出矿井。该矿分为一二水平开采，共有3个采煤工作面和6个掘进工作面。事故发生在2-1采区北二轨道开拓延深岩巷掘进工作面，没有采取防突措施，开拓作业活动使上部的3号煤层（突出煤层）的煤与瓦斯突出到该岩石掘进巷道中，造成人员伤亡。初步查明，事故地点有地质构造，围岩厚度变化较大，事故发生前顶板出现动压有掉渣等异常现象，作业人员发现异常后，在撤离的过程中发生事故，事故详细原因正在调查之中。

在不到半月的时间内，国有重点煤矿连续发生两起较大煤与瓦斯突出事故，暴露出一些国有重点煤矿煤与瓦斯突出防治工作存在薄弱环节和漏洞。为深刻吸取事故教训，举一反三，抓住薄弱环节，采取有力措施，突破关键技术，加强科研攻关，进一步加强煤矿安全生产工作，坚决遏制重特大事故的发生，现提出以下要求：

一、严格落实国家安全监管总局、国家煤矿安监局关于加强煤矿瓦斯先抽后采工作的指导意见。近年来，国有重点煤矿随着开采深度的增加，煤与瓦斯突出事故呈相对多发趋势，2007年国有重点煤矿发生的6起重大以上事故中，5起为煤与瓦斯突出事故；今年以来发生的2起较大以上事故均是煤与瓦斯突出事故。各有关部门和单位要督促煤矿认真落实煤矿瓦斯先抽后采措施，坚持"多措并举、应抽尽抽、抽采平衡"的原则，巩固和扩大瓦斯治理成果，推进瓦斯先抽后采向抽采不达标不采不掘深化、瓦斯治理向煤层气抽采利用深化、瓦斯抽采向"采、掘、抽"平衡深化、局部防突向区域防突深化。推广实用技术和装备，加强防突技术管理。通过落实区域防突措施，实现源头防治突出。

二、严格落实"四位一体"综合防突措施。各煤矿企业要进一步健全防突机构，充实防突人员，完善防突制度。开采突出煤层时，必须认真实施开采解放层和瓦斯抽放等防治突出措施、实施突出危险性预测、防治突出措施的效果检验、采取安全防护措施等综合防治突出措施。突出矿井有条件的必须首先开采保护层，不具备开采保护层条件的，要对突出煤层进行大面积预抽，并确保预抽时间和效果，每个采掘工作面必须配备专职的瓦检员。进一步加强瓦斯地质工作，查清煤体结构、采掘工作面前方地质构造、瓦斯涌出量等地质资料，通过实践确定适用本矿区条件的煤与瓦斯突出敏感指标和指标临界值。采掘工作面在实施防突措施后，必须对所采取措施的效果进行检验，待各项指标都降到临界值以下时，方可在采取安全防护措施后组织生产作业。有煤与瓦斯突出危险的矿井，必须实施"压产减人"，严格控制入井人数，减少井下现场交接班人数，合理安排作业工序，严禁两班交叉作业。

三、切实加强隐患排查治理工作。结合本地区、本部门、本单位安全生产工作实际，立足于治大隐患、防大事故，加大对煤矿"一通三防"、煤与瓦斯突出及水害等隐患排查治理力度。节日期间正常生产的煤矿特别是国有重点煤矿，要严格执行各项规章制度，加强煤矿负责人和经营管理人员下井带班，防止"三违"作业，切实加强现场管理，在保障安全的条件下，合理部署煤炭生产，严防超能力、超强度、超定员组织生产。同时，要开展联合执法，严厉打击非法违法生产行为，始终保持高压态势，对于已公告关闭煤矿要按照关闭标准彻底关闭到位，并派人驻守，盯紧盯牢，严防死灰复燃。

四、加大煤矿安全监管、监察力度。各级煤炭行业管理、煤矿安全监管部门和煤矿安全监察机构要坚持做到警钟长鸣、常抓不懈，坚决克服盲目乐观、麻痹松懈情绪，深入做好节日期间煤矿安全生产工作；要依法加大对国有重点煤矿的监管、监察和行业指导力度，尤其是加强对煤与瓦斯突出矿井、采掘接续紧张矿井的监管监察，发现问题及时解决。国有重点煤矿要自觉接受地方政府及相关部门的安全监管。对节后复产煤矿要严格执行复产验收制度，严把复产验收关。对停产未经验收的煤矿一律不准恢复生产，对擅自复产的要严肃查处。

请地方各级煤矿安全监管部门立即将本通报转发到辖区内所有煤矿，并抄报地方政府、抄送同级相关部门。

二〇〇八年二月五日

例文简析　此则情况通报首先概述事件的情况，接着提出具体要求，表述严谨，用语准确。

思考与练习

一、表彰性通报正文包括哪些内容？通报的写作有什么要求？

二、根据内容性质的不同，通知可以分为哪几类？

三、判断题

1. 某局长儿子结婚，该局可以用通知告知有关人员赴宴。

2. 公文附件和正文有同等效力。

3. 国内公文用纸一律采用 16K 纸，对外公文一律采用国际标准 A4 纸。

4. 任何部门的公文都必须标识"秘密等级和保密期限"。

5. 行政公文可以在左侧、右侧或上白边装订。

四、选择题

1. 某省人民政府向其下属单位转发国务院的通知用（　　）

A. 指示性通知　　　　B. 转发性通知　　　　C. 通报　　　　D. 情况通报

2. 联合行文的机关应该是（　　）

A. 两个以上的机关　　　　　　　　B. 两个以上的同级机关

C. 上下级机关　　　　　　　　　　D. 不相隶属的两个机关

3. 公文的紧急程度分为（　　）

A. 特急　　　　　　B. 急件　　　　　　C. 火急　　　　　　D. 加急

4. 发文字号应当包括机关代字和（　　）

A. 年份　　　　　　B. 序号　　　　　　C. 简称　　　　　　D. 全称

五、根据以下内容拟写一份通知。

××省教育厅职教处决定在全省职业院校开展以《我读书、我思考》为主题的征文活动。征文要求：体裁不限；主题鲜明突出；材料新颖、典型，有较强的说服力和感染力；文稿一般不超过 3000 字；每个学校限交稿三篇；截稿时间 2004 年 5 月 30 日，以当地邮戳为准。届时职教处将组织有关专家评出一、二、三等奖和优秀奖。来稿请寄××省教育厅职教处。邮编：×××××。请务必在信封上写上"征文"字样。

六、根据下面的材料写一份通报。

2003 年 5 月 13 日中午，××橡胶厂职工何×在单身职工宿舍内使用电炉烧水，突然停电，何×未将插头拔出便离开宿舍。下午 4：00 来电，电炉烘烤旁边的写字台达两个小时之久，这时写字台着火，蔓延全室。为此厂里给何×行政记大过处分一次，并责令按价赔偿火灾造成的损失。

第三节　报告、请示、批复

一、报告的特点和种类

（一）报告的特点

报告是适用于向上级机关汇报工作，反映情况，答复上级机关的询问的上行公文。其特点，一是陈述性，即报告的主要内容是具体陈述工作各方面情况，包括取得的主要成绩、做法或经验、存在的问题和今后的打算等；二是汇报性，即报告的作用主要是向上级汇报工作，以便上级机关及时了解下情，为正确决策提供依据。

（二）报告的种类

报告根据其适用范围，可分为如下类别。

（1）工作报告　即定期向上级领导机关汇报本单位的全面工作情况而写的报告。

（2）专题报告　即针对某项工作或问题所写的报告。

（3）答复报告　用于答复上级询问的报告。

（4）递送报告　在向上级机关递送文件、物件时使用。

二、报告的写作方法和要求

（一）报告的写作方法

1. 标题

报告的标题与其他公文文种标题的格式相同，由制发机关、事由、文种三部分组成。

2. 发文字号

为完全式。

3. 主送机关

为直属上级机关。

4. 正文

正文由导语、事项和尾语组成。

（1）导语　写报告的目的或缘由。写完后多用"现将情况报告如下"过渡到下文。

（2）事项　即报告的具体内容。

（3）尾语　答复性报告常用"特此报告"为尾语。

5. 落款

在正文后右下方标注发文机关名称。如在标题中已出现发文机关，则落款省略。

6. 成文日期

写在落款之下。

（二）报告的写作要求

不同的报告，有不同的写作要求。

（1）工作报告的要求　①在正文中主要写明工作进程、工作成绩、经验、存在的问题与下一步工作安排。结语写："特此报告"。②主要运用记叙方式，按时间顺序、工作发展过程或逻辑关系分设若干小问题，有层次地概括叙述。③重点突出，点面结合。要避免把工作报告写成面面俱到的流水账。突出重点，就是要重点撰写本机关或本部门的中心工作的情况。点面结合，即既需要概括叙述整体情况，又需要适当地引用数据，举出有代表性的典型事例说明工作的深度，从而使报告达到全面、具体的表述效果。④实事求是，报告中所列成绩或问题都必须属实，不夸大，也不缩小，并能从中揭示出一定的规律。⑤在报告中可以写设想、提建议，但不可写请示事项。

（2）专题报告的要求　①在内容上要求反映新事物、新问题和新情况，要有助于推进当前工作的开展。②写作要及时，做完一项专门工作或解决某项问题之后，立即报告。

（3）答复报告的要求　在撰写中要针对上级的询问，实事求是地回答问题。

（4）递送报告的要求　写作内容简单，将报送材料的名称、数量写清楚即可。结尾以"请收阅"、"请查收"等惯用语结束。

三、请示的特点和种类

（一）请示的特点

请示是"适用于向上级机关请求指示、批准"的公文。请示是上行文，具有强制回复的性质。其行文目的是请求上级机关对本机关单位权限范围内无法决定的重大事项，以及在工作中遇到的无章可循的疑难问题，给予答复。请示的特点如下。

（1）针对性　只有本机关单位权限范围内无法决定的重大事项，如机构设置、人事安排、重要决定、重大决策、项目安排等问题，以及在工作中遇到新问题、新情况或克服不了的困难，才可以用"请示"行文。请示上级机关给予指示、决断或答复、批准。所以请示的行文具有很强的针对性。

（2）呈批性　请示是有针对性的上行文，上级机关对呈报的请示事项，无论同意与否，都必须给予明确的"批复"回文。

（3）单一性　请示应一文一事，一般只写一个主送机关，即使需要同时送其他机关，也只能用抄送形式。

（4）时效性　请示是针对本单位当前工作中出现的情况和问题，求得上级机关指示、批准的公文，如能够及时发出，就会使问题得到及时解决。

（二）请示的种类

（1）请求指示的请示　请求上级机关对有关的方针、政策、规定中的难以理解或不明之处，以及在执行过程中需作变通处理的问题或涉及其他机构职权范围的问题予以回复。

（2）请求批准的请示　请求上级机关批准编制、机构设置、领导班子组成、干部任免以及经费、工作任务等问题。

（3）请求批转的请示　请求上级机关对本部门就全局性或普遍性问题所提出的解决办法予以批转，希各单位执行。

四、请示的写作方法和要求

（一）请示的写作方法

1. 标题

请示的标题与其他公文文种标题相同，由制发机关、事由、文种三部分组成。

2. 发文字号

为完全式。

3. 主送机关

为直属上级机关，即一般只报送一个主管的领导机关。

4. 正文

正文由事由、请示事项和尾语组成。

正文的结尾，常以简短的文字概括请示的具体要求，再次点明主题。如"以上意见，请予指示"，"以上要求，请予批准"，或"如无不当，请批转……"等。

5. 落款

正文之后的右下方标注发文机关名称。

6. 成文日期

写在落款之下。

（二）请示的写作要求

① 写请示须遵循下列原则：一文一事，一般只主送一个主管的领导机关，不多处主送，不送领导者个人；按隶属关系逐级请示，在一般情况下，不越级请示；请示上报的同时不抄送下级与同级机关。请示与报告不能混用，不能将请示写成报告，即不写"请示报告"。

② 两个以上单位联合向上级机关请示时，要在事前确定主办单位，经过认真磋商，取得统一认识，而后会签、印发。

③ 提出请示事项时，应同时根据本地区、本机关的实际情况，对所请示的问题提出

解决的初步意见与方案，供领导批复时参考，因此，事先要经过周密的调查研究，使提出的意见与方案准确切实。

请求批准行政规章的请示，要在正文中说明制定此项规章的必要性及其主要内容，而后将拟制的规章作为请示的附件，一并报送。

五、报告与请示的区别

"请示"与"报告"都是上行文，但两者不能混用。但在实际工作中，仍有不少人把"请示"写成"报告"或"请示报告"，给公文处理工作带来不便，容易误时误事。"报告"与"请示"的明显区别主要有以下几点。

（1）行文目的不同　　"报告"是汇报工作，反映情况，提出建议，答复询问时使用的，其行文的目的是让上级机关了解情况，掌握动态，为部署决策提供依据，报告并不要求上级机关批复。建议报告较为特殊，但也不是请求上级批复本单位，而是要求"批转"其他单位遵照执行。"请示"是请求上级机关指示、批准时使用的，其行文目的是要求审核、批准事项，解决困难，答复问题，请求上级机关批复。可见"报告"和"请示"的行文目的是完全不同的。

（2）行文时间有别　　"报告"的行文时间大多在事后，也有在事前或在进行中报告的。所报告内容是已出现的情况、已完成了的某一阶段或某项工作。"请示"要求事前行文，请示的是尚未进行和尚待指示的事项。

（3）格式写法各异　　报告标题文种明确为"报告"，正文部分汇报工作、反映情况、提出建议、答复询问，不得夹带请示事项；结尾部分用"以上报告，请审阅"、"特此报告"、"专此报告"等收束全文。请示标题文种明确为"请示"，不能写成"报告"或"请示报告"，正文部分提出请示事项，要求上级机关给予指示、批准；结尾部分用"当否，请指示"、"以上请示，请批复"等收束全文。

六、批复的特点

批复是用于"答复下级机关的请示事项"的公文。批复的特点如下。

（1）针对性　　批复的针对性反映在两个方面：一是批复必须针对请示机关行文，而对非请示机关不产生直接影响；二是批复的内容必须针对请示事项，不涉及请示事项以外的内容。

（2）回复性　　批复的内容属于回复性的内容。因为批复的制作和应用是以下级机关的请示为条件，对上级机关来说是被动的发文，下级机关请示什么事项，上级机关就批复什么事项。并且，上级机关对请求事项无论同意与否，都必须有针对性地明确予以回答。

（3）权威性　　批复是答复下级机关请求事项的回复性公文，它提出的处理意见和办法，代表上级机关对问题的决策意见，对下级机关具有行政约束力。特别是对一些重大事项的答复，体现了党和国家的有关方针、政策，具有权威性。所以批复一经下发，下级机关必须遵照执行。

七、批复的写作方法和要求

（一）批复的写作方法

1. 标题

批复的标题与其他公文文种标题的格式相同，由制发机关、事由、文种三部分组成。

2. 发文字号

为完全式。

3. 主送机关

为直属下级机关，即主送向机关发出请示的机关。

4. 正文

正文由事由和答复事项组成。

5. 落款

在正文之后的右下方标注发文机关名称。

6. 成文日期

写在落款之下。

（二）批复的写作要求

写批复的具体要求是：①批复在开首第一行应写明所答复的请示的日期、标题或发文字号，如"你局××××年×月×日关于×××××问题的请示收悉"，以便收文单位查找办理；②批复应具有针对性，批复要针对下级机关的请示表明意见，因此，在内容上要有具体的针对性，即有问答，问什么答什么，避免泛泛而谈；③尾语常用"此复"、"特此批复"等语。

收到请示必须予以答复。答复要简明扼要，观点明确，措词肯定，决不能模棱两可，含糊其辞，此外，批复的意见要具体可行，以便下级机关按照办理。

批复问题应持慎重态度，要加强调查研究与磋商，而不宜轻率定夺。有的批复如需要其他所属机关周知时，亦可批转给有关的下属机关或在文件公报上刊登。

例文2-7

××省村务公开民主管理工作督查报告

全国村务公开协调小组办公室：

接到民电〔2007〕99号文件后，我省立即下发通知，对各市组织开展村务公开和民主管理工作自查进行了具体部署，并组织省村务公开协调领导小组办公室对各县（市、区）进行了督导和抽查，现结合各市自查和全省抽查的情况汇总如下：

一、基本情况

近年来，我省各级党委、政府高度重视村务公开和民主管理工作，始终把健全村党组织领导下的村民自治机制，作为立党为公、执政为民，推进社会主义新农村建设，构建社会主义和谐社会，落实科学发展观的一项重要内容，认真贯彻落实《中华人民共和国村民委员会组织法》、《××省实施〈中华人民共和国村民委员会组织法〉办法》、《中共中央办公厅、国务院办公厅关于健全和完善村务公开和民主管理度的意见》（中办发〔2004〕17号）、《××省村务公开条例》、《××省村务公开民主管理工作规范》、《××省村民会议议事规则》等法律法规和政策文件，推进了村务公开和民主管理工作的健康发展，促进了社会主义新农村建设。

（一）中央各项支农惠农政策得到较好落实。今年上半年，全省已落实对种粮农民的

应用文写作

直接补贴8.83亿元，农业生产资料增支综合补贴19亿元，两项补贴总额达到27.83亿元，每亩（小麦）平均补贴44.5元，比上年提高16.3元。同时，全省还落实农作物良种推广补贴资金3.58亿元，并由省级通过政府采购方式统一购买农作物良种19.06万吨，使项目区农民节省种子支出4亿多元。筹集资金7384万元，在99个县（市区）实施了农机购置补贴政策，带动全省新增各类农业机械1.1万多台（部），进一步提高了农业机械化水平。最近省政府又确定拿出1500万元资金补贴母猪养殖，对新购买5头以上可繁二元母猪的，每头补贴50元。全面建立新型农村合作医疗制度工作，全省134个有农业人口的县（市、区）已全部建立新型农村合作医疗制度，补助标准均达到40元，参合农民5987.15万人，参合率90.08％。全省共筹集合作医疗基金18.01亿元，支出10.26万元，受益农民2858.65万人。从今年春季开学起全部免除了农村中小学义务教育阶段学杂费，继续对贫困家庭学生免费提供教科书并补助寄宿生生活费，受益学生762万人。上半年各级财政拨付义务教育经费保障资金12.2亿元，其中免杂费资金9.14亿元，免费教科书资金补助4997万元，补助贫困生生活费资金1668万元。全省筹集危改资金2.03亿元，消除危房64万 m²，全部完成了 D 级危房改造任务。全面建立农村最低生活保障制度工作，全省已全面建立农村最低生活保障制度，截至6月底，全省在保对象64.03万人，人均月补助29.6元。112个县（市、区，含部分开发区）年保障标准达到800元，其中51个达到1000元，保障标准低于800元的县（市、区）由去年底的62个减少到34个。省财政投入扶贫开发资金5000万元，比上年增加1000万元，其中280万元用于贫困地区农村劳动力转移培训，帮助6万农村劳动力实现转移就业。全省核定大中型水库移民人口142.6万人，向139.3万水库移民发放直补资金5.6亿元，直补资金全部发放到人。目前这些款项全部到位，并按照有关政策规定和民主管理程序，该发到村民手中的通过银行存折、一卡通等方式全部兑现并在公开栏进行公示，接受群众的监督。

（二）农村集体资产、资金管理逐步走向规范。我省大部分市推行了以"村账委托镇管、村资委托镇管"为主要内容的农村"委托双代管"制度，建立健全了财务收支预决算、开支审批、资产管理、民主理财、财务公开等各项财务管理制度，完善了农村资金审批程序，实现了对农村财、物管理的全过程的监管。在集体资产管理方面，实行了重大事项一事一议民主决策，落实了行政村重大事项向党委政府报告制度，便于党委、政府加强督促和指导；基本落实了村级事务经户代表民主决策，村党组织、村委会组织实施和责任追究制度，规范了资产转让审批程序。制订了流程图，严格按流程操作，杜绝暗箱操作。在村级财务管理方面，对村干部开支标准特别是业务招待费作出了统一规定。规范了农村集体财务收支审批程序，所有行政村的财务支出必须经村民主理财小组集体审核同意签字后方可入账，并将账目每季度在公开栏和户代表议事点进行张榜公布。近年来，村级集体土地征用补偿款的公开和分配使用情况符合上级政策规定，村级大额开支的程序更加合理，开支手续更加完善，对农村集体土地征用补偿款的管理使用没有违规违纪问题发生。在农村集体资产、资源的使用、承包、租赁、出让方面，能按照规定，依法进行。

（三）村务公开政策得到有效落实。××省共有村委会82639个，98.5％的村建立起村民会议和村民代表会议制度，基本实现和保证了村级民主决策制度的落实；98％的村建立健全了村民自治章程或村规民约，90％的村建立了村民档案管理制度，90％的村开展了文明户评比活动，使民主管理制度得到了有效落实。全省140个县（市、区）已全部开展了村务公开民主管理工作，99％的村建立起村务公开民主管理制度，81046个村建立了村务公开监督小组和村民民主理财小组；已设立村务公开栏10万余个，群众对村务公开的满意率达到85％以上。一是规范民主选举制度，提高村委会换届选举质量。工作中，始终把坚持党的领导、充分发扬民主和严格依法办事有机统一起来，充分尊重群众意愿，严格遵守法定程序，真正做到法定程序不变、规定的步骤不少、群众应有的权利不留，使群众的意愿更好地体现在选举结果中。淄博市对村委会换届选举的程度等进行了认真研究，出台了9章98条的村"两委"换届选举工作细则，受到基层干部群众普遍欢迎。经过三届直选，群众普遍认为村委会换届选举程序一届比一届规范，效果一届比一届好，选举质量和民主化程度也不断提高，增强了换届选举的说服力和公信度。二是创新民主决策方法，真正让广大村民当家做主。各地在普遍建立村民会议和村民代表会议基础上，根据当前农村新形势、新任务，不断探索村级民主决策的新途径。莒县洛河镇对重大村务实施了审核、决策、公示、咨询、事中、事后监督"六步监督法"；日照市东港区推出了"村务大事村民公决制度"；威海市民主决策突出"三个明确"，即明确村民会议的最终决策地位，明确先党内后党外的决策程序，明确民主听证程序；烟台市重点加强了"两委"（村党组织和村委会）、"两会"（村民会议和村民代表会议）和"两组"（村务公开监督小组和村民民主理财小组）制度建设，做到组织健全，职责明确、制度上墙；临沭县把民主决策的领域由村务拓展到党务，把民主监督的内容由农村财务管理延伸到农村干部任期目标管理，在全县普遍推行了以村务大事村民公决、党内事务党员表决和农村财务年度审计、农村干部任期目标审计为主要内容的"双决双审"制度。这些行之有效的村级民主决策方法，有效地保证了广大村民事前、事中、事后全程参与决策，避免了重大事项决策失误和少数人说了算的现象，保证了村民当家作主。三是更新管理理念，实现村民自我管理。管理民主是农村和谐发展的关键。各地普遍制定并实施了《村民自治章程》和《村规民约》，并随着形势发展不断调整充实内容，把村民关心的各项村务经村民会议讨论通过后，及时纳入村民自治章程或村规民约之中，作为民主管理内容，使之成为干部群众共同遵守的行为准则。龙口市东江镇的"两书制"契约式管理模式，使干部的承诺和群众的约定对接；广饶县创新民主管理方式，总结推广了"定时定点集中办公制度"，进一步加强了农村民主政治制度建设，提高了村民自治水平。四是实行村务公开，加强民主监督。以村务公开为主要内容的民主监督制度得到了不断规范和深化。一是规范了公开内容。公开的内容主要围绕群众普遍关心和涉及群众切身利益的重点、热点、难点问题，既要相对稳定，又要根据形势任务变化和农民的要求，及时调整充实。二是规范了公开时间。以县为单位，统一规定公开时间。财务收支情况要每月公开一次，其他村务办理情况至少每季度公开一次，涉及农民利益的重大问题以及群众关心的重要事项要及时公开。三是规范了公开程序。公开前，村委会要提出具体方案；公开中，村务公开监督小组要对公开方案进行审查，经村"两委"联席会议讨论决定后，通过公开栏进行公开；公开后，村"两委"成员要认真听取群众反映，解答群众提出的有关问题。四是规范了公开配套制度。选好村务公开监督小组并切实发挥作用；实行民主决策，村务大事由村民当家做主；健全集体资产管理制度；落实村干部民主评议、目标考核、离任审计和过错责任追究等制度，使村务公开逐步走上规范化、科学化的轨道。目前，我省的村务公开民主管理正在逐步由事后性公开向全方位、全过程公开发展，由背靠背间接公开向面对面直接公开发展，由村务公开向县乡村三级联动、整体推进方向健康发展。

（四）软弱涣散村党组织、村委会得到有效治理。全省还有部分村党组织、村委会不健全，其主要原因：一是村集体经济薄弱，公益事业没有发展起来，失去了对村民的号召力、凝聚力；二是这些村往往是族性派性比较严重的村，长期闹不团结，谁当村党支部书记或村主要负责人都干不了多长时间，跑马灯式的，村务工作不能正常开展；三是这些村往往是位置偏远小穷村，对各级影响力不大，得不到足够的重视，长期以来就积重难返。各地采取有效措施，切实治理软弱涣散村党组织、村委会。如烟台市深入开展村级组织规范化建设年活动，制订下发了《关于开展村级组织规范化建设年活动的意见》，确定了村级组织规范化建设"八有"标准：1. 有健全的村"两委"及其配套组织，并能团结共事。2. 有适用的村办公场所和党员活动阵地，并能坚持正常活动。3. 有民主、公开的村"两委"决策和工作程序，并能严格坚持。4. 有严格的村务财务管理和公开制度，并能按要求定期公开。5. 有完善的党员培养、发展和管理制度，并能严格执行。6. 有切实可行的村庄发展规划和为群众服务、办实事的计划，并能抓好落实。7. 有保障村级组织正常运转的经费来源。8. 有和谐稳定的社会环境。菏泽市为改善村委会的办公条件，各县区结合新农村建设，通过部门帮扶等措施，多渠道筹集资金，加大了建设力度，仅牡丹区就集中解决了172个村的办公场所问题。

二、存在的问题分析

我省农村基层民主政治建设已经取得了显著成绩，但与〔中办发17号〕文件要求相比，与建设社会主义新农村和构建和谐社会的历史任务需要相比，仍然存在一些需要解决的问题。

（一）在民主选举方面，法律滞后的问题日益突出。基层的同志普遍反映，《村委会组织法》对村委会换届选举的一系列重大问题规定的过于原则、过于简单，如对选民资格的界定、候选人应具备的条件、选举的具体程序、对贿选和阻挠干扰破坏选举行为的认定及处理以及另行选举、重新选举、补选和罢免、申诉等问题，规定不具体不明确，操作性不强，难以适应当前工作的需要。

（二）在民主决策、民主管理、民主监督方面，落实工作不规范、不全面的现象仍然存在。虽然〔中办发17号〕文件和省、市、县，各级出台的条例、规范、文件对村务公开和民主决策、民主管理、民主监督都作了具体规定，但在部分地方的落实情况并不能令人满意。如在村务公开方面，重财务公开轻事务公开，重结果公开轻过程公开，以及公开内容不全面、公开时间不及时、村民对公开结果满意度不高的问题还占有一定比例；在民主决策方面，少数村还没有做到凡涉及村民利益的重大事项，都要经村民会议或者村民代表会议充分讨论，严格实行民主决策，而是由村"两委"决定甚至个人决定村中重大事项；部分村没有做到每年召开一次村民会议，"两会"和"两组"还不能有效地发挥作用等。

（三）部分地方农村干部待遇低，村内工作难以正常开展。在免除了农业税和"三提五统"、实行了种粮补贴和工业反哺农业的诸多政策后，农民负担重的问题已从根本上得到解决，但在部分山区、滩区和经济欠发达地区，村"两委"成员的误工补贴和养老金缴纳问题，没有得到解决。这些村的五保供养、困难救助、最低生活保障等都难以落实，村内道路整修、村民吃水、幼儿教育等公益事业难以开展，进而导致村干部工作积极性不高，村干部的吸引力降低，村民自治难以开展。

（四）有的地方领导重视不够、工作开展不平衡。全省绝大多数地方能够做到经济发展与民主政治建设统筹兼顾，但有的地方，重经济发展，轻村民自治；重村委会换届选举，轻村务公开、民主决策、民主管理和民主监督；重召开会议、下发文件，轻采取具体措施抓落实。

三、建议与对策

大力推进农村基层民主政治建设，应当采取如下措施。

（一）完善法律法规和相关政策，为农村民主选举提供强有力的法律和政策保障。建议全国人大尽快对《村委会组织法》进行修改，或者制订《中华人民共和国村民委员会选举法》，其主要内容是：

1. 延长村委会任期。即将村委会的任期由每届三年改为五年，实现村委会换届选举与县乡人大代表和政府换届选举的同步进行。

2. 村委会换届选举时，采用设立投票站或召开选举大会两种形式。情况良好的村，预选和正式选举都采用召开选举大会的形式组织进行；村情复杂、召开选举大会易出问题的村，经县级人民政府批准，可由乡镇人民政府组织推选产生村民选举委员会，预选和正式选举可采用设立投票站的方式进行，候选人竞选演讲等可采用张贴公告等方式进行。两种方式并存的选举办法实行一段时间后，可学习借鉴国外的选举经验，在省级范围内将选举形式统一为投票站投票。

3. 对换届选举的重大事项做出具体规定。如选委会任期、选民资格界定、候选人条件、贿选、阻挠干扰破坏选举、辞职、罢免等，都应做出较为详尽的、可操作性强的规定。

（二）明确责任，规范制度，狠抓工作落实。

一是进一步明确乡镇责任。抓好农村基层民主政治建设工作，重点在乡镇（街道）。各县（市、区）应把农村基层民主政治建设列入对乡镇的年度考核内容，制订出具体的工作标准，明确乡镇（街道）党委、政府的工作责任，并做到责任到人；应进一步规范奖惩措施，对制度落实好，村民满意度高，工作成效大的乡镇，由所在县（市、区）结合年度工作总结，给予必要的精神和物质奖励；反之，对因重视不够、工作不力而时常出现问题，或由此引起村民集体越级上访的乡镇，县（市、区）应及时予以通报批评；问题严重、影响恶劣的，应给予乡镇（街道）的主要负责人以必要的行政处分，以此调动起乡镇（街道）抓好农村基层民主政治建设落实的积极性，增强其做好工作的责任感。

二是完善和落实好相关制度。当前，应重点规范完善并认真落实村干部任期目标责任和承诺制度，村中大事由村民会议或村民代表会议民主决策制度，村级财务委托乡镇代为管理制度，村民民主理财小组定期审查财务账目制度，村务公开和财务公开，村委会报告制度，村民对村干部进行民主评议制度等，以实现村民的参与权、决策权、管理权和监督权。

三是大力培养先进典型。各级应以组织开展"村务公开民主管理示范单位"创建活动为契机，有计划、有重点地培养具有各自特色的，在全省乃至全国有影响的村务公开民主管理的先进县（市、区）、先进乡镇（街道）和典型村。通过各级的共同努力，采用典型引路等方法，力争在三至五年内，使全省三分之二以上的县（市、区）、乡镇（街道）和村达到省级"村务公开民主管理示范单位"标准，并涌现出一批国家级"村务公开民主管理示范单位"。

（三）加大财政投入力度，努力营造吸引优秀人才到农村建功立业的良好氛围。国家应加大对农村的财政转移支付力度，切实解决好取消农业税后乡镇工作人员工资及办公经费不足的问题。在此基础上，由国家、省、市、县和乡镇财政，按照一定比例，为经济落后村提供办公经费和干部误工补贴，并提供部分养老保险金，以此调动广大农村干部的工作积极性，吸引优秀人才到农村建功立业。一是以村庄人口数量为基数，确定村"两委"成员职数；二是以上年度乡镇（街道）村民实际收入为基数，确定村"两委"成员的误工补贴标准；三是按照1∶1∶1的比例，由财政、村集体和村干部个人缴纳保险金，使村"两委"成员享受农村社会养老保险制度；四是以村民每人每年10～15元的标准，确定村"两委"办公经费数额。实行这一制度，即由财政出钱，为农村干部提供相关经费，必将极大的增强农村干部的吸引力，从根本上解除村干部的后顾之忧，进而提升农村基层民主政治建设水平，加快社会主义新农村建设步伐。

（四）对农民群众进行广泛深入地宣传教育，不断提高他们的法律意识和民主意识。毋庸置疑，目前农村干部群众素质不高、法律意识和民主意识不强的问题仍然存在，且影响着农村基层民主政治建设进程。当前和今后一个时期，各级都应通过普法教育、依法组织村"两委"换届选举、建立农村文化大院、开展丰富多彩的文化体育活动等形式，采用农民群众喜闻乐见的方法，加强法律、民主、科普、文化、道德、移风易俗等宣传教育工作，逐步提高他们的法律意识、民主意识、文明程度和综合素质，进而提高农村干部群众依法开展自治、依法维护自身权益的能力和水平，为社会主义新农村建设奠定坚实的群众基础。

（五）强化党的领导，创新工作机制，形成工作合力。农村基层民主政治建设工作，是在各级党组织领导下依法进行的。因此，在组织层面上，应突出各级党委的领导作用，真正形成党委政府领导、民政部门牵头、相关部门配合、群众广泛参与的工作机制；在农村，应突出村级党组织的核心领导作用，努力建立起村党组织领导的、充满活力的村民自治机制。在县乡两级，重点应规范和完善指导、督查、通报等制度。在县以上，重点应在检查指导、调查研究、总结表彰和出台规范性文件等方面做文章，出成果。当前，建设社会主义新农村的号角已经吹响，农村基层民主政治建设工作必须纳入新农村建设的总体规划，需要各级党委政府的强力推动，需要各级人大的强力监督和社会舆论监督，需要纪检、组织、民政、财政、农业、司法等部门的通力合作，需要各级在机制建设、制度规范、工作落实等方面进行大胆创新，创造出符合法律要求、适合农村需要、具有时代特色的工作机制和工作经验，以此丰富农村基层民主政治建设的内涵，扩展村民自治的外延，进而推动社会主义新农村建设和农村和谐社会的建设。

××省村务公开协调领导小组办公室

二〇〇七年十一月十一日

例文简析　这则报告首先介绍了基本情况，然后对存在的问题进行了分析、并提出建议和对策。事实清楚、客观，层次分明。

××××学校关于学生收费情况的报告

×校字〔200×〕××号

××市人民政府：

前接××字〔200×〕××号函，询问我校对学生收费的情况，现报告如下。

我校对学生收费的标准是根据省人民政府〔199×〕××号文件精神，同时又针对我校所设专业的不同而制定，并报市场物价局核准后执行的，不存在乱收费、多收费的情况。另一方面我校对部分特困生实行减免部分学费和不定期补助的做法，使部分特困生得以顺利完成学业。

今后，我校在收费方面将继续严格按上级有关文件精神和当地物价部门的收费标准执行，绝不做违规之事。

以上报告妥否，请批示。

附件：《××××学校收费标准》

《××市物价局关于××××学校收费标准的批复》

××××学校（章）

二○○×年×月×日

例文简析　这则报告先交代行文的缘由，再对上级的询问做具体的回答，结束语是答复报告的惯用语。

四川省林业厅关于卧龙中国保护大熊猫研究中心
续借大熊猫给南昌市动物园的请示

川林函〔2007〕484 号

国家林业局：

根据《国家林业局关于同意借养大熊猫的行政许可》（林护许准〔2006〕582 号），卧龙中国保护大熊猫研究中心于 2006 年 4 月将无繁殖能力的老龄大熊猫"娟娟"（雌性，谱系号：597）借养给南昌市动物园，用于公众教育。现经双方协商，拟续借至 2009 年 4 月。

南昌市动物园曾长期饲养过大熊猫，具有符合大熊猫饲养所需的场地、饲料和后勤保障，借养期间卧龙中国保护大熊猫研究中心将派工作人员前往负责饲养工作，大熊猫的安全能够得到保证。经研究，我厅拟同意。现将相关申请材料随文上报，请予审批。

专此请示。

四川省林业厅

二〇〇八年一月十一日

例文简析 例文针对请求事项，提出了初步方案，并有自己倾向性意见，供领导参考。语言恳切，有分寸。

文化部关于同意法国萨克斯四重奏到北京演出的批复

文市函〔2008〕165 号

北京市文化局：

你局京文外发〔2008〕50 号请示收悉。

经研究，同意北京保利紫禁城剧院管理有限公司邀请法国萨克斯四重奏，于 2008 年 5 月至 6 月到北京等地演出。

请严格按照《营业性演出管理条例》及其实施细则的有关规定组织演出，并依法纳税。

请你局做好监督检查工作。

此复。

二〇〇八年一月三十一日

抄送：北京市外办、公安局、税务局，驻法国使馆

例文简析 这则批复先引述来文的标题，然后用一句话过渡，转入下面的批复。意见明确，理由充分。

思考与练习

一、判断题

1."请示"要"一事一请"，不能把几个事情写在一起。 （ ）

2.草拟行政公文时要准确领会领导意图，就是要把领导的每一句话都写进去。

（ ）

3.为了提高办事效率，"报告"中也可以夹带请示事项。 （ ）

4.批复必须针对下级机关所请示的问题而回复。 （ ）

二、选择题

1. 某单位向上级汇报工作情况用（   ）

A. 通报　　　　B. 报告　　　　C. 请示　　　　D. 总结

2. 某大学向上级部门申请设备购置经费用（   ）

A. 报告　　　　B. 请示报告　　C. 申请书　　　D. 请示

3. "当否，请批复"常用在（   ）的结尾

A. 函　　　　　B. 请示　　　　C. 报告　　　　D. 议案

三、根据材料写一份请示

　　××区建委为创建"园林城市"，要求区属及驻区单位必须在2004年底之前完成煤改气工程，辖区内的××学院是一所省属学校，现有教职工千余人，学生一万多人，现有供暖锅炉8台，供暖面积约9万平方米，实际需供暖面积约14万平方米，且现有锅炉大多为20年前购置，超期服役，供暖管道年久老化，漏气严重。现需燃气锅炉32台，计448万元，管网改造工程8000米，计400万元。合计848万元，自筹资金200万元，需请上级拨款648万元。

四、根据下述内容，拟写一份报告

　　一场雪后，三湘大地陷入天寒地冻当中。据省气象台统计，截止到16日上午8时，全省累计降雪量普遍在10～20毫米，积雪深度有30个县市超过5厘米，9个县市超过10厘米，湘北局部山区降雪高达30厘米左右。截止到16日中午，××县政府已经安排10万元专项资金用于抗寒，同时紧急调运70吨工业盐，对路面和辅道进行实时撒盐解冻，各桥梁路段安排了专人24小时待命值守。随着雨雪及冰冻天气的持续，用来化雪解冻的工业盐用量也将节节攀升。××县政府须将上述情况报告省应急管理办公室。

第四节　会议纪要、函

一、会议纪要的写作方法和要求

会议纪要是"适用于记载和传达会议情况和议定事项"的公文。

（一）会议纪要的写作方法

1. 标题

会议纪要的标题与其他公文文种标题格式相同，由发文机关、事由、文种三部分组成。

2. 受文机关

会议纪要不写主送机关，而是需要抄送给参加会议的机关与需要知道会议情况的机关。

3. 正文

正文由会议概况和议定事项组成。

（1）会议概况　介绍会议的基本概况，包括会议目的、时间、地点以及主持人、参加人员、讨论事项与会议规模、成果等。

（2）议定事项　为正文的中心部分。包括会议讨论与决定的事项，以及情况分析、措施与办法、希望、要求等。在表述上，通常使用"会议认为……"、"会议同意"等词语，

引出会议决定的事项。内容比较复杂的会议则要按内容的逻辑关系归纳成几个问题，设小标题分清各问题的层次，有的还要在问题之下，再设若干具体条款。

4. 结尾

会议纪要结尾包括纪要上报下发单位、发文机关和日期。日期可在正文之后，也可在标题之下。

（二）会议纪要的写作要求

（1）要抓住要点　即抓中心议题和围绕议题所作的决定来写，不要把大量的会议材料搬到纪要里去，要集中反映会议精神，概括最本质的观点与意见。

（2）善于归纳问题　即需要对会议内容作分类整理和理论概括。归纳概括会议情况的主要依据是会议的原始记录、会议印发的文件和领导人的讲话稿。

（3）必须实事求是，忠实会议内容　撰写者可以对与会者的发言进行概括和提炼，也可适当删节，但决不可凭空增添内容或篡改原意。

二、函的写作方法和要求

函是"适用于不相隶属机关之间商洽工作，询问和答复问题，请求批准和答复审批事项"的公文。函为平行文。

（一）函的写作方法

1. 标题

正式公函的标题与其他公文文种标题格式相同，由发文机关、事由、文种三部分组成。如果是便函，也可以不写标题。

2. 发文字号

为完全式。如果是便函，也可以不写文号。

3. 主送机关

为需要商洽工作、询问情况或答复问题的有关机关。

4. 正文

正文由事由和具体事项组成。

5. 落款

在正文之后的右下方标注发文机关名称。

6. 成文日期

写在落款之下。

（二）函的写作要求

① 公函是平行文，无论商洽工作还是询问情况，文辞不能像私人函件那样随意，要措辞得体，既有公文的庄重，又有礼貌。

② 询问函，要求一函一事，便于对方尽速办理与答复。

③ 答复函，因是针对询问函而回答的，因此，在开头第一行要写明来函的标题、日期、发文号或标题，如"××××年×月×日关于××××问题（或××字［××××］××号）的来函收悉……"，而后再写答复的内容。

④ 在正文结尾时，常用致意的词语，如"烦请予以大力支持为盼"、"……为荷"以及"敬礼"等。

××市质量技术监督局
关于征集全国电器设备网络通信接口等标准化技术委员会委员的函

沪质技监标〔2008〕45 号

各有关单位：

根据国家标准化管理委员会《关于批准筹建全国特殊膳食标准化技术委员会等 468 个全国专业标准化技术委员会的通知》（国标委综合〔2007〕104 号）的要求，将由我局负责全国电器设备网络通信接口等 9 个专业标准化技术委员会（包括技术委员会、分技术委员会和标准化工作组，以下简称标委会）的筹建工作（详见附件 1）。为此，我局诚邀全国各相关生产、经销企业、科研院所、检测机构、行业协会、消费者代表、认证机构等，选派专家代表参加有关全国标准化技术委员会的工作，为推动我国上述领域的标准化工作作贡献。

请各有关单位积极参与标委会的筹建工作，择优推荐 1 名委员（委员资格要求详见国标委网站，"全国专业标准化技术委员会组建工作有关要求和注意事项"文件），并于 2008 年 3 月 1 日前，把填好的《全国专业标准化技术委员会委员登记表》（样式见附件 2）及其电子文档、两张 2 寸推荐人选的彩色免冠照片，报送到相应的秘书处承担单位（联系方式见附件 1）。希望各有关单位对我局筹建工作提出宝贵的意见和建议。

联系人：×××

电话：021-××××× Email：××××@shzj.gov.cn

附件：1. ××市质量技术监督局筹建全国标准化技术委员会联系方式
　　　2. 全国专业标准化技术委员会委员登记表。

××市质量技术监督局
二〇〇八年一月三十一日

例文简析　例文因向不相隶属单位请求，故用函。内容具体明确，语言平实谦和。

××部社会福利中心理事会第三次会议纪要

2007 年 10 月 24 日下午，社会福利中心理事会在社会福利和社会事务司会议室召开第三次会议。

会议重点讨论了社会福利中心提交的《民政部社会福利中心三年建设发展工作规划》。会议认为，社会福利中心提交的工作规划体现了部党组关于推动社会福利中心改革发展的指示精神，工作思路清晰，目标明确，对社会福利中心的长远发展有利，对福利中心顺利实现职能转变有利。会议提出福利中心制定的发展规划，应当以十七大报告提出的科学发展观和关注民生为指导思想，把十七大报告精神体现在发展规划中，借十七大的东风，为大力促进福利中心事业健康发展而做出积极努力。

会议讨论了社会福利中心提交的《北京中民大厦有限责任公司变更事宜的请示》，会议对社会福利中心就中民大厦有限责任公司变更事宜所做的充分准备工作表示满意，同意按商定的变更方法尽快操作。会议对社会福利中心同时提交的有关岗位设置方案、财务管理制度等文件，建议社会福利中心直接与部有关业务司局及时沟通、请示，按有关政策规定修订完善，上报业务主管司局审定、批准后执行。

××部社会福利中心

二〇〇七年十月二十五日

例文简析 这则会议纪要根据会议讨论的问题按顺序概括说明。内容集中明确。

思考与练习

一、简述会议纪要与函的写作方法

二、选择题

1. 可以不加盖发文机关印章的是（　　　）

A. 函　　　　　B. 通报　　　　　C. 会议纪要　　　　　D. 请示

2. 既可向上级行文，又可向下级行文的是（　　　）

A. 报告　　　B. 请示　　　C. 意见　　　D. 通报

三、根据下面材料写一份发函和复函

××职业技术学院 2003 届机械专业学生按教学计划要到××石化公司进行为期一个月的毕业实习。实习时间 2004 年 5 月 25 日至 6 月 25 日；实习人数 30 人；食宿无需对方安排；实习费用按有关文件规定付给对方。按上述内容，以学校之名给××石化公司写一份公函，然后再以××石化公司之名，给学校写一份回函作答复。

四、针对班级目前存在的突出问题，组织一次座谈会，写一篇座谈会纪要

第三章 事务应用文

第一节 事务应用文概述

一、事务应用文的特点

事务应用文是党政机关、社会团体、企事业单位处理日常事务，用来沟通信息、总结经验、研究问题、指导工作、规范行为的实用性文体。它是日常工作中使用得最为普遍和广泛的文体。事务应用文有如下特点。

（1）指导性　事务应用文主要是用来处理日常事务的应用文体。它针对现实中的情况或工作中的问题，进行报道、总结、研究，其目的就是为了推动实际工作，解决实际问题，因而就有较强的指导意义。

（2）实用性　事务应用文是为推动工作、开展业务、解决问题而使用的一种文体，具有很强的实用性和应用性，这是事务应用文的重要特点。可以说，离开了实用性和应用性，事务应用文就会失去其原有的价值和意义。

（3）真实性　事务应用文反映的是当前工作中的新问题、新情况和新经验。客观世界处于不断的变化发展中，新生事物层出不穷，要对工作具有指导性，就必须对新事物、新情况、新问题等做出真实的反映。只有做到信息准确、情况真实、材料无误，分析、议论合乎规律，实事求是，才能达到指导工作、协调行动、开展业务的目的。

（4）灵活性　事务应用文的灵活性，是就结构、行文、语言表达等几个方面而言的。在结构形式上，事务应用文一般没有规范化的体例；在行文和表达方式上，也多种多样，叙述、议论和说明经常结合使用；在语言应用上，和行政应用文相比，更富生动性，更加活泼。

二、事务应用文的种类

依据事务应用文的性质和作用的不同，常用的事务应用文可以分为以下几类。

（1）计划类应用文　计划类应用文是单位或个人对一定时限内的生产工作或学习做有目的、有步骤的安排或部署所撰写的文书。这类应用文包括规划、设想、计划、方案、安排等。

（2）报告类应用文　报告类应用文是反映工作状况和经验，对工作中存在的问题或具有普遍意义的重要情况进行分析研究的文书。这类应用文包括总结、述职报告、调查报告、调研报告等。

（3）规章类应用文　规章类应用文是政府机构或社会各级组织根据某方面的行政管理或纪律约束，在职权范围内发布的需要人们遵守的规范性文书。这类文书包括章程、条例、办法、规则、规程、制度、守则、公约等。

（4）简报类应用文　简报类应用文是记录性的文书。这类应用文包括简报、大事记等。

（5）会议类应用文　会议类应用文是用于记录或收录会议情况和资料的文书。这类应用文包括会议计划、会议安排、会议记录、发言稿、开幕词、闭幕词等。人们习惯于称这类应用文为会议材料。

思考与练习

一、判断题

1. 事务应用文是日常生活中使用得最为普遍和广泛的文体，所以党政机关、社会团体和企事业单位处理日常事务时所使用的应用文体都可以归为事务文书的写作。（　　）

2. 各类事务应用文体只可以用来处理日常事务。（　　）

3. 事务应用文中所反应的问题和情况必须是真实的，不允许有任何的虚构和夸张。（　　）

4. 除了叙述之外，写作事务应用文时可以适当地加上议论、抒情等表达方式。（　　）

5. 根据不同的分类标准，事务应用文可以分为不同的类别。（　　）

二、简答题

1. 什么是事务应用文，它有哪些特点？

2. 联系实际，分析写作各种事务应用文时应注意哪些问题。

第二节　计　　划

一、计划的特点、作用和种类

计划是党政机关、社会团体、企事业单位和个人，对一定时间内所要开展的工作或所要完成的任务进行预先安排，制订明确目标、任务和具体要求，制订步骤、方法、措施，并加以书面化、条理化和具体化的一类应用文的总称。人们通常所说的规划、方案、安排、设想、打算、要点等都属于计划的范畴，只是因为内容、性质、范围、时间及成熟程度的不同而使用了不同的名称。

计划的制订需要事先进行充分的调研，拟订时要实事求是，具有科学性和可行性。计划一旦制定，则对执行者具有一定的指导性和约束力，要求所涉及范围内的任务切实执行并争取完成。

（一）计划的特点

（1）预测性　计划是对未来的一段时期内的实践活动和预定目标的构想和策划，是在对当前的情况和未来的发展趋势进行判断和分析的基础上所做出的一种预先设想和设计，具有一定的预测性。

（2）目的性　目的性是计划的灵魂，任何一份计划都要有明确的目的，计划都是为了达到某种目的、完成某项任务而制订的。有了目的，才会有努力的方向和奋斗目标；失去了目的，计划也就成了一个"空壳"。

（3）针对性　任何一份科学的计划都应该是针对本地区、本单位、本部门及个人的实际情况，结合工作需要和主客观条件而定的，因而具有很强的针对性。

（4）可行性　可行性与针对性是紧密相连的。计划的中心内容是要阐明"怎么做"，因此计划的制订必须建立在必要和可行的前提上，不必要的计划毫无意义，不可行的计划只是空想。计划的可行性是以客观情况为基础的，只有具备必要的客观条件，加上主观的努力，计划才能实现。

（5）约束性　计划一经制订，就要认真地贯彻执行，在一定的范围内甚至具有法律效力，对实践具有巨大的指导作用。未来的工作将在计划的指导下进行，有关地区、有关部门和相关人员必须严格遵守，并为实现它而积极努力。

（二）计划的作用

计划的作用主要体现在：首先，它可以提高预见性和自觉性，减少盲目性、被动性和随意性；其次，它有利于各方面的分工合作、协调一致，充分利用人力、物力和财力，从而提高工作效率，保证工作的顺利完成；第三，它可以为日后检查工作进度，总结、评价和考核计划的完成情况提供必要的依据。

（三）计划的种类

由于计划是总称，并且种类不一，因此划分的角度和标准也各不相同。

按内容分，计划可以分为综合计划和专项计划两类，前者带有全局性，涉及范围广，多规定计划期的总目标和指标；后者带有局部性，涉及范围较窄，目标指标较为单一。

按性质分，可以分为工作计划、生产计划、学习计划、活动计划、会议计划等。

按时限分，可以分为长期计划、中期计划和短期计划三类。长期计划也叫规划，属于对发展进行战略部署的纲领性文件，时限一般在五年以上；中期计划负有将长期计划所规定的战略任务具体化并指导近期发展的使命，一般以二至五年为限；短期计划一般比较具体细致，操作性较强，包括年度计划、季度计划、月份计划、句计划、周计划等。

按范围分，可以分为国家计划、地区计划、单位计划、部门计划、班组计划和个人计划等。

二、计划的写作方法

计划一般由标题、正文和落款等几个部分组成。

（一）标题

完整的计划标题有四个构成要素：单位名称、适用时间、主要内容和文种。如"××大学 2003～2004 学年第一学期教学工作计划"，"××大学"是单位名称，"2003～2004学年第一学期"是适用时间，"教学工作"是主要内容，"计划"是文种。有些计划标题省略了某些要素，如：省略单位名称，由适用时间、主要内容与文种构成；或者省略单位名称和适用时间，只由主要内容与文种构成。如果计划尚不成熟，或未经上级批准，或没有正式讨论通过，那么就应该在计划标题的后面用括号注明"初稿"、"供讨论用"或"草案"等字样。

（二）正文

正文是计划的核心部分，一般由前言、主体、结尾三大部分构成。

前言部分是计划的开头。这一部分主要说明制订计划的背景、依据、目的、意义、指导思想等，要写得简洁明了，具有概括性。

主体部分是计划的核心部分。这一部分要写清楚计划的目标与任务，并且提出相应的措施、方法与步骤。由于这部分的篇幅较长，内容也较多，所以组织内容时通常采用条文式、表格式或者条文表格相结合的方式。

（1）条文式计划　条文式计划是把一项计划内容分为几个加上小标题的部分（复杂的

还可以大标题下分设小标题，大层下分设小层），主要用文字加以阐述，涉及到的数字指标都穿插在有关的文字叙述当中。这种方式，问题醒目、条理分明、层次清楚、说理性强，容易把计划的精神准确地传达出来，便于理解和贯彻执行。

（2）表格式计划　表格式计划是一种以表格和数字为主，辅之以少量文字表述的计划形式。这种表达方式便于对照和检查，视觉上一目了然。一般适用于专业性、业务性和与数据的关联性比较强的工作计划。表格式计划的主要难点在于对表格格式的设计，只要设计好表格，只需按照要求填写即可。不宜用表格表达的内容，如计划的指导思想、依据、措施、要求等，应使用简要的文字在表格前或表格后加以说明。

（3）条文表格结合式计划　这种形式计划可以结合前两种形式的优点，既条理清晰，表达准确，又具有较强的直观性，便于制定较为复杂的计划。

结尾部分相对简单，一般是总结全文，表明完成计划的决心，也可以是提出希望、发出号召、明确执行要求等。这一部分有时候可以省略不写。

（三）落款

在正文的右下方应写明制订计划的日期。如果计划的标题中没有写明制订计划的单位名称，还要在正文的右下方写明制订计划的单位名称，再写明制订日期。如果是需要上报或下发的文件计划，最后还要写明主送、抄送单位的名称。

三、计划的写作要求

（1）计划要实事求是、切实可行　制订计划时要坚持正确的政治方向，以党的有关方针政策、法令法规为指南，结合本地区、本部门、本单位或本人的实际情况，提出明确的目标与任务，制订相应的措施与办法。计划的目标定得不能太高或太低，一定要坚持实事求是的原则，既要反对头脑发热、盲目冒进，一味追求高指标；也要防止不求进取、甘居中游的保守思想。要把先进性和可行性很好地结合起来。计划既要能运筹全局，又要有分工落实。计划的措施要具体有力，有明确的时限要求和工作责任制，不能含糊不清，以保证计划落实到实处。

（2）计划的内容要明确具体　制订计划是为了更好地完成任务，不是为可应付检查的官样文章。因此，在计划中，目标、任务、措施、办法、步骤等都要写得明确具体、切实可行，不可含糊不清、模棱两可。

（3）计划的语言要准确、恰当　拟定计划时一般不需要议论，也不需要叙述过程，只要把目标、任务、措施、方法等交代清楚即可。因此，用词造句无需追求华丽的语言，只需要准确，恰当，清楚明白。

例文 3-1

××××自治区 2007 年度电子政务工作计划

（略）

工作目标和基本方针

根据自治区主席司马义·铁力瓦尔地关于2007年全区政府工作要"以行政体制改革为重点，努力提高行政能力和水平。推进电子政务建设"的要求（《2006年度政府工作报告》）和自治区党委常委、常务副主席陈雷在自治区政府系统电子政务工作会议上的讲话精神，自治区政府系统2007年度电子政务工作的主要目标是："大力推进政府机关网上办公的开展、进一步抓好政府门户网站的建设应用、继续推进电子政务网络延伸和应用拓展"。

围绕上述工作目标，2007年度全区政府系统电子政务工作的基本方针是："巩固基础、拓展应用、改进服务、提升水平"。

主要工作任务

一、大力推进网上办公的开展，进一步提高政府机关办公效率。

（一）不断提高自治区政府公文无纸化传输系统的应用水平，进一步提高政府公文的交换质量和效率。

自治区人民政府办公厅将在年内推进各地各单位上报自治区电子公文业务的尽快开展，实现电子公文交换双向化。

各地各单位要按照自治区人民政府办公厅的统一部署，认真组织好本单位电子公文上报自治区人民政府和自治区人民政府办公厅的相关准备工作，要根据已建立的制度和规范，加强管理，保障应用。

（二）建立和完善办公自动化应用系统，推进政府机关收、发文网上处理和流转应用。

自治区人民政府办公厅将实现各地各单位上报自治区的公文通过网络协同进行流转处理，实现自治区人民政府和办公厅电子公文网络共享和传阅，进一步提高公文处理效率。

各地要依托电子政务内网（以下简称内网）和电子政务专网（以下简称专网）实现办公信息资源的共享，建立办公应用系统，推进机关网上办公。尚未建设内网的地区必须认真规划，抓紧建设，年内完成内网建设，并按规范实现与专网联接，在此基础上，积极开展应用系统的建设和应用。

各部门在抓好业务应用系统的规划和建设时，要重视内网的建设，将公文管理、信息处理及事务办理等政府机关基本业务应用系统纳入统一规划和重点建设内容，并努力实现各业务系统与办公系统的资源共享和业务协同。

（三）依托内网和专网，建设自治区政府督查信息管理系统，完善自治区政府政务信息采编处理系统。

自治区人民政府办公厅将落实国务院督查工作会议精神，保障大督查机制的建设和运行，建设覆盖全区政府系统，横向到厅局，纵向到地州市的网上督查信息管理系统，实现督查工作的立项、办理、反馈和汇总统计等业务工作的网络化管理，促进我区政府督查工作效能和水平的不断提高。同时对原政府政务信息采编处理系统进行升级改造，完善功能，提高水平，全面实现全区政府系统政务信息的网上上载、在线采编、在线审发、电子发送和自动汇总统计等功能，促进政务信息工作的水平和质量的不断提高。

各地各单位要根据统一规划，落实好督查和政务信息系统应用客户端建设的相关工作，协助做好软件测试和完善工作，积极组织参加培训，认真做好应用系统的部署和启用工作。

二、认真贯彻"国务院办公厅关于加强政府网站建设和管理工作的意见"精神，进一步抓好全区政府门户网站建设，全面提升全区各级政府机关网上服务水平。

（一）完成自治区政府门户网站升级改造建设工作。

自治区人民政府办公厅将按政府门户网站的理念升级改造自治区政府网站应用系统，进一步完善政府门户网站维吾尔文版和英文版，建立政府门户网站内容保障和安全保障体系，全面提高自治区政府门户网站的应用水平。

各地各部门要积极配合自治区政府门户网站的建设，做好内容保障工作。要认真贯彻实施自治区政府门户网站内容保障规范，通过报送信息、协办栏目等方式，使自治区政府门户网站的内容不断丰富，功能逐步增加，充分发挥政府网站作为自治区政务公开的重要窗口和建设服务型政府的重要平台的功能。

（二）加强建设，全面覆盖。

自治区人民政府办公厅将督促指导尚未建立政府网站的自治区政府各部门各直属机构积极制订规划，抓好落实，通过多种方式，因地制宜，克服困难，建立政务网站，开展应用，争取实现自治区人民政府所属委办厅局机关100％建站率。中央驻疆政府部门也要积极抓好网站建设和应用，争取实现全面建站。

各地州市要督促指导尚未建立政府网站的所属县市（区）政府结合当地实际通过多种方式年内完成政府网站的建设并开展应用，以达到全区各县市政府100％的建站目标。

各地各单位在抓好政府网站汉文版建设的同时，具备条件的要积极筹建少数民族文字版，并抓好民文政务信息发布等应用保障工作，提高面向少数民族群众的政府网上服务水平。

（三）注重应用，提升水平。

自治区人民政府办公厅将根据中央和自治区党委、人民政府关于进一步推进政务公开的要求，依据国务院即将颁布的《政府信息公开条例》，积极牵头组织制订《新疆维吾尔自治区政府信息公开条例》，拟定政府信息公开目录。在条例和目录的指导下，积极推进利用政府网站开展政务公开工作，全面提升我区政务公开水平。

各地各部门要高度重视政府网站应用保障工作，积极与社会各方面合作，努力提升建设和管理水平。要及时准确地发布政府信息，搭建与公众互动交流平台，拓宽社情民意的表达渠道，着重为公众和企业提供在线办事服务、公益性便民服务。上下级政府和部门网站之间要做好链接，逐步实现资源共享、协同共建和整体联动。

昌吉州、乌鲁木齐市、克拉玛依市、石河子市、阿拉尔市、自治区公安厅、国土资源厅、质量技术监督局、工商局、环保局等地区和单位要积极探索网上办事和行政审批等应用系统建设，率先开展网上办事服务的应用。

三、继续推进自治区电子政务专网延伸，建立全区纵横相联上下统一的电子政务内网骨干传输体系，大力拓展网络应用。

（一）推进专网完善和延伸。

自治区人民政府办公厅将进一步提升专网的运行和管理水平，组织新疆电信公司等部门制订专网应急保障预案，并贯彻实施。各地各单位要根据应急预案，落实职责，做好专网应用保障工作。

自治区各厅局部门要充分发挥专网作为自治区电子政务内网骨干传输网的作用，积极依托专网开展网络应用系统的建设工作，促进网络和信息资源的整合，减少重复投入，避免重复建设。各地要积极协调和配合自治区政府各部门依托专网开展的业务应用系统的建设工作。

自治区人民政府办公厅将重点支持和指导自治区卫生厅、司法厅、环保局、畜牧厅、国土资源厅和审计厅等政府部门依托专网开展信息网络系统建设和应用，鼓励和支持各地各单位依托专网开展横向公文交换和业务协同工作。

各地州市要于 2007 年 6 月前完成专网到所属县市（区）政府的延伸联接，确保国务院办公厅和自治区人民政府办公厅确定的政务信息县市级直报点通过专网直接传送政务信息等应用的实现。要在年内实施与所属卫生、司法、畜牧、环保等政府部门的专网联接。逐步建立专网运行保障的工作机制和制度规范。

（二）积极推进专网应用系统建设和应用。

1. 全面完成各地州市到所属县（市）政府的公文无纸化传输系统建设和应用工作。各地州市必须根据自治区的统一规范要求于 2007 年 6 月前依托延伸至县市的专网建立公文无纸化传输系统，开展政府公文网络传输，实现自治区人民政府和办公厅电子公文直发到各县市政府。

2. 依托专网建立自治区政府系统视频（数字电视电话）会议系统。

自治区人民政府办公厅将进行统一规划，依托专网建立自治区政府数字视频会议系统，为自治区政府通过专网召开全区性的数字电视电话会议和开展远程业务培训提供保障。

自治区政府视频会议系统中心端设立在自治区人民政府办公厅，建设经费申请自治区财政安排，各地数字视频会议室建设由各地州市按统一规范要求安排经费建设，争取在 2007 年 9 月完成建设投入应用。

3. 做好自治区应急信息系统建设的相关准备工作。

自治区人民政府办公厅将积极推进依托自治区电子政务网络建设的自治区应急信息平台系统的规划和立项准备工作，并组织好系统技术建设工作。各地各单位要根据应急信息系统建设的要求，做好网络和资源整合等配合工作。

以上相关工作计划安排和应用系统建设的具体方案另行下发。

保障措施

一、加强领导，完善机制。

各地各单位领导要根据 2006 年自治区政府系统电子政务工作会议精神，加强领导。各地州市要按在当地政府直接领导下开展工作的原则调整设置电子政务工作专职机构，理顺工作管理体制，各厅局部门要有一个确保工作的专门机构，明确职责，保障电子政务工作健康稳定的发展。

二、落实经费，保障建设。

根据中央的要求，电子政务建设的经费要纳入自治区和各地计划、财政预算予以保障。各地各单位还要通过争取科技项目、与社会合作、承担示范建设等多种方式，广泛寻求多方支持，拓展资金来源渠道，全面推进工作。

2007 年度，自治区政府督查管理系统和政务信息管理系统，各地各单位约需安排 1 万元的软件配套建设资金；自治区政府系统数字视频（数字电视电话）会议系统各地州市需安排 6 万元配套设备建设资金。各地各单位要根据电子政务建设工作的需要，积极安排将电子政务的建设资金列入财政预算，并予以落实解决。

三、完善制度，抓好落实。

在 2006 年度基本完成自治区政府系统电子政务工作制度和规范建设的基础上，结合自治区人民政府办公厅正在开展的强化服务意识提高服务效能教育年活动，年内重点抓好制度的落实和完善工作，通过抓制度的落实和完善，促进工作制度化、规范化。

四、重视培训，促进应用。

自治区人民政府办公厅将根据电子政务系统建设和应用工作的需要，认真组织好全区性的应用培训工作；继续开展"以岗代训"工作，抽调各地各单位电子政务工作骨干到自治区来参加实际工作，通过实践提高工作水平。各地各单位要结合电子政务工作开展的需要，将应用培训纳入规划，认真组织开展，确保应用效益的发挥。

五、加强调研，做好指导。

针对工作发展需要，积极开展调研，同时抓好协调指导工作。组织探索研究县市级政府电子政务体系建设的适宜模式。

各地要将对所属县市和部门的电子政务协调指导工作纳入职责和计划，并按国家和自治区的统一规划和规范要求认真开展工作。

六、加强考核，推进工作。

继续组织开展政府网站应用绩效评估活动，继续开展各地各单位电子政务工作年度考核工作。

二○○七年四月十二日

例文简析　这则工作计划写得非常具体。首先明确指导思想、建设目标和工作任务，然后撰写落实计划的措施。层次清楚，计划切实可行。语言简洁明了，内容有先有后，点面结合，有条不紊。

例文 3-2

关于学习、宣传、贯彻党的十七大精神的工作安排

中国共产党第十七次代表大会已经胜利落下帷幕。这次会议是在我国改革和发展关键阶段召开的一次十分重要的大会，为党和国家各项事业的发展指明了前进的方向，是发展中国特色社会主义的政治宣言和行动纲领。认真学习宣传贯彻党的十七大精神，是当前和今后一个时期我校的一项首要政治任务。根据《中共××大学委员会关于认真学习宣传贯彻党的十七大精神的安排意见》，为迅速掀起学院学习贯彻十七大精神的新高潮，结合实际，制订了我院的学习计划安排。

一、指导思想

深入学习宣传贯彻十七大精神，进一步加强理论武装，更新办学理念，明确我们担负的历史责任，构建和谐奋进的学院文化，推动网络学院各项事业顺利发展。

二、学习原则

学院根据实际情况，确定了分阶段、分层次的学习原则。首先要开展全员学习报告原文和新党章的集中学习活动，其次是专题学习辅导、深入交流研讨，最后是实践及总结交流。

党员干部要先学一点、多学一点、深学一点，运用十七大精神指导和引领我们的工作，充分发挥模范带头作用，带领学院全体教职工积极思考、努力工作，创建一个和谐、健康、持续发展的良好环境。

三、具体学习安排

整个计划预计从2007年11月开始，到2008年8月结束，历时10个月。

（一）宣传工作：2007年11月7日至2007年12月31日

宣传形式：学院宣传橱窗、网站、横幅标语以及学习简报等。

宣传内容：党的"十七大"精神实质和科学内涵，师生学习"十七大"的活动情况以及学习成果。

（二）认真学习十七大报告和新党章，全面把握和深刻领会十七大精神：2007年11月初—2007年12月初

1. 十七大内容导读

2. 新党章学习辅导

3. 全院教工和学生党员自学宣传部下发的政治学习材料

（三）专题讨论十七大精神实质，深刻领会学习要点：2007年11月底—2008年1月

1. 邀请××部长为全院教职员工做专题辅导报告

2. 请×××院长做网络教育发展形势报告

3. 学院科级以上干部、党支部书记、学生工作干部学习十七大精神座谈交流会，要求每人撰写1000字左右的体会文章

（四）深入开展学习交流活动，以十七大精神鼓舞工作：2007年12月—2008年8月

1. 在全院师生中开展十七大精神网上答题活动

2. 编辑出版《网络教育学院学习贯彻十七大精神活动专刊》

3. 各党支部党员、党委领导班子都要召开一次民主生活会

4. 2007年寒假和2008年暑假组织学生党员开展"贯彻落实十七大精神，科技支持家乡发展"的假期实践活动

5. 各支部结合支部立项积极开展学习实践活动

中共××大学网络教育学院委员会

二〇〇七年十一月八日

例文简析 这则计划结构简洁明了，内容概括集中。首先明确指导思想，然后依据学习原则制订出具体学习安排。整篇计划措施具体，步骤有序，条理清楚。

思考与练习

一、判断题

1. 计划除了有明确的目标，还必须指出为完成目标所采取的措施步骤，且措施要切

实可行。 （　　）

2. 计划主要是靠制订者独立思考、发挥想象、反复推敲制订出来的。（　　）

3. 计划的主体内容概括起来是做什么、怎么做、要做到什么程度。（　　）

4. 计划一经制订就成为该时期或该方面工作的指导和依据，所以不能做任何调整和改动。 （　　）

5. "任务要求"是计划正文的主要内容之一，主要是解决"怎么做"的问题。（　　）

二、分析修改

（一）修改以下计划的标题。

1. ××县国民经济和社会发展五年计划

2. 二〇〇七年至二〇〇八年教育事业规划草案

3. ××大学二〇〇八年招生工作规划

4. ××公司关于第一季度销售计划

（二）下面是一份计划的前言，指出它的毛病，并加以修改。

近几年来，我校扩大办学规模，青年教师越来越多，他们正在成为学校的骨干力量，尤其在教学一线上发挥着重要作用，显示了我校的前景和希望。但也不能忽视有些青年教师业务素质较差、经验不足的问题。根据社会对师资的要求，我们与几所大学研修班联系，拟送部分青年教师进修学习。我们的计划如下（略）。

（三）阅读下面这份计划，指出其优缺点，并加以修改。

个人学习计划

本学期的任务是在一年级学习的基础上进一步学习基础理论课，并开始学习专业课。为了使自己学好各种基础理论课和专业课，真正掌握各门业务知识，兹将计划要点介绍如下。

（1）首先要学好各门基础理论课。如外语、写作、哲学和政治经济学。这些课是专业课的基础，切不可忽视，只有奠定良好的基础，专业课才能学好，否则，专业课就会成为"空中楼阁"。

（2）在学习基础理论课的基础上，要认真学习专业课；如工业会计、商业会计、统计学原理等，真正了解并掌握财政工作的基本业务，才能使自己成为一名有用人才，才能为党和国家做好本职工作。

在具体执行以上各项计划时，应从以下几个方面进行。

（1）课前要对老师讲授的东西进行预习，做到心中有数。

（2）课堂上要认真听老师讲授。对老师提出的问题，要开动脑筋，积极思考，同时要记笔记，做到课堂上将老师讲授的知识基本上理解并消化。

（3）课下对老师讲授的知识要进行认真复习，认真阅读教科书和笔记，进一步加深理解老师讲的课，以便消化书本知识成为自己的知识。

（4）认真完成作业，作业是对学生是否真正理解并掌握书本知识和老师讲授的知识的综合检查，它能培养我们独立分析问题和解决问题的能力。

（5）平时应多阅读有关的参考资料，以此扩大自己的视野和知识面。应尽量使自己多了解一些财政工作方面的业务知识。

（6）要积极和同学们开展一些学术方面的讨论，以长补短，促进学习，对于一些争论性的问题要敢于提出问题见解，以加深理解并巩固所学的专业理论知识。

（7）平时测验和期中、期末考核争取保持优良水平。

三、为班级、年级、所在系部或所在单位的某项集体活动进行策划，拟一份活动方案。

四、根据自己的实际情况，拟写一份学习计划或课外读书计划。要求目标明确、措施具体、符合实际。

第三节 总 结

一、总结的特点和种类

如果说计划是对未来的展望与构思，那么总结则是对过去的回顾与思考。总结是一个单位、部门或个人对过去一定时期内的工作或活动进行回顾、分析、检查和研究，从中找出经验教训或规律性的认识，以明确努力方向、指导今后的工作，并最终形成理论化、系统化的书面材料的一种事务文书。平时所使用的小结、体会也属于总结。

总结对实际工作具有重要意义。通过总结前一时期的工作，可以深化人们对事物的认识，从中获取经验、汲取教训，以便更好地指导今后的工作；同时，它还可以起到交流信息、推广经验的作用。总之，"前事不忘，后事之师"，总结能帮助人们避免无谓失误，使各项工作有条不紊地开展。

（一）总结的特点

（1）理论性 总结的过程，是人们不断加深对客观事物认识的过程。人们在分析事实材料的基础上，通过分析、研究、归纳、提炼出正确的观点，从而由对事物的感性认识上升为理性认识，得出规律性的结论，更好地指导今后的工作和活动。

（2）客观性 总结是对过去一定时期内的工作或活动进行的分析和研究，是在实践的基础上展开的，它的内容必须真实确凿、客观地反映实际情况，解决问题，获得经验，不允许无中生有、东拼西凑、主观臆造和任意的虚构。

（3）指导性 总结是对过去的回顾与思考，其目的在于更好地指导今后的工作，通过对以往工作全面系统的检查、分析，从而提高认识，把握规律，在今后的工作中就能扬长避短，纠正缺点和错误，争取把工作做得更好。

（4）概括性 总结是人们对客观事物规律认识的反映，它既不是对工作实践做简单复述，也不是把工作细节罗列至此，而是要做本质概括，实现从现象到本质、从感性认识到理性认识的飞跃。

（二）总结的种类

总结的种类很多，按照不同的分类标准，可以分为不同的类型。

按内容划分，有工作总结、学习总结、思想总结、生产总结、教学总结、科研总结等。

按性质划分，有综合性总结和专题性总结。

按范围划分，有部门总结、单位总结、班组总结、地区总结、个人总结等。

按时间划分，有年度总结、季度总结、月度总结、阶段总结等。

以上划分，只是相对而言，对于一份"总结"来说，可以在不同类之间相互交叉和重复。如一份"个人总结"，可以是学习总结，也可以是年度总结和综合性总结。

二、总结的写作方法

因为总结的类别很多，所以具体写法也不尽相同。一般来讲，总结的结构由标题、正文、落款三部分组成。

（一）标题

总结的标题要简洁、准确。一般有以下几种写法：一种是公文式标题，即由单位名称、时间、事由与文种等构成，如"××大学2000学年教学工作总结"；也可以省略部分要素，或省略单位名称，如"2000学年工作总结"；或省略时间，如"××市计划生育总结"；或单位名称与时间均省略，如"科研工作总结"。一种是文章式标题，即用简练的语言概括总结的主要内容或基本观点，如"增强领导干部的公仆意识"、"走活一步棋　选好一把手"；再一种是双标题，即正副标题形式。正标题概括主要内容或揭示主题，副标题补充说明单位、时限和工作内容，如"抓改革促管理增效益——×××食品厂1998年工作总结"、"构建农民进入市场的新机制——运城麦棉产区发展农村经济的实践与总结"。当然，在实际运用中，采用什么样的标题形式，可视具体情况而定，不可一概而论。

（二）正文

总结的正文一般由开头、主体、结尾三部分构成。

1. 开头

开头也叫前言部分。要求开门见山、简明扼要地概括基本情况，包括单位名称、主要任务、时间、背景、指导思想、主要内容及基本评价等。可以采用以下几种方式简单概述总结的内容和目的。

概述式：概括介绍基本情况（工作背景、时间、地点等）。

结论式：对要总结的工作下一个结论，然后再较详细地叙述情况。

提示式：对工作的主要内容进行提示性的简要概括。

提问式：提出问题以引起读者对该文的关注，明确总结的重点。

对比式：对有关情况的过去和现在、后进和先进、正确与错误等做出简略的比较，在比较中表明所要总结的工作的基本情况。

2. 主体

主体是总结的核心。主要包括基本情况、经验和体会、问题和教训及今后的打算和努力的方向等内容。

基本情况包括总结对象涉及的环境背景、具体任务、实施步骤等。经验和教训指总结工作成效和带规律性的、有指导意义的体会。除了所取得的成就、经验之外，对工作中曾出现的失误也应该实事求是地说明，做到既不一味铺陈优点，也不有意回避缺点。设想和安排是在总结经验教训的基础上，针对工作中实际存在的问题，提出解决办法。

写主体部分，切忌事无巨细，一一罗列。这一部分由于内容较多、篇幅较长，因而在写作时应注意层次分明、条理清楚。在写作中通常采用多种方式来安排结构。

（1）横式结构　即将主体部分分成并列的几个方面，一一进行总结阐述。例如，某专题性经验总结的主体部分就是采用横式结构从几个方面总结了某学院的办学经验，它的大体框架是：一是贯彻教育体制改革，积极落实改革措施；二是突出教学的中心地位，提高教学质量；三是建立完善的科研体系；四是强化服务保障功能，改善办学条件。

（2）纵式结构　即按照工作进行的过程或各部分层层递进的逻辑关系安排结构的方法。一般要把整个工作活动的过程分成几个阶段，逐一进行总结。例如按"一、做了哪些工作；二、取得了哪些成绩；三、有哪些经验和问题"的顺序安排材料。综合性总结的正文常采用此类结构。

（3）纵横交叉式结构　即前面两种结构方法的综合，既考虑到并列的各个方面，又有工作进行的过程或层层递进的关系。这类结构一般适合于大型总结。

3. 结尾

这一部分较为简单，主要是表明决心、展望前景。在总结经验的基础上提出今后的打算、改进意见和设想。

（三）落款

落款包括署名和日期。署名要全称或规范化简称，写在文章的右下方，若标题中已有了单位名称，可以不写；若标题中没有发文机关，落款中的署名则不能省略。时间应另起一行写在署名之下。

三、总结的写作要求

（1）要实事求是　总结必须从本单位、本部门的实际情况出发，反映真实情况，如实总结工作中的成绩、缺点和不足。不能肯定一切或否定一切，只报喜或只报忧。

（2）要重点突出　写总结的时候，一定要分清主次、突出重点，不能不分详略地平均用笔，像记流水账一样，这样的话，就不能给人以鲜明、深刻的印象，更不能从中得到有益的启示。

（3）要进行科学的分析和概括　掌握真实的、全面的材料只是为总结写作提供了一个前提，要写好总结，还需对这些材料整理、分析、综合和归纳，"去粗取精、去伪存真、由此及彼、由表及里"。要透过事物表面现象，认识事物的本质规律，这样才能为进一步指导今后的工作提供有益的参考。

例文3-3

××省新闻出版局2007年上半年工作总结

今年以来，我局围绕迎接党的十七大和贯彻落实省第九次党代会、省十届人大五次会议精神的工作主线，以社会主义核心价值体系为根本，以"坚持科学发展、构建和谐××"为主题，全面加强出版管理和出版物市场监管，着力推进文化强省建设，深入开展"扫黄打非"斗争，努力推动新闻出版业健康繁荣发展，在完成年度目标任务上提前实现了"双过半"。主要抓了以下工作。

（一）坚持正确导向，多出优秀作品

年初以来，我们及时召开了全省新闻出版通气会，强调导向管理工作，重申了有关管理规定；把导向管理工作纳入局年度政务目标管理，坚持和完善出版"三审"、报刊阅评等管理制度，加强督促检查，进一步加强了出版全过程管理，出版产品生产及服务保持了健康繁荣的良好势头，唱响了"科学发展、共创和谐"的主旋律。

指导和推进出版单位突出抓好迎接党的十七大、庆祝建军80周年、香港回归10周年等重大选题的出版，继续加大对服务"三农"、未成年人思想道德建设、传承民族历史文化、反映××发展成就等读物的开发力度。

1～6月，全省共审批图书出版选题3047种、音像电子出版选题369种，有30余种入选全国各类重点专项选题和优秀出版物；出版新书1251种、音像电子出版物369种，一大批优秀作品受到市场青睐和读者喜爱，在北京图书订货会和全国书市上实现出版物订货码洋5700万元。

1～6月，我局共召开各类出版通气会和专题审读会14次，清理了467种图书在制品和出版选题，审读重点报刊92种、音像电子出版物165种，履行重大选题备案26种，撤销了一批不合时宜的出版选题，保证了出版的正确导向。

（二）加强市场监管，深入"扫黄打非"

完成了对行业各类主体的年检工作，调研摸清了全省出版物市场网点等的基本情况；完善执法检查、市场巡查等日常监管制度；依托各级新闻出版和"扫黄打非"等部门的执法力量，着力构建"上下联动、整体出击"的监管机制；拓展信息渠道，发动群众参与，增强了监管快速反应能力。在全省8个市的20个社区推进"扫黄打非"进社区试点成效显著，受到全国"扫黄打非"工作小组的肯定。

做好"出版物质量管理年"工作，完成了全省中小学教材印装质量检查，开展了教辅读物编校质量专项检查；按照《期刊出版形式规范》，组织全省期刊社对照检查，规范了出版形式；制发了《关于进一步加强全省印刷业管理工作的通知》，对印刷审批进行了清理、规范和整改，施行了出版物承印情况月报制度，强化了日常监管。

根据全国、全省统一部署，扎实组织协调全省出版物市场"扫黄打非"春季、夏季战役和"反盗版天天行动"等3次集中专项行动，会同有关部门开展了查处非法报刊、网上"扫黄打非"等专项行动。有力地保护了著作权，净化了出版物市场，维护了社会和谐稳定。

（三）加快发展步伐，落实跨越措施

紧紧围绕"坚持科学发展、构建和谐××"、实现"四个跨越"，认真思考新闻出版工作的应尽之责和应有之为，深入开展调查研究，找差距、添措施、谋发展。开展了全省新闻出版业发展问题重大课题调研，向省委报送了调研报告，提出了推动我省从出版资源大省向强省跨越的对策建议；通过调研，局各处室还分别提出了全省图书、报刊、音像电子和网络出版业，以及印刷复制业、出版物发行业的发展对策措施。

着眼于进一步提高科学决策水平、实现又好又快发展，完善了《决策重大事项议事规定》、建立了局务会议制度；按照"坚持方向、规范管理、促进繁荣"的要求，出台了出版单位《总编室编务管理办法》等制度性措施。做好××新华发行集团改制、发展协调服务工作，推动××新华××公司成功在香港挂牌上市。组织有关出版单位参加了世界期刊大会、中国国际音像电子博览会等展会活动，开阔了发展眼界。

及时认真学习贯彻落实省第九次党代会精神、开展工作讨论，并向各市（州）新闻出版局发出通知提出了贯彻意见；研究制订了《关于新闻出版推进文化强省跨越的实施方案》，提出了今后五年全省新闻出版业跨越发展的指导思想、主要目标、突破重点、保障措施，以及主要经济指标的分年度规划，印发各市（州）新闻出版局和各出版、印刷、发行单位，要求制订具体方案，细化分解目标任务，把跨越发展的工作落到实处。

（四）加强公共服务，切实惠民助民

根据省委、省政府惠民行动方案，制订了《"新闻出版惠民行动"方案》，落实了10项具体惠民措施。落实便民措施，推行政务公开，截止6月25日已受理行政许可6800多件，办结率、群众满意率为100%。对口帮扶××县××镇××村农民增收脱贫初见成效。

切实解决农民"看书难、借书难、买书难"问题。于年初召开了全省农村书社建设工作现场会、4月与省委宣传部等九部门制订了《全省农家书屋工程建设的实施意见》并召开会议作了安排部署，规划"十一五"期间在全省建设 2 万个农家书屋。今年的建设方案已在全省各地付诸实施，在已建成 150 家农村书社的基础上，预计今年将再建成 500 个农家书屋。还组织出版发行单位"送书下乡"，为××市××镇、××县××镇等捐赠图书、期刊 55 万码洋，捐建了 19 个村图书阅览室。

深入做好版权行政管理和服务工作。着力提高全民版权保护意识，开展了"4.26"版权保护宣传周等一系列宣传教育活动；加强指导和服务，在全省 150 家企业推进软件正版化试点；依法严厉打击侵权盗版等非法行为，查办了侵犯著作权等一批版权纠纷案件。1～6 月，全省各级版权行政部门查缴了一批盗版出版物，维护了广大著作权人和消费者的合法权益。

（五）加强作风建设，强化政治保证

按照省委的统一部署要求，集中组织开展了为期两个多月的领导干部作风整顿活动。通过这项活动，进一步提高了认识，统一了思想，增强了广大干部加强作风建设、全面树立八种良好风气的自觉性；找准了问题，落实了措施，完善了加强作风建设的制度性措施；查找了差距和不足，明确了努力方向，焕发了"用心想事、用心谋事、用心干事"的积极性。

把学习贯彻党代会精神和抓好"富民惠民，改善民生"作风建设活动结合起来，要求全省新闻出版系统各级领导班子和领导干部增强"奔富裕、求发展、促和谐、树新风"的使命感、紧迫感和责任感，带头树新风、抓落实，善谋执行之策，善为利民之举，把推进事业发展、实现富民惠民作为最大的政绩追求，以好作风带出一支好队伍，以好队伍推动事业大发展。在局机关大力倡导"立党为公、执政为民的执政理念，开拓创新、与时俱进的时代新风，求真务实、真抓实干的良好作风，清正廉洁、艰苦奋斗的政治本色"，在广大干部中进一步强化了执政为民和廉洁从政意识，为推动行业新一轮改革发展奠定良好的思想基础。

二〇〇七年七月四日

例文简析　这则总结首先简明扼要地回顾了基本工作情况，然后从几个方面对实际工作进行了分析和评价。内容充实，主要叙述了××省新闻出版局半年来的工作成绩。在结构上体现了总结"眉目清楚"的特点。

例文 3-4

个人学习经验总结

张××

依稀记得，去年我是怀着"考上大学，万事大吉，只欠毕业证"的错误思想来到了北航。现在，这种想法早已经成为历史了。

大学是一个崭新的开始，拼搏努力的开始。北航是全国重点名校，这里卧虎藏龙，云集了来自全国的学习精英。我不努力怎么能学会呢？我是一个喜欢竞争的人，喜欢与自我挑战的人。

最开始，经过了硝烟战火的黑色七月，总觉得我已经学够了，一见课本就心烦意乱，看着好多人都不学习，整天打游戏、看小说，我也有些动摇了。但是，我不想自己大学的四年就这样虚度，我一定要学到点真本领，这样才能够无愧于面朝黄土背朝天的爹娘，无愧于自己寒窗苦读十几年的辛苦，无愧于老师们的谆谆教诲。

第一天上的课是高等数学，这是非常重要的基础课。我开始学得很肤浅，所以期中考试只得了14分（满分为20分）。我一向要强，觉得人家能得18、19分，我怎么就不行？于是我一有时间就去图书馆二层的新书阅览室，查找与课本同步的习题集或指导书，把里面的好题和自己不会的地方记在本子上。这样日积月累，我不知不觉地赶上去了。听老师讲课时不会再因为听不懂而犯困了。终于，在期末考试时我得了满分。现在，我的高等数学成绩都是优秀。

大学里，英语是最重要的课程之一。我每天都能在绿园里看到手捧词汇书背诵的同学们。我一直都喜欢英语，高考得了138分，来到了北航分到B2班。以我之见，只要高中的语法结构都掌握了，那么大学里就是单纯的扩充词汇量的问题了。我平时把遇到的生词抄在一个随身的小本子上，一有空闲，比如走路、排队时就拿出来读一读、背一背。久而久之，我掌握了许多生词汇，所以每次考试成绩我都在全班前2名里。英语不只是单纯的应试，更重要的还有口语和听力。我用自己勤工俭学挣来的钱买了一个收音机，按时收听VOA（美国之音）。因为平时比较忙，我就每晚11:30～12:00熄灯后听。这样不仅训练了听力，也通过模仿而提高了口语水平。英语角是一个有益的活动。我也常去那里，或同外籍老师聊，或跟同学聊，增强了口语能力。我参加了去年的"迎大运、盼奥运"的英语演讲比赛，取得了不错的成绩。其实比赛结果是次要的，关键是我从比赛中认识到自身的不足，以后会去弥补。我在2001年6月参加了大学英语四级考试，成绩是94.5，还是很不错的。我还会一如既往地努力学习英语，争取在2002年1月的大学六级英语考试和口语考试中再次取得好成绩。

其实能考入北航的同学都是很了不起的，这一点大家都知道。但是一旦上了大学，负担和压力小了之后，许多人就放纵自我了。我在过去一年里努力克制自己的不良倾向，坚持每天上自习，不在宿舍里聊天。复习当天的课、完成课下作业、预习新课是我的"自习三部曲"。其实，只要这样做，谁都会取得好成绩的。我学习的诀窍是消化理解书本上的知识。这样，即使一段时间过后，忘记了，但是当最后复习时，一看就懂了，也就记起来了。而有些同学则平时不摸课本，到考试前几天才搞突击、熬通宵，结果考得一团糟。

每一个同学都会学好，只要肯努力，肯下功夫。为了对未来的美好梦想，我现在和以后的几年都不会有丝毫懈怠，我会始终用一个原则约束自己，这个原则就是——"艰苦朴素　勤奋好学　全面发展　勇于创新"——我们的校训。

二○○一年十二月

例文简析　这是一篇陈述个人学习经验的总结。把自己的学习经历娓娓道来，既总结了自己取得的成绩，同时又告诉了人们学习的经验：要善于从自己的学习习惯中找出其中的规律，树立正确的理想。有了明确的目标，正确的指导思想，再加上自己的努力，每个人都会实现自己的梦想的。整篇总结，观点鲜明，材料详略适当，安排合理，语言质朴得体，不仅在写作上值得学习，其中的学习经验也是值得借鉴的。

思考与练习

一、判断题

1. 综合性总结是对某一阶段各项工作的全面回顾、分析和评价。　　　（　　）

2. 《××省煤炭厅 2000 年度工作总结》是一个专题总结的标题。　　（　　）

3. 专题经验总结的内容一般不包括存在的问题或教训。　　　　　（　　）

4. 总结的结构方法有横式结构、纵式结构等，但二者在一篇总结中不能同时出现。　　　　　　　　　　　　　　　　　　　　　　　　　　　（　　）

5. 述职报告和总结的区别在于：总结者既可以是个人，也可以是单位，述职者只能是个人。　　　　　　　　　　　　　　　　　　　　　　　　（　　）

二、下面是××厂办公室写的一篇"总结"，请仔细阅读，分析并回答：

(1) 文章是否符合总结的特点，为什么？

(2) 语言上有哪些问题，请加以纠正。

(3) 在标题、材料处理及结构上存在哪些问题，为什么？

(4) 你认为这类材料能否写成总结？如果不能，主要原因是什么？

××制材厂学习情况的总结

××公司：

近年来，我们厂的产品质量不断下降，误差增加，用户不断找上门来，使我们厂的收益受到一定的损害。为了提高产品质量，厂部决定派我们到××制材厂去学习。

厂长、调度、工长共九个人组成学习小组。

我们厂是一个有 2700 人，年产 28 万立米木材的大厂，到一个共有 400 名职工，年产 4 万米的小厂去学习这还是头一次。

我们八月二十日到达××制材厂。在××制材厂刘厂长的陪同下深入车间和现场进行实地考察。

××厂的产品质量确实很高，从原木锯到产品现场管理，都有相当高的水平。

看后，我们请刘厂长谈谈抓产品质量的经验。刘厂长向我们介绍说：正确的规章制度制订后就是"落实"。做到奖罚分明。我们厂设有专职检验人员，原木进锯后层层把关，做到锯分色，人分号，废品找主人。实行班组包干，对好的班组和个人进行奖励，对做得不好的班组和个人进行扣罚，做到奖罚分明。

该厂的经验，使我们确实感到自己的不足，我们厂在抓产品质量上、规章制度订的不全面始终没有砸碎大锅饭，产品出来以后到现场进行造垛，然后废品进行二次加工。废品是哪个锯组哪个人出的根本就不知道。工人干的好坏一个样，缺乏责任感，工人的积极性没有调动起来，致使产品质量连年下降。

××厂办公室

一九九〇年二月十日

三、阅读下面这份总结，指出其优缺点，并对有毛病的地方加以修改。

2000～2001年第一学期学习总结

大学第一学期是一个难忘的学期，也是极其重要的学期，因为我在这一学期中学到了许多知识，明确了学习方向，认识到了自身的不足，为了在下学期学得更好，特对本学期学习总结如下。

（1）积极拓宽知识面。通过在图书馆的学习和阅读，使我逐渐认识到自己的知识水平与作为一名大学生所应具备的知识水平有相当大的差距，体会到自身知识的缺乏。以前，自己所获得的知识大多是课堂知识，不注重课外知识的积累，以致自己的知识面极其狭窄，学习不积极，没有主动性。经过半年的学习，感觉自己的知识面拓宽了，找到了自己的学习的爱好，思想上有所顿悟和提高，同时也养成了平时注意知识积累的好习惯。

（2）认识到专业知识的重要性。当前人才竞争加剧，以个人能力的大小，成为竞争胜负的关键，对于我们正在学习的学生来说，专业知识学习的好坏，无疑是能力大小的关键。通过种种途径学习专业知识尤为重要，平时多翻翻有关书籍，可以积累知识，平时跟着课堂走，按老师的进度学，二者结合，专业知识一定能够提高。

（3）认识到外语学习的重要性。外语是当前形势的必然需要，也是拓展自己工作空间的一把钥匙。自己英语底子薄，基础差，所以英语学习稀里糊涂。希望自己能够在下学期多下工夫，学好英语，提高英语水平。

四、结合自己的实际情况，写一份学习总结，字数800字左右，要求实事求是地总结过去，语言集中概括，结构条理清晰。

第四节　调查报告

一、调查报告的特点和种类

调查报告是机关、部门、组织或个人，对某一项工作、某一件事情、某一个问题、某一种情况或某一方面的经验，进行深入了解、周密调查、认真分析研究后，写出的能反映事物的本质和规律的书面报告。

调查报告与公文中的"报告"有所不同。公文中的"报告"侧重于下级机关向上级机关汇报工作、反映情况或答复上级机关的询问，供主管领导部门指导工作时参考；而调查报告不限于日常工作，凡与工作有关的重大事情、典型事件、经验或教训等带有普遍意义的问题，都可以用调查报告的形式予以反映。

调查报告的范围极为广泛，既可作为应用文体在机关应用文领域中出现，也可作为新闻报道的形式在报刊、杂志等大众传媒上出现；内容也较复杂，既可供内部参考，也可公开发表。其作用主要是褒扬先进、鞭笞落后；又可以为政府制定方针、政策提供依据；还可以起到沟通信息、交流经验、提高认识的作用。

（一）调查报告的特点

（1）真实性　调查报告的基础是客观事实，所反映的事物必须是实际发生和存在的事实，切忌主观、片面、虚假、浮夸，更不能以感情代替政策、法律、法规。只有全面、周密地调查研究，获得充分而确凿的事实，才能找出规律性的东西，做出令人信服的结论，才能达到预期的目的。

（2）针对性　调查报告一般都具有较强的目的性，或反映情况、研究问题，或总结、推广先进经验，或揭露弊端、展示矛盾，都是从客观存在的问题入手，有针对性地进行事实调查和分析研究。

（3）典型性　调查报告所反映的情况或问题必须具有典型性，必须能反映一类事件、问题的共同特征，这样才能更好地揭示现实事物的本质和规律；否则，调查报告就失去了其应有的作用和价值。

（4）时效性　调查报告回答的是当前现实工作和生活中迫切需要解决的问题，具有较强的时效性，这一点类似于新闻，调查要迅速，报告要及时，一旦"事过境迁"，调查报告就失去了它的指导意义。

（二）调查报告的种类

调查报告所涉及的内容很广泛，表现形式也是多种多样。根据调查报告内容的性质划分，可分为经验调查报告、情况调查报告、问题调查报告；根据调查报告概括面的宽窄划分，可分为专题性调查报告、综合性调查报告。

1. 经验调查报告、情况调查报告、问题调查报告

经验调查报告，主要是反映社会实践中具有一定典型性的经验，以介绍先进的典型经验为主，目的在于推广经验，指导全局性工作；这些经验具有代表性、科学性、政策性，对工作具有推动和指导作用。情况调查报告，是反映某地区、单位、行业或某一方面的基本情况、发展状态的调查报告。它涉及政治、经济、军事、文化等诸多方面的内容，这类调查报告对制定正确的党的方针、路线、政策具有重大的意义。问题调查报告，即用大量的事实，揭露某一不良倾向，指出问题的严重性，引起人们的注意和重视，以提高认识、吸取教训、推动工作等。

2. 专题性调查报告、综合性调查报告

专题性调查报告侧重于对某个具体问题进行较深入的调查研究，内容较集中，一般常在标题上就能反映出来，如"河北省城镇居民病休问题情况调查"。综合性调查报告是对某一地区、某一单位或某一方面的基本情况做全面系统的调查研究，具有较强的综合考察性质，如"新时期大学生思想政治教育系列调查"。

二、调查报告的写作方法

调查报告的结构一般由标题、正文、落款三部分组成。

（一）标题

调查报告的标题有多种形式，常见的有以下几种。一是公文式标题，即由调查对象、调查内容和文种构成，如"五河县农业局关于减轻农民负担情况的调查报告"；调查报告也可写成调查分析、调查专访等，还可以根据内容省略其中某一项，如"关于甘肃省农村专业户的调查报告"。二是文章式标题，即可以问题作标题，如"人情债何时了"；也可以直接说明调查的问题或调查的结论，如"安徽省个体私营经济发展情况调查"、"市民赞成轿车来家"。三是采用双标题即正副标题形式，正标题点名主题，揭示报告的主旨或意义；副标题表明调查的对象和内容，如"改革旧体制　赢得第二春——××省××系统内部调

应用文写作

整增效的调查报告"。

（二）正文

正文一般由前言、主体、结尾三层次内容构成。

（1）前言　即调查报告的开头部分，概括调查对象的基本情况，或提示全文的基本内容，或直接提出调查报告的问题和结论。这部分的写法较灵活，常用的形式有：①概括介绍式，即先概括介绍全文的主要内容、基本情况；②交代式，即主要是对调查的对象、目的、时间、地点、范围及调查过程情况作必要的交代；③提问式，即先提出问题，引起人们的注意，然后通过调查报告解决问题；④结论式，即在前言中先写调查报告的结论，再阐述主要事实；⑤议论式，即在开头对有关问题进行议论，引出报告内容。当然，不管采用何种形式，都应重点突出，简明精要，切入内容要旨。

（2）主体　这是调查报告的重心所在。主体部分既要具体地叙述调查中的事实情况，又要在事实的叙述报告中引发认识，阐述观点，做到由事入理、叙议结合。这部分由于篇幅较长、内容较多，常采用纵式或横式等结构，以突出中心。①纵式结构，即按照事物的产生、发展和变化的过程，以时间先后顺序来安排组织材料。这种结构脉络分明，有助于读者比较全面深入地了解事物发展变化的来龙去脉。②横式结构，即按事物的特点和问题的性质把调查报告的内容分成几个部分，归纳成几条，并列排放、分头叙述。这种结构更能突出基本情况、基本问题或基本经验，条理清楚，观点鲜明。③纵横式结构，即兼有纵式和横式结构的特点。可以先纵式后横式，也可以先横式后纵式，或二者相互包容使用。

（3）结尾　即调查报告的结束语，也往往是调查报告的结论。这部分的写法多种多样，既可以概括全文、明确主旨，也可以提出问题、启发思考，还可以针对问题、提出建议。具体采用何种写法，应视实际情况而定。

（三）落款

由署名和时间两部分组成。即调查报告的制作者和成文日期，可以放在文章末尾右下方，也可以放在标题下居中位置。

三、调查报告的写作要求

（1）占有大量事实材料　撰写调查报告，重在选题，也就是调查什么、要解决什么问题，这是事先应当搞清楚的。明确了调查对象，才能深入调查。所以调查前要大量占有材料，才能从中分析出规律性。

（2）认真分析研究材料，找出规律，并概括出合乎事理的观点　占有材料，不等于就一定能写出好的调查报告，还需要对材料进行分析，选择出反映事物发展规律或问题本质的材料，进而提炼出观点。不能堆砌材料，罗列现象，把调查报告写成材料汇编。

（3）用事实说话，做到观点和材料的统一　调查报告的写作是建立在事实基础上的，所选的材料应当能够证明观点，不能把二者割裂开来，要做到事理结合，材料与观点统一。

（4）语言要朴素、简洁，通俗易懂　调查报告的读者较为广泛，而且很多以大众媒体作为载体，因此，写作时要求语言通俗易懂，尽量避免用专业性较强的术语，做到深入浅出。同时注意对数字、图表等的使用，语言不仅要求准确、朴实，还要鲜明、生动。

四、调查报告与总结的异同

(一) 共同点

一是都必须依据党的方针政策来总结经验，都要反映事物的基本面貌和发展过程，概括出规律性的东西，指导今后的实践，都具有较强的政策性和思想性。二是在写作上，都要使用叙议结合的综合表达方式。三是两者在一定范围内可以互写，如把总结的材料写成调查报告，把调查报告写成总结。如"新时期大学生思想政治教育系列调查"，可以改写为"新时期大学生思想政治教育工作总结"。

(二) 不同点

一是应用范围不同。调查报告的应用范围较广，可以涉及现状、历史，反映当前有一定意义的社会、自然现实，揭露问题，评价事物，介绍经验；总结只限于反映本单位、本部门已经完成的工作、任务及其经验教训，因而它一般都着眼于指导总结者自身前后的实践活动。二是写作时限不同。调查报告一般不受具体工作进程和时间的严格限制，可根据需要进行调查写作；总结受工作进程和时间限制，一般都是在工作、任务告一段落或全部完成之后写作。三是使用人称不同。调查报告往往是在上级机关或有关方面的调查组选点进行调查研究的基础上写成的，一般用第三人称；总结大都是本单位、本部门写的，一般用第一人称。

例文 3-5

××市合川区太和镇蚕桑产业发展现状调查报告

全国农村经济动态监测点××市合川区发展改革委
二〇〇七年六月十三日

一、太和镇概况

太和镇地处铜梁、潼南、合川三县交界处，是合川西北部的丝绸特色镇、蚕桑大镇，2001年被××市列为小城镇建设示范镇，2003年被××市列为"百镇工程"镇，距合川主城区35公里。太和自古商贾云集、商贸活跃，近代商贸尤以蚕桑丝绸见长，是周边17个乡镇的物质集散地和交易场所。

太和镇幅员面积为156.71平方公里，辖36个村，共261个合作社，2个社区居委会，总人口8.7万人，全镇劳动力33885人。涪江水域穿镇而过，全镇地貌为浅丘地和河滩台阶地，属遂宁母质土壤，土地肥沃。本镇耕地面积62033亩，其中土面积35392亩，25度以上的坡耕地为7545亩，水域面积15294亩。至2002年，本镇完成第一期征地175000平方米的丝绸工业园区，发展桑树953万株，共8720.5亩，现有投产桑约4000亩，且桑树品种多，良桑程度较高，全年四季可养蚕1万张，可产茧23吨。

二、太和镇蚕桑产业发展的历史与现状

随着我国加入WTO，美国、欧洲、印度、日本、韩国及东南亚地区等逐年取消丝绸关税壁垒及纺织品配额；西部开发，退耕还林，东桑西移等可持续发展战略的建设启动，

也为本镇蚕丝产业提供了难得的国内发展机遇。

太和镇是××最适宜蚕桑生产的地区，有丝绸生产传统习惯，是承担"百万担优质茧"工程镇。镇内有两家丝绸产业的龙头企业和××乡镇企业示范园区—太和丝绸工业园和聚龙蚕业发展公司。至2006年，已建成基地村14个，基地社108个，基地规模达7000亩，桑树953万株，养蚕1万张，产优质鲜茧23吨，茧款收入420.7万元。其中新建桑园1300亩已初具规模，培育10亩以上业主20户。

良好的科研机构支撑。西南农大已多次来本镇讲授桑树栽培及养蚕技术，并基本形成地、人物三落实，有科研物质基础，2001年试行"一步成园"和纸板方格簇上簇，已取得阶段性突破，蚕农特别是现代业主接受面广、影响深远，有科技推广基础。

健全的服务体系。本镇已建立蚕桑专业合作社，成立了蚕桑技术学校，每村有专职蚕桑技术员，可保证栽桑养蚕新技术的推广。

优质茧销售有市场。本镇缫丝能力达3万绪，需大量优质茧原料。聚龙公司与蚕农订有茧收购合同，制订了最低保护价收购价格，走出了"公司＋基地＋农户"的路子，实施了"价外补贴"和"二次返利"政策，蚕农思想稳定，市场销售无忧。

三、太和镇蚕桑产业发展中存在的主要问题

一是规模较小。目前，全镇形成规模养蚕，初见效益的村只有石垭村、二桥村、盐溪村、菱角村、楼房村等五个村。一季饲养3张蚕种以上的农户占全镇蚕农的10%，缺乏规模效益。二是业主推进进程迟缓。现虽有业主20多户，但年均养蚕20张以上的只有4户。三是桑树嫁接还不够普及。全镇从2001年开始发展桑树953万株，其中已嫁接的不足70%。四是市场秩序较乱。目前，由于蚕茧市场管理缺位，相关政策落实难以到位、市场准入把关不严以及对扰乱市场秩序的行为打击乏力，一证多点、无证收购现象较为普遍，使得蚕茧收购难以体现优质优价和劣质劣价。五是经济效益较差。我镇30%的桑树是二十世纪八十年代、九十年代发展的多边桑、低产桑，桑叶产量、质量不高，亩桑产茧量低，经济效益难以提高，新桑园由于投入资金少等多方面的原因，致使嫁接改良率低，难以发挥作用。与此同时，还存在着发展滞后，技术落后，推广乏力等问题。

四、基地建设的保障措施及建议

1. 政府转变职能。以党的十六大精神为指针，全面贯彻"三个代表"重要思想，切实加强和改进作风建设，本着"小政府大服务"的原则，大力整治、改善、发展软硬环境，以优惠的政策、优良的环境、优质的服务为优质茧基地建设提供广阔的空间。

2. 建立桑蚕业产业化经营机制。用发展工业的理念谋划桑蚕的发展，办好龙头企业，以龙头企业带动桑蚕产业化。抓好龙头企业，通过龙头企业提升桑蚕科技含量，带动桑蚕产业化，带动桑农致富。围绕桑蚕办工业，办好工业促桑蚕业。采用"公司＋合作社＋农户＋工厂"的经营模式，以龙头企业为核心，走产业化道路，建立利益共享机制，企业与蚕农结成鱼水关系，实现农民增收、企业增效、农工贸一体化，规范市场秩序，进行有序的市场竞争。

3. 加大宣传力度，提高思想认识。将优质茧基地建设落到实处，加强镇情和蚕桑发展的宣传必不可少，将基地建设方案及目的、意义宣传到田间院坝，使致富前景家喻户晓，激发农户的建园热情。只有广大农户自觉接受和参与优质茧基地，基地建设才有落实的土壤。

4. 推进业主示范，发挥辐射带动作用。农业产业化是对农村经济发展的必然趋势，培育蚕桑业主，就是培育优质茧基地的个体规模。规模出管理，规模出效益，方可充分体现产业化的竞争和效益优势。

5. 创新土地流转机制，为基地建设铺路搭桥。根据渝委发〔2003〕6号文件精神，充分享受用活"百镇工程"的土地优惠政策，积极探索土地置换，整治和流转的新途径。

6. 实施科技兴蚕战略，提高基地建设科技含量。充分发挥"太和蚕桑技术学校"的科技力量，普及和推广规模养蚕实用技术，做到人人会栽桑、会嫁接、会修枝整形、会病虫害防治。大力推广蚕室蚕具集体消毒，小蚕共育、棚架蚕台育和纸板方格簇具等先进技术。

7. 加大技改力度，实现贸工农一体化。大力发展"聚龙蚕业发展有限公司"和镇内缫丝企业，加强技改力度，加强优质茧基地与公司企业对接，形成产供销、贸工农一体化的产业链条，走好"公司＋基地＋农户"的路子，促进蚕桑丝绸产业的和谐发展。

8. 强化技术队伍、服务网络的建设。搞好生产技术配套服务，实施科技兴蚕，提高单产，提高质量，提高效益，关键要有一支过硬的科技队伍和结实的服务方式。当前加强蚕桑专业技术队伍建设，重点是抓好镇（乡）、村、社三级网络的健全和完善，提高他们的技术水平，改善服务质量，配套相应的政策措施，解决好报酬，确保蚕桑生产技术服务不断档、不脱节。

9. 不断加大扶持投入。一是"以工补农"政策：采取每吨干茧提取一定资金，建立专门发展基金，专项用于生产发展，设施设备改造和新技术推广等。二是"谁受益，谁负担"政策：采取镇（乡）、村、社和社员户几结合的办法，多方筹资解决，实行蚕农出大头，镇、村、社适当补助，谁受益，谁负担。三是用好林业政策：把农村产业结构调整和退耕还林政策与栽桑养蚕结合起来，用好用活退耕还林补助资金，达到调整结构，退耕还林，保持水土，改善环境，增加收益等"一劳多益"的目的。

例文简析 这则调查报告内容充实，结构简明，条理清晰。首先简要介绍了基本情况，然后分析存在的主要问题，最后提出保障措施和建议。材料充分。

例文3-6

××省××矿业（集团）有限责任公司
×××煤矿海州立井"2.14"特别重大瓦斯爆炸事故调查报告

2005年2月14日15时01分，××省××矿业（集团）有限责任公司（以下简称××集团公司）×××煤矿海州立井发生一起特别重大瓦斯爆炸事故，造成214人死亡，30人受伤，直接经济损失4968.9万元。

事故发生后，党中央、国务院极为重视，胡锦涛总书记、温家宝总理、黄菊副总理和华建敏国务委员作出重要批示。国务委员华建敏、国务院副秘书长尤权及有关部委主要领导组成国务院工作组抵达事故现场，指导抢险救灾工作和组织事故调查工作，并看望了事故中的受伤人员、慰问了参加抢险的救护队员。2月22日，国务院又派出以监察部部长李至伦为组长的事故责任处理小组赶赴现场，指导事故调查处理工作。

2月15日，依照国家有关法律法规，并报经国务院同意，成立了以原国家煤矿安全监察局局长王显政为组长，辽宁省人民政府省长张文岳、监察部副部长陈昌智、全国总工会书记处书记张鸣起、原国家煤矿安全监察局副局长赵铁锤、辽宁省人民政府副省长刘国强为副组长的国务院××省××矿业（集团）有限责任公司×××煤矿海州立井"2.14"特别重大瓦斯爆炸事故调查领导小组。2月17日成立了由国家煤矿安全监察局、监察部、全国总工会和辽宁省人民政府及有关部门负责人参加的国务院××省××矿业（集团）有限责任公司×××煤矿海州立井"2.14"特别重大瓦斯爆炸事故调查组（以下简称事故调查组），并聘请7名专家组成专家组协助事故调查。最高人民检察院也派员参与了事故调查工作。

一、事故单位概况

××集团公司于2002年6月13日组建，注册地为××市，属省管国有企业，现有职工44424人，独立核算单位48个，其中生产矿井8对，核定年生产能力为895万吨，2004年煤炭产量为961万吨。该公司的前身××矿务局始建于1949年1月1日。

×××煤矿海州立井位于××省××市南10公里，隶属于××集团公司，原为五龙矿东风井，于2000年5月由××省煤炭工业局批准成立海州立井，2001年11月原国家经贸委批准海州煤矿技改立项，该项目于2002年转为国家发展改革委改扩建项目，设计能力为150万吨/年。2003年11月××省煤炭工业局核定海州立井年生产能力为90万吨。2003年4月28日该井与×××矿斜井合并，合并后矿井名称为××集团公司×××煤矿海州立井，年设计能力为150万吨；合并后直至事故发生时，×××煤矿总工程师、安全监察处处长等职位并未精减，实行"一岗双职"。由于×××煤矿煤炭资源枯竭，2004年没有核定生产能力。2003年5月16日××省煤炭工业局对海州立井核发了煤炭生产许可证，设计能力为150万吨/年；2004年12月29日国土资源部对海州立井核发了采矿许可证，生产规模为150万吨/年，但截至事故发生时，×××煤矿海州立井改扩建工程尚未竣工。2004年××煤矿生产原煤148.8万吨，其中海州立井生产95.1万吨，2005年海州立井安排原煤年生产计划145万吨，1月份生产原煤15.5万吨。

海州立井井田走向1.8公里，倾斜宽1.14公里，面积2.05平方公里，现工业储量6656万吨，可采储量3222万吨。可采煤层4组。井田内主体构造为背向斜构造，局部与褶曲相伴生。海州立井采用立井单水平下山开拓方式，水平大巷为-357米水平，采煤方法为走向长壁式，回采工艺为综合机械化放顶煤和炮采放顶煤开采。现有2个生产采区，即331采区和242采区，全井共有2个采煤工作面和3个掘进工作面。

海州立井通风方式为中央并列抽出式，总入风量为4705立方米/分钟，总回风量为4957立方米/分钟，×××斜井担负海州立井部分风量。海州立井绝对瓦斯涌出量为23.01立方米/分钟，相对瓦斯涌出量为13.7立方米/吨，属高瓦斯矿井。井下有移动抽放泵3台，瓦斯传感器26台，多功能断电仪15台，对井下采掘工作面及硐室进行监测监控，矿井瓦斯监控系统型号为KJ75。

事故发生地点为3316准备工作面的架子道。该架子道是3316掘进工作面的回风道，平巷 15 米, 斜巷 50 米, 于 2004 年 9 月 23 日开始施工, 2004 年 11 月 4 日与 3316 风道贯通。事故地点为平巷段, 设计断面为 10.2 平方米, 采用锚杆、锚网锚索联合支护。事故当班为铁法包工队在此作业, 有 1 台 40T 型刮板输送机、1 台 JH-8 型回柱绞车、3 台正在运行的开关和 1 台照明信号综合保护装置。

事故当班下井人员分布及伤亡情况: 242 采区入井人员 66 人, 受伤 2 人; 3315 工作面入井 156 人, 死亡 104 人, 受伤 14 人; 3316 工作面入井 73 人, 死亡 73 人; 331 采区东部区域入井 119 人, 死亡 35 人, 受伤 10 人; 斜井区域入井 59 人, 无人员伤亡; 其他区域入井 101 人, 死亡 2 人, 受伤 4 人。

二、事故发生及抢救经过

2005 年 2 月 14 日 15 时 03 分, ×××煤矿调度室接到海州立井调度室汇报:"井下可能出事了!"矿调度立即向矿总工程师曹××等领导报告, 并按照程序逐级进行了上报。当时判断可能在井下 331 采区发生了瓦斯爆炸事故。

15 时 25 分, 矿调度室向局调度室汇报, 请求救护队救援, 同时向井下另一个采区即 242 采区发出紧急撤离人员的通知, 并组织各区队做好抢险救灾准备, 派人到井下调度室设置警戒, 防止撤离人员误入灾区。接到事故报告, ××集团公司立即启动了重特大事故应急救援预案。15 时 50 分, ××集团公司救护大队接到事故通知后, 立即调动 5 个救护小队赶赴事故矿井, 随即又组织 3 个备班小队相继到达事故矿井。××煤矿安全监察局矿山救援指挥中心共调动省内 10 个救护小队, 先后在灾区救出伤员 16 名, 发现遇难者 197 人, 设置临时风墙 4 处。截止 21 日 23 时 55 分, 事故抢险救护人员在 3316 回风道冒顶处发现最后一名遇难矿工, 抢险救灾工作基本结束, 共发现 214 名遇难矿工。

接到事故报告后, ××省委书记李××当即对抢救工作提出明确要求, ××省人民政府省长张××、副省长刘××连夜赶赴现场, 组织指导事故抢险救灾和善后工作。经省、市两级党委、政府及××集团公司的努力, 整个善后处理工作平稳、有序。

三、事故性质及原因

(一) 事故性质

经过对事故原因的调查分析, 认定这是一起责任事故。

(二) 直接原因

冲击地压造成 3316 风道外段大量瓦斯异常涌出, 3316 风道里段掘进工作面局部停风造成瓦斯积聚, 瓦斯浓度达到爆炸界限; 工人违章带电检修架子道距专用回风上山 8 米处临时配电点的照明信号综合保护装置, 产生电火花引起瓦斯爆炸。

(三) 间接原因

1. ×××煤矿海州立井改扩建工程及矿井生产技术管理混乱。超能力组织生产, 造成采掘接替严重失调, 331 采区在无采区设计的情况下进行作业, 采区没有专用回风巷, 采区下山未贯穿整个采区, 边生产边延伸; 该矿擅自修改设计, 增加在 3315 皮带道与 3316 风道之间的联络巷开口掘进 3316 风道, 使 3315 综放工作面与 3316 风道掘进面没有形成独立的通风系统, 违反《煤矿安全规程》的规定, 这是造成灾害扩大的主要原因。

2. ×××煤矿海州立井 "一通三防"、机电管理混乱。外包工队井下特殊工种长期违规无证上岗, 违章带电检修电气设备。瓦斯监控系统维护、检修制度不落实, 井下瓦斯传感器存在故障, 地面瓦斯监控系统声音报警功能出现故障长达 4 个月, 没有进行维修, 致使事故当天不能发出声音报警。该起事故中产生火源的照明综合保护装置入井前未进行检验，致使假冒 MA 标志的机电设备下井运行。

3.×××煤矿海州立井劳动组织管理混乱，缺乏统一、有效的安全管理制度。在2003 年 7 月 1 日至 2004 年 3 月 31 日期间，该矿在没有审查外包工队有关手续的情况下，两次与外包工队签订了劳务合同。2004 年 4 月 1 日后，该矿在与外包工队没有续签合同的情况下，非法使用外包工队，且以包代管；事故当班入井人数 574 人，井下多工种交叉作业现象严重。

4.×××煤矿海州立井安全管理混乱。该矿配备有自救器和便携甲烷监测仪，但基本无人佩带；担任矿生产值班任务的安监科科长擅自离开工作岗位，直至发生事故才回到工作岗位；瓦斯监控值班室值班人员及有关负责人，在瓦斯监控系统报警后长达 11 分钟时间内，没有按规定实施停电撤人措施；防治冲击地压部门没有严格执行防治措施中的取屑次数规定，未能做好预测预报工作；×××煤矿安监部门对海州立井管理中存在的重大安全隐患监督检查不力。

5.××集团公司及×××煤矿重生产、轻安全，片面追求经济效益，忽视安全生产管理。集团公司在×××煤矿改扩建工程尚未竣工的情况下，2005 年为该矿下达超能力生产计划，在该矿没有采区设计的情况下，对该采区的采煤工作面设计进行了审批，并对有关部门下达的限期整改等指令不及时进行组织落实。集团公司购买的照明信号综合保护装置因进货管理不严，未能发现是假冒伪劣产品。

6.××省煤炭工业局未认真落实安全第一、预防为主的安全生产方针，未能正确履行工作职责。对××集团公司的安全生产管理不力，对×××煤矿海州立井改扩建工程疏于管理；对×××煤矿海州立井 2005 年超能力组织生产监管不力；没有认真落实 2003 年 5 月××省政府领导针对××煤矿安全监察局提交的《关于××矿业集团公司安全情况的报告》作出的批示；对××集团公司存在重大安全隐患，未有效组织检查整改。

7.××煤矿安全监察局××分局（原××办事处）在监察执法工作中，对×××煤矿的安全监察不到位；对海州立井 331 采区无设计、没有采区专用回风巷、采区未形成完整的通风系统和该矿擅自修改设计增加 3315 皮带道与 3316 风道之间的联络巷、使之未形成独立的通风系统等事故隐患，督促整改不到位。

四、责任认定及处理建议

（一）已移交司法机关处理人员

1.满××，中共党员，×××煤矿工资科科长，负责与铁法、温州外包工队签订合同、核定外包工队人员工资。在与外包工队签订劳务合同过程中，未认真审核外包工队手续便与其签订了劳务合同；2003 年 1 月至 2005 年 2 月，收受两个外包工队的贿赂款共计8.64 万元人民币。现已移交检察机关处理。建议给予开除公职、开除党籍处分。

2.朱××，×××煤矿铁法外包工队队长。在没有施工资质和相关手续的情况下，为了承揽×××煤矿井下作业工程，伪造公章两枚、委托代理书一份，与该矿签订了劳务合同；对本队下井作业人员长期违规作业、无证上岗等问题管理不力。因涉嫌伪造公司、单位印章罪，公安机关已作出取保候审处理。

（二）建议移交司法机关处理人员

1.宋××，××煤矿矿长、党委委员，全矿安全生产第一责任人。未认真贯彻落实安全第一、预防为主的方针；重生产、轻安全，安全生产管理混乱；在331采区无设计的情况下，违规组织生产，擅自决定开掘联络巷；在未认真审核外包工队手续的情况下与外包工队签订了劳务合同，长期使用外包工队进行井下施工作业，劳动组织管理混乱。2004年4月1日后，在与外包工队没有续签合同的情况下，非法使用外包工队；对"一通三防"、机电管理中存在的安全隐患未能有效组织整改，工作严重失职，对事故的发生负有主要责任。建议移交司法机关处理。

2. 陆×，中共党员，×××煤矿安监处安检科科长，负责安检科全面工作。对该矿井存在的诸多安全隐患问题监督检查不力，工作严重失职；对下井人员长期不携带自救器和便携仪的问题不制止、不处罚；发现井下无证电工违章进行作业的情况后，没有进行制止；2005年2月14日，作为当日生产值班领导，擅离职守，带领本科室当班人员外出喝酒，直至事故发生后，才回到工作岗位，对事故的发生负有主要责任。建议移交司法机关处理。

对上述人员待司法机关作出处理后，建议由当地纪检监察机关及企业及时给予相应的党纪和行政处分。

（三）建议给予党纪、行政处分人员

1. 王××，中共党员，×××煤矿通风区副区长，负责瓦斯监测工作。对×××煤矿瓦斯监控系统维护工作监管不力；对地面瓦斯监控系统检修、维护不及时，在其声音报警功能出现故障长达4个月的时间内没有督促解决，工作失职，对事故的发生负有主要责任。建议给予行政撤职、党内严重警告处分。

2. 柴×，×××煤矿通风区区长、党支部委员，负责通风区全面工作。事故发生前在瓦斯监控中心，在瓦斯超限的情况下，指挥、处置不当，没有按规程要求及时向矿调度室报告，并采取必要的措施，贻误了处置时机，工作严重失职，对事故的发生负有主要责任。建议给予行政撤职、撤销党内职务处分。

3. 杜××，中共党员，×××煤矿安监处安检科科长，负责海州立井的安全生产监督检查工作。没有认真履行监管职责，工作失职。对海州立井的安全监督检查不力；对下井人员长期不携带自救器和便携仪的问题没有制止和处罚；对井下作业人员违规从事电工作业的问题监管不力，曾在井下发现铁法队作业人员宋金文等经常携带电工工具，但从未对其持证情况进行核实，也未向分管领导汇报，对事故的发生负有主要责任。建议给予行政撤职、党内严重警告处分。

4. 孙××，中共党员，×××煤矿机电科科长，负责对全矿机电设备、设施安全检查等工作，分管矿机电区、机电队。对铁法外包工队井下机电管理混乱监管不力；未对铁法外包工队工人经常违规从事井下电工作业的问题进行管理，工作失职，对事故的发生负有主要责任。建议给予行政撤职、党内严重警告处分。

5. 魏××，×××煤矿防治冲击地压办公室主任，负责该矿冲击地压防治工作。对冲击地压的危险性认识不足，没有严格落实《331采区综合防治措施》中取屑次数的规定，未能认真做好预测预报工作，对事故的发生负有主要责任。建议给予行政降级处分。

6. 张××，中共党员，×××煤矿安全监察处处长，负责全矿地面安全监督检查和安全培训工作。对该矿安全培训工作管理不力；对外包工队井下从业人员、特种作业人员的岗前培训和持证情况不掌握，对事故的发生负有重要领导责任。建议给予行政降级、党内严重警告处分。

7. 安×××，×××煤矿安全监察处处长、矿党委委员，负责全矿井下安全监督检查工作。没有认真履行监管职责，对井下安全监管不力，工作失职；对该矿擅自修改设计，增加3315皮带道与3316风道之间联络巷的问题，没有提出整改意见；未能发现井下作业人员无证从事电工作业和331采区劳动组织不合理的问题；对下井人员长期不携带自救器和便携仪的问题没有制止和处罚，对事故的发生负有主要领导责任。建议给予行政撤职、撤销党内职务处分。

8. 王×××，中共党员，×××煤矿副矿长，负责生产准备工作。对铁法外包工队的井下掘进施工管理不力；对该队工人从事特殊工种作业情况没有进行过检查，未能发现该队工人长期违规、无证从事井下电工作业的问题，对事故的发生负有重要领导责任。建议给予行政降级、党内严重警告处分。

9. 张×，中共党员，×××煤矿副矿长，负责"一通三防"工作。没有认真履行职责，对×××煤矿"一通三防"工作管理不力，工作失职；对瓦斯监控系统的使用、维护监管不力；未能有效解决通风和瓦斯治理方面存在的安全隐患；对下井人员长期不携带自救器和特殊工种人员不携带便携仪的问题失察；对该矿斜井长期将自救器发放到个人自行管理的问题没有采取有效措施进行纠正，对事故的发生负有主要领导责任。建议给予行政撤职、党内严重警告处分。

10. 王×××，×××煤矿副矿长、党委委员，负责全矿的生产指挥、调度和管理工作。对该矿井下劳动组织不合理，多工种交叉作业的问题管理不力，工作失职；对调度管理工作监管不到位；对井下矿工长期不携带自救器、特殊工种人员不携带便携仪的问题没有采取措施予以纠正，对事故的发生负有主要领导责任。建议给予行政撤职、撤销党内职务处分。

11. 申×××，中共党员，×××煤矿副矿长，分管全矿机电安全管理工作。工作失职，对外包工队在机电管理方面以包代管；对该矿机电部门未能认真履行职责的问题督促检查不力；对外包工队特殊工种无证上岗、长期进行井下作业的问题失察，对事故的发生负有主要领导责任。建议给予行政撤职、党内严重警告处分。

12. 侯×××，中共党员，×××煤矿总工程师，负责全矿"一通三防"、防冲击地压、防排水等方面的技术工作。工作失职，在负责采掘施工设计中，对该矿331采区进、回风巷的设计未贯穿整个采区，延伸不到位；在组织修改×××煤矿海州立井改扩建施工中，没有按设计要求组织331采区专用回风道的施工项目；对冲击地压危险性重视不够，防治冲击地压工作存在漏洞，在接到该矿3316外风道2005年2月4日至7日钻屑值超限报告后，没有安排再次打钻取屑，进一步对冲击地压的危险进行检测，对事故的发生负有主要领导责任。建议给予行政撤职、党内严重警告处分。

13. 曹×××，中共党员，×××矿总工程师，负责生产计划、采掘设计等工作。工作失职，在3315采煤工作面和3316准备工作面风道之间联络巷的开掘过程中，参与研究并组织安排生产技术科进行修改设计，未按规定报批便组织施工；对331采区没有专用回风巷和进、回风巷未贯穿整个采区、延伸不到位问题，没有提出整改意见；明知集团公司下达的2005年生产计划（145万吨）会造成采掘关系严重失调，未提出调整意见，仍然超能力组织生产，致使采掘关系严重失调、多工种交叉作业，对事故的发生负有主要领导责任。建议给予行政撤职、党内严重警告处分。

14. 王××，×××煤矿党委书记。没有认真履行职责，对本单位贯彻执行安全第一的方针监督检查不力；对所属部门和人员履行职责情况监督不力；对干部职工安全思想教育工作不到位，存在薄弱环节，对事故的发生负有主要领导责任。建议给予撤销党内职务处分。

15. 沈××，××集团公司物资分公司采购部业务员，负责综合保护装置的采购。在为×××煤矿购买照明信号综合保护装置过程中，未按规定进行验收，没有发现综合保护装置是假冒伪劣产品，便直接发往×××煤矿使用（该综合保护装置是导致本次事故发生的火源点），对事故的发生负有主要责任。建议给予留用察看一年处分。

16. 朱×，××集团公司通风处处长。对×××煤矿在"一通三防"工作方面存在安全隐患的问题监督检查不力；在2004年12月份到该矿检查时，发现3315和3316两个工作面之间的联络巷影响形成独立通风系统的问题，没有提出整改意见；明知在组织修改××××煤矿海州立井改扩建施工中，没有按设计要求组织331采区专用回风道的施工项目，未采取任何措施；对该矿瓦斯监控系统管理使用中存在的问题失察，对事故的发生负有重要领导责任。建议给予行政降级处分。

17. 许×，××集团公司生产技术部副主任兼生产技术处处长、党支部书记，负责生产计划、采掘进度的制定和审查等工作。明知×××煤矿海州立井2003年核定生产能力为90万吨／年，在改扩建工程尚未竣工和矿井开拓准备进尺欠账严重的情况下，2005年为该矿拟定年度生产计划145万吨，由于超能力组织生产，造成采掘关系严重失调，对事故的发生负有重要领导责任。建议给予行政记大过、党内警告处分。

18. 白××，××集团公司安全监察局副局长兼监察处处长、党支部书记，负责集团公司下属矿井安全监督检查工作。工作失职，对×××煤矿的安全监察不力；没有组织开展过对井下作业人员携带自救器、甲烷便携仪情况的检查；对该矿机电、通风管理混乱和通过3315皮带道与3316风道之间的联络巷开口掘进3316风道、331采区多工种交叉作业等问题监督检查不到位，对事故的发生负有主要领导责任。建议给予行政撤职、撤销党内职务处分。

19. 孙×，中共党员，××集团公司安全监察局局长，负责集团公司安全监察全面工作。对×××煤矿的安全监察不力，履行职责不认真；对该矿机电、通风管理混乱和通过3315皮带道与3316风道之间的联络巷开口掘进3316风道、331采区多工种交叉作业等问题监督管理不到位；对×××煤矿安监部门业务指导不力，对事故的发生负有重要领导责任。建议给予行政降级、党内严重警告处分。

20. 朱××，中共党员，××集团公司副总工程师，负责通风技术管理工作。对×××煤矿在通风和瓦斯治理方面存在的安全隐患和集团公司通风处在技术管理方面存在的问题监督管理不力；对该矿采区没有形成完整通风系统、3315和3316两个工作面没有形成独立通风系统问题以及瓦斯监控系统管理使用中存在的问题监督检查不到位，对事故的发生负有重要领导责任。建议给予行政降级、党内严重警告处分。

21. 关×，中共党员，××集团公司副总工程师，负责准备、设计和防冲击地压等工作。生产技术管理工作不力；在明知×××煤矿海州立井331采区无设计的情况下，对该矿的采煤工作面设计进行了审批，对事故的发生负有重要领导责任。建议给予行政降级、党内严重警告处分。

22. 宋××，中共党员，××集团公司总工程师（2004年6月任职），负责技术、准备和改扩建等工作。在组织修改×××煤矿海州立井改扩建施工方案中，没有按设计要求组织331采区专用回风道的施工项目；明知×××煤矿海州立井改扩建工程尚未竣工、矿井开拓准备进尺欠账严重、采掘关系严重失调，但对集团公司为该矿下达的超能力生产计划未提出调整意见，对事故的发生负有重要领导责任。建议给予行政降级、党内严重警告处分。

23. 张××，××集团公司副总经理、党委委员，负责生产和机电管理等工作。在×××煤矿海州立井改扩建工程尚未竣工和矿井开拓准备进尺欠账严重的情况下，重采轻掘，超能力组织生产，造成采掘关系严重失调，致使331采区采掘巷道布置不合理和劳动组织混乱；对机电管理部门在对×××煤矿井下机电管理上没有认真履行职责的问题失察，对事故的发生负有重要领导责任。建议给予行政降级、党内严重警告处分。

24. 梁××，××集团公司董事长、总经理、党委副书记，中共阜新市委常委，全国人民代表大会代表。作为集团公司安全生产第一责任人，未认真贯彻落实安全第一、预防为主的方针，重生产、轻安全，安全管理不力；在该矿采掘关系严重失调的情况下，超能力下达生产任务；对×××煤矿存在的严重安全隐患问题监督管理不力；对有关职能部门没有认真履行职责的问题失察，工作严重失职，对事故的发生负有主要领导责任。建议给予行政撤职、撤销党内职务处分，并建议按程序免去其董事长职务。

25. 王×，××集团公司党委书记、副董事长，集团公司安全思想教育第一责任人。没有认真贯彻落实安全第一、预防为主的方针，安全思想教育工作不力，对外包工队的安全思想教育存在死角；特别是对×××煤矿干部不认真履行职责和管理混乱的问题监督管理不力；对该矿合并后长期一岗双人、职责不清的问题没有及时督促解决，对事故的发生负有重要领导责任。建议给予党内严重警告处分。

26. 李××，××省煤炭工业局副局长、党组成员、党总支书记，负责全省煤炭生产、煤矿技术、安全信息管理等工作，分管安全技术处。对××集团公司的安全生产管理工作不到位；对×××煤矿海州立井2005年超能力组织生产的问题不了解，对事故的发生负有重要领导责任。建议给予行政记大过、党内警告处分。

27. 李××，××省煤炭工业局局长、党组书记，煤炭行业管理部门第一责任人。未认真落实安全第一、预防为主的方针；对省管企业××集团公司安全生产管理不力；没有认真落实2003年5月××省政府领导在《关于××矿业集团公司安全情况的报告》中"请××同志组织对××局存在安全问题整改情况进行检查"的要求；对××集团公司重生产、轻安全的问题失察，对事故的发生负有重要领导责任。建议给予行政记大过、党内警告处分。

28. 潘××，××煤矿安全监察局××分局局长、党总支委员，2005年2月前任原××煤矿安全监察局××办事处主任。在任××办事处主任期间，对×××煤矿的安全监察不到位；对海州立井331采区无设计、没有专用回风巷、没有形成完整通风系统及采区进、回风巷未贯穿整个采区等问题督促整改不到位；虽然对海州立井通过3315皮带道与3316风道之间的联络巷开口掘进3316风道的问题和该矿要落实防冲措施的情况向矿、集团公司有关领导提出过要求，但没有继续跟踪整改，监察不力，对事故的发生负有重要领导责任。建议给予行政记大过、党内警告处分。

29. 刘××，××省人民政府副省长、党组成员，分管工业、国有资产管理、安全生产、质量技术监督等工作。鉴于××集团公司×××煤矿海州立井"2.14"特别重大瓦斯爆炸事故给国家财产和人民群众的生命安全造成重大损失，在社会上造成很大影响，作为分管工业、安全生产等工作的副省长，对事故的发生负有领导责任。建议给予行政记大过处分。

建议责成××省人民政府向国务院做出书面检查。

五、防范措施和建议

（一）×××煤矿海州立井必须严格按照矿井核定的生产能力组织生产，严格按照《煤矿安全规程》和国家有关规定，加强生产技术和改扩建工程管理，规范采区设计，严格按照作业规程施工，简化巷道布置，避免采掘不合理。

（二）加强"一通三防"和机电管理工作，确保瓦斯监控系统完好运行，做到瓦斯监控系统准确、可靠并在瓦斯超限时能及时有效断电，加强对特殊工种的培训，做到持证上岗；建立健全机电设备的进货、入井检查和检修制度，并按照有关制度执行。

（三）加强劳动组织管理，制定并严格执行好对外包工队的承包、管理制度，严格落实煤矿井下作业的有关规定，控制入井人员数量，杜绝多工种交叉作业。

（四）建立健全各种安全管理制度，并采取有效措施保证制度严格落实，杜绝井下不携带自救器和便携甲烷检测仪等违章现象，加强对各工种人员的安全技术培训，增强职工的安全意识、遵纪守法意识和处理险情的能力，确保煤矿职工生命安全和正常的生产秩序。

（五）认真贯彻落实党的"安全第一、预防为主"的安全生产方针，加大安全投入，严格按照有关规定和程序对煤矿的改扩建矿井进行审查和施工。冲击地压灾害严重区域，要积极同有关科研院校或专家进行合作研究，严格预测预报制度；采取有效措施充实专业技术人员。

（六）××省人民政府及有关部门要认真贯彻落实2005年全国安全生产工作会议精神和《国务院办公厅关于完善煤矿安全监察体制的意见》（国办发〔2004〕79号），建立健全煤矿安全生产监管体制，加大煤矿安全专项整治工作，加强煤矿安全监督管理。

（七）国家有关部门应牵头组织有关科研单位，对防止带电作业的本质性措施进行研究，并研制相关产品，杜绝类似事故再次发生。

（八）××集团公司安全欠账较多、灾害严重，并被列为全国45户重点监控对象，建议国家有关部门在技改专项资金中给予重点支持，同时××省人民政府也要加大对煤矿的安全和科技投入，积极扶持和引导煤矿加快技术改造，打造本质安全型煤矿，实现煤矿的安全生产。

附件：事故调查组成员名单（签字表）

国务院××省××矿业（集团）有限责任公司×××煤矿海州立井"2.14"特别重大瓦斯爆炸事故调查组

二〇〇五年五月十三日

例文简析　这则调查报告开头部分概括介绍了发生事故的有关情况，主体部分先介绍事故单位概况，又叙述了事故发生及抢救经过，剖析了事故的性质和原因。明确了责任认定及处理建设，最后提出了防范措施及建议。材料翔实。分析客观公正，建议切实可行。

 思考与练习

一、判断题

1. 调查报告与公文中的"报告"相同。调查报告既可以提供有价值的第一手材料，也可以扶持新生事物，传播典型经验，指明方向；还可以揭露丑恶现象。（　　）

2. 调查报告所选用的材料必须是真实的、典型的。（　　）

3. 经验调查报告只是反映典型经验，情况调查报告只是反映某地区或单位的基本情况。（　　）

4. 调查报告标题的写作必须按照规范的格式写作，不能有任何自由变动和调整。（　　）

5. 调查报告中必须用事实说话，做到观点和材料的统一。（　　）

二、以下是一个调查报告的开头部分，指出它们属于哪种开头形式？写了什么内容？

1. 为了切实掌握全疆教师工资拖欠情况，探讨建立教师工资按时足额发放的保障机制，为政府部门制定相关政策提供依据，自治区教育工会组成了3人调查组，于3月19日至4月15日，历时28天，对7个地区42所基层学校教师工资的发放情况进行了实地调查。

《教师工资拖欠问题亟需解决——关于新疆教师工资拖欠情况的调查》

2. 水土流失是指表层土壤及其物质在水力的作用下位移并使表层土壤逐渐变薄、质地变粗的过程，是当土壤在水的浸润和冲击作用下，其组织发生破碎和松散，随水流动而大量流失的现象……

我国黄土高原由于地表植被，尤其是森林被严重破坏……人类赖以生存的生态环境正在发生急剧变化，水土流失造成的危害极为严重。

《××县水土流失现状调查报告》

三、对本班同学的消费情况进行调查，写一份关于本班同学消费方面的调查报告。要求反映实际情况。字数800字左右。

四、试比较总结与调查报告的异同点。

第五节　简　报

一、简报的性质和种类

简报是政府机关、企事业单位、社会团体等用来汇报工作、反映情况、沟通信息和交流经验的一种简短、灵活的机关事务文书。它不属于国务院办公厅规定的通用行政公文，但在各类机关中，它的使用范围很广，各级党政机关、企事业单位、社会团体，一般都编发简报。在有些单位，简报甚至变成类似内部期刊的出版物，成为机关工作不可缺少的文种之一。

简报的使用历史源远流长。中国历史上最早在内容和形式上都比较完整的简报是西汉时期汉武帝初年产生的"邸报"(一种官报),这时是手抄报。到了唐代,出现了印刷的"邸报"。随着西方传播技术——新闻报纸的传入,对于能够公开的新闻消息,用报纸的形式公布;而不能够公开的那部分消息,则用简报的形式在内部传阅。1955年1月9日,国务院颁发的《关于所属各部门工作报告制度的规定》首次对简报作了如下规定:"明白、扼要地报告所掌握的范围内重大问题的处理、工作中的重要情况和经验"。1955年6月9日,"简报"正式命名。简报的产生、发展与社会政治、经济的需要密不可分。近年来,随着中国社会主义建设的迅速发展,为了上情下达、下情上达,为了在各级各类机关中迅速有效地传递信息,简报的使用范围更加广泛,内容更加丰富。作为一种常见的应用文体,简报的写作也日益受到研究者和实际部门工作者的重视。

(一) 简报的性质

简报是一种事务文书,它的使用范围非常广泛,是一种很有用的载体。它的特点可以用简、快、真、精、准、新、活、强八个字来概括。

简,即精要简短。简报是对情况的简明报告,因此,语言要精炼,篇幅要简短。"简"是简报的最基本特征。

快,是指报道的迅速及时。简报写作要快,制发也要快,力争使读者在第一时间里了解到最新情况。

真,是指内容真实。简报要准确地反映客观事物的真实情况,不能有丝毫虚构、编造。

精,是指选材要精。简报应是在众多真实的材料中选取的最具代表性的典型材料。

准,是指所反映的事实要准确无误,既不夸大,也不缩小;问题要抓得准确;语言表达也要准确。

新,是指内容新鲜、有新意。简报要及时反映现实生活中的新问题、新经验、新情况、新动向和新思想,以利于取得指导工作的主动权,或及早给人以借鉴和启示。

活,是指简报的形式灵活。简报一般短小精悍,形式灵活,不拘一格。

强,是指简报的针对性、指导性强。简报一般是针对工作中的热点、重点、难点问题而制发的,也只有这样才具有指导意义。

(二) 简报的种类

简报的种类很多,按不同的标准可以划分为不同的类型。常见的划分方法是按内容的不同,将简报分为工作简报、会议简报、动态简报等几类。

① 工作简报,即为推动日常工作而编发的简报。它的任务是反映本单位、本系统、本部门工作的开展情况,重在介绍工作经验、报告工作中出现的新问题。

② 会议简报,是及时反映、交流会议情况,引导会议发展的一种简报。这类简报主要用于某些重大会议,及时报道会议进展情况,与会者反映的问题、意见和建议,以及会议形成的决议和基本精神。

③ 动态简报,又称信息简报,是传播信息、反映动态、交流情况的一种简报。这类简报的任务就在于反映各部门、各领域新近发生的新情况、新动态和产生的新信息,为有关部门领导制定决策提供重要的参考依据。

二、简报的写作方法

简报的结构与正式的公文不同,它一般由报头、报身和报尾三部分组成。

（一）报头

报头设在第一页上方，约占全页 1/3 的篇幅，下边用横线与正文部分隔开，通常报头有以下几方面的内容。

① 简报名称。用大号字写在报头正中部位，如"情况简报"、"动态简报"。简报名称可以套红，也可以不套红。文字常用印刷体或书写体，一般不用美术字，以示正规。简报名称宜相对固定。

② 期号。在简报名称下面居中写明期号并用括号括住，一般写成"第 1 期"的形式，也可以写成序数形式，如"（1）"。

③ 主编单位。在期号之下、间隔线之上的左侧，顶格写主编单位的名称。

④ 印发日期。写在期号之下、间隔线之上的右侧。

⑤ 密级与缓急程度。如简报需要注明秘密等级、缓急等级，应在简报名称的左上方标明。

（二）报身

这部分由按语、标题和正文三部分组成。

1. 按语

简报的按语就是简报的编者针对简报的某些内容所写的说明性或评论性的文字。按语一般写在标题之前，并在这段文字的开头之处写上"编者按"、"按语"或"按"等字样。转发式的简报一般都要加上编者按语。简报的按语常常是根据领导的意见起草的，但按语不是指示、命令，没有指令性公文的作用。按语的特点就是把简报的内容和现实工作联系起来，表明领导的意见，帮助人们加深认识，正确把握工作的方向，对下级的工作起到督促、指导的作用。简报的按语一般有两类：一种是说明性按语，它常常是对简报内容、作用和现实意义等做一些说明。这类按语一般很短，有时就一句话，举例如下。

"编者按：根据中央领导同志的意见，现将中国人民银行关于东南亚金融风暴的报告摘登如下，供各单位参阅。"

另一种是批示性按语，它常常是针对一些有典型意义的事件和反映当前工作中存在的问题做出评论，表达领导机关的看法、意见或对下级的要求。

2. 标题

编写简报十分讲究标题的写作。好的简报标题能准确、简要、生动、醒目地概括全文内容。一般说来，简报标题的写法类似于新闻标题的写法，但又不像某些新闻标题那样引题、正题、副题一应俱全。简报的标题可以采用正副标题的写法，正标题揭示文章的思想意义，副标题写出事件与范围，对正标题起补充说明作用。

3. 正文

这部分是简报的中心所在，它通常由开头、主体和结尾三部分组成。

① 开头。简报的开头，常见的有三种形式：一是叙述式，即开门见山地把要反映的事件的时间、地点、人物、起因和结果在开头部分直接写出，使读者一目了然；二是结论式，先写出事情的结果或因此而得出的结论，然后再作具体说明或得出结论的理由；三是提问式，即一开始就用一个或数个问题把主要事实提出来，引起读者的注意，然后再用回答的语气在主体部分作具体的叙述。

② 主体。即简报最主要的部分，一定要写得充实、有力。要用有说服力的事实、数据、情况、问题等典型材料，支持简报的结论或让读者了解真实的情况，做出自己的判

断。主体部分常用以下几种写作方法：一是按时间顺序，即按照事件发生、发展和结束的自然顺序来写，这种写法比较适合报道一个完整的事件；二是按空间变幻的顺序，这种写法适用于报告一个事情的多个场面，或者用于围绕一个中心，综合报道几个方面的情况；三是归纳分类表述，把所有的材料归纳成几个部分、几条经验、几种倾向或几种做法，分别标上序号或小标题，逐一写出；四是夹叙夹议，就是边叙述情况，边议论评说，这种方法适用于反映具有某种倾向性问题的简报；五是对比法，即在对比中展开叙述，既可以做纵横对比，也可以做好与坏、正与反的对比等。

③ 结尾。简报的结尾有两种，一是把主体部分情况、事实叙述完后，干净利落地结束全文。另一种是用一句话或一段话收束全文。收束全文的句子，或用来总括全文的内容，或提出今后的打算。对于未完事件或连续性事件，常用"事情正在处理中"或"事件发展情况将随时给予通报"等语句结尾，以加强简报的连续性。

（三）报尾

报尾在简报末页的下方，也用横线与正文部分隔开。它有两个基本内容：一是发送范围，写在版尾的左下方；二是印发的份数，写在版尾的右下方。简报的格式如图 3-1 所示。

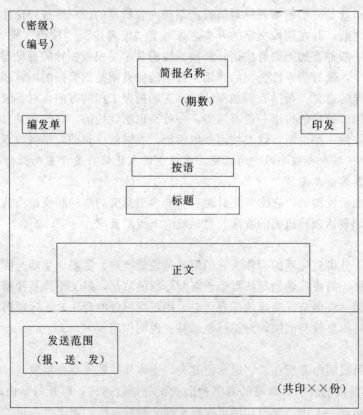

图 3-1　简报的格式

三、简报的写作要求

① 选材要精，内容要新。新是简报的价值所在。要求选择那些与执政党的方针政策有密切关系的重大问题，或工作中出现的新情况、新动态、新问题、新经验，以及新事物的萌芽或错误倾向的苗头等。要善于在复杂的事物中，挖掘出事物的精髓和本质意义。

② 材料要真实、准确、可靠。简报所反映的材料，是领导机关做出决策的一个依据，所以所选用的材料一定要真实可靠，力求准确无误地反映客观实际。为此，简报撰写者一定要深入调查，了解和掌握所写对象的全面情况，弄清事物的来龙去脉，绝不能任意夸大和虚构事实。

③ 注意时效性。快是简报的要求。简报必须抢时间，争速度，及时反映问题，迅速交流信息，协调各方面工作，及早解决问题。它具有传递和反馈信息的重要作用，只有迅速、及时地编写发送，才能实现其价值；否则，错过时机，就失去了简报的价值。

④ 内容要简明扼要，短小精悍；文字也要简洁明确。

教育部简报

［2008］ （第12期）

教育部办公厅编　2008年1月21日

××大学研究生支教团志愿服务西部贫困地区教育发展

××大学积极落实共青团中央、教育部联合组织实施的青年志愿者扶贫接力计划全国示范项目，1999年成立研究生支教团后，每年选派7～12名具备保送研究生资格、有奉献精神、身心健康的应届本科毕业生，以志愿服务的方式到四川昭觉、贵州湄潭等中西部贫困地区中学开展为期一年的支教工作，至今共选派了10批80名志愿者。支教团成员在保质保量完成当地教学工作的同时，充分发挥志愿者的桥梁作用、宣传作用和引导作用，通过捐资助学、助教等活动，努力促进西部贫困地区的教育发展。

——发挥志愿者的桥梁作用，让孩子走进教室，夯实教育基础。××大学研究生支教团把"让孩子走进教室"作为支教工作的重要环节来抓。从第四届支教团开始，通过东西部之间的结对捐助活动，帮助彝乡的孩子顺利完成学业。第四届研究生支教团×××、××等队员，利用自身的专业知识，建立了"××大学支教团"网站，通过网络媒体寻找热心人士的帮助。2006年底，支教团成功组织了"百人圆梦大行动"接力计划，联系××多家媒体进行宣传，通过"一对一"的资助方式，为支教地160余位品学兼优而家庭经济困难孩子解决了一至五年不等的学习生活费用。据统计，参与此次活动的热心市民近千人，募集资金总额逾十万元。在总结前几届支教团资助工作经验的基础上，支教团突破志愿者身份的限制，将寻找资助人变成寻找"特殊的志愿者"，为更多的人参与志愿服务提供了平台。

——发挥志愿者的宣传作用，让学生迈出大山，拓展教育模式。支教团成员积极拓展教育模式，联系东部热心公益事业的企业，组织开展了"爱在浙滨"系列活动，筹集资金帮助部分学生实现"迈出大山"的梦想，走向更广阔的世界。2006年4月，接受"百人圆梦大行动"资助的两名彝族小学生，跟随支教团从四川省昭觉县来到杭州，参加为期三天的主题活动，得到了众多热心市民的帮助。同时通过媒体招募社会志愿者，吸引更多热心教育事业的人士走进大山，给学生讲述山外的见闻。在活动结束后的交流座谈会上，许多当地学生表达了"好好学习、走出大山、建设家乡"的强烈愿望。

——发挥志愿者的引导作用，让老师追求事业，鼓励教育创新。××大学研究生支教团通过交流和培训，大力支持西部贫困地区一线教师的教学和研究，鼓励教育创新。近年来，支教团在支教地已开办计算机、英语、普通话等各类教师培训班数十场，受益教师达千余人。为进一步激励当地广大教师提高教学水平、热爱教育事业，2007年，由××大学×××教授出资赞助，设立了"××大学支教团教师奖教金"，每期金额为5000元，奖励四川省昭觉县5名为教育事业做出突出贡献的教师。

发：本部领导，各司局，各直属单位，各省、自治区、直辖市党委教育工作部门、教育厅（教委），各计划单列市教育局，新疆生产建设兵团教育局，部属各高等学校，有关省部共建、省部共同重点支持建设高校，有关新闻单位。

例文简析　这是教育部的一则简报。叙述了××大学研究生支教团志愿服务西部贫困地区教育发展的情况。概括介绍了他们的主要做法和经验，内容集中，主题突出，起到了相关部门沟通学习、交流经验的作用。

思考与练习

一、判断题

1. 简报虽不属于国务院办公厅规定的通用行政公文，但在各类机关单位内部，它仍具有权威性和法规性。　　　　　　　　　　　　　　　　　　　（　　）

2. 向上级机关汇报本单位、本部门工作动态的简报，作用同公文中的报告相同。（　　）

3. 简报的行文方式，没有上行、平行的严格限制，往往一份简报上、下、平都要分送。　　　　　　　　　　　　　　　　　　　　　　　　　　　（　　）

4. 简报不能代替正式公文，也不能公开出版，但可产生与公文同等的效力。（　　）

5. 每份简报只能反映一件事或者一个问题，这叫一事一文。　　　　（　　）

6. 简报叙事以概括叙述、说明为主，不能使用铺陈、渲染，说理以正面表态为主，一般不过多阐述、剖析。　　　　　　　　　　　　　　　　　　　（　　）

7. 简报有定期和不定期两种，定期有一定的连续性，不定期临时性简报可只发一期。　　　　　　　　　　　　　　　　　　　　　　　　　　　　（　　）

8. 会议简报必须在会议期间编发，不能在会议结束后编发。　　　　（　　）

9. 在实际工作中，上级对下级通过简报下发的文件，性质同公文一样，下级也要像对上级的公文一样执行。　　　　　　　　　　　　　　　　　　　（　　）

10. 使用最广泛的、机密程度较高、程式性较强的简报是会议简报。　　（　　）

二、修改下列简报。

要求：1. 加上标题；

2. 改正文中的错误；

3. 压缩语言文字，使之不超过 800 字。

由日本××公司组织的××大学友好访华团一行 22 人，在××市国际旅行社××、××、××同志的陪同下，于 3 月 26 日在西安、三门峡、洛阳等地进行参观访问。

这个团由于参观的地区很多，线路很长，所以活动日程安排得非常紧张，但是因为这三个同志发扬了不怕苦不怕累的革命精神，互相勉励，团结合作，很好地完成了陪同任务，受到了日本许多客人的热情赞扬。

××等同志在长途旅行中，不仅要安排和照料好客人的食宿行，而且每个人还亲自为客人搬运行李，上车下车，一路十分辛苦，每天总是早出晚归，比客人走的路还要多。

3 月 22 日下午，团里一位客人因太疲劳了，突然病倒，××不顾一日劳累，马上放下正干着的活，连招呼也来不及打就背着病人前往医院治疗，治疗好病人返回住处的宾馆时已经到深夜，他虽然非常劳累，却保证了第二天三门峡旅程的顺利进行。

3 月 24 日下午，在从三门峡前往洛阳的途中，这个团乘坐的汽车不料撞伤一农村小姑娘，据说当时伤情十分严重，所以气氛也相当紧张，就连在场的外宾也十分担心和惊怕，有的甚至尖叫起来。但由于××等三位同志和司机惊而不慌，忙而不乱，及时采取了果断的应急措施。他们在安稳外宾情绪的同时，立即把那个受了伤而又担惊受怕，似乎还在轻轻诉说着什么的小姑娘送到离出事地点十多里地外的乡医院进行紧张急速的医护处理，然后又往各处打电话救援，经过多方面的联系，由××同志乘当地乡政府提供的一辆面包车，又把病人非常迅速地转往三门峡市医治，全团客人也就继续驱车去洛阳，路上再也没有发生什么意外事故，并顺利地到达了目的地。××同志处理完了那个受伤小姑娘的事，第二天才回到洛阳，继续参加陪同工作。

这一突发事故前后仅一个多小时就得到了妥当处理。这三位陪同能临事不慌，通力合作，是他们平时注意自己果断处理事故能力的结果，也是他们热爱旅游事业、为旅游事业做贡献的结果。这件事在社里传开后，大家都对他们抱以敬佩、羡慕，并纷纷表示要向他们学习。据他们回来后反映，当他们处理完事故后，外宾个个都很激动，有的说："这次旅行多亏了三位先生的努力工作和热情帮助，否则，我们就要回不了日本了，这真使我们一辈子也忘不了了。"

通过这个事件，我们不难看出，在我们旅行社有一股巨大的潜力，我们年青一代的导游人员正在茁壮成长，他们在思想水平上，在业务能力上都更加成熟了。有了这支力量，我们的旅游事业一定能兴旺发达。

三、按照简报的编排格式，将本周本地区主要报纸上你认为最重要的新闻内容以简报的形式重新予以编排。

四、将本节的例文与消息相比较，具体指出简报与消息在写作上的异同点。

第六节 规章制度

一、规章制度的特点和种类

规章制度是机关团体、企事业单位、人民群众，为了维护正常的工作、劳动、学习和生活的秩序，依据国家的方针、政策，在一定范围内制定的一种具有法规性与约束力的，要求有关人员必须按章办事、共同遵守的事务文书。也就是说，它是在一定范围内要求人们必须遵守的行为规范和准则，是各项行政法规、章程、制度和公约的总称。

规章制度是一种使用范围十分广泛的应用文体。上至国家最高领导机关，下至最基层的企事业单位，乃至社会生活的某些方面，都需要用规章制度规定有关人员应该遵守的事项和职责或应该达到的标准等，以保证公务活动、生产活动、工作、学习、生活等的有序、正常、协调地进行。为了创造良好的环境，建立正常的秩序，建立、健全各种规章制度是十分必要的。

（一）规章制度的特点

（1）要求的统一性　是指规章制度的内容必须有法律和政策作为依据。任何规章制度的制定，都必须以国家颁布的各种法律、法规，党和政府制定的有关路线、方针、政策为依据，统一在国家法律及党和国家的大政方针之下，不能借任何理由制定违背党、国家和人民根本利益的规章制度。

（2）内容的规定性与周密性　规定性是规章制度的主要特点。所谓规定性，是指规章制度按照所涉及对象的性质、范围，限定人们可以做什么，不可以做什么；可以怎样做，不可以怎样做，用以规范人们的行为。因此，规定的内容，必须具体、严密、细致、周全，对规章制度实施过程中可能会出现的情况要有充分的估计。规章制度的内容要有逻辑性，前后要一致，缜密无隙。

（3）形式的条款性　规章制度的主要内容，几乎都是以条款序列的。应该怎样做，不应该怎样做；怎样是对，怎样是错，界限要分清，要做出相应的规定，这就自然地形成了形式上的条款性。条例的安排要有层次性，层次应根据具体文种的内容需要而设定，可多可少。多的可以有七级：篇、章、节、目、条、款、项；少的只有条（项）一级。常用的多为条、款二级或章、条、款三级。

（二）规章制度的种类

规章制度的种类很多，常用的有以下几种。

（1）章程　章程是党团组织、社会团体、学术组织等对其性质、宗旨、任务、组织机构、组成人员及活动规则等做出的规定，一般由本组织、团体制定并经其代表大会通过。它是一种根本性的规章制度，具有很强的严肃性和法规性。如《中国共产党章程》，就是由中国共产党中央委员会制定，中国共产党全国代表大会通过的该党的根本法规。每一个中国共产党党员必须无条件遵守的章程。同样，任何一个组织、团体的章程对该组织、团体的所有成员也都具有约束力。

（2）条例　条例是为指某一方面长期的工作、活动正常开展而制定的较为原则和全面的规范，一般由主管该方面工作、活动的党和国家的相关部门根据国家的有关法律、政策制定，由党的领导机关、国家权力机关或国家最高行政机关批准（通过）颁发。条例是具有强制性和约束力的法规性文件。在中国，根据工作、活动的性质和管辖的权限，有全国人大常委会通过发布的条例，如《中华人民共和国学位条例》（1980年2月12日通过发布）。

（3）规定　规定是政府机关、社会团体、企事业单位等针对特定范围内的工作和事务或专门问题制定的要求和规范，也是一种具有强制性和约束力的法规性文件。规定所规范的对象和范围比较集中，措施和要求也比较具体。同章程、条例相比，规定的针对性更强，长期稳定性则相对少一点。从规定的制发机关、单位来看，有政府行政机关制定发布的规定，如国务院1990年10月22日发布的《中外合资经营企业合营期限暂行规定》；有社会团体、企事业单位处理本团体、本单位的某种工作和事务所制定的规定，如《上海市公安局关于国庆期间交通管理的暂行规定》。

（4）办法　办法是政府机关、社会团体、企事业单位针对某项工作或某一方面的活动制定的具体的要求与规范。办法是一种具有强制力和约束力的规定性文件，与条件、规定相比，它所规定的内容更具体，有些办法就是根据相关条例、规定中的某些条款制定的。如国务院发布的《产品质量监督施行办法》，就是根据国务院发布的《标准化管理条例》中的有关条文制定的，它比条例更具体，更具操作性。此外，办法与条例、规定的使用范围也不同。条例、规定多用于某些重大问题、重要事项，而办法一般用于具体事务或某一事项，甚至是比较细小的事情上。如财经领域的资金管理、票汇结算、税务管理等工作，一般就是用各种办法来管理、规范、协调的。

（5）细则　细则是政府机关、社会团体、企事业单位等单位根据上级机关发布的有关条例、规定或办法，结合本地区、本部门、本单位的实际情况，制定的具有一定的补充性、辅助性的详细的实施规则。它也是一种规定性文件，比条例、规定、办法更具体、更明确。在实际工作中，细则往往是实施条例、规定、办法、之类规章的补充性、辅助性文件，把上级机关发布的有关条例、规定、办法中较原则性的规范具体化、细密化，使其更加明确，以利于贯彻实施。

（6）规则、规程　二者基本相同。它们都是政府机关、社会团体、企事业单位等管理具体事务或活动时所使用的规定性文件。通常，规则是指在一定范围内针对某一具体事项或活动制定的要求有关人员共同遵守的准则；规程是指在一定范围内针对某一具体事项、活动或某项操作制定的，要求有关人员共同遵守的统一要求和程序。

（7）制度　制度是指党政机关、人民团体、企事业单位为加强对某一部门工作的管理和严格组织纪律而制定的要求有关人员共同遵守的规定性公文。制度的制定依据相关的法律、法规，一经颁布，有关人员必须遵守，若有违反，就要受到相应的处罚，所以制度具有很强的强制性和约束力。制度的使用范围十分广泛，凡是要求有关人员共同遵守，并按一定程序办理的事情，都可以使用制度规范人们的行为，以确保各项工作正常、有序地进行。

（8）公约、守则　公约是一定范围或行业的成员或其代表，在自觉、自愿的基础上，经过集体讨论制定的需共同遵守的道德规范和行为准则。守则是政府机关、社会团体和企事业单位根据上级有关指示精神和实际工作需要制定的，要求有关人员严格遵守的行为准则。二者都是具有一定的规定性和约束力的文书。但是，它们的使用范围有所不同：公约多用于公共事业方面的道德、行为规范，如《交通大学爱国卫生公约》；而守则除了用于各行各业人们的道德、行为规范之外，还常常用于生产工艺等具体操作规范，如《水下焊接工艺守则》等。

二、规章制度的写作要求

（1）依法定规、按法制度　规章制度的制定必须严格依据党和国家的有关法律、法规、方针、政策进行。各类规章制度公布之后，对相关的人和事具有明显的强制性和约束力，起着规范行为的作用。因此，它们的各项内容及制定过程必须符合党的有关方针、政策和上级指示精神，必须符合政府的法律、行政法规和法令，这是规章制度写作的第一要求。

（2）实事求是，切实可行　制定规章制度时，一定要坚持实事求是的原则，要进行深入细致的调查研究，切实领会党和政府的相关法律、法规、方针、政策和上级指示精神，充分掌握实际情况。只有这样，才能制定出符合国情、符合实际的切实可行的规章制度，才能对相关的工作起到管理、指导、规范等作用。

（3）结构严谨、内容具体　各种规章制度都是要求有关人员必须遵守执行的，因此，写作时就要做到结构严谨、条理清晰、内容明确，便于执行人员理解和操作。要严格划清各种界限，具体、明确地说明操作的事项应该怎么做，不应该怎么做；同时，语言要准确、严谨、周密，不能有疏漏、含糊和歧义，充分体现出规章制度的严肃性。

（4）定期检查，及时修订　虽然各种规章制度一经制定都具有相对的稳定性。但是，随着社会的飞速发展，新情况、新问题层出不穷，为了适应客观形势的发展，符合实际情况的需要，在实施过程中对各类规章制度不断进行完善，是十分必要的。根据社会的实际发展和需要，修改那些不适应的内容，补充那些必要的新内容，是规章制度写作的特殊之处，尤其是那些写明"试行"、"暂行"的规定、办法等，都要定期检查，适时地进行修改或补充。

三、常用规章制度的内容和格式

（一）规章制度的结构

由于规章制度种类较多，涉及的内容又广，要把各种规章制度的结构归成一种是不现实的，也是不必要的。但是，它们的结构又有许多相同之处，以下就规章制度的常用结构作一介绍。

1. 部首

由标题、制发的时间和依据组成。

（1）标题　其标题一般有两种形式：一种是由事由和文种构成，如《水力资源保护条例》；另一种是由制文机构名称、事由和文种构成，如《财政部关于企业财务检查中处理财务问题的若干规则》。

（2）制发时间和依据　一般在标题之下用括号注明规章制度通过的日期，或批准、公布的年、月、日，如《集体商标、证明商标注册和管理办法》（1995年3月1日发布）。

2. 正文

一般由总则、分则和附则三部分组成。

（1）总则　即关于制定各种规章制度的目的、意义、依据、指导思想、适用原则和范围等的说明性文字。通常在开头部分就给予明确。如《中华人民共和国人民警察使用警械和武器条例》第一章第一条就写明该条例制定的依据："根据《中华人民共和国警察法》和其他有关法律的规定，制定本条例。"

（2）分则　也就是规范项目，这是规章制度的实质性规定内容，是要求具体执行的依据。如1993年4月22日国务院发布的《股票发行与交易管理暂行条例》，其分则部分就对"股票的发行"、"股票的交易"、"上市公司的收购"、"保管、清算和过户"、"上市公司的信息披露"等事项，分别列专章做了规定。

（3）附则　即对规范项目的补充说明，其中包括用语的解释和解释权、修改权、公布实施的时间等项内容，一般放在正文的最后。

（二）常用几种规章制度的写法

1. 条例

由标题、制发的时间和依据、正文三部分组成。

（1）标题　一般有两种构成形式：一种是由事由和文种构成，如《广告管理条例》；另一种是由施行范围、事由和文种构成，如《上海市市政建设管理条例》。如果条例在内容上还不够成熟，尚待进一步修改，可以在标题里标明"暂行"、"试行"等字样，如《事业单位登记管理暂行条例》。

（2）制发的时间和依据　一般在标题之下用括号注明该条例通过的日期及会议名称，或条例批准、公布的年、月、日和机关名称。

（3）正文　一般由总则、分则和附则三部分组成。总则是关于制定条例的目的、意义、依据、指导思想和适用原则、范围等说明性文字。表述要简洁明了。分则是规范项目，是条例的实质性规定内容。为便于理解和执行，分则各章可分为若干条款加以陈述。附则是对规范项目的补充说明，其中包括用语的解释、解释权、修改权、公布实施的时间等项内容。

2. 规定

由标题、制发的时间和依据、正文三部分组成。

（1）标题　一般有两种构成形式：一种是由事由和文种构成，如《关于对外贸易中商标管理的规定》；另一种是由发文机关名称、事由和文种构成，如《中华人民共和国海关关于进出境旅客通关的规定》。如果条例在内容上还不够成熟，尚待进一步修改，可以在标题里标明"暂行"、"试行"等字样，如《驰名商标认定和管理暂行规定》。

（2）制发的时间和依据　一般在标题之下用括号注明该规定制发的日期和会议，或通过的会议、时间，或批准、发布的机关、时间等。

（3）正文　一般由总则、分则和附则三部分组成。总则是交代制定规定的缘由、依据、指导思想、适用原则、范围等。表述要简洁明了。分则是规范项目，是规定的实质性内容和要求。附则说明有关执行要求等。

3. 办法

由标题、制发的时间和依据、正文三部分组成。

（1）标题　一般有两种构成形式：一种是由事由和文种构成，如《票汇结算办法》；另一种是由发文机关名称、事由和文种构成，如《国家科委关于科学技术研究成果的管理办法》。如果办法在内容上还不够成熟，尚待进一步修改，可以在标题里标明"暂行"、"试行"等字样，如《商品交易市场登记管理暂行办法》。

（2）制发的时间和依据　一般在标题之下用括号注明该规定制发的日期，或通过的会议、时间，或批准、发布的机关、时间等。

（3）正文　一般由总则、分则和附则三部分组成。总则是关于制定办法的目的、意义、依据、指导思想、适用原则、范围等的说明文字。表述要简洁明了。分则是规范项目，是办法的实质性内容和要求、执行办法的具体依据。附则是对规范项目的补充说明，其中包括用语的解释、解释权、修改权、公布实施的时间以及执行要求等项内容。

4. 公约

一般由标题、正文、署名和日期三部分组成。

（1）标题　有三种写法：第一种是由适用范围、事由和文种构成，如《首都人民文明公约》；第二种是由适用人或适用范围和文种构成，如《教师公约》；第三种是由事由和文种构成，如《服务公约》。

（2）正文　这部分是公约的主体部分，通常有两种写法。一种是将全文分为引言、主体、结尾等三部分。引言部分主要说明制定公约的原因、目的、依据等；主体部分主要写公约的具体内容，写作时要做到层次分明、言简意赅；结尾部分主要提出执行要求。另一种是省去引言与结尾，直接分条列出公约的具体内容。

（3）署名和日期　一般在正文的右下方写上订立此公约的单位名称和订立公约的日期。如果单位名称已在标题中出现，可只写日期。

例文3-8

×××小学教师备课制度

1. 备课前必须熟悉本学科本年级本学期的教学大纲要求。

2. 备课前应通览全册教材，掌握教材的重点、难点及各单元之间的内在联系，合理安排教学进度，制订好全册的教学计划。

3. 为能确实备好课，教师应通过各种途径对学生进行调查研究，及时了解学生掌握知识的程度及思维发展水平，结合学生实际备课，不照抄教参，参改教案和旧教案。

4. 教师必须认真备好每节课，备课中应坚持做到：

四备　备教材、备学生、备教法、备教具；

四有　有目的、有措施、有练习设计、有板书设计；

四要　备教要一致、课前准备要充实、课上要做到重点突出、层次分明、详略相宜、方法多样、反馈知识要及时正确；

四查　查上课落实、查作业质量、查主要漏洞、查改进情况；

切忌　追求形式忽略效果，备课形式化，只备一种情况，不做过细全面考虑，课上很被动。

5. 应超前备课1～2周，学校每月检查一次，优秀教案选送教研室。

二〇〇四年一月

例文简析　这是一则小学教师的备课制度。结构简单明了，内容条理清晰，明确指出了教师应该如何备课，有较强的针对性。

例文3-9

图书馆安全公约

1. 图书馆内严禁吸烟。

2. 易燃易爆物品严禁带入图书馆。

3. 消防器材要经常检查、不准随意搬动。

4. 下班关好门窗、电源开关、水龙头。

5. 非工作时间和各种节假日，任何人不得擅自进入书库。

6. 消防员做到"三会"（会报警，会使用消防器材，会扑救初期火灾）、"三不放过"（不找出原因不放过，责任人和群众未受到教育不放过，没有制订出防范措施不放过）、"三懂"（懂本岗位的火灾危险性，懂预防火灾的措施，懂扑救火灾的方法）。

7. 严禁在书库内用电炉、电吹风、电暖器等大功率电器，不准擅自搬动、调换电器设备。

8. 所有工作人员和读者发现事故隐患应及时报告图书馆，发现火情，必须主动参加扑救。

××石油学院图书馆

二○○四年一月

例文简析 这是一则图书馆安全公约。明确规定了在图书馆内，人们要做什么、不能做什么，内容翔实具体，结构清晰明了，既符合情理，又实事求是。

思考与练习

一、判断题

1. 各个机关团体、企事业单位、人民团体只要内部需要，各种规章制度都可以使用。 （ ）

2. 从大的方面讲，规章制度可以分为行政法规、章程、制度、公约四类。 （ ）

3. 《××市交通管理暂行规定》可以只做一些原则性概述，措施和要求等不用非常具体。 （ ）

4. 公约比其他规章制度具有更强的社会性和人民性。 （ ）

5. 规章制度所做的各种制度规定等必须实事求是、切实可行。 （ ）

二、分析修改题

修改下列规定，并说明理由。

关于提高听课效果的规定

鉴于当前课堂纪律很差，部分学生随便旷课、迟到、早退，听课效果引起人们忧虑。为此，特制定本规定。

（1）应提前至少十分钟进教室，做好充分的上课准备。不得迟到、早退。

（2）加强课堂纪律性，老师要严格管理，学生要自觉执行。保持良好的教学之风，教与学密切配合的严肃、活泼的课堂气氛。

（3）有因事、因病的人，要凭事假条、病假条请假，经过批准，才能不上课。否则作旷课论处。

（4）要精力充沛，注意力集中，认真做笔记，专心致志。不能做任何分散精力，妨碍听课的其他事，例如，打瞌睡，交头接耳，看小说，写信，抄作业等。

特此规定，自公布之日起执行，违者将严肃处理。

三、制定规章制度时应注意哪些问题？比较本章所讲的各种规章制度，指出它们的区别。

四、代你所在的班级或机关、部门，拟一份关于学习、工作或活动方面的制度。

第七节　其他事务应用文

一、大事记的性质和写作方法

大事记又名纪事、大事年表、大事纪要等。大事记是党政机关、企事业单位、社会团体等组织记载自己重要工作、活动或自己辖区内所发生的重大事件的一种应用文体。大事记以时间为序，记载的对象主要有：本组织重要的日常工作、重要成就、重要活动、重要人事组织变动以及上级领导对本组织工作的指导、新闻媒介对本组织的报道等。大事记客观、真实记载的有关信息，是相关组织进行管理、传承、编史等活动的重要资料。

（一）大事记的性质

（1）以时记事　即大事记严格按照事件发生的时间先后纪事，同时又不是呆板地按照时间顺序记录组织的"流水账"，而是将组织在一定时间内发生的各类事件，有选择、有主次地加以整理，然后给予记录。时间在记事中居于关键地位，成为总领事件的纲。这样的记述，条理分明，有利于读者检索阅读。

（2）述而不评　大事记重在"记"，大多数大事记只是忠实地记录事实，客观地反映历史，通常不作评论。

（3）行文简约　大事记文辞平实，很少用描绘的文笔。写作力求文字朴实，言简意赅，只求真实、全面、客观地记录事件。

（二）大事记的写作方法

大事记的结构一般由标题和主体两部分组成。

（1）标题　通常有以下几种形式：由制文单位、事由和文种构成，如《三江计算机公司财务软件开发大事记》；由制文单位和文种构成，如《上海市人民政府大事记》；由事由和文种构成，如《浦东新机场建设大事记》；由制文单位、时间和文种构成，如《中共十一届三中全会以来的大事记》。

（2）主体　主体的内容由时间和事件两部分组成。其中的时间是按年、月、日的顺序依次排列；事件是指重要工作活动和重大事件，具体内容必须根据不同的情况和要求而确定。一般来说，大事记的主体内容大致包括以下几个方面：一是和组织相关的重大事件与重大问题；二是组织机构设置、体制变动、重要人事任免变动；三是重要会议、重大活动以及其他重要动态和需要记载的大事等。

此外，写作大事记时要实事求是，准确无误；要精心筛选，疏而不漏；还要有专人负责，随时记载。

二、工作日志的性质和写作方法

工作日志，即单位或个人记载工作情况的日记。内容以记叙工作过程、心得体会为主，可作为日后回顾、检查工作成果的原始材料和总结经验教训的参考资料。如"考察日志"、"外调日志"等。

对于工作者来说，记录一份有关工作的日志是一种标准要求。它提供了日后详细了解工作执行过程、方式、结果的依据。对工作有一定的帮助。一是能够保证正确的工作重点和提高工作效率。工作中未免有太多令人分心的事情，而工作日志更有可能避免重新尝试那些已经证明过没有用的解决方式。二是能够帮助更好、更快地做决定。把一个想法确切地写下来，它就会变得清晰和易懂。通过描述所面对的选择，就能更快地抉择。总之，工作日志是工作中不可缺少的一部分。

（一）工作日志的性质

工作日志是单位或个人用来记录有关工作事情的一种事务文书。内容以记叙过程、心得体会为主。它一般具有如下特点。

（1）内容新　是指工作日志中所记录的是新鲜事、新想法、新体会、新动态、新知识、新问题，它要求尽可能记录工作中最新出现的情况。

（2）事实准　是指工作日志中所记录的内容必须有根有据，工作内容、时间、想法、体会等都要准确无误；而且，对事实的分析要符合客观事物的本来面目。

（3）记录快　是指工作日志要及时、迅速地记下工作中所发生的事情，它要求及时地把工作中出现的最新情况反映给工作者。如果迟写瞒写，工作日志就失去了它应有的意义。

（二）工作日志的写作方法

工作日志的写法不拘一格，大体如日记，但内容不应涉及机密。一般来讲，其结构由标题、正文和落款三部分组成。

（1）标题　其标题的写法非常灵活，可以只写"工作日志"、"考察日志"字样；可以加上时间期限，如：《2004年4月工作日志》；也可以加上单位或个人名称，如《淄博职业学院2004年6月工作日志》、《×××外调日志》等。选择哪种方式可视具体情况而定。

（2）正文　即工作日志的中心部分。这部分按照时间顺序来写，其中的时间是按年、月、日的顺序，以条款形式依次排列。其内容基本不涉及机密，因为工作日志同事之间是可以共享的。工作日志中，看到同事遇到的问题，你也许能够早些预测，而不是直到遇到下一个困难时才有所警觉。

（3）落款　即署名和日期。一般写在正文的右下方，如果单位名称已在标题中出现，可只写日期。

此外，写工作日志时要具备一些要素，要把具体工作的事情交代清楚，让人们一看就知道什么时间、什么地方、发生了什么事情等。还要用事实说话，工作日志中必须记录工作中确实发生的事情，要实事求是，不夸大也不缩小，这样才能起到它应有的作用。

例文 3-10

2007年中国教育大事记

"国家示范性高等职业院校建设计划"启动

应用文写作

教育部、财政部联合启动"国家示范性高等职业院校建设计划"，首批 28 所高职进入论证阶段。这是我国高等职业教育从规模发展走向内涵建设、质量提高的一个重要标志。内涵建设、专业设置、产学合作是高职发展的重点。

中央财政 25 亿元实施高教"质量工程"

教育部、财政部联合发布，"十一五"期间，中央财政将斥资 25 亿元实施"高等学校本科教学质量与教学改革工程"。该项工程是经国务院批准实施的重大本科教学改革项目，是继"211 工程"、"985 工程"、"国家示范性高等职业院校建设计划"之后，直接针对提高高等教育质量而采取的重大举措。

全力加强学校及周边治安

国务院转发教育部《中小学公共安全教育指导纲要》，明确了学校、家庭、相关部门、社会的责任，确立了清晰的责任主体。《纲要》要求，通过开展公共安全教育，培养学生的社会安全责任感，逐步形成安全意识，掌握必要的安全行为知识和技能，了解相关的法律法规常识，预防减少安全事故对中小学生的伤害，保障中小学生健康成长。

中东部地区实施义务教育经费保障机制改革

中东部地区义务教育经费保障机制改革顺利实施，财政部门采取一系列措施，确保资金足额到位。中央财政预拨免学杂费、补助公用经费的资金 92 亿元，免费教科书专项资金 14 亿元。至此，全国农村义务教育阶段中小学生全部免除学杂费，实现了免费上学。

七举措引导民办高校健康发展

教育部制定《民办高等学校办学管理若干规定》，采取七项举措引导民办高校健康发展：与财政、税务等部门建设协调机制；推进民办高校督导制度建立；核查民办高校基本办学条件；具体规定资产过户要求；加强民办高校招生监管；构建政府、高校、行业、社会相结合的管理新格局。

孔子学院让世界了解中国

4 月 9 日，孔子学院总部成立，成为全球孔子学院的最高管理机构。12 月 11 日，第二届孔子学院大会在北京举行。目前，平均每 4 天就在海外诞生一所孔子学院，64 个国家和地区建立了 210 所孔子学院。孔子学院已成为海外汉语推广的基地、世界了解中国的窗口、促进中国与各国交流合作的平台。

"阳光体育运动"开展学校体育大受重视

教育部、国家体育总局、共青团中央在全国范围内全面启动亿万学生"阳光体育运动"。中共中央、国务院印发《关于加强青少年体育增强青少年体质的意见》，教育部要求地方把加强学校体育作为实施素质教育的重要突破口。

国家确定教育事业发展"十一五"规划

国务院批转教育部《国家教育事业发展"十一五"规划纲要》，要求坚持教育优先发展。"十一五"期间教育发展的主要目标明确：教育事业持续发展，教育体系更加完善；城乡、区域教育更加协调，义务教育趋于均衡；教育质量明显提高，创新能力稳步增强；教育机会不断增加，国民受教育水平进一步提高。同时，深化体制机制改革，增强教育发展的生机与活力；加大教育投入，加强经费管理；转变政府职能，加强依法治教；全社会共同努力，开创教育发展新局面。

贫困生得到最大规模扶持

国务院发出《关于建立健全普通本科高校、高等职业学校和中等职业学校家庭经济困难学生资助政策体系的意见》进一步建立健全我国家庭经济困难学生资助政策体系。该体系包括：完善国家奖学金制度、设立国家励志奖学金、完善国家助学金制度、进一步完善和落实国家助学贷款政策。

中央和地方财政 2007 年上半年投入的经费达到 154 亿元左右。新的资助政策体系中各项政策和措施都真正落实到位后，助学经费将达 500 亿元，约 1800 所高校的 400 万学生和 1.5 万所中等职业学校的 1600 万学生将获得资助。

世界大运会中国代表团名列金牌榜首

第 24 届世界大学生运动会上，中国代表团共获得了 33 枚金、30 银、27 铜的成绩，位居金牌榜首位。俄罗斯队和乌克兰队分列第二、第三位。共有来自全世界 156 个国家和地区的近万名运动员参加本届比赛。

《第一套全国中小学校园集体舞》在全国推广

教育部组织创编《第一套全国中小学校园集体舞》，包括了小学组、初中组、高中组等 7 个校园集体舞蹈。自 2007 年 9 月 1 日起，在全国中小学校全面推广。

党的十七大高度重视教育

胡锦涛同志在十七大报告中提出：优先发展教育，建设人力资源强国。报告指出，教育是民族振兴的基石，教育公平是社会公平的重要基础。要全面贯彻党的教育方针，坚持育人为本、德育为先，实施素质教育，提高教育现代化水平，培养德智体美全面发展的社会主义建设者和接班人，办好人民满意的教育。

中等职业教育迎来发展机遇

2007 年秋季启动中职资助政策，国家助学金资助标准每人每年 1500 元，促进了中职扩招，全国中等职业学校招生突破 800 万；此外，"十一五"期间中央财政将投入 5 亿专项资金，启动中等职业学校教师素质提高计划。

免费师范生走进大学校门

中央财政出资，教育部直属 6 所师范大学招收免费师范生 1 万余人，重点加强农村中小学师资队伍建设。大批优秀学生报考免费师范生，招生计划顺利完成。免费师范生在校学习期间免除学费、住宿费，并补助生活费，毕业后要从事中小学教育工作十年以上。此举对培养大批优秀教师、促进教育公平、进一步形成了尊师重教的浓厚氛围，让教育成为全社会最受尊重的事业。

远程教育覆盖一亿多农村中小学生

到 2007 年底，农村中小学现代远程教育工程全部完成，工程完成投资 111 亿元，其中，中央专项资金 50 亿元，地方投资 61 亿元。工程覆盖中西部 36 万所农村中小学，1 亿多农村中小学生将共享优质教育资源。

"两基"攻坚目标如期实现

2007 年底，西部地区"两基"攻坚目标如期实现："两基"人口覆盖率达到 98％，比攻坚计划实施前的 77％提高了 21 个百分点，超出计划提出的 85％的目标 13 个百分点；初中毛入学率达到了 90％以上，青壮年文盲率降到 5％以下。长期以来困扰西部地区各级政府和教育行政部门的农村孩子"上学难、留不住"的问题基本得到解决，西部农村学校面貌发生了根本变化。

生源地助学贷款试点省市完成任务

2007 年试点开展生源地助学贷款的五个省市江苏、重庆、陕西、甘肃、湖北共 443 个县全部实现了生源地助学贷款，总计 11.3 万人获得贷款，总金额 13.5 亿元。重庆、甘肃、陕西三个省市的生源地信用贷款审批的人数超过了 2006 年当年的审批人数。其中，甘肃省审批的人数超过了去年的四倍。

例文简析　　这则大事记以时间为序依次排列，行文简约，内容具体，实事求是、准确无误，精心筛选、疏而不漏。

例文 3-11

中国××大学（北京）奥运会志愿者工作大事记
（2006 年 6 月至 2007 年 3 月）

2006 年

6 月底 北京市委教育工委开展奥运会志愿者工作资源调查，党委副书记××、教务处、后勤处、校团委负责人协助填写有关调查表。

6 月底 我校开展第一批驾驶员志愿者招募工作，初步招募 16 人，其中第一梯队候选人 5 人，第二梯队候选人 11 人。

8 月 18 日 北京奥运会、残奥会赛会志愿者招募动员大会在北京会议中心召开，校团委书记×××与会。

8 月 24 日 我校奥运会志愿者工作领导小组成立，校党委书记张保军任组长，校党委副书记××任副组长，党政办公室、宣传部、教务处、校团委 4 个单位负责人为领导小组成员。领导小组下设办公室，挂靠校团委。

8 月 29 日 北京市教工委在××大学召开专题工作会，部署高校奥运志愿者工作，党委副书记××、学工处处长×××、校团委书记×××出席会议。

9 月 13 日 我校召开奥运志愿者工作领导小组工作会，党委副书记、领导小组副组长××主持，领导小组成员单位负责人出席会议。

9 月 19 日 我校举行奥运会志愿者招募工作动员大会。校奥运会志愿者工作领导小组部分成员单位负责人，2005 和 2006 级本科生与 2006 级研究生团支部书记，校、院学生会骨干，各院团委委员，学生辅导员，部分教师代表等近 400 人参加大会。

9 月 20 日 由北京奥运会志愿者工作协调小组办公室、北京市教育委员会、北京市委教育工作委员会、共青团北京市委员会等相关单位主办的"北京高校奥运志愿服务巡展活动"在我校举行。

9 月 23 日 北京奥运会测试赛之一的中网公开赛举办，我校 500 名大学生担当观众。

10 月 10 日 校团委下发"关于开展志愿奥运主题月"活动的通知（××××团字

（［2006］17 号）。

10 月 14 日 我校举办第四届校园文化广场"志愿奥运，和谐先锋"大型文艺晚会。校党委书记×××在讲话中指出北京奥运会志愿者的招募工作是我校当前的一项重要工作，希望广大师生员工要踊跃报名、积极参与，为实现和谐奥运做贡献，争当和谐社会的和谐先锋。

10 月 23 日至 27 日 校团委举办"迎奥运志愿者主题宣传周"活动。本次主题宣传周包括"北京高校奥运志愿服务巡展"、"志愿奥运签名"、"奥运知识手册发放"、"校院学生组织志愿奥运宣传板集中展示"等活动，近千名同学在长达 20.08 米的横幅上郑重地签名，两天的签名活动共发放《北京教育系统奥运知识手册》一千余册。

10 月 24 日 校团委举办迎奥运礼仪系列讲座——涉外礼仪知识讲座。

10 月 27 日 校团委举办奥运志愿者礼仪风采大赛，机电学院、文法学院及理学院分别荣获了大赛一、二、三等奖。

11 月 10 日 在北京市委教育工作委员会、北京市教育委员会组织的首都百万学生"我心中的奥运"大型征文活动中，我校荣获优秀组织奖，××等十三名学生荣获大学生组优秀奖，×××等二十三名学生荣获纪念奖。

11 月 12 日 校团委主办、机电学院团委承办的志愿奥运手工艺术品比赛、奥运征文比赛、奥运知识竞赛举行现场投票评选活动，×××等 31 人获奖。

11 月 13 日 我校奥运志愿者代表参加了北京奥运会、残奥会志愿者骨干培训研修班。

12 月 25 日 校团委下发《关于组建中国矿业大学（北京）奥运志愿服务团的通知》（中矿大京团字［2006］25 号），决定以奥运服务团、奥运服务队为单位开展志愿者招募培训工作。

12 月 30 日 我校召开第一批奥运会驾驶员志愿者申请人测试评估动员会。党委副书记××出席动员会，勉励驾驶员志愿者努力成为志愿者先锋。2007 年 1 月 6 日，××、××、×××、×××、×××5 位驾驶员志愿者参加测试评估。

12 月 31 日 我校奥运志愿者招募工作已取得了阶段性成果，奥运志愿者总人数已达到2007 人。其中资源学院 237 人，机电学院 485 人，化环学院 343 人，管理学院 104 人，力建学院 286 人，理学院 65 人，文法学院 234 人，成教学院 13 人，驾驶员志愿者 16 人，其中正式候选人 5 人，预备候选人 11 人。

2007 年

1 月 10 日 首都高校奥运志愿者工作研讨会在北京××大学体育馆召开，校团委书记×××与会，并介绍了我校志愿者工作的基本情况。

1 月 11 日 校团委××参加了在北京奥运新闻中心举办的多哈亚运会志愿者项目负责人经验交流会。

1 月 13 日 校团委有关人员参加北京奥运会港澳台及海外赛会志愿者招募工作专题会。

1 月 18 日 首都精神文明建设委员会、北京奥组委在北京会议中心召开会议，安排2007 年首都"迎奥运、讲文明、树新风"总体工作。

1 月 19 日 共青团中央、北京奥组委、北京奥运会志愿者工作协调小组在人民大会堂共同举行了"志愿奥运 人文奥运"主题活动，我校 100 名师生参加了活动。

1 月 31 日 志愿服务指导中心对奥运志愿者信息录入人员进行了培训。从 2 月 1 日开始，根据北京奥运志愿者工作协调小组办公室安排，校团委志愿服务指导中心组织七人利用假期时间，对我校奥运志愿者信息进行系统录入。开学初，2000名志愿者录入系统工作圆满完成。

3月1日 北京奥运会志愿者工作协调小组下发文件《关于推进赛会志愿者场馆对接工作的指导意见》（奥志愿发〔2007〕1号），指出奥运筹办工作已进入向赛时转化的关键时期，决定建立志愿者工作场馆对接机制，推进赛会志愿者工作场馆化，并确定我校与北京××大学、北京××学院共同负责工人体育场的志愿者对接工作。

3月3日 2007年北京高校奥运工作推进会在××大学综合体育馆举行。我校党委副书记××与北京82所高校的党委书记、校长、奥运工作主管校领导，宣传部长、学生工作部部长、教务处长、研究生工作部部长、团委书记以及包括我校100多人在内的2600多名大学生志愿者代表共同参加了会议。

3月3日 我校奥运志愿者参加在北京大学举办的"好运北京"——奥运培训大讲堂首场讲座。

3月14日 北京奥运会、残奥会赛会志愿者场馆对接工作会议在北京××××大学召开，会议就选拔推荐第一批赛会志愿者专职工作人员做出安排。

3月15日 奥运会驾驶员志愿者补充招募工作开展，××、××、××、××、××5名同志成为新的驾驶员志愿者候选人。

3月17日 大学生服务社会勇当奥运先锋志愿者宣传奥运争做文明使者——"微笑北京 和谐先锋——创建首都大学生志愿奥运文明示范区"活动拉开序幕，校团委志愿服务指导中心积极组织我校大学生志愿者们走出校门，宣传奥运、引领文明、服务社会。

3月20日 校团委相关人员参加了由北京市教工委主办的高校通讯员培训班。

3月20日 北京高校志愿者招募网上报名系统正式开通，志愿者招募工作由集中上报改为志愿者自行登录申报，我校前期报名志愿者信息导入完毕。

3月21日至23日 我校举办第四届"志愿奥运 激扬青春"女生节系列活动，本次活动旨在弘扬我校女大学生志愿奥运、科技创新的精神，积极探索我校女大学生参与志愿奥运及科技创新的新模式。

3月24日 为进一步做好奥运志愿者信息上报工作，志愿服务指导中心对校奥运志愿者服务团（筹）的通讯员进行了北京市高校信息管理系统的培训工作。

3月24日 我校管理学院奥运志愿者、大学生服务社、校外实践部在怀柔植树林开展了"迎接绿色奥运，建设秀美北京"的义务植树活动。

3月25日 经校党委研究决定，推荐学生工作处学生管理科科长××为奥运会赛会志愿者专职工作人员，4月1日，××参加了奥组委组织的测试评估，并将从4月份开始借调奥组委，成为奥运会志愿者专职工作人员。

3月28日 我校文法学院举行奥运志愿服务团成立仪式。

这则大事记详细介绍了该校从2006年6月到2007年3月在奥运志愿者动员、宣传、招募上所做的一些活动和取得的一系列成就。对过去九个月的奥运志愿者工作进行了总结。

例文简析 这是一则社会团体的大事记。同样以时间为序依次排列，又不同于"流水账"；行文简约，内容具体。

例文 3-12

××市青年联合会秘书处一周工作日志

2006 年 6 月 26 日　完善市青联换届工作总流程（草案）和各类学习、工作、会议制度（草案）。

2006 年 6 月 27 日　完善××青联服务团系列活动（走进区县、学校、乡镇、希望小学、关爱留守儿童、参与 12355 义务维权）方案；开展"××杰出青年服务团走进成都职业技术学院"主题巡讲活动；做好召开共青团、市青联界别人大代表、政协委员专题座谈会的前期工作。

2006 年 6 月 28 日　落实"树荣辱、走长征、纪念红军长征胜利 70 周年"——××青联红色体验遵义行活动前期事宜。

2006 年 6 月 29 日　撰写提案；收集各部门提案上报党组；向政协递交提案。

2006 年 6 月 30 日　组织市青联第十届委员会委员填写履职情况登记表；市青联网站日常维护。

例文简析　这是一则工作日志。以时记事，按时间顺序依次排列，有条不紊，内容翔实，结构合理，语言简洁明了。

思考与练习

一、判断题

1. 大事记就是记载各单位大事的一种应用文体。　　　　　　　　　　　（　　）

2. 各机关团体、单位、人民群众，甚至个人都可以使用大事记来记载大事。（　　）

3. 工作日志类似于日记，就是记录日常工作中发生的事情的一种应用文体。（　　）

4. 大事记和工作日志除了记录工作中发生的事情外，还可以记录本人的心得体会。　　　　　　　　　　　　　　　　　　　　　　　　　　　　　（　　）

5. 大事记和工作日志都有规范的写作格式和结构。　　　　　　　　　　（　　）

二、请结合自己单位的实际情况，拟一份大事记或工作日志。

第四章 经济应用文

第一节 经济应用文概述

一、经济应用文的特点

经济应用文是经济活动过程中处理业务、传递信息、研究对策、指导工作所使用的专业文书。它具有应用文的一般特点，如政策性、实用性、程式性、时限性等，此外，它还具有自身的特点。

（1）具有特定的专业内容 经济应用文是经济部门的专用文体，是各种经济活动过程中所运用的应用文，它以工商、贸易、金融、财税、会计、审计、经济信息与咨询等经济领域内的各种实践和理论为主要内容。

（2）较多运用专业术语 经济应用文常常运用财经专业术语，如成本、预算、核算、决算、信贷、银根、汇率、利率、课税、增值税、贴现等，这些专业术语都有特定的含义，运用专业术语，可以使经济应用文的表达简洁、准确。

（3）数据的大量运用 经济活动过程离不开数据，各种经济运行的指标都是靠数据来反映的。没有大量的数据、数量关系的运用，经济活动的过程就无从反映。经济应用文自然离不开数据。

二、经济应用文的作用和种类

（一）经济应用文的作用

（1）提供信息、沟通联系的作用 经济应用文是企业与企业、企业内部的部门与部门之间互相联系、协同运作和相互竞争的纽带。作为信息、情况的载体之一，它在经济活动中无疑具有举足轻重的作用。

（2）凭证作用 各种经济合同、协议等，一旦签署生效后，就对当事人的相关经济行为产生约束力。作为严肃的凭证，经济应用文不仅是展开工作的依据，也是日后核查的凭据。

（3）总结和研究作用 经济应用文可以对经济领域里的某些问题进行调查、分析和研究，总结规律，发现症结，寻找对策，从而指导经济工作。比如经济活动分析报告和市场调查报告，就是发现、分析和总结相关情况和问题，提出解决办法，为经济运营和市场决策提供依据的。

（二）经济应用文的种类

从适用范围来分，可以将经济应用文分为两类。

（1）宏观经济应用文 这类文书从宏观的角度分析研究经济活动的规律、预测发展趋势，为决策者提供决策依据，从而提高经济活动的效率。如经济活动分析报告、市场调查报告、市场预测报告、可行性研究报告等，都属于这一类。

（2）微观经济应用文　这类经济文书的运用是为了经济活动中具体对象、具体产品能够依照经济规律进行有序运作，它具体体现双方或多方当事人的经济利益。如合同、招标书、投标书、广告等，都属于微观经济应用文。

 思考与练习

一、简述经济应用文的特点。

二、根据自己的体会谈谈学习经济应用文写作的必要性。

第二节　经济活动分析报告

一、经济活动分析报告的特点及种类

经济活动分析报告是以科学的经济理论和经济政策为指导，对某一部门或某一单位的计划指标、会计核算、统计资料以及通过调查研究所获得的其他有关经济资料，进行系统的分析比较，给予正确的评价，从中总结经验，揭露矛盾，提出建议，借以指导工作，改进经营管理，以提高经济效益的一种陈述性的书面报告。

（一）经济活动分析报告的特点

（1）全面性、总结性和对策性　这种报告对企业大量的分散的经济现象进行分析，用简洁明了的语言反映和说明企业经济活动的状况，揭示经济活动的规律，对改善经营管理和提高经济效益有重大的作用。经常利用经济活动分析报告，可以使企业领导及有关方面掌握行情，了解本部门和本单位的生产情况、计划完成情况、库存情况、资金周转情况、供销情况以及利润情况等，从而充分挖掘内部潜力，有效地调动企业内部人力、物力、财力，不断提高企业的经营管理水平，使产品在市场上有更大竞争能力，为提高经济效益服务。经常使用经济活动分析报告，可以客观地把企业经济管理中存在的问题揭示出来，提出改进的合理建议和措施，做好企业领导的参谋，使企业领导能更好地认识并按照客观经济规律办事，把企业经济搞得更活、更好。

（2）写作的定期化　经济活动中的投入与产出、生产和流通都会受到时间的限制，具有明显的周期性。因而，对经济活动情况进行分析研究的经济活动分析报告，也应根据经济活动的周期进行相应的同步或大体同步的写作。一般的经济活动分析报告多是就年度、季度、月份的报表资料进行的分析评价，具有定期撰写的特点。

（3）分析研究方面的大量数字对比　经济活动离不开大量的数据，经济活动的结果，通常是通过账目、报表的形式，以数据加以体现。经济活动分析的主要依据往往是反映现有经济活动的有关数据与计划的、历史的、同行业的有关数据的比较，数据是立论的基础，文字材料多是对数据的说明。

（二）经济活动分析报告的种类

经济活动分析报告应用广泛、种类繁多，可按不同的标准加以分类。

1. 从经济领域角度分

① 宏观性分析报告，是从整体或全局对一个国家、一个地区、一个系统的经济活动所作的宏观的分析报告。

② 微观性分析报告，是从一个局部或部分对具体的经济活动所进行的分析报告。

2. 按目的和分析内容分

① 综合性分析报告，又叫全面分析报告或系统分析报告，是对某一部门或单位在某一个时期的经济活动进行比较全面、系统的分析研究而写成的书面报告。

② 专题性分析报告，又叫专项或单项分析报告，是对某一单项专门问题进行比较深入的分析后写成的书面报告。

3. 按分析的范围分

可分为工业经济活动分析（成本、利润、销售等）报告；商业经济活动分析（财务、库存、市场动态等）报告；农业经济活动分析报告等。

二、经济活动分析方法

常用的经济活动分析方法有对比分析法和动态分析法等。

（一）对比分析法

这种分析法又叫比较法，是写经济活动分析报告最常用的方法。它是将在同一基础上（时间、内容、项目、条件等）的两个或两个以上可比的数字资料进行比较分析，根据比较分析的结果来研究经济活动的情况和原因的一种方法。

一般的对比内容有以下几方面。

（1）实际指标与计划指标比较　以本期实际指标与计划指标相比，从而说明执行计划的情况，并确定进一步分析的主要方面，以便找出原因，挖掘潜力。

（2）与历史指标比较　以本期实际指标与上期或上年同期指标相比较；与本单位历史最高水平相比较，用以反映企业经济活动的发展变化趋势。

（3）与国内外先进指标比较　以本期实际指标与客观条件大致相同而又成为先进单位的实际指标相比较，进一步发现本单位在经营管理中存在的问题和薄弱环节。

（二）因素分析法

在经济活动分析报告中，往往是先叙述结果，然后再分析原因。但一件事情的结果一般是由多种原因综合作用而形成的。所以，一定要从众多的原因里找出主要的或起决定性作用的原因或因素，作重点分析，提出相应的对策。

（三）动态分析法

经济活动中的各种主客观因素都处在一种动态的变化发展之中，动态分析法就是既从过去和现在的情况的分析中寻找规律，又要根据规律来预测发展趋势与前景。

三、经济活动分析报告的格式和写作方法

（一）标题

经济活动分析报告的标题，一般由单位名称、时间、分析对象和文种四个要素组成，如《阜兴丝绸厂1988年一季度经济活动分析》、《包钢流动资金占用现状的初步分析》。有的分析报告在结尾部分具了名，标题中就可省去单位名称；也有用分析报告的基本观点或主要内容作为标题的，如《实现方针目标，效益扭降回升》。

（二）前言（导言、导语）

一般是用数据和简明的语言概括地介绍产销形势，针对分析的问题说明一些基本情况，提出问题和说明进行经济活动分析的目的。

（三）正文

这是经济活动分析报告的主要内容，是经济活动分析的重心。首先，介绍分析对象的情况，包括基本情况的文字说明和具体数字说明，如指标、百分比、有关数据等。这些情况说明，要准确、完整。其次，进行分析。进行分析就是要依据国家的政策和经济规律，对有关数据进行数学运算推导，或对有关情况进行综合分析研究，运用对比、综合归纳等方法，表明经验、成绩，找出存在的问题，提出改进的建议和措施。有时由于分析的目的不尽相同，内容上可各有侧重。有的以分析取得成绩的原因、总结经验为主；有的则以分析存在的问题、找出解决的办法，从而改进工作、以提高经济效益为主。尽管分析目的不尽相同，内容各有侧重，但都要实事求是，一切从实际情况分析具体问题出发。在此基础上提出看法，对经济活动作出总的评价。

（四）结尾

这一部分一般是根据主体部分的分析结果，对企业在生产经营和管理工作等方面取得的成绩或存在的问题作出评价，提出改进意见，供企业领导参考。

四、经济活动分析报告的写作要求

（一）突出重点

影响经济活动的因素是错综复杂的，在写作时，必须努力从众多的材料中抓住主要矛盾，依据特定的目标、要求，找出关键问题，进行深入分析。只有这样，才能从中发现规律，指导经济活动。

（二）合理运用资料

经济活动的分析离不开大量的数据、资料。要从生产经营的客观实际出发，对所要分析的问题，做周密的了解，收集整理数据资料。只有在占有大量、准确的资料的基础上，才能进行分析工作。在掌握足够资料的基础上，要针对研究的问题，计算经济效果和各项经济指标的计划完成情况，从中反映经营成果的好坏。

（三）重视统计数据的作用

经济活动分析固然离不开文字表述，但同时也要重视统计数据的作用。因为有时再详尽的文字表述，也比不上一个数据更能说明问题。常用的数据有百分数、相对数、绝对数、平均数等，在运用数据的时候，要注意精确性，不能有丝毫差错。

例文 4-1

2006 年 1～3 季度××省啤酒行业经济活动分析报告

一、2006 年 1～3 季度××省啤酒产销的概况

1. 生产持续稳定增长，产量再创历史新高

1～9月，全省规模以上企业的啤酒产量达到2225508.54千升，比去年同期增长16.78%。其中，地区增长率较高的分别是：A市同比增长38.87%，B市同比增长23.47%。生产企业的增长率高于全省平均水平的有"华润浙江"、"燕京仙都"、"重啤大梁山"、"千岛湖啤酒"、"华润浙江"，与全省平均水平同步增长的企业有"英博石梁"、"英博雁荡山"。季度之间发展比较稳定、正常。第一季度增长41.41%，第二季度增长16.71%，第三季度增长16.78%。第三季度的7～9三个月是一年之中的产销旺季，季内全省啤酒产量达到1078722.21千升，接近上半年产量的总和。

2. 产销率略有提高，前三个季度销售收入略低于销售量的增长前3个季度

啤酒产销率为99.83%，比去年同期高0.53个百分点。啤酒产品销售总量2214625千升，比去年同期增长13.68%；产品销售收入366176万元，比去年同期增长13.27%。产品销售收入和销售总量未能完全同步增长，主要是因为在激烈的竞争中不少企业的出厂价格未实际到位。期内，全省平均千升啤酒的销售收入为1653元，低于去年同期0.36个百分点。

3. 税利总额的增长，略高于生产增长的水平

据对22家主要啤酒生产企业的统计分析，前3个季度的税利突破10亿元，达到111191万元，比去年同期增长13.45%。其中，税金86641万元，同比增长12.58%，实现利润24550万元，同比增长16.60%。亏损企业的亏损额2420万元，比去年同期上升85.87%。减亏后的净利润为22130万元，比去年同期增长12.04%。

期内实现的净利润，95%集中在"英博温州"等8家企业身上。千升啤酒平均税利491.13元。高于这个水平的企业有6家："英博温州"839.08元、"英博雁荡山"793.20元、"舟山英博"642.90元、"重啤大梁山"586.28元、"宁波英博"527.28元、"平阳英博"503.81元。

4. 节能降耗效果明显

合理利用资源，努力节能降耗，推进清洁生产，发展循环经济，是今年企业经营管理的主线。前3个季度，啤酒生产的物质消耗全面降低，经济技术指标不断进步，全省啤酒平均总损失率4.63%，比去年同期降低0.34个百分点；千升啤酒耗粮158.44千克，比去年同期降低0.24个百分点；千升啤酒耗标煤54.10千克，比去年同期下降10.92%；千升啤酒耗电66.67千瓦小时，比去年同期下降3.54%；千升啤酒耗水6.22立方，比去年同期下降13.12%；千升啤酒综合能耗64.10千克，比去年同期下降9.81%。期内，各主要生产企业节约粮食8.2万千克、标煤1474吨、电543.48万千瓦小时、水208.53万立方，共计节约值达2100万元左右。

5. 扭转了企业成本费用逐年攀升的局面

在构成企业成本的四项费用中，主营业务成本、管理费用、财务费用有不同程度地降低，而销售费用仍有较大幅度地上升。期内全省平均千升啤酒的销售费用为303.57元，比去年同期增加20.33元，上升7.18%。同时，也有少数企业的销售费用是有所下降的，如"燕京仙都"、"重啤大梁山"、"西湖啤酒"、"金华英博"、"平阳英博"等。

6. 调整了产品包装结构，瓶装啤酒向小型化发展

为适应市场需求，在调整产品结构的同时调整包装结构。例如，××××啤酒朝日（股份）有限公司大力增产（1×12瓶）外观整齐美观、携带轻巧方便的小箱啤酒，前3个季度生产600毫升7°西湖啤酒17650.47千升，比去年同期增长4.79倍。生产防爆耐压

性能更好的 600 毫升专用瓶啤酒 76300.14 千升，占大瓶啤酒产量 78.16％。生产 500 毫升 7°"绿雨西湖啤酒" 5155.30 千升，比去年同期增长 46.02％。听装、桶装的啤酒产量增速也较快。

7. 面向省外的啤酒销量有所增长

前 3 个季度销往省外的啤酒 154301 千升，比去年同期增长 15.58％。销到省外啤酒数量较多的是"银燕啤酒"、"之江啤酒"、"舟山英博"、"新国光啤酒"、"千岛湖啤酒"、"平阳英博"等企业。

二、2006 年××省啤酒产业生产销售存在的问题

1. 啤酒包装创新不够

消费者消费水平的提高和啤酒工业的快速发展对啤酒包装产业提出了更高要求。但是，由于省内不少啤酒包装企业的研发能力有限，不能开发出适应啤酒包装需要的新产品，从而影响了市场的竞争力。

2. 部分经销商素质低、经营意识落后

有不少经销商经营意识落后，更没有公司化的经营管理意识，只看到眼前利益，没有品牌意识，不做网络建设，不搞终端维护，没有长远的战略计划，缺乏科学的库存管理、市场调研、客户管理，更谈不上区域经营的战略计划。

3. 销售网络之间的冲突严重

不同品牌的企业和经销商之间，同一品牌的不同经销商之间为争取同一目标终端而发生激烈冲突，冲突的程度取决于市场上竞争品牌的多少和企业对终端的控制力。而且同一企业的不同网络体系之间、经销商网络体系和企业直销网络体系之间也存在冲突，不但损害了经销商的利益，也损害了企业利益。

4. 高档啤酒比率过低

对大多数啤酒企业来说，80％以上的产品都集中在低盈利率的中低档产品上。这必然会影响行业整体利润率的提升。

三、2007 年××省啤酒产业生产、销售应采取的措施和建议

1. 啤酒企业要根据实际情况进行科学的营销网络模式组合

通过营销网络的整合，提高销售网络的密度和广度，提高网络的稳定性和物流的高效性。

2. 实施啤酒包装的技术创新

在继续消化吸收国外先进设备的基础上，要大力实施自主创新，创造并生产出国产先进的啤酒包装设备。

3. 提高经销商竞争意识和开拓市场的能力

啤酒企业在经销商开拓市场过程中要提供必要的市场调查、目标定位、产品组合、促销方案、产品配送等方面的服务；要不断发现和培养一批素质相对较高，实力较大的新经销商，提高经销商的整体素质。

4. 优化产品的结构

提高高档啤酒的增长率，在消费逐步消费升级的形势下，不断推动企业产品结构升级。

5. 积极实施品牌营销战略

啤酒企业要狠抓产品质量，满足消费者的高品质的需求。赋予品牌更大的价值，全面提升品牌的忠诚度和竞争优势。

例文简析 这是一篇××省啤酒行业 2006 年 1～3 季度的经济活动分析报告。标题由单位、时间、分析对象和文种构成。正文分三个部分，分别从产销概况、存在问题和今后对应的措施和建议三个方面分析阐述。在具体的分析过程中则采取了对比分析法，将现实数据与历史指标相比较。通过对比全面地反映了××省啤酒行业 2006 年 1～3 季度产销的情况。这篇例文有精确的数据，也有发现的问题，最后提出了针对性的措施。对企业制订 2007 年啤酒产销规划会有较好的参考价值。

思考与练习

一、简述经济活动分析报告的基本结构及写作要求。

二、经济活动分析有哪几种方法？如何掌握不同的分析方法？

三、请按经济活动分析报告的一般模式对下文加以改写。

××印刷厂 3 月份成本分析报告

200×年我厂提出实现年利润 25 万元的奋斗目标，截至 3 月底，我厂已完成利润 10.3 万元，完成了年计划的 41.24%。计划完成得虽好，但生产成本却逐月上升，2 月份每千印成本为 45.23 元，百元产值成本为 59 元；3 月份每千印成本 65 元，百元产值成本 70 元；3 月份千印成本比 2 月份增加 19.73 元，百元产值成本增加 11 元。3 月份成本增高的主要原因是纸张价格上涨，2 月份 787 凸版纸每张单价为 0.147 元，3 月份则涨到 0.148 元，月纸张费用增加 221.166 元。每千印成本增加 0.128 元，百元产值成本增 0.14 元。再有，千印油墨费增高。3 月份共完成 1725.25 千印，消耗油墨 352.5 千克，共计 3066.20 元，平均一千印多耗量 0.15 千克，每千印成本增加 16.50 元，百元产值成本增加 10.50 元。另外，辅助生产费用和企业管理费偏高。3 月份辅助生产费比 2 月份增高 983.09 元，企业管理费 3 月份比 2 月份增高 494.13 元。辅助生产费用增加的主要原因是领用大型工具多，设备备件多。企业管理费偏高的原因是购买办公用品和招待费多。鉴于上述情况，我们建议：①制订千印油墨消耗定额，把千印油墨消耗控制在 0.1 千克/千印左右。②建立健全设备的维修、保养制度和工具出库保管制度。③企业管理费的支出要严格控制、合理使用。

××印刷厂财务科

200×年×月×日

第三节 市场调查报告

一、市场调查报告的特点和作用

市场调查报告是调查报告的一个分支。市场调查是指运用科学的方法，有目的、有计划地去收集市场的供求关系、购销状况，以及消费者的购买力、购买对象、购买习惯等商情活动信息。将市场调查得到的信息资料进行整理、分析，得出合乎客观事物发展规律的结论后形成的书面报告，就是市场调查报告。

（一）市场调查报告的特点

1. 针对性

虽然市场调查报告的对象十分广泛，但每一次具体的调查都是针对性、目的性很强的。一般是针对市场经营中的某一方面的问题，抓住产、供、销中的某一环节有针对性地展开调查，写成调查报告。

2. 客观性

市场调查报告的写作，要在深入调查的基础上，以真实的数据和资料，如实反映市场状况。报告中的推断和预测，也要尽量客观，避免片面和主观臆断，这样的报告才是有价值的。

3. 时效性

市场状况变动不居，市场调查报告要在竞争激烈的市场经营中发挥应有的作用，就要讲究时效性。只有迅速及时地反馈信息，才能让经营决策者及时掌握情况，不失时机地调整生产和经营，求得最大经济效益。丧失了时效性，市场调查报告便失去了意义。

（二）市场调查报告的作用

市场调查报告提供可靠的信息数据，使企业可以及时掌握市场的现状和趋势，从而作出相应的决策，调整经营方向，提高企业的应变能力和竞争能力，确保产销对路，避免、减少风险。它还可以促进企业提高经营管理水平，促进新产品的研制等。

当今许多国家都十分重视市场调查，越是市场经济发达的国家、越是运营良好的企业，其市场调查方面的理论和技术、机构和人员就越是发达和完善。

二、市场调查的方式与方法

（一）市场调查的方式与途径

1. 普查

普查是对市场进行普遍性的、全方位的、广泛的调查，因为工作量巨大，一般较少使用。

2. 抽样调查（随机调查）

这是普遍采用的市场调查方法，这种方法在操作上省时省力、经济迅速。

3. 典型调查

指选取比较突出的、有代表性的一种或数种对象进行调查。

（二）市场调查的方法

1. 观察法

调查人员到现场直接观察、记录调查对象的行为和言行等情报，获取第一手资料。这种方法是在被调查者不知不觉的情形之下进行的，所得的材料客观、可靠、真实、生动，而且简便易行。但容易被表象所迷惑，难以深入了解调查对象内在的联系。

2. 访问法

根据事先确定的调查问题，用口头或书面的方式向被调查者询问，从而获取有关的情报资料。不管是口头或书面访问，都要事先构拟好所要询问的问题，设计好问卷，以便让被调查者迅速回答。可以通过个人访问、开座谈会、电话询问、邮件调查等途径来进行。

3. 实验法

实验法又称样品征询法，是指在一定条件下，通过实验对比，观察研究市场中某些量变的因果关系的调查方法。如某项产品的设计、包装、价格是否合乎市场的需求等，可先作小规模的试验，再根据调查结果来决定是否扩大生产和全面推广。另外，试销会、展销会、看样订货会等活动，其实也是实验法的市场调查。

4. 收集资料法

将政府机关、经济科研单位、情报所、财政金融机构以及报刊上发表的有关市场信息、经济情况等资料，与调查对象本身有关的一些会计、统计资料结合，加以综合分析、考察。

三、市场调查报告的格式和写作方法

市场调查报告的构成格式一般包括以下项目。

1. 标题

一般要写明被调查的单位、产品名称、调查的主要内容以及文种，如《天津自行车在国内外地位的调查》。还可以用论文式的标题，直接表明调查的主题或状况，如《广东省城镇居民潜在购买力动向》。也可以用正副标题的写法。

2. 导言

这一部分要写明调查的意图、时间、地点、对象、范围以及采用的调查方法等。也可以简要介绍报告的主要内容和观点，以便读者获得初步印象。

3. 正文

这是市场调查报告的最重要的部分，要写明调查的结果和相应的建议。一般可分为三个层次。第一层次介绍调查所得的信息资料，按问题的性质加以归纳、整理。第二层次对资料加以分析研究，得出结论性意见。第三层次则是提出具体的、有针对性的建议和措施。

4. 结尾

这是全文的收束和归结部分。一般要再次强调报告的主要观点。这一部分也可省略不用。

四、市场调查报告的写作要求

① 要以大量的情报资料为基础进行写作。只有建立在真实、典型的信息资料基础上的调查报告，才能分析出有关规律，所提出来的建议和措施才具有科学针对性和实际指导价值。如果材料不全面、不真实、不典型，结论就一定没有科学性。

② 分析研究要充分有力。市场调查报告不是资料的简单罗列，而是要对有关资料进行深入科学的整理归纳和分析研究。要综合运用统计学、数学、经济学等有关学科的原理和方法，通过深入细致的分析、推导和判定，寻找和发掘出市场活动的规律性动向。

③ 要突出重点。要善于分清主要矛盾和次要矛盾，有针对性地抓住重点，切忌面面俱到。

④ 语言力求准确、简练。

例文4-2

2008 年 1 月中国手机市场用户关注度调查报告

本 g 月，消费调研中心 ZDC 对中国手机市场进行了用户关注度调查，涉及 34 家厂商，719 款产品，回收有效样本 17185390 份。本次调查内容主要包括品牌、区域与产品结构这三个方面。通过调查，ZDC 总结得出 1 月份中国品牌手机市场分布的主要特征。

一、品牌手机市场分布的主要特征

从品牌格局来看：中国手机市场相对成熟，品牌格局一直处于稳定的状态。与上月相比，前十大厂商排名未出现波动，诺基亚一家独霸大半江山，关注比例超过索尼爱立信、三星与摩托罗拉三者之和。

从区域市场来看：由于地区经济发展水平的差异，区域市场关注分布相对不平衡。华南市场占据三分之一左右的市场关注份额。西北、西南等区域关注比例相对较低。

从区域品牌格局来看，诺基亚与摩托罗拉最为稳定，索尼爱立信与三星在区域市场上亚军与季军位次争夺激烈。其他厂商关注比例较小，导致区域排名波动较为频繁。

从产品结构来看：中低端产品为市场消费主流，尤其是 1000～2000 元之间的产品，关注比例保持在四面以上。相对于智能手机，音乐手机的普及更广，但智能手机发展空间较大。此外，300 万像素产品关注比例不及两成，与 200 万像素产品悬殊较大，因而 300 万像素产品时间内不可能成为市场主流。

二、品牌关注调查

1. 整体市场品牌格局

ZDC 数据显示，2008 年 1 月诺基亚获得整体市场一半以上的关注比例，达到 50.2％。与其后的品牌相比，诺基亚领先优势突出。索尼爱立信与三星分别处于排行榜亚军和季军的位置，关注比例依次为 12.9％与 10.4％。摩托罗拉关注比例在 10 个百分点以内，为 7.5％。摩托罗拉之后的品牌关注比例均在 5 个百分点以下，其中，联想与多普达分别以 4.3％与 3.5％的关注比例名列第五和第六的位置。苹果与 LG 关注比例差距较小，夏新与飞利浦位居排行榜第九和第十的位置。其他入围的十五大品牌的关注比例均不足 1 个百分点。

从关注比例分布可见，在品牌分布格局上诺基亚一家独大，索尼爱立信、三星与摩托罗拉这三家之和与诺基亚仍有近 20 个百分点的悬殊。

2. 关注比例对比

2007 年 12 月		2008 年 1 月	
厂商排序	关注比例	厂商排序	关注比例
诺基亚	52.8％	诺基亚	50.2％
索尼爱立信	11.7％	索尼爱立信	12.9％
三星	9.6％	三星	10.4％
摩托罗拉	7.5％	摩托罗拉	7.5％
联想	3.6％	联想	4.3％
多普达	3.4％	多普达	3.5％
苹果	2.0％	苹果	1.85％
LG	1.9％	LG	1.79％
夏新	1.5％	夏新	1.6％
飞利浦	1.3％	飞利浦	1.3％

对比上月手机市场最受用户关注的十大品牌排行榜分布状况可见，手机市场整体格局趋于

稳定，十大厂商排名未出现变化。前四大厂商仍集中了整体市场八成以上的关注比例。

三、区域关注调查

1. 七大区域分布

调查结果显示，2008 年 1 月华南手机市场关注比例接近整体市场的三分之一，其次是华东市场，占据了 21.5％的关注比例。华北市场关注比例达到 17.6％，同比低于华南与华东两大市场。从这一分布不难发现，手机市场关注在南方较为集中，而在中国北方消费者关注并不积极。

华中、东北、西北与西南市场关注比例均在 10 个百分点以下，分别为 9.2％、7.0％、5.8％与 5.7％。导致关注差异的因素较复杂。

2. 品牌分布格局

排名顺序	华南地区	华东地区	华北地区	华中地区	东北地区	西北地区	西南地区
1	诺基亚	诺基亚	诺基亚	诺基亚	诺基亚	诺基亚	诺基亚
2	索尼爱立信	索尼爱立信	三星	索尼爱立信	三星	三星	索尼爱立信
3	三星	三星	索尼爱立信	三星	索尼爱立信	索尼爱立信	三星
4	摩托罗拉	摩托罗拉	摩托罗拉	摩托罗拉	摩托罗拉	摩托罗拉	摩托罗拉
5	联想	联想	多普达	联想	联想	联想	联想
6	多普达	多普达	联想	多普达	多普达	多普达	多普达
7	苹果	苹果	苹果	夏新	飞利浦	夏新	苹果
8	夏新	LG	LG	LG	LG	LG	夏新
9	LG	夏新	飞利浦	苹果	苹果	飞利浦	LG
10	飞利浦	飞利浦	夏新	飞利浦	夏新	苹果	飞利浦

上表呈现的是全国七大区域市场中，最受关注的十大品牌具体排名状况。

观察区域品牌排行榜可见，诺基亚在七大区域均居于榜首，这奠定了诺基亚在中国区域手机市场的影响力。在亚军与季军的位置上，索尼爱立信与三星两家争夺较为激烈。其中，三星在华北、东北与西北市场稍胜一筹，而索尼爱立信则在华南等其他四大区域表现超过三星。由此可见，在区域市场中，三星实力在北方市场突出，而索尼爱立信则在南方市场表现不错。

摩托罗拉在七大区域市场均保持第四的排名，相对于前三大厂商来说，摩托罗拉竞争力下滑，导致区域市场表现不佳。而对于摩托罗拉身后的品牌来说，其仍具有一定的竞争优势。

国产厂商联想与多普达在第五和第六的位置上争夺较为突出，多普达除了在华北市场超过联想外，在其他六大区略显逊色。

位居排行榜第七至第十位的苹果、夏新等四家厂商在七大区域分布则变化较多，这反映了四大厂商区域市场竞争力接近、市场竞争激烈的现状。

四、产品结构调查

1. 不同价位

据 ZDC 数据显示，1000～2000 元之间的手机以超过四成的关注度继续占据市场主流的位置，关注比例为 42.9％。其次是 2001～3000 元之间的产品，关注比例为 23.8％。低端 1000 元以下的产品也获得了 10 个百分点以上的关注比例，为 15.3%。至此，这三大位区间累计占据整体市场八成以上的关注度，由此可见手机市场用户关注价位分布较为集中。

其他价位区间关注比例均在 10 个百分点以下。3001～4000 元之间的产品获得 8.6% 的关注比例，4001～5000 元之间产品数量较少，因而关注比例仅为 6.5%。5000 元以上产品价位颇高，关注比例不足 3 个百分点。

从这一分布来看，手机市场产品关注主要集中于中低端市场，中高端产品由于价格较高，不适合大众消费。

2. 不同功能

2008 年 1 月，音乐手机获得高达 75.1% 的关注比例。这主要是由于音乐手机产品数量较多，且价格线较长，从低端 1000 元以内到高端 5000 元以上均有涵盖，因而产品较为普及。

相比之下，智能手机的市场普及率不及音乐手机，产品关注比例仅为 46.1%，同比低于音乐手机接近 30 个百分点。

然而从产品在市场上的发展潜力来看，ZDC 认为智能手机上升空间还很大，而音乐手机在关注度上增长速度将逐步放缓。

3. 不同像素

调查结果显示，200 万像素手机获得 54.1% 的关注比例，在市场上处于主流的位置。其次是 300 万像素产品，获得近两成的关注比例，超过 100 万像素产品 5.6 个百分点。

500 万像素及以上高像素产品关注比例为 7.2%，由于其产品数量较少，且设置了较高的价格门槛，因而关注比例相对较低。30 万像素机型已经逐步退出市场，因而关注比例逐渐递减，本月仅为 6.5%。

从不同像素产品关注比例分布来看，300 万像素产品与 200 万像素机型仍有较大的悬殊，其取代 200 万像素产品的主流位置还需要不懈努力。

综观 2008 年 1 月手机市场，可以发现无论是品牌格局还是产品结构，在关注分布上均处于稳定的态势。其中，诺基亚霸占大半江山，前四大厂商把守八成以上市场关注份额。在产品方面，中低端产品仍是大众消费主流，音乐手机普及范围较广，但是智能手机发展空间更大。此外，200 万像素退出市场主流的时间还很漫长，300 万像素产品仍需努力才能上升到市场主流的位置。

例文简析　这是一篇有关全国手机关注状况的市场调查报告。文章开始首先交代了调查意图、调查采用的方法、调查对象、调查内容等，然后分析概括了 2008 年 1 月中国手机市场的分布特征。接着就从品牌格局、区域市场、产品结构三个方面介绍、分析了调查结果。最后对 2008 年 1 月的中国手机市场情况进行了概括总结。例文在充分占有信息资料的基础上，对资料进行了科学的归纳整理和分析研究，使读者对 2008 年 1 月中国手机市场的情况一目了然。

思考与练习

一、市场调查有哪几种基本的方法？市场调查报告的结构一般应该包括哪几个方面的内容？

二、根据市场调查的内容和方法，对今年、去年流行时装的款式、色彩及调整情况作一调查，写一篇市场调查报告。

三、请选择附近的一家商场，实地调查该商场的营业情况，内容包括商场的地理位置、橱窗的摆设、货架商品的品种、营业人员的服务态度、顾客的言行神态和满意度等，同时注意收集该商场的宣传资料，并把调查所得的材料作归类、整理，拟出对该商场调查报告的写作提纲。

四、如果以下面提供的材料为基础写成市场调查报告，你打算怎么写？请列出写作大纲。

1. 由于中国巨大的人口基数和日益严重的水污染，中国健康饮用水的市场容量巨大。据国家权威调查机构比照欧美现状预测，21世纪中国健康饮用水产业年市场容量在500亿元人民币以上。据有关资料显示，1998年以前中国饮水机市场多以韩国造、中国台湾地区生产为主。饮水机的市场上升势头强劲，规模在迅速膨胀，从1999年的600多万台上升至2000年的1000万台左右，2000年在北京、上海、广州等地，每百户家庭拥有饮水机20多台。

2. 一种全新的产业——直饮机正日益显示出其无穷的市场潜力，开始进入消费市场。作为市政自来水终端的过滤设备，只要把这种直饮机安装在任一水龙头上，通过尖端的宇航膜水处理技术，可使自来水获得高纯度净化解决桶装水的二次污染。现在，直饮机在美国、日本等发达国家家庭的普及率已高达70%以上。在中国有35%的消费者知道桶装水存在二次污染问题，有17%的消费者知道桶装水的桶可能有问题。

3. 2002年7～8月，北京21世纪福来传播机构在全国20个大中城市就水家电市场作了一次大规模的市场调研，调查家庭样本为6730个。调查结果显示，各种水家电的销售一直呈直线上升趋势。截至今年6月，总销量比去年同期上升了10个百分点。消费者最为看重水质。

4. 知道直饮机的消费者已经有75%，不知道的消费者只占25%。购买直饮机的，一般家庭使用的占55%，办公场合使用的占45%。了解直饮机的消费者都给予直饮机很高的评价，其中有购买欲望的消费者占30%，认为可买可不买的消费者占47%，表示不买的消费者为23%。消费者在购买直饮机时最看中技术实力、知名度大小，各占20%；其次是价格，占18%，以下依次为服务（占17%）、口碑（占15%），其他因素占10%。

5. 本次调查的数据显示，能接受价位在500元以下直饮机的消费者占15%，接受价位在500～1000元的消费者占24%，接受价位在1000～2000元的消费者占37%，接受价位在2000～3000元的占15%，接受价位在3000元以上的消费者占9%。

6. 从消费者心理看，直饮机能让用户直接看到水的制造过程，放心可靠，从价

应用文写作

格上考虑，直饮机的使用成本总体上也比桶装饮水机便宜。一份桶装水饮水机和直饮机的比较消费调查表明购买直饮机是水家电设备中非常不错的选择，以一家3人为例，一桶饮用水可以喝4天，一个月就得喝7桶水，按一桶水最低价10元算，一个月花在饮用水的钱就得70元，整年下来花在饮用水上的钱就有近900元。再以100人的单位为例，一天至少喝掉3桶水，一个月就喝掉90桶水，一桶水按最低10元算，一个月购买水的钱就是900元，整年下来就是上万余元，这笔花在买水的钱，几乎可以购买到4台直饮机。

第四节　市场预测报告

一、市场预测报告的特点和种类

市场预测报告是以科学的方法，根据市场调查、生产销售分析以及其他相关资料，对商品在市场中的销售趋势进行分析、预测的书面报告，是反映市场预测的分析研究过程及其结果的文章。

（一）市场预测报告的特点

1. 预期性

市场预测报告的预期性并非盲目的猜测，而是有理有据的预测，是合乎规律的推断。当然，由于市场的情况千变万化，总有出乎意料的事情发生，所以市场预测的准确性又是有限和相对的。

2. 客观性

客观性是市场预测报告的另一个特点。因为它是以大量客观事实为依据，又是依照客观的经济规律来进行运作的，所以它不是纯粹主观的产物，具有客观性的特点。

（二）市场预测报告的种类

市场预测报告的种类很多，可按照不同的标准进行划分。

（1）按产品类型来划分　可以分为单项产品市场预测报告、同类产品市场预测报告、综合市场预测报告等。

（2）按预测的时间范围来划分　可以分为长期市场预测报告、中期市场预测报告和短期市场预测报告。

（3）按预测的地理范围来划分　可分为宏观市场预测报告和微观市场预测报告。

（4）按预测的方法来划分　可分为定性预测报告和定量预测报告。

二、市场预测方法

1. 定性预测法

定性预测法，是在没有较多的数据资料可资利用时，凭借预测者丰富的经验和分析判断能力，来推断预测对象未来发展性质和发展趋势的方法。这种方法简便易行，但准确性不够。它较多用在长期或宏观预测报告中。

2. 定量分析法

定量分析法是根据已掌握的大量资料、信息，运用统计公式或数学模型，进行定量分析或图解，对市场的发展趋向作出预测。这种方法比较客观，准确性高。但它也有弱点，如对宏观的不可控因素的影响难以预测。

三、市场预测报告的写作方法

1. 标题

主要包括范围、时间、对象和文种等要素。

2. 前言

在此要交代预测的时间、地点、对象、范围、目的及调查方法，概述全文的主要内容，也可以在这里提出预测结果，以吸引读者注意。

3. 正文

这是市场预测报告的核心部分，一般包括以下内容。

（1）现状　从收集到的材料中选择有代表性的资料数据来说明经济活动的历史和现状，这是进行市场预测的基础。

（2）预测　通过对资料的准确分析和科学推断，指明经济活动发展的规律和趋势。这是市场预测报告的重点所在。

（3）建议　根据预测分析的结果，提出改进生产、改善经营的意见，以供决策者参考。这是市场预测的目的所在。

（4）结尾　一般不再写结论，只作自然收束，也可不写这个部分。

四、市场预测报告的写作要求

（1）要有充分准备　只有建立在充分的数据资料基础上的预测才会有价值，所以要占有大量的第一手资料，多调查，多采访；还要对这些材料进行筛选和整理。

（2）要有预见性　这种预见性建立在分析、研究的基础之上，要合乎客观经济规律；也需要写作者具备举一反三、推理判断的能力。要能由现象看出本质，由现在推知未来。

（3）要讲究时效性　市场预测报告的写作必须及时、高效，以使企业掌握主动权、早作决策。

例文4-3

2008年中国手机游戏市场发展预测分析报告

（一）手机游戏市场回顾

近年来在世界范围内，随着手机的日渐普及，手机游戏已经成为整个视频游戏领域发展速度最快的部分。2003年手机游戏市场的产值已经达到5.87亿美元，比2002年翻了一番。预计到2008年，这一市场的产值将达到目前的6倍，增至38亿美元。

据统计，2006年我国手机游戏市场规模为14.8亿元人民币，同比增长50.2％。手机有望成为一个集通讯、娱乐于一身的娱乐终端。由于还处于起步阶段，在手机游戏的产业链中，运营商、终端厂商和用户在内的各个环节中都还存在一些问题。

（二）手机游戏市场发展现状

近年来我国的手机游戏有了长足的发展，但是，还远远没有达到国外的水平。下面，具体分析一下国内外手机游戏发展的现状。

1. 国外手机游戏的发展现状

日本是游戏产业最发达的国家，早在几年前，日本的手机游戏业就已经蓬勃发展起来。就全球最大的手机 Java 游戏霸主×××来说，从他 2000 年创办手机游戏公司开始，只花了 4 年时间，就在日本这个全球最大的手机游戏市场建立了霸业，实现年营收 2300 万美元的奇迹。虽然美国与日本及一些欧洲国家相比，在手机 Java 游戏方面的发展相对滞后，但是到了 2003 年，其手机游戏市场的收入也已经达到 1600 万美元。因此在国外，手机游戏产业正处于黄金发展时期。

2. 国内手机游戏的发展现状

中国有着近 3 亿的手机用户，哪怕只有 10％的用户每月只下载一款游戏，也足以使手机游戏形成一个规模庞大的产业。但是目前国内仅有不足 1％的用户下载过手机游戏，使得这块被无数人看好的市场并没有达到人们预期的水平。人们似乎更容易接受移动其他的增值业务（比如短信、彩铃业务等），而对手机游戏的认知度却相当地低。

（三）2008 年中国手机游戏市场的前景预测

从目前国内的情况来看，手机网络产业链日益成熟，这为手机网络游戏的发展奠定了良好的基础。

从运营商角度来说。虽然目前手机游戏仅仅还是电信移动数据增值业务中的一项业务，但伴随着中国移动 GPRS 和中国联通 CDMAIX 数据业务的开展，预计手机游戏业务将会成为 2.5G 数据业务的一个重要的应用领域。随着 2.5G 网络的发展，3G 牌照的下发，网络的传输和承载能力已经有了很大提高，尤其是速度方面，运营商对手机上网功能做了大量的推广。虽然价格还让很大一部分消费者望而却步，但手机上网的概念对消费者来说已经不再陌生。

从终端厂商来说，现在彩屏手机日益普及，彩屏的分辨率也越来越高。具有上网功能的手机已经非常普遍。手机的内存也有加大的趋势，智能手机的发展更加迅猛，这些都为手机网络游戏在手机终端的应用奠定了硬件基础。

从内容提供商来说，随着短信市场发展日益趋缓，内容提供商越来越多地把目光放到了手机游戏身上。百宝箱、空中网、掌上灵通、蛙扑网、美通无线等一大批内容商迅速崛起，手机游戏的内容也从简单的小游戏向大型的互动游戏迈进。丰富的内容是手机游戏市场发展必不可少的重要条件。

现在，手机是人们身边必不可少的工具，随时随地使用的可移动性，以及广泛的用户基础，这一切都能够很好地满足未来人们对娱乐游戏的需求。有需求就有市场，目前，中国有 8000 多万电脑网络用户，而中国的手机用户却已经超过 3 亿。手机游戏产业一旦启动，其能量将不亚于目前的电脑网络游戏。

（四）发展手机游戏市场的对策与建议

1. 建立统一的平台

没有统一的手机游戏平台是制约手机游戏发展的主要原因。现在手机的品牌有几十种，每个品牌又有几十款甚至上百款的手机，这对游戏的开发者和普通的消费者来说，都是一个让人头痛的问题。对于开发者来说，要想得到更多的用户，就必须针对每款手机开发相应版本的游戏，这就造成了开发成本高、周期长的问题。而对于普通消费者来说，在玩游戏之前，必须要从众多游戏版本中找到适合自己手机的版本，这就使得一些玩家对手机游戏敬而远之。因此要发展手机游戏业就必须解决平台不统一的问题。

2. 提高手机的机能，使游戏多元化

由于手机游戏只是手机的功能的延伸，所以存在着许多不利于游戏的因素。比如手机的屏幕小，颜色少，没有专门的游戏遥杆，游戏的容量小，内容简单，限制了游戏的多元化。在游戏业内得到共识的是，一个游戏要想获得成功，这款游戏必须适合各个层次的玩家。许多真正被职业玩家认可的高品质的游戏，往往由于过于专业的操作和过于复杂的情节，被大多数玩家抛弃。就像当年 PS 一举打败老牌游戏商 SEGA 和任天堂一样，PS 靠的不是游戏的品质，而是游戏的多元化。网络游戏之所以可以迅猛发展起来就得益于它的多元化、易操作性和轻松的游戏气氛，因此吸引了大量从未玩过游戏的人加入到游戏中来。所以广大手机厂商应致力于提高手机的机能，使手机游戏多元化。

3. 简化游戏下载的操作过程

如今若想下载手机游戏，必须要有一部支持 Java 和 GPRS 的手机，然后还要设置并开通 GPRS，仅这两个要求，大概就要淘汰一半的手机用户，满足这两个条件之后，还要去游戏百宝箱才能下载，用户在选择下载哪款游戏时，并没有相应的文字和截图参考，而且百宝条的界面每屏只能显示几个游戏，这样一来，玩家就只能凭借游戏的名字来判断是否要下载该款游戏了，这就给许多小的游戏提供商提供了欺骗玩家的机会。最常见的手法就是把一款名不见经传的垃圾游戏，冠以时下流行的电脑游戏的名字来滥竽充数，不知内情的玩家则以为是移植版，满心欢喜地下载，结果可想而知。这样一来不仅损害了玩家的利益，而且还给一些大的游戏供应商造成了经济损失，他们斥巨资引进的国外手机游戏大作却由于没有套用某个流行的游戏的名字而被广大玩家忽略。比如七星传奇、圣剑玫瑰、魔力跳跳龙等在国外非常卖座的游戏，在国内却被许多玩家忽略。然而，这种现象并非是无法避免的，其他走红的无线增值业务，之所以能够迅猛发展起来全都得益于可以在网上直接下载。毫无疑问未来游戏的下载将主要来自于网站。这就需要我们在争取与移动部门沟通合作的同时，加紧下载页面的完善，使游戏下载操作过程变得简单易行。

此外，手机的价格也一直是困扰广大手机游戏爱好者的一个问题，一部配置齐全的 Java 手机大都要在 2000 元左右，这足以使好多学生玩家望而却步。而许多拿着高级手机高收入阶层的人却没有时间玩手机游戏，这个现象同样制约着整个手机游戏行业的发展。

以上对手机游戏市场现状、前景以及存在的问题进行了预测和分析，提出了解决问题的设想，相信随着手机游戏产业发展环境的日益成熟，2008 年手机游戏产业的发展速度将一日千里。随着 3G 时代的到来，游戏将可以通过网络轻松地下载，手机网络游戏的发展也将迎来新的发展空间。

例文简析　这篇预测报告在分析市场现状的基础上，采用定性预测法，对 2008 年手机游戏市场的发展情况进行了预测。由于制约手机游戏业发展的原因是多方面的，因此在做预测时，作者从运营商、终端商、内容提供商等方面进行预测分析，在此基础上，最后也从这三个方面对手机游戏未来的发展提出了对策和建议。全文思路清晰，构思严密，有较强的说服力。

思考与练习

一、市场预测报告和市场调查报告的联系是什么？

二、市场预测报告正文的三部分之间有什么关系？

三、调查今年和当前供需情况后，写一份本校（本专业）今年毕业生就业前景预测。

四、分析下文回答问题。

（一）简要说明本文采用了哪几种预测方法？本文属于哪一类市场预测报告？

（二）请为本文增加建议部分。

8月份全国消费品市场预测
国家经贸委经济信息中心

预计8月份社会消费品零售总额2620亿元，增长8.8%。考虑物价因素，实际增长10.2%，增幅同比提高1.4个百分点。

一、1～7月份消费品市场保持较快增长

1～7月份，全国消费品零售总额18845亿元，同比增长10%，增幅同比提高3.7个百分点。其中，7月份社会消费零售总额2597亿元，同比增长9.1%，比6月份加快0.2个百分点，增幅同比提高3.5个百分点。

从城乡结构看，城乡消费品零售额增幅差距略有扩大。城市消费品零售额11661亿元，增长10.7%，增幅同比提高4.2个百分点。县及县以下农村地区消费品零售额7184亿元，增长8.8%，增幅同比提高2.7个百分点。城乡消费品零售额增幅差距从上半年的1.8个百分点增至1.9个百分点。

从行业结构看，餐饮业增幅仍居首位。餐饮业零售额2017亿元，增长18.3%，其中7月份零售额289亿元，增长16.7%；贸易业零售额12816亿元，增长12.3%，其中7月份1743亿元，增长11.9%；制造业零售额1175亿元，增长5%，其中7月份175亿元，增长5.4%；农业生产者零售额2238亿元，下降4%，其中7月份304亿元，下降7%，比上月多降1.7个百分点。

从地区结构看，东部地区增长明显较快。广东、天津、北京、福建增幅较高，分别为12.4%、12.2%、11.9%、11.3%增长较慢的云南、山西、黑龙江、安徽、新疆等省区，增幅各为6.5%、7.3%、7.6%、7.6%、7.7%。

二、预计8月份消费品市场保持稳定增长

8月份，随着增加居民收入政策的进一步落实，以及经济形势的不断改善，城镇居民收入可望增长较快；居民消费信心增强和鼓励消费政策力度较大，都会促使居民支出增长。

但是，立秋之后夏令消费因素会比上月减弱。

预计8月份社会消费品零售总额实现2620亿元，增长8.8%，增幅同比提高2.8个百分点；实际增长10.2%，同比提高1.4个百分点。1～8月累计，社会消费品零售总额21465亿元，增长9.8%，增幅同比提高3.5个百分点；实际增长11.8%，增幅同比提高2.2个百分点。

第五节　可行性研究报告

一、可行性研究报告的特点和种类

可行性研究报告是对拟建或拟改造项目及科学研究试验项目，进行周密的调查、分析，论证该项目的可行性和效益性的一种书面报告。可行性研究报告的作用主要用于工程项目取舍、向银行申请贷款，以及作为向政府申请建设执照和同有关部门、单位签订协议、合同的依据。

（一）可行性研究报告的特点

1. 科学性

可行性研究报告需要运用大量准确的数据、资料，以科学的方法阐明拟建项目技术上和经济上的合理性、可行性。语言表达也需要严谨和科学。

2. 系统性

可行性研究报告必须围绕影响拟建项目的各种因素进行全面系统的分析，既要有静态的，也要有动态的；既要有定性的，也要有定量的；既要作宏观、全局的分析，也要有微观、局部的研究；既要从经济效益着眼，也要从社会效益考虑。

3. 论证性

可行性研究报告要在项目正式开始前，从经济、技术、社会效益等方面，对工程进行综合分析、论证和评价。严密地、有说服力地分析论证，关系到报告的成败。

（二）可行性研究报告的种类

1. 从项目规模上来划分

有一般可行性研究报告和大中型项目可行性研究报告。

2. 从经济活动对象来划分

① 科技类。如高科技开发的可行性研究报告、技术引进的可行性研究报告。

② 生产类。如建设项目可行性研究报告、开发新产品可行性研究报告。

③ 经营类。如合资经营可行性研究报告。

二、可行性研究报告的写作方法

可行性研究报告一般由以下几部分组成。

（一）标题

标题一般由项目主办单位名称、拟建项目和文种三部分组成。如《海安县柳蜡工艺品出口基地项目建设可行性研究报告》。

（二）正文

① 前言，又称总论。在此要写明研究项目提出的依据，研究所涉及的经济范围、概括性意见及研究中存在的问题和建议等。

② 现状评价。

③ 发展预测及建设规模。

④ 建设条件与协作条件。

⑤ 建设方案。

⑥ 工程建设的实施计划。

⑦ 投资与效益。

⑧ 生产管理与人员培训。

⑨ 结论。

通过分析比较，最终提出一个投资少、建设周期短、成本低、利润大、效果好的最佳建设方案。

⑩ 附件。根据需要附上必要的材料和表格。如有关协议、意向书；地址选择报告、环境影响报告；工程项目一览表、设备材料一览表等。

三、可行性研究报告的写作要求

① 要实事求是，按经济规律办事，数据、资料以及分析论证，必须做到客观、公正，以避免审批者和投资者的错误决策。

② 重视不确定性分析，确保预测的准确性。

③ 表达准确、格式规范。

例文 4-4

吸发式电推剪生产可行性研究报告

一、国际国内理发业目前使用的电推剪的缺点

据初步调查，国际（亚洲如韩国和日本、美洲如美国、欧洲如意大利、中东地区如以色列等）国内理发业目前广泛使用的电推剪在进行理发作业时，存在如下缺点：第一，被剪断的发屑以及头屑会散落飞溅到人们的头上、脸上、脖子里、衣服上、理发座椅及其附近地面上，同样会散落或飞溅到理发人员的脸上、双手和衣服上，不仅令人讨厌和难受，而且污染环境，传播皮肤疾病；第二，理发必须由专业理发人员进行。

二、吸发式电推剪的优点

使用专利产品——吸发式电推剪进行理发作业时，它能将被剪断的头发以及头屑方便地收集起来，防止其到处散落和飞溅，使被理发人员和理发人员免受不舒服之感，改变环境卫生和防止皮肤疾病传染；同时，非专业理发人员按照说明书的要求，凭借专门设计的理发靠模，就可以十分方便地进行理发作业，而且可理多种发型（这就意味着吸发式电推剪可以进入家庭），极大地提高人们的生活质量。

三、吸发式电推剪的适用对象

因吸发式电推剪克服了本报告第一条所列出的现在普遍使用的电推剪的缺点，具有本报告第二条所列之优点，所以，吸发式电推剪适用于以下消费对象：①家庭；②医院、疗养院、老人院；③美容美发厅；④军队；⑤一般理发店。同时还适用于出口。（具体分析从略）

四、吸发式电推剪的趋势

因吸发式电推剪具有本报告第二条所列之优点，有广泛的适用性，相关的人员均表示欢迎（已作过近五年的广泛调查），而且价位适中（每台售价预计 300 元人民币左右），故吸发式电推剪面市后，将逐步淘汰现在国际国内目前普遍使用的旧式电推剪。

五、国内吸发式电推剪的市场前景与经济效益量化分析

1. 市场饱和量和年度需求量

（1）居住在城镇的家庭用户饱和量：3000万台［15亿（居住在城市的家庭约有15亿个）×20%（每100个该类家庭有20个家庭采用）］。

该类家庭年度需求量：500万台［3000万台÷6（使用6年报废）］。

（2）居住在农村的家庭用户饱和量：600万台［2亿（居住在农村的家庭约有2亿个）×3%（每100个该类家庭有3个家庭采用）］。

该类家庭年度需求量：100万台［600万台÷6（使用6年报废）］。

（3）医院、疗养院、干休所、老人院用户饱和量：60万台根据［《1998中国统计年鉴》概算］。

该类单位年度需求量：20万台［60万台÷3（使用3年报废）］。

（4）美容美发厅用户饱和量：45万台（根据抽样调查估算）。

该类单位年度需求量：15万台［45万台÷3（使用3年报废）］。

（5）军队用户饱和量：3万台（估算）。

该类用户年度需求量：1万台［3万台÷3（使用3年报废）］。

（6）一般理发店用户饱和量：280万台［按每500人拥有一个理发店概算］。

该类用户年度需求量140万台［280万台÷2（使用2年报废）］。

以上（1）～（6）类用户的年度需求总量为776万台。

2. 目标年度销售收入和利润

（1）目标年度主机销售收入：23.28亿元人民币［300元×776（万台）］。

（2）目标年度配件销售收入：2.328亿元人民币（配件销售收入一般占主机销售收入的10%）。

（3）目标年度利润额：5.1216亿元人民币［（23.28亿元＋2.328亿元）×20%（销售收入利润率）］。

3. 可望实现的年度销售收入和利润以上目标年度销售收入和利润数

即使只实现30%（这个目标通过努力是完全可以达到的），则该产品进入成熟期后，可望实现的年度销售收入为7.6824亿元人民币（主机加配件）；利润为1.53648亿元人民币。

六、出口的市场前景和经济效益量化分析（暂未计算）。

七、实施吸发式电推剪项目，投资少，风险小，组织生产容易。

八、吸发式电推剪为专利产品，且设计独特，他人无机可乘，独家生产和销售有法律保障。

九、吸发式电推剪出口的专利保护（略）。

十、以吸发式电推剪为龙头，可以形成一个生产系列理发工具、洗发护发用品和化妆品的企业群。

吸发式电推剪设计独特，为专利产品。如精心组织生产和销售，则很容易获得较高知名度。当该产品获得一定知名度后，以该产品为龙头，向该产品的两翼发展，则形成一个生产系列理发工具、洗发护发用品和化妆品的企业群，也并非难事。

十一、结论

吸发式电推剪较国际国内普遍使用的电推剪，具有明显的优点和适用性，深受顾客和理发员（即使用人）欢迎。该产品面市后，毫无疑问将逐步淘汰现在国际国内普遍使用的电推剪，市场容量巨大。实施吸发式电推剪项目，投资少，风险小，组织生产并形成较大批量并不困难，以此为龙头形成一个企业群亦有可能，经济效益和社会效益十分可观。因为是专利产品，要做好专利保护工作，独家生产并向国内国际市场销售产品，其合法权益会受到国内和国际法律保护。

例文简析　　这篇例文较好地体现了可行性研究报告的特点，有很强的科学性和论证性。通过大量准确的数据资料，从经济、技术、社会效益等多个方面对项目的可行性进行了论证。文章首先对理发业目前使用的电推剪的缺陷进行了描述，然后从本项目的优点、适用范围、发展趋势、市场前景等方面，全面地论证了本项目实施的可行性，具有很强的说服力。另外，文章的语言也比较简洁，表达准确。

思考与练习

一、进行可行性研究的目的是什么？可行性研究过程一般要经过哪几个阶段？

二、可行性研究报告的编制包含哪些必不可少的内容？

三、根据下列材料写一份可行性研究报告的提纲。

××市钢铁厂是辽宁省冶金局的下属企业，"七五"期间生产任务一直完成得较好，经济效益比较可观。"八五"期间该厂拟对生产线进行技术改造，确保经济效益稳步增长。该厂改造的重点是生产 PG2-6070 钢的三号高炉生产线，该项目定为辽宁省重大技术改造项目，项目建议书已被辽宁省计委"辽计工〔1990〕320 号"文件批准。××市钢铁厂委托××钢铁研究设计院进行可行性研究；该院马上组成了由王××高级工程师为负责人，刘××、于××工程师，钱×经济师等参加研究的班子，历经三个多月的奋战，他们于1990 年 10 月 6 日完成了可行性研究报告的编制任务。

四、根据以下提供的棉柴模压制品生产技术有关资料，撰写一篇可行性研究报告。

棉柴模压制品是刨花板的一个特殊品种，是在木屑模压工艺基础上，根据棉柴的特性进行开发而形成的现代再生木质材料。棉柴模压制品的特点是：以农业废弃物——棉柴为原料，利用模具，热压成型，同时完成表面装饰。

木屑模压技术始于 20 世纪 50 年代，其工艺主要有三种，即通用模压法、箱体模压法和密封模压法。发展到 20 世纪 80 年代，箱体和密封模压法逐步被淘汰，现在棉柴模压采用的也是通用模压法。棉柴模压工艺包括原料处理、表底板准备、组坯、热压成型、表面处理、检验包装等六道主要工序。棉柴模压制品种类繁多，用途广泛，根据不同用途可分为四大类，第一类为建筑构件，如覆盖板、墙板、墙裙板、天花板、散热器罩、花栏、楼梯扶手、门内板、门扇、门框、窗格等；第二类为家具部件，如各式台面、凳椅座背、橱框门扇、抽屉面板、各式餐盘、马桶垫盖等；第三类为包装器材，如包装箱板、水泥模板、起重托盘等；第四类为工业配件，如汽车仪表板、机壳、工具箱、镜框、浮雕工艺品等。

大型公用建筑如剧院、办公楼等的室内装修板材用量是建筑面积的3～4倍，宾馆、公寓、住宅等为5～6倍，这些材料多使用实木板、细木工板、胶合板，成本高又消耗森林资源，若有30％用棉柴模压板代替，国内市场份额每年可达数十亿元。以桌面为例，1985年国内销售量近500万只，1995年超过700万只，而权威机构预测，全国每个家庭若20年购置一只桌面，则每年需桌面1000万只，随着我国广大农民收入的提高，这一需求还将大增。优质低价的棉柴模压制品将在城市和农村找到巨大的市场空间。

棉柴属农业废弃物，其加工符合国家生态、环保政策。对当地棉花生产有积极的促进作用，在增加农民收入的同时，也增加了当地财政收入。棉柴模压制品厂规模可大可小，比较灵活，原料廉价易得，仅通过更换模具就可生产各种不同产品。棉柴模压制品成本低，而其作为代木产品售价较高，因而效益可观。

如引入棉柴模压制品生产技术在国内尚属首例，处于领先地位。为了保护生态环境，国家将从今年开始大幅度削减木材产量，而1m³棉柴板可代替3m³木材。

农业部科技与专利开发服务中心所属的中农科技开发公司率先将这一技术引入国内，希望与产棉区农技推广部门、乡镇企业合作，将此技术投入实际生产应用。

对于年产十五万张棉柴模压桌面的规模，设备总投入620万元，流动资金80万元，所需动力240kV·A，租赁厂房1500m²，库房1000m²。成本估算：变动费用37.86元/张。其中包括：原料0.4元/kg×16kg/张＝6.4元/张；化学品5元/张；表板4元/m²×2m²/张＝8元/张；旋切单板4元/张；工资，25人日产480张，每月工作22天，平均月工资700元/人，计1.66元/张；损耗0.8元/张；总电费8元/张；模具修补0.5元/张；车间经费0.5元/张；销售费用2元/张；运费1元/张。固定费用：121.57万元/年。其中包括：设备利息620万元×8.64％＝53.57万元；流动资金利息80万元×8.64％＝6.91万元；折旧620万元÷14＝44.29万元；企管费700万元×2.4％＝16.8万元。

税：以农业废弃物加工申请免税。

计算：设计桌面销售价格为70元/张。盈亏平衡点：121.57÷（70－37.86）＝121.57÷32.14＝3.78万张。年产量：480张/天×312.5天/年＝15万张。年产值：15万张×70元/张＝1050万元。年利润：（70－37.86）×15－121.57＝360.53万元。投资利润率：360.53÷700＝51.5％。还贷能力：利润＋折旧＝360.53＋44.29＝404.82万元/年。

第六节　经济合同

一、合同的特点和种类

合同是平等主体的自然人、法人以及其他组织之间设立、变更、终止民事权利义务关系的协议。依法签订的合同，对当事人具有法律的约束力，并受法律的保护。

（一）合同的特点

① 合同具有明确的目的。

② 当事人订立合同，应当具有相应的民事权利能力和民事行为能力。当事人依法可以委托代理人订立合同。

③ 签订合同的双方处于平等的地位，权利和义务对等，不允许任何一方对他方加以

限制或强迫命令。

④ 当事人订立合同，有书面形式、口头形式和其他形式。法律、行政法规定采用书面形式的，应当采用书面形式。当事人约定采用书面形式的，应当采用书面形式。

（二）合同的种类

合同的种类很多，按照《中华人民共和国合同法》的规定，从内容范围来划分有：买卖合同、供用电水气热力合同、赠与合同、借款合同、租赁合同、融资租赁合同、承揽合同、建设工程合同、运输合同、技术合同、保管合同、仓储合同、委托合同等；合同的形式可分为条文式、表格式和条文表格互补式等。

二、合同的写作内容和格式

合同的写法都相对地有固定的格式，一般分为五个部分。

（一）标题

标题由合同的性质或内容加文种两个部分组成，如《购销合同》、《建筑合同》等，用于提示合同的性质。

（二）立合同人（当事人的名称或者姓名和住处）

（三）引言

写明订立合同的目的、根据，是否经过双方平等、充分协商等。

（四）正文

合同的内容由合同当事人双方约定，写明各方所承担的法律责任和应享受的权利。一般包括以下条款。

1. 标的

标的是指合同当事人的权利义务所共同指向的对象，即共同的具体目标物。如购销合同，是卖方交付出的出卖物；租赁合同，是出租人交付的租赁物。

2. 数量和质量

数量是标的的具体目标，是确定权利与义务大小的尺码，所以必须规定得明确具体。不但数字要准确，计量单位也必须精确。质量是合同的基本条件之一，必须从使用材料、质地、性能、用途甚至保质期等各方面详细约定。

3. 价款或报酬

价款、报酬是标的的价值。买卖合同为价款；承揽合同、建设工程合同、运输合同、技术合同、保管合同、仓储合同等为酬金，即取得对方产品、接受对方劳务所支付的代价。价款中单位价格和总合价款、酬金的单价标准和计算方法要明确、具体。

4. 履行期限、地点和方式

履行期限是双方履行义务的时间界限，双方都必须严格按协议规定的时间执行。如购销合同，其期限表现为供方的交货时间、需方的付款时间。履行地点是指当事人完成所承担义务的地点，如交货、运货、承建等地点，必须写清楚。履行方式是指当事人以什么方式来履行义务，如购销合同，供方是分批交货还是一次交货，用什么方式运输等。

5. 违约责任

这是对当事人不履行合同义务时的制裁措施。订违约责任应细、全、实，按主要内容逐一估计其可能发生的事，考虑得越周全越好，罚则应明确、实在，不要笼统、含糊。

6. 解决争议的方法

这是当事人在发生争议时所参照的解决办法，应按照处理合同争议所需运用的法律。

（五）尾部

① 有关本合同的必要说明，如合同的份数、保管及有效期；有的合同还有表格、图纸、实样等附件，也可以在这里说明。

② 落款。要写明双方单位全称和代表姓名，并签名盖章。还应写上合同当事人的地址、邮政编码、电话、电报挂号以及开户银行、账号等。

三、经济合同的写作要求

（1）格式的规范性　合同格式的规范性，指合同的内容要完整、有合理，条款要完备，各项内容都要符合合同法规定的要求，不可简化、疏漏。

（2）条文的科学性　合同条款的科学性体现在合同条款的逻辑性和严密性上。合同内容不能前后矛盾、相互冲突，而应相互关联照应。条文的安排要做到不漏、不错、不乱。权利、义务的规定必须具体、切实。

（3）文字表达要准确、明了　合同内容的合法性、格式的规范性和条文的科学性，都有赖于文字表达的准确性。合同的字句要反复推敲，做到概念明确，特别是关键性的词语更要谨慎，以免发生歧义。

四、涉外经济合同的内容和格式

（一）标题

（二）约首

写明合同当事人的名称或姓名、国籍，主要营业所或住所，合同签订的日期、地点等。

（三）正文

1. 签约目的

2. 协议内容

（1）法律规定条款

A. 合同当事人的名称或姓名、国籍，主要营业所或住所；

B. 合同签订的日期、地点；

C. 合同的类型和合同标的的种类、范围；

D. 合同标的的技术条件、质量、标准、规格、数量；

E. 履行的期限、地点和方式；

F. 价格条件、支付金额、支付方式和各种附带的费用；

G. 合同能否转让或合同转让的条件；

H. 违反合同的赔偿和其他责任；

I. 合同发生争议时的解决方法；

J. 合同使用的文字及其效力。

（2）其他条款，如不同类型合同的专用条款等。

3. 说明

写明合同的有效期、生效日期、份数与附件等。

4. 尾部

（四）意向书、协议书、合同书的异同

意向书、协议书、合同书三者之间有联系，也有区别。意向书是双方就某项工程的确立、投资等意见趋于一致时，为了表明双方设想、兴趣、态度、观点而签订的书面文件。意向书一般由较高级的有决策权力的人参加讨论，并经双方负责人签字盖章，它是签订协议、合同的基础文件。

协议和合同在性质上相同，但合同往往比协议具体，协议就可以拟得原则一些。协议对签约双方既有约束作用（在原则性问题方面），又有一定的机动余地。因此，有些协议往往在签订合同以前签订，用协议代替合同也是常见的，因为二者的性质相同。

意向书多采用会议纪要的形式，协议可采用合同的写法。

例文4-5

购销合同格式
购 销 合 同

合同编号：_____ 签订日期：_____ 供方：_____ 需方：_____

根据《中华人民共和国合同法》，简称合同法）有关规定，经双方协商签订本合同，以资共同信守。

一、货号、品名、规格、数量、金额：（表格略）

二、交货日期：_____

三、产品质量标准：_____

四、包装要求及费用负担：_____

五、运输方式及费用负担：_____

六、交（提）货方法、地点（代办运输应注明到货地点、站名）：_____

七、验收方法：1. 销方仓库验收；2. 货到对方后验收（如货到后超过7天再提出品质规格方面的意见，销方不负责）。

八、货款结算方式：_____

九、违约负责：供方不能按合同交货或需方中途退货的，应向对方偿付不能交货或迟交货部分货款总值10%的违约金；其余按（合同法）和有关条例规定执行。

十、其他：_____

十一、本合同依法订立，即具有法律效力，双方必须全面履行，任何一方不得擅自变更或解除。因故需要变更或解除时，应按（合同法）有关规定办理。

十二、当事人一方因故不能履行合同时，应及时向对方通报理由。在取得有关主管机关的证明后，可根据情况，部分或全部免于承担违约责任。

十三、本合同共四联。

十四、本合同有效期：自××××年××月××日至××××年××月××日止。

供方单位	需方单位	鉴证机关
法人代表	法人代表	经办人
地址　　　电话	地址　　　电话	地址　　　电话
开户银行账号	开户银行账号	
签订日期　年　月　日		有效截止期　年　月　日

例文简析　购销合同的拟定要合乎规范，合同的内容要完整，条款要完备。在拟定的时候，要吃透合同法的有关精神，切不可投机取巧、偷工减料，以免留下日后纠纷的隐患。书写合同时，要做到反复推敲，用词要谨慎，以免发生歧义。

例文4-6

订货合同

立合同人：××市××县百货公司（甲方）

　　　　　××市电视机厂（乙方）

甲方向乙方订购下列货物，双方协议订立合同如下。

货物名称：××牌12英寸黑白电视机。

规格：TM2-3型。

订购数量：500台。

货物单价：每台400元。

货款总额：贰拾万元整。

交货日期：2002年8月12日以前全部交清。

交货地点：××火车站。

交货办法：铁路托运，由乙方负责办理，费用由乙方负担。

付款办法：银行托收。本合同签订之后一次付清。

误期交货处罚办法：误期7天以内，每台按原价3％交付罚款；超过7天，按5％交付罚款，超过1个月按10％交付罚款，超过3个月，按20％交付罚款；超过6个月按40％交付罚款。

合同变更：中途如甲方要求增加订货，双方另议；如要求减少订货，乙方按减少台数原价70％退款。

损失赔偿：交货后，如发现产品确因质量问题造成甲方减价销售的损失，乙方应负责赔偿；无法销售的，乙方应予更换。

签订合同日期：2002 年 5 月 12 日。

本合同一式两份，双方各执一份。

本合同自签订日起生效，货款两清后，合同效力终止。

（甲方）

订货单位：××市××县百货公司（盖章）

经办人：李××（签名盖章）

（乙方）

××市电视机厂（盖章）

经办人：陈××（签名盖章）

代书合同人：××市法律顾问处××

2002 年 5 月 12 日

例文简析　合同是一种法律文书。合同一旦确立，就对当事人双方产生了法律的约束力，签约双方的权利、义务就受到了国家强制力的保护和监督。任何一方如不履行合同，都要承担由此引起的法律后果。这份合同在订货合同中是比较典型的，写作的格式和协议条件都符合订货合同的要求。协议条件比较完善、准确，应该写的内容都写到了。文字简约，条理清楚，手续齐全，便于执行和检查。

思考与练习

一、简述合同的格式，合同书正文部分都包括哪些条款内容？

二、合同书、意向书、协议书有什么不同之处？

三、分析下面的案例，说明要杜绝类似纠纷的发生，在写作合同时应注意什么问题

××日报社与××造纸厂签订 30t 新闻纸购销合同。合同明确规定××造纸厂必须在 6 月 30 日前将全部货物由铁路运达南江市。××造纸厂 5 月底准备好发货，但 6 月下旬铁路沿线塌方，货物放在货场未发出，造纸厂对此知情，但一直未通告××日报社。此时，恰逢国家从 7 月 1 日起上调新闻纸价格 15%。造纸厂认为再以原价发货太吃亏了，于是以"铁路塌方非造纸厂人力所能抗拒"为由单方面终止履行合同。报社起诉到法院，请求判令造纸厂继续履行合同，并赔偿因违约造成的报社经济损失。造纸厂拒绝按原合同议定价格继续履行合同和承担赔偿责任。但报社认为造纸厂一直未将实情通告报社，因此应赔偿报社的经济损失。造纸厂则认为各种新闻媒体对此次塌方均有报道，报社不可能不知情。法院审理后判令造纸厂继续履行合同，驳回报社的赔偿主张。

四、指出下面这份合同存在的问题并加以修改。

合　同

立合同单位：

　　××局基建办公室（甲方）

××市建筑公司办公室（乙方）

为扩大商品储存量，促进商品购销，××局决定新建一座大型仓库。经双方协商，订立以下条款，以资恪守。

一、甲方委托乙方建筑××大型仓库。

二、乙方包工包料，全部建筑费为叁拾陆万叁仟元。

三、甲方负责场地的三通一平工作。

四、乙方争取在6月上旬开工，明年夏季收购前完工。

五、甲方分期交付建筑费，到完工后全部付清。

六、本合同一式两份，双方各执一份。

立合同单位：

××局基建办公室（公章）

主任×××（私章）

××市建筑公司办公室（公章）

主任×××（私章）

××××年×月×月

五、美国×××州大学约×××博士应中国××大学之邀前来讲学，该校同×××博士签订的合同条款中仅有下述三项：①雇佣期1年；②年薪10万元；③包吃、包住、包来回机票、包观光旅游。该合同存在哪些问题，请指出，并在此基础上写出正确的合同。

六、生产护肤美容类15个产品的宏都化妆品厂与华山商场商定建立长期供需合作关系，请为他们设计一份表格式购销合同。

第七节　招标书、投标书

一、招标书、投标书的性质和招投标的一般程序

（一）招标书、投标书的性质

招标书是招标者为择优选定项目承包人，而对外公开发布的用以说明招标项目、范围、内容、条件和标准的一种周知性文书。

投标书是投标者根据招标书提出的项目、条件和要求决定接受指标，而向招标者递交的书面应承文书。

招标、投标是一种引入竞争机制的现代贸易活动，它可以降低生产成本、确保产品质量、提高经济效益和保证公平竞争。招标、投标（招投标）已遍及我国国民经济建设的各个经济领域，起着十分重要的作用。

（二）招投标的一般程序

1. 招标的准备工作

包括设立招标机构，配备工作人员，确定招标项目（标的），编制标底，拟定招标文件（招标广告）等。

2. 招标

递发招标广告和邀请、招标通知书；审查投标企业资信；向投标企业提供招标文书，接待咨询。

3. 投标

获得投标资格的企业填写投标书，参加投标。

4. 开标

按招标书规定的时间、地点，公开开标并登记；评选小组预选出若干个中标单位。

5. 中标合同签订

招标单位与预选中标户再次协商，确定最佳的合作伙伴为中标户，并与其订立合同。

二、招标书、投标书的内容和格式

（一）招标书的内容和格式

1. 标题

标题通常包括招标单位、事由和文种等几个要素。

2. 正文

① 前言。写明招标单位名称、项目名称、批量或规模、招标目的和范围等几项内容。

② 主体。写明招标的具体内容、条件和要求。

③ 结尾。写明招标程序及相关事项。

3. 落款

落款包括署名和日期两项内容。

（二）投标书的内容和格式

1. 标题

可以只写"投标书"字样，也可以加上投标单位名称、项目内容和文种几个要素。

2. 正文

① 前言。简述对项目的认识，概括自身情况，表明承担决心。

② 主体。针对投标书提出的各项条件，说明投标者将要采取的各项具体措施。

③ 结尾。可对一些事项或问题加以说明。

3. 落款

落款包括署名和日期两项内容。

三、招标书、投标书的写作要求

（一）招标书的写作要求

① 事项要全面、具体，表达要明确、严密，以免事后发生纠纷。

② 事项要真实，不能有任何隐瞒和虚假的成分。

③ 内容要完全符合现行政策。

（二）投标书的写作要求

① 要围绕着招标书的要求去写。

② 要着重说明自身的特点和优势。

③ 要使各项内容符合党和国家的方针、政策。

招 标 书

×××工业大学
校园网楼内布线工程项目招标书

×××工业大学（简称×工大）就校园网楼内布线工程项目进行公开招标，欢迎本市有同类工程经验的有关公司参加投标，具体内容如下。

一、招标内容

校园网楼内布线工程包括：新教学楼等 11 座楼内 469 个信息点布线，以及每座楼中配线间的布线。

序号	楼房名称	布线点数	序号	楼房名称	布线点数
1	新教学楼	112	7	机械楼	19
2	实验楼	117	8	建工楼	61
3	西配楼	14	9	管理楼	32
4	化工楼	46	10	外事处楼	12
5	红楼	18	11	后服集团楼	8
6	图书馆楼	30		总布点数	469

详见《×工大校园网楼内布线各楼楼层布点表》和《×工大校园网楼内布线各楼楼层布点图》。

二、技术要求

● 符合布线工程要求的技术规范和施工规范。

● 符合 EIA/TIA-568B 标准。

● 网线、配线架、理线器、全套信息座、RJ-45 水晶头及护套均要求为 Lucent 超五类产品。

● 配线间中配线架、跳线缆上均要有清晰永久的位置标签。

● 各种线槽、管材要求质量可靠，施工美观整齐、经久耐用。

三、施工注意事项

对教学楼，要求避开教学时间，在晚 10 时至早 7 时施工。

四、验收方式

由学校组织工程验收。要求施工方提供的布线工程文档齐全，提交布线工程图，包括每楼层的布线平面图、配线架与信息插座对照表等，图、表要求 A4 规格。全部工程完成后，按照 EIA/TIA-568B 标准进行验收，要求施工方提供所有信息插座到配线间的技术认证检测报告。

五、维护要求

项目验收合格后，要求免费维护 1 年。

六、付款方式

项目验收合格后，付合同总金额的 90％，其余一年后付清。

七、公布标书时间

2002 年 4 月 16 日。

八、投标截止时间

2002 年 4 月 26 日。

九、议标时间

2002 年 4 月 29 日。

联系人：石××，李××

地点：×工大图书馆丙楼 3 楼网络信息中心

联系电话：×××××××

传真：×××××××

E-mail：××××@impu. edu. cn

×××工业大学网络信息中心

2002 年 4 月 15 日

例文简析　　这是一篇网络布线工程项目的招标书。招标书的标题比较完整，前言部分比较简洁。主体部分详细陈述了招标的具体内容、工程的技术要求、施工的注意事项，以及验收方式、维护要求、付款方式等款项。结尾部分交代了招标的程序，落款部分标明署名和联系方法。这份招标书做到了事项全面具体，表达也很简洁明确，没有留下事后产生纠纷的空子和隐患，是一份相当规范的招标书。

思考与练习

一、招标、投标工作的重要环节是什么？招标单位应编制哪些文件？

二、下面几篇是投标者递送的文书，请回答这些文书属什么性质？用于招投标活动的哪个程序？另外，投标书是应答性的，应如何编制才可能被预审通过而取得投标资格？

【例 1】

建筑安装工程投标申请书

××市招标投标管理办公室：

我单位根据现有施工能力，决定参加××工程投标，保证达到招标文件的有关要求，遵守其各项规定。

特此申请。

附：《投标企业简介》

投标单位：××市第×建筑工程公司（章）

法定代表人：×××（章）

××××年×月×日

【例2】

××工程投标书

××工程招标委员会：

仔细研究了××工程招标文件及各项要求，我们愿意按招标有关事项要求承担该项工程施工任务。现按工程项目和质量要求提出正式报价如下。

一、总包标价：××万元

二、综合单价：××元/平方米

三、总包价构成：（略）

四、工程质量标准：（略）

五、开竣工日期：××××年×月×日至19××年×月×日

六、施工技术组织措施：（略）

七、主要材料数量规格要求：（略）

八、要求建设单位提供的配合条件：（略）

××市第×建筑工程公司（章）

法定代表人：×××（章）

××××年×月×日

地址：（略）

电话：（略）

电挂：（略）

邮政编码：（略）

开户银行：（略）

三、阅读下列招标书，评析它的格式、项目是否规范？它的内容是否能满足告示公众、吸引投标者的需要？

××市市政工程开发公司　　中国人民建设银行××市支行

"××宅多层住宅基地"

建筑安装工程施工联合招标

为加快住宅建设速度，提高质量，降低造价，经上级批准，本公司决定"××宅多层住宅基地"建筑安装工程公开招标。凡持有营业执照的本市及外省市国营或集体所有制施工企业，均可投标承包本建设任务。

一、工程地点：××市××区××北路。占地37亩（1亩＝1/15hm²）。

二、工程内容：建筑总面积36676m²。其中：

(1) 6层混合结构住宅17幢，共计建筑面积34796m²；

(2) 4层框架结构商店1100m²，3层混合结构托儿所720m²，水泵房60m²；

(3) 室外道路下水道配套工程。

三、承包形式：全部包工包料。建设单位提供本工程的钢材、水泥、木材计划指标（或实物）。凡由承包单位自行落实全部或部分三大材料的，中标从优。

四、工期：一次中标，分二期施工。

（1）第一期工程：共计建筑面积 15753m²，计划 1985 年 10 月 15 日开工，要求 1986 年 10 月 30 日竣工，交验合格。

（2）第二期工程：共计建筑面积 20923m²。计划 1986 年 6 月 1 日开工，要求 1987 年 9 月 30 日竣工，交验合格。

五、日期：凡愿投标承包本工程的施工企业，请携带有关证件于 1985 年 8 月 27～29 日来本公司（××路××号××室）办理投标申请手续。

六、本公司法律顾问：××市第×律师事务所×××、×××、×××律师。

账号：（略）

四、用下述材料练习草拟招标书和投标书两篇文稿。

××大学接受海外校友捐赠，出资在校园内建造一座面积 10000m² 的 8 层框架结构的图书馆大楼，以×××命名，承包方式为包工包料，工期 1 年，质量应符合（建筑安装工程质量检验评定统一标准）。请代××大学拟一份招标书，代××建筑工程公司拟一份投标书。按规范格式设置必要项目，内容不明之处可用××代替。

第八节　广　告　文

一、广告文的特点和种类

（一）广告文的特点

人们常说的广告，指经济广告，是公正而广泛地向人们介绍商品、劳务等方面信息的一种传播方式。它借助一定的媒介物作为宣传手段，以扩大销售为目的。

随着中国改革开放方针的贯彻，商品经济不断发展，市场活跃，经济广告已成为推销商品、宣传劳务的最有效方法，成为沟通生产者、经营者、消费者之间的桥梁。在传播信息，指导消费，刺激需求，密切产销关系，加速商品流通，推动企业竞争，促进经营管理，发展对外贸易以及丰富人民的物质、文化生活等方面，发挥了积极的作用。

广告离不开用语言文字来展示广告的主题和创意。因此，广告中的广告文，即用以展示广告宗旨的语言文字（不包括绘画、照片）质量的优劣，就直接决定广告宣传效果的高低。

优秀的广告文应能起到引起注意、刺激需求、维持印象、促成购买的作用。

（二）广告及广告文的种类

常见的经济广告，从内容来分，有商品广告、企业广告、劳务广告等；从广告所利用的媒介来分，可分为新闻媒体广告、路牌广告、展销广告、馈赠广告和包装广告等。

从广告文的文词体裁分，可分为简介体广告、短语体广告、论说体广告、说明体广告、比兴体广告、自述体广告、文艺体广告、报道体广告等。

二、广告文的内容和格式

广告文的构成和写法因广告媒介的不同和宣传内容的需要而不同，既没有统一的结构形式，也没有固定的写作方法。一般来说，广告文包括标题、正文、随文以及广告标语、落款。

（一）标题

广告文的标题即广告的题目。它标明广告的主旨，又是区分不同广告内容的标志。它要能高度概括主旨，具体突出诉求重点；要有新颖引人的创意、生动简洁的文字。从标题揭示内容的方式来看，可分为直接标题和间接标题；从标题的组合形式来看，有引题、正题、副题。

直接标题用简明文字表明广告的主要内容，使人一目了然，如"四月份新影片预告"；间接标题不直接点明广告主旨，而用耐人寻味的词句来作标题，以引人注目、诱发兴趣为主要目的。

引题用来说明信息意义或交代背景，正题用来点明广告的主要内容，副题是对正题内容的补充。

（二）正文

正文是广告文的中心部分，它是广告的主旨和主要内容所在。正文的写作可采用陈述体、论证体、文艺体、书信体、说明体等，一般由三部分组成。

① 前言。主要点明产品的主要特征。

② 主体。包括广告主办单位和商品或劳务名称，商品的规格、款式、性能、功效、制作工艺，以及使用保养方式、出售方式等。

③ 结尾。以简洁的语言呼吁消费者采取行动。

（三）落款

落款包括厂名、厂址、经销商地址、联系方法、联系人等。

三、撰写广告文的要求

（一）要实事求是

广告文只有忠实、负责地向消费者介绍商品或劳务，不说假话，才能建立商品、企业的信誉。在行文中，一定限度的艺术渲染和艺术夸张是允许的，但必须以事实为基础，不能脱离事实。

（二）要有明确的诉求重点

广告文由于受传播媒介等条件的限制，必须从众多的宣传信息中选取最能体现商品、劳务的功用，最能突出表现商品、劳务特殊个性的"核心点"来作为诉求重点。在确定诉求重点时，还必须注意商品是在进入市场的引入期、成长期，还是成熟期、饱和期或衰落期。在商品的引入期和成长期，诉求重点是商品的名称和性能，以激发消费者的兴趣和关注；在商品的成熟期和饱和期，诉求重点是商品性能的改良和商品的信誉；在商品的衰落期，诉求重点是商品的新技术、新用途，以争取新用户，开辟新市场。

（三）要抓准顾客的消费心理要求

所谓消费心理要求，就是消费者的兴趣、需要、动机、情感、态度等心理因素。广告文一定要针对顾客的消费心理，善于根据不同地区、不同消费对象的消费特点，做到"有的放矢"。

（四）语言文字要有感染力

广告文的语言文字是否具有感染力，是衡量广告优劣的重要标志。它可以采用各种体裁，但语言文字要准确、精炼、鲜明、生动，既要通俗易懂，朗朗上口，易于记忆，又要活泼风趣，富有情调。

例文 4-8

空气等离子切割机

我厂生产的×××系列切割机是具有国外同类产品水平的先进热切割设备，只要具备电源就可轻易地切割不锈钢、铸铁、碳钢等一切金属材料。切割厚度从 0.1～100mm，比氧切割每年可节省费用 3 万～10 万元，比国内同类产品节能 40% 以上。具有速度快、质量好、控制电路无可动触点、自动化程度高等特点。欢迎春城各工矿企业选用。

×××焊接设备厂
地址：长春市×××区×××条××号
电话：×××××× 联系人：韩××

　　例文简析　　这篇广告文以陈述体的方式，简洁而明确地介绍了产品的性能、功效等主要特征，结尾以简洁的语言呼吁消费者选用本产品，诉求重点明确，不事渲染和夸张，朴实无华，同样具有感召力。

例文 4-9

《企业管理百科全书》广告

　　标题：书与酒
　　副题：价格相同价值不同
　　图画：一本书，一瓶酒
　　正文：一套书的价格只相当于一瓶酒，但价值及效用却大为不同。尤其，花一瓶酒的代价，买一套最新的管理知识和有效的管理技巧，使你的企业能够提高效率，增加利润，快速成长，无论如何都是值得的。
　　因为，酒香，固然令人扑鼻陶醉，但不过是短暂、刹那的美妙。
　　书香，却是咀嚼的品味，历久弥新，源远流长。
　　一本好书，能为你带来智慧与启示，让你解惑去忧，触类旁通，左右逢源。所以，与其花钱买醉，不如斗室书香。《企业管理百科全书》，正是为每一位经营者准备的，它是 140 位经理、学者智慧的结晶，由 20 位专家联合编纂。拥有一套《企业管理百科全书》，任何企管新知，伸手可得，真正是对付经济不景气与同业竞争最有利的武器。

　　例文简析　　上述推销《企业管理百科全书》的广告作品是中国台湾地区广告文案人员张××撰写的。"以书与酒的价格作比较，衬托出书的价值"是作品的主旨。这幅作品的主旨既鲜明又独具一格，富有哲理，寄慨遥深，令人产生遐想。从广告语言来看，整个正文词语清丽，朴素遒劲，通篇文稿没有一句吹捧的话，但把书的价值表述得清清楚楚。

思考与练习

一、广告文内容的四要素是什么？请举例分析说明广告正文的构成。

二、练习写作三种类型的广告标题。

三、下面是两则××相机同一时期——1996年5月，在同一地点——《××日报》上刊出的广告。××相机的基本功能是一样的，但这两则广告的内容为什么很不一样？

【例1】

超越傻瓜功能　远近一样传神

传统傻瓜相机功能有限，远景难以掌握？×××现在带您冲破一般傻瓜相机之焦距局限，开拓更远大的视野境界，提供一系列轻便变焦照相机，包括有高达4倍的变焦功能，捕捉远近景物，一样细致传神。

其他先进的功能：高度精确的自动对焦及自动曝光系统、主体拍摄程式选择、全功能变焦闪光灯附消除红眼等；而且外形流丽潇洒，设计小巧轻便，更可配合红外线遥控器使用，让您真正超越傻瓜界限，迈进无尽摄影领域。

【例2】

轻而易举　大有乐趣

捕捉精彩一刻，选用××小霹雳大眼睛相机，自然"大"有把握。其内置的特大取景器，比一般取景器更大更宽，视野倍加清晰明亮，取景拍照一目了然，更加方便轻松！

××小霹雳AF-7相机，特备自动对焦功能，准确又容易，配合多项先进功能如内置自动闪光灯、防红眼及自拍功能等，随意拍摄，得心应手。

为留下美妙回忆，选用××小霹雳大眼睛相机系列，轻而易举，"大"有乐趣。

四、为你所在的学校写一则招生广告（要突出本校的办学特色）。

五、请举例分析说明你认为最具震撼力的广告作品。

第五章 诉状类应用文

第一节 诉状类应用文概述

一、诉状类应用文的特点

（一）诉状类应用文的概念

诉状类应用文是法律文书的一个组成部分。它是案件（包括刑事案件、民事案件、经济案件、行政案件等）当事人（公民、法人或其代理人），运用有关的法律条文向司法机关（指公安机关、检察院、法院、司法行政机关）提出诉讼请求或答辩要求的书面材料。

诉状类应用文是当事人为实施诉讼行为而制作的文书的总称。它属于用法文书，而不是执法文书。只有在司法机关对它认可或采证以后，它才具有法律效果。

（二）诉状类应用文的特点

① 诉状类应用文是由公民、法人或其代理人向法院提起诉讼的书状。也就是说，任何公民、法人以及非法人团体，如果他们的合法权益受到侵犯，都有权向法院提起诉讼。

② 诉状要有具体的被告和明确的请求。诉状的写作必须以案件的客观事实为依据，要实事求是，不应歪曲、篡改或捏造事实。

③ 诉状在写作格式和使用上要遵守一定的程式和规范。诉状类应用文的项目要齐全，措辞用语要准确恰当，防止产生歧义。

④ 诉状的用语要明确、简练，高度概括。在叙事方面，诉状类应用文只需写明大体的发展脉络，突出重要的细节；分析说理方面，也要明确和简洁。

⑤ 诉状类应用文的写作和应用有特定的时限要求。如上诉状、答辩状等，都有法律规定的时限，超过时限，就失去了诉求或答辩的权利。

二、诉状类应用文的作用和种类

（一）诉状类应用文的作用

① 诉状类应用文是诉讼程序发生的根据，是司法机关审理案件的基础和依据。诉状呈送给法院后，法院一经审查合格就要立案受理，诉讼程序也就随之启动。诉状对司法机关了解情况和处理案件具有重要意义。

② 诉状类应用文可以让当事人行使保护自己合法权益的权利。通过诉状，当事人可以陈述案情，表明诉讼的理由和法律根据，阐明诉讼的目的和具体请求，从而维护自身合法权益。

（二）诉状类应用文的种类

写作诉状类应用文主要是根据诉讼法来进行。诉讼有刑事诉讼、民事诉讼和行政诉讼之分，因而根据诉讼案件的性质的不同，可以把诉状类应用文分为刑事诉讼状、民事诉讼状和行政诉讼状三大类；从司法程序方面来划分，可以把诉状类应用文分为起诉状、上诉状、答辩状和申诉状等几类。另外，诉状类应用文还包括当事人为解决合同纠纷或其他财产权益纠纷而递交给仲裁机构的仲裁申请书、仲裁答辩书等。

思考与练习

一、简述诉状类应用文的特点与种类。

二、诉状类应用文的写作要求是什么？

第二节 民事起诉状

一、民事起诉状的特点

民事起诉状是民事案件原告人用以提起民事诉讼的法律文书。民事原告人是指对案件有直接利害关系的个人、企事业单位、机关、团体，他们都可以依法向人民法院提起民事诉讼，书写起诉状。无诉讼行为能力的，可以由其法定代理人或者法院指定的代理人代为提起诉讼。民事原告可自写诉状，也可由法定代理人或者委托代理人代写诉状。

民事起诉状是诉讼程序发生的根据，也是人民法院审理或调解案件的依据和基础。由民事起诉状引起诉讼程序的案件有三类，它们是婚姻家庭纠纷案、财产权益纠纷案和知识产权纠纷案。

根据中国民事诉讼法的有关规定，提起民事诉讼须具备四个条件：一是原告是与本案有直接利害关系的公民、企事业单位、机关、团体；二是有明确的被告；三是有具体的诉讼请求和事实根据；四是属于人民法院受理民事诉讼的范围和受诉人民法院管辖。

二、民事起诉状的内容和格式

（一）首部

① 标题，即"民事起诉状"。

② 当事人（原告与被告）及其代理人身份情况。

（二）正文

1. 请求事项

这一项主要写明请求法院依法解决原告一方要求的有关民事权益争议的具体问题。如要求损害赔偿、债务清偿、履行合同，以及要求与被告离婚、给付赡养费、继承遗产等。

2. 事实和理由

这是诉状的主要内容，是请求人民法院裁决当事人之间权益纠纷或者争议的重要依据。

事实部分，主要是写明被告侵犯原告民事权益的具体事实，或者当事人双方权益发生争议的具体内容，以及被告一方所应承担的责任。发生争议的时间、地点、原因、情节及事实经过等应具体写明。要着重把被告侵权行为所造成的后果和应承担的责任或者当事人双方争议的焦点和实质性分歧写清楚。如果原告在纠纷中有一定过错而应负一定责任，亦应实事求是地写明，以便法院全面了解事态真相，分清是非，依法判处。

理由部分，要根据事实和证据，写明认定被告侵权行为或与之发生争议的权益的性质、所造成的后果以及应承担的责任，并阐明理由和提出请求的法律依据。

3. 证据和证据来源，证人姓名和住址

证据是证明所述事实真实性、可靠性的依据，直接关系到案件的事实和理由能否成立，是诉讼成败的关键，因此事实写清楚后，要接着提供能证明所控告事实的证据，包括证人、证言、物证、书证等，证据的来源，证人的姓名、职业、住址和交验的物证、书证等。

（三）尾部

① 诉状送达的法院名称。

② 有关附项，如副本的份数、证物和书证的名称与件数等。

③ 具状人姓名和具状日期。

三、民事起诉状的写作要求

① 请求目的应明确、具体；请求应合情合理，切实可行。

② 写事实和理由要以双方争议的焦点和实质性的分歧为重点，事态过程应概述，与争议或纠纷无关的情节不要写。

③ 陈述理由、分析问题必须有理有据，观点明确，论据充分。

④ 援引法律应准确、适当。

⑤ 行文简明，层次清楚，语言通顺。

民事起诉状

原告：王×，女，30岁，汉族，××市人，××市电视机厂工人，住××市绿园区文化路2号。

联系电话：××××××××。

被告：李×，女，32岁，汉族，××市人，××市第二小学教师，住××市绿园区江河路10号。

联系电话：××××××××。

诉讼请求：

一、继承祖传的××市江河路10号平房4间（共90平方米）；

二、继承母亲的全部存款1万元人民币；

三、诉讼费用全部由被告承担。

事实和理由：

我父亲早亡，我与母亲杨氏、哥哥王×相依为命，一直居住在××市绿园区江河路10号祖传的4间平房中。1985年，哥哥王×与被告李×结婚，1988年哥哥去世，由母亲维持我们三人的生活。1989年我结婚另过，被告与母亲一起生活。被告性情暴躁，经常与母亲吵架，平时只顾自己，毫无孝心。母亲身体不好，被告却叫母亲为她做饭洗衣、操持家务。母亲每年都来我家住上3个月。1998年母亲病逝，留下全部的财产就是这4间平房和存款1万元，我要求继承全部遗产。考虑到被告与母亲共同生活过一段时间，我同意被告暂时居住西屋，有房时迁出，但被告拒不同意，要求与我平分遗产。双方为此多次发生纠纷。

根据《中华人民共和国继承法》第10条的规定，配偶、子女、父母是第一顺序继承人。因此，我是遗产的惟一合法继承人。被告对公婆未尽赡养义务，且长期惹公婆生气，不享有继承权。特依法提出上述诉讼请求，请你院依法裁判。

　　此致
××市绿园区人民法院

具状人：王×

1999年3月2日

例文简析　　这篇诉状的目的是请求继承财产。请求事项明确、要求具体。事实与理由部分，将财产标的的历史和问题焦点一一交代清楚，证明其要求是有法律依据的。然后从人情伦理方面申述，指出被告不享有继承权，如所述情况属实，则情与法都在原告一方。

思考与练习

一、判断题

1. 民事起诉状是人民法院对民事案件进行审理或调解的依据和基础。　　　（　　）

2. 起诉状只限于公民在自身的经济利益和其他权益受到侵犯时依法制作。　（　　）

3. 经济纠纷案件发生后，可以一边申请仲裁，一边向人民法院起诉。　　　（　　）

4. 起诉状中"事实和理由"部分至关重要，一般要写事实、举证据、讲理由、引法律。

（　　）

5. 讲理由就是对案情事实进行分析，阐述被告侵权违法行为的性质造成的后果和应负的责任。　　　（　　）

二、修改下面这份民事起诉状

民事起诉状

原告：赵××，男，××岁，×族，××省××县人，××县××乡生产队养鸡专业户，住××县××乡××生产队

被告：钱××，男，××岁，×族，××省××县人，××县××乡生产队长，住××县××乡××生产队

请求事项，要求被告付清鸡款，保证合同继续生效。

事实和理由：

我是一个养鸡专业户。去年春天，我看到生产队饲养棚空关着，就要求租借来养鸡。经协商，我和队长钱××订立了一份为期三年的合同，租用队里的饲养棚，每年付×百元租金，随后，我投资整修，添置设备，养了5000多只鸡。后来我们队里开了个小厂，不断有人联系业务，队里请客招待，上门送礼都要来我这里捉鸡。我要他们付钱，队里要我先记账，以后一道算。半年多时间，被捉走鸡70多只，每只都在三斤以上。年终分配时，我提出用被捉的鸡抵租金，队里却说，原来订的租金太低，群众有意见，要增加×百×十元，这70多只鸡就算抵增加部分，×百元租金还要照付。我不答应，他们就要解除合同，收回饲养棚。我找大队，大队长和稀泥，说我反正收入多，这70多只鸡就不要再计较了。整修饲养棚我花了×百多元，我怕队里收回饲养棚，×百元投资就泡汤了，只好违心接受。队里不按合同办事，捉鸡不付钱，侵犯专业户合法权益，是违法行为。根据《经济合同法》第六条规定，"经济合同依法成立，即具有法律约束力，当事人必须全面履行合同规定的义务，任何一方不得擅自变更或解除合同。"为此提出起诉，请求法院裁决，责令被告如数付清鸡款，保证合同继续生效，使我安心发展养鸡生产。

此致
××县人民法院

原告：赵××

一九九×年×月×日

附：1. 合同抄本1份
　　2. 捉鸡清单1份

三、请根据下面一位起诉人口述的内容，代他拟一份符合格式要求的民事起诉状

"我叫张××，现年45岁，江苏省徐州市人，在连云港××厂当工人。去年12月5日我与屋主王××订立为期3年的租赁合同，租用了他在黄埔路××号2楼房间两间，一间面积10平方米，另一间面积8平方米，当时一次性付给他半年租金。今年春节，我同爱人一起回家乡探亲时，将两间住房的钥匙交给王，托他代为照看房间，到2月10日我们从家乡回到连云港时，发现王擅自将我放在8平方米房间的家具杂物全部搬到我租用的另一间房里，而他已经搬进了8平方米这间房里居住。我租用王两个房间并交付半年租金的事实，有房屋租赁合同及房租收据为证，是合理合法的，也未过期。现在他公然违反租赁合同，我曾多次和他协商仍不能解决，因此只有提起诉讼，请求连云港市××区人民法院判令王迁出占用房间，本案的诉讼费也应由王负责支付，王某现年48岁，汉族，连云港市人，无固定职业。"

第三节　民事上诉状

一、民事上诉状的特点

民事上诉状是民事诉讼当事人及其法定代理人不服地方一级人民法院第一审民事判决、裁定，依法向上一级法院上诉，请求撤销、变更原审裁判，或者重新审判而提出的书状。

民事上诉状应当在法定的期限内通过原审人民法院向上一级人民法院提出，并且按照对方当事人的人数提交副本。

上诉是法律赋予当事人的一项重要诉讼权利。民事上诉状可以使当事人依法行使上诉权利，使当事人的合法权益得到切实的保障；它也是第二审人民法院受理案件、进行审理的依据。

二、民事上诉状的内容和格式

（一）首部

① 标题，即"民事上诉状"。

② 上诉人与被上诉人身份事项。

③ 案由，即不服一审判决或裁定的事由，包括原审人民法院的名称、处理时间、文书的名称、字号以及上诉的意见等内容。

（二）正文

1. 上诉请求

主要是简要概括案情，引述原审判决的结论，写明上诉人认为原审判决或裁定有什么错误或不当，要求上诉二审法院撤销、变更，或请求重新审判。提出上诉请求，应具体明确，不要含糊其辞。有多项请求事项的可分条陈述。

2. 上诉理由

主要是针对原审判决，写明不服原审判决或裁定，提出上诉请求的理由和依据。一般可从以下几个方面进行考虑。

① 原审裁判在事实的认定上是否有错。比如原审裁判所认定的事实是否与案情本身有出入，或事实不清，或遗漏了有关重要情节，或证据不足。

② 案件的定性和处分尺度上是否有误。

③ 适用法律是否恰当。

④ 诉讼程序是否存在问题。

（三）尾部

① 上诉法院名称。

② 上诉人具名。

③ 上诉日期。

④ 附项，包括上诉状副本的份数、证物和书证的件数。

三、民事上诉状的写作要求

① 要针对一审错误提出请求与理由。

② 要以法律为依据，实事求是地写明事实，不应牵强附会，无理缠讼。

③ 要在限期内将上诉状送交上级法院。民事判决的上诉期限为 15 天，逾期上诉无效。

例文 5-2

民事上诉状

上诉人（原审原告）：张××，男，30 岁，汉族，电话：13813×××××，住址：

厦门市××区××街××里××号。

被上诉人（原审被告）：厦门市××宽带网络服务有限公司，法定代表人：杨××总经理，地址：厦门市××路456号××××中心六楼，电话×××××××。

上诉人因服务合同纠纷一案，不服厦门市思明区人民法院于2004年12月3日做出的（2004）思民初字第×××号判决，现提出上诉。

上诉请求：

1. 请求判令撤销厦门市思明区人民法院作出的（2004）思民初字第×××号判决书；

2. 判令被上诉人赔偿上诉人2003年9月至2004年元月期间共五个月服务费的两倍，即赔偿上诉人人民币800元；

3. 判令被上诉人停止其限速、封BT的违约行为，继续履行并且全面履行尚未履行的合同义务；

4. 判令由被上诉人承担本案的全部诉讼费用。

事实与理由：

一、原审判决中关于双方无争议事实的认定有错误，一审判决书第3页倒数第7行"长宽局域网带宽"应该为"互联网接入带宽"，即应为"2003年9月起原告的互联网接入带宽为上行1Mbps，下行1.17Mbps"，一审辩论时双方均为此主张。

二、为避免混淆，上诉人再次明确主张。双方合同约定被上诉人应提供的基本服务，上诉人的主张是互联网（亦称Internet、因特网）接入服务，而不是接入网络服务，也不是互联网络服务；双方合同约定的10Mbps带宽（或接入带宽），上诉人的主张是互联网（因特网）接入带宽，而不是接入网络带宽，也不是互联网络带宽。

三、一审判决认定被上诉人不存在欺诈行为，其认定是错误的。

1. 被上诉人在答辩状中称其向上诉人提供的基本服务是"接入网络服务"，而双方签订的合同明确约定基本服务是"Internet（亦称互联网、因特网）接入服务"，很显然被上诉人故意隐瞒了其所提供的服务的真实情况，误导消费。根据《最高人民法院关于贯彻执行〈民法通则〉若干问题的意见》第六十七条"一方当事人故意告知对方虚假情况，或者故意隐瞒真实情况，诱使对方当事人作出错误意思表示的，可以认定为欺诈行为。"之规定，被上诉人的行为应当被认定为欺诈行为。

2. 上诉人所提供的并且已被一审法院所确认的证据，已经充分证明双方对带宽的约定是10Mbps互联网（因特网）接入带宽。用户手册和《长城宽带用户协议书》中约定"24小时与Internet相接，接入带宽高达10/100Mbps"、"Internet接入服务"，也就是10Mbps接入带宽的互联网（亦称Internet）接入服务，通常理解就是10Mbps互联网（因特网）接入带宽，对此被上诉人在一审辩论中已承认，只是辩称应依据《计算机信息网络国际联网管理暂行规定》来解释，而显然该法规并不适用本案。

3. 一审判决中"但从原告向被告支付每月80元服务费的对价来看，其要求被告提供接入互联网骨干网10Mbps的带宽，不符合民事法律关于民事活动应遵循的公平和等价有偿原则。"因此而认定被上诉人不存在欺诈行为，显然是错误的。上诉人的理解并不是在合同订立时上诉人站在有利地位要求被上诉人做出不公平、不等价的承诺，而是被上诉人故意隐瞒其真实情况造成的。根据《民法通则》第四条的规定，民事活动不但应当遵循的公平和等价有偿原则，而且应当遵循诚实信用的原则。认定行为人是否存在欺诈行为，应当依据诚实信用原则以及《最高人民法院关于贯彻执行〈民法通则〉若干问题的意见》第六十七条的规定。

4. 如果说"80元与10Mbps带宽的互联网接入服务不成等价",那请问80元与多少Mbps带宽的什么服务成等价?

四、双方的合同关系并非上诉人三个月未续缴费而终止。事实上,上诉人在合同的有效期限中向被上诉人办理暂停手续,被上诉人(厦门长宽公司)无理予以拒绝,之后上诉人向被上诉人续缴费用,而被上诉人依然无理予以拒绝。被上诉人厦门长城宽带公司的市场部经理胡耀祖在福建电视台4套表示在诉讼未结束前不办理上诉人的暂停或续缴费用的手续,同时表示上诉人办理暂停或续缴费用是不存在任何意义的。在这样的情况下,上诉人还有什么其他有效措施可以续缴服务费?因此并不存在上诉人"未采取其他有效措施续缴服务费"的事实。且合同并未约定被上诉人长宽公司有单方终止该协议的权利。因此双方之间的合同关系并不是上诉人的原因而终止,而是被上诉人单方面拒绝履行义务。因为被上诉人首先拒绝上诉人办理暂停手续,其行为已经违反了双方之间的合同约定。就目前来讲双方之间的合同状态是暂停服务状态,因为2004年3月30日上诉人已经按照合同约定前往被上诉人住所地办理暂停服务的手续,并不因为被上诉人不履行办理手续而改变双方之间的合同状态为暂停服务状态的事实。

五、一审判决认定被上诉人的行为构成违约,但最终的判决结果却未判定被上诉人承担任何违约责任,事实上是纵容被上诉人继续违约、任意侵犯消费者合法权益。一审法院片面理解上诉人的诉讼请求,上诉人请求法院判令被上诉人继续履行合同义务,是针对合同义务中尚未履行的部分。事实上被上诉人已经拒绝办理上诉人的续缴费用、暂停手续;明确表示在提供基本服务时依然采取限速、封BT的措施;明确表示不办理上诉人续缴费用、暂停等业务手续,并以此拒绝履行合同义务。根据《合同法》第107条、第108条的规定,上诉人可以要求被上诉人继续履行其尚未履行的合同义务,并且要求被上诉人在继续履行合同义务时,应当依合同约定全面履行,即履行办理手续、停止限速、停止封BT。

综上所述,被上诉人所提供的服务不符合双方关于"10Mbps带宽的互联网接入服务"的约定,侵犯了消费者的合法权益,且声称上诉人错误理解了合同的内容。但一审法院却没有根据上诉人提供的证据材料,在没有查清事实的情况下,错误的认定被上诉人不存在欺诈的事实,且在认定被上诉人违约的情况下而不支持上诉人提出的承担违约责任请求,上诉人认为一审法院判决有失公允。故此,上诉人为了维护消费者的合法权益,依据《民事诉讼法》第一百四十七条之规定,向贵院提起上诉,望给予公正裁决。

此致
厦门市中级人民法院

上诉人:张××
2004年12月××日

附:本上诉状副本1份。

例文简析 这是一篇针对原判决逐一驳斥的上诉状,逐一驳斥了原判的四项条款。先将原文引出,再直接表明自己的意见,最后才详细叙述理由。对每一条款驳斥的思路与其内在的逻辑一致,驳斥的理由也很充分,最后请求上级人民法院予以重新审理,依法改判。

思考与练习

一、判断题

1. 上诉状的主要目的是对一审法院的判决或裁定提出不同意见。　　（　　）
2. 上诉状有助于人民法院提高办案质量，维护当事人的合法权益。　　（　　）
3. 上诉案由，要抓准关键性问题，不要在枝节问题上纠缠。　　（　　）
4. 逾期不提出上诉的，人民法院的一审判决或裁定立即发生效力。　　（　　）
5. 上诉理由仅限于抓准一审法院判决在认定事实上的不妥之处，有的放矢地进行辩驳。

　　　　　　　　　　　　　　　　　　　　　　　　　　　　　　　　（　　）

二、上诉状的上诉理由一般从哪几个方面进行论述？

三、请指出下面这篇民事上诉状在格式和内容上所存在的不足之处，并重新拟写一篇民事上诉状。

民事上诉状

上诉人（一审被告）李××，女，1959年3月18日出生，汉族，××省××市人。

被上诉人蒋××，男，系××市××厂工人，现住××市××街××号。上诉人不服××市××区人民法院1992年×月×日（1992）×民初字第×号离婚判决，现提出上诉。

上诉请求：不准离婚。

上诉理由：

原判决认为：原、被告的婚姻，是由双方父母包办的，无感情基础，婚后又因家庭琐事吵闹不休，女方毫无根据地怀疑男方另有所恋，并写信咒骂与男方有来往的女同志。不仅如此，还多次到男方单位吵闹，影响男方工作，遂使双方感情日益破裂。现男方提出离婚，调解无效。经调查，证实双方感情已完全破裂，无法和好，故依法判决离婚。

我认为，原判认定的事实是不正确的，其判决也是错误的。我与被上诉人结婚，虽然由双方父母做主，但我们二人也都同意，并无勉强之意，不能叫"父母包办"。我们婚后一度感情挺好，并生育一女孩。原审判决认定"无感情基础"是胡说八道，无稽之谈。后来我们确实因生活琐事争吵过，但这不是离婚的依据，不能有争吵就判决我们离婚。所谓"女方毫无根据地怀疑男方另有所恋"，这更是不顾事实之谈。其实，我早就怀疑被上诉人有婚外恋情。我手中有三封书信为证，是被上诉人蒋××的女友写给他的。信的内容我不说了，我感到羞耻。我给他的女友写信指责她的行为会影响我们家庭的和睦，这是正当的。我找到蒋××的单位，向其组织反映他的情况，希望组织及时帮助他，这也是必要的。原审不查详情，只听信被上诉人一面之词，遂做出了错误判决。

根据上述情况，我认为，如能依据事实批评蒋××婚外恋的错误，指出其危害，他是能够放弃错误思想、改善夫妻关系的。一审人民法院在我们夫妻感情没有破裂的情况下，不作认真调解，轻易判决我们离婚，这与婚姻法第××条第××款的规定是不相符的。

上诉人：李××

1992年×月×日

第四节 民事申诉状

一、民事申诉状的特点

申诉状又称申诉书、再审申请书。民事申诉状是民事案件中的当事人或其法定代理人对已具法律效力的法院判决或裁定不服，向人民法院、检察院提出复查申请，要求重新审理的诉讼文书。

申诉是法律赋予公民的一项民主权利，对已经发生效力的判决或裁定，凡是当事人认为有错误的均可提出申诉，但申诉并不能阻止判决、裁定的执行。民事申诉状是运用特殊程序维护申诉人合法权益的诉讼文书。

申诉案件一般由原审人民法院审查处理，是人民法院再审案件的来源之一。在一定情况下，申诉是纠正已发生效力的错误判决或裁定的有效补救方法。

二、民事申诉状的格式和写作方法

民事申诉状的性质、作用与民事上诉状基本相同，所不同的只是程序。因此，申诉状与上诉状的格式、内容和写法基本相同。

（一）首部

① 标题。民事案件的申诉用"再审申请书"。

② 申诉人及其代理人身份情况。

（二）正文

1. 案由

用简洁的文字表明申诉人对哪个人民法院何时以何字号作出的判决提出申诉。

2. 请求事项

写明申诉人要求人民法院解决的问题，表明自己通过申诉所要达到的目的。一般要指明申诉人原先受到的处理有何不当，明确提出希望怎样解决，如请求撤销、变更原裁判，或请求人民法院再审等。

3. 事实和理由

这是申诉状的重点部分，要对申诉请求进行论证，对原审裁判的不当之处进行辩驳。可从以下几个方面进行写作。

① 概述案件事实真相、原来的处理经过和最后的处理结果。

② 具体阐述自己的申诉理由和依据。可以分别就事实认定不清、采用证据失当、案件定性有误、适用法律法规不准确、违反法定诉讼程序或者审判人员枉法裁判等，多方面分析辩驳原审裁判的不当之处。

③ 归纳总结，引申出申诉的具体要求，请求重新处理或再审。

（三）尾部

① 申诉状所提交的法院名称。

② 有关附项，如原审判决书复印件名称及份数。

③ 申诉人署名和具状日期。

三、民事申诉状的写作要求

民事申诉状的写作要求与民事上诉状基本相同，但由于申诉在程序上的特殊性，写申诉状应特别注意明确申诉请求的目的，应针对原裁判的错误或不当，根据事实和法律，有理有据地作申辩。如果有新的证据，就会更有说服力。

四、民事申诉状与民事上诉状的区别

1. 针对对象不同

申诉状是针对已发生法律效力的判决、裁定进行申诉的；上诉状则是对未发生法律效力的判决、裁定进行上诉的。

2. 提交时限不同

民事再审申请的提出必须在裁判生效后的两年以内，也就是说两年内提交的申诉状都是有效的；而上诉状提交的时间限制则严格得多。

3. 递交机关不同

申诉状可向原审判法院提出，上诉状则只能向上一级人民法院提出。

4. 受理条件不同

合乎法定条件的上诉状法院必须受理，而申诉状的受理要视原审裁判认定原审是否有误。

例文5-3

民事申诉状

申诉人：李××，男，70岁，汉族，××省××县××乡××村人。

被申诉人：郭××，男，65岁，汉族，××省××县××乡××村人。

要求××省高级人民法院合理地解决我们房屋宅基地纠纷一案，其事实如下。

上述房屋宅基地是土改时农会分给我的。解放前郭××是我村18家恶霸之一。村中所有苛捐杂税均由其指派。我村解放时，郭随国民党跑到××县城藏匿起来，农会将其财产没收分配给贫穷农民。其中将郭的一座北向南院西屋瓦房3间和南屋地基3间分给贺××；北屋瓦房3间和东屋地基3间分给我。我一直居住至今。时隔40余年，即×××

×年，郭以持有其祖父郭××土地证为由索要房子。当时经大队、公社、××县法院及××地区中级人民法院审理，均认为此房确系农会分给我的，分后并居住多年，郭一直未提出过争议，其土地证是错填和误填，依照法律和事实将此房判归我所有。××××年郭又申诉到××市中级人民法院。××市中级人民法院再审期间，忽略了房子被分出去的事实，避开原一二审的调查依据，没有分析郭××土地证的来历和事实，简单机械地视土地证为惟一依据，而将上述财产判归郭所有。

我认为是错误的，应当纠正。其理由如下。

一、××××年××县解放时郭投敌逃跑，当时农会除给郭留够住的房以后（郭当时3口人，留有瓦房3间，地基3间），将其余财产没收。因我当时4口人，无房子住，住公房内，农会干部将郭坐北向南院北屋瓦房3间和东屋地基3间分给我。××××年土改时又确认给我。现有土改农会干部政治主任贺××、民兵营长贺××、农会主席贺××都证明北屋是分给我的（一二审卷可查），并出有书面证明，愿到庭作证。

二、郭一座坐北向南院及西屋和南屋地基分给贺××，北屋和东屋地基分给我。贺××的土地证上明明写着北至李××（见附件）。如果房子没分给我，为什么贺××的土地证上写着北至李××呢？

三、此房在我执管的30余年期间，××××年我将房子借给同村贺××居住至××××年。贺××于××××年归还我后，我一直居住使用至今（贺××的证明二审卷可查，现仍可到村调查）。××××年我在东屋地基上盖房两间；××××年又将北屋西山墙处一棵1m多围的大杨树砍用。郭全家人一直在家，从未提出任何争议和异议。

四、郭的土地证来历有疑。土改时我村因村小人少，郭又是个有文化的人，当时的土地证是要他帮助填写的（有证件附后）。由于农民没有文化，不认识字，对土地证的作用认识不足，我就是其中的一个。郭乘机大耍花招，将分给我的房屋填写在他祖父郭××的名下。他祖父土改初期就去世了，我村老年人陈××、贺××都可证明。我××××年就开始住着此房，××××年发证时郭××为什么不拿出土地证向我要房子呢？现在提出难道没有问题吗？那就是郭利用填写土地证的机会从中搞鬼，现在出来进行反攻倒算，有些法院就看不出来，还判他有理。

申诉请求：

鉴于上述事实和理由，我请求省高级人民法院依照审判监督程序，依法撤销××市中级人民法院（1987）民监判字第×号判决，维持原××地区中级人民法院（1983）×民上字第×号判决，保护我的合法权益。

此致
××省高级人民法院

申诉人：李××

××××年×月×日

附件：1. 申诉书2份
　　　2. 有关证明材料5份

例文简析　这是一篇有关解决房屋宅基地纠纷一案的民事申诉状。写申诉书要注意，申诉书中所列事实，必须是在案件审理前已经发生的事实，不能把审理以后所发生的事实作为申诉的理由。本文先综合叙述案情实事、原来的处理经过和最后处理结果，然后针对原审理的不当之处，列举法律依据和证据加以论证，最后提出申诉请求。

思考与练习

一、试比较民事上诉状及民事申诉状的不同之处。

二、申诉状的结构应包含哪几个部分？

三、阅读下文，结合文中括号中的提示，修改下面这一篇民事申诉状。

民事申诉状

申诉人：韩××，男，54岁，汉族，个体理发员，现住××市××区××乡××镇。

被申诉人：许××，女，33岁，汉族，个体理发员，现住××市××区××街×× 段×里×号。

（提示：这里可以直接写作"案由"或"请求事项"）申诉人因财物纠纷一案不服×× 市××区人民法院（85）民字第449号民事调解书调解，特提出申诉，请予以复查改判。 （这里可以单独提行）其事实和理由如下。

1. 申诉人与被申诉人于1984年12月，在××区××乡××镇共同经营一个理发亭。 因双方意见不合，于1985年5月分开，将理发亭分成两半，申诉人与被申诉人各占一半。 之后，申诉人在所分一半地方照常营业，被申诉人的一半地方空闲着。可是，被申诉人伙 同其父亲、舅父及对象于1985年9月20日7时许，乘申诉人未开始营业之机，砸坏了理 发亭的门窗和转盘理发椅两个，拆走了亭上的石棉瓦6片，门挡板3块，房门一扇，拿走 了全部理发工具和工作服等物品。为此申诉人向××人民检察院提起控告。在审理过程中 又向贵法院就买卖理发亭问题起诉。原审在审理过程中，申诉人虽提出被申诉人的上述违 法行为，但法庭只说以后由公安机关处理，因此，只对双方买卖理发亭问题进行调解。调 解结果：由申诉人付给被告人理发亭价款500元，理发亭归申诉人所有。申诉人于翌日向 被申诉人交付了人民币500元。

2. 申诉人交款之后，被申诉人打砸房屋、抢拿物品问题并未得到处理，理发亭也未 得到修复。申诉人被迫停业已达18个月，营业损失约6000元，再加上被损坏的财物以及 付出的理发亭款，总计损失7300元。

总之，申诉人对原调解不服，请求依法重新审理此案，要求被申诉人修复被破坏的 理发亭；归还抢走的理发工具和其他物品，并赔偿6000元的营业损失。（提示：事实 和理由部分中事实叙述清楚，理由显得不足，应该将为什么要求改判的理由或法律依 据写清楚。）

此致
××市××区人民法院

申诉人：韩××
1987年3月20日

第五节 民事答辩状

一、民事答辩状的特点

民事答辩状是民事诉讼案的被告人或被上诉人，针对原告人起诉的或上诉人上诉 的事实和理由进行答复或辩解的诉讼文书。它是与民事起诉状、上诉状相对应的 诉状。

人民法院在收到原告的起诉状和上诉人的上诉状以后，应当在规定的期间内将副本送 达被告或被上诉人，被告或被上诉人应当在法定的期限内提出答辩状。民事答辩状必须在 收到起诉状或者上诉状副本后的15天之内提出。民事诉讼法规定，当事人不提交答辩状， 不影响人民法院对案件的审理。

被告人或被上诉人可以通过答辩状针对原告或上诉人提出的事实、理由以及请求事项，进行有的放矢的答辩，阐明自己的理由和请求，维护自身的合法权益。民事答辩状也有助于法院兼听双方当事人的陈述、理由和请求，全面掌握案情，从而公正地审理案件。

根据审判程序，民事答辩状可分为一审答辩状和二审答辩状两种。

二、民事答辩状的内容和格式

（一）首部

① 标题，即"民事答辩状"。

② 答辩人的基本情况。

③ 案由，简要写明针对何人起诉或上诉的何案而提出答辩。

（二）正文

1. 答辩理由

这是民事答辩状的核心部分，主要可以从以下几方面说明答辩理由。一是从被告（或被上诉人）的行为事实方面，分析其中与事实有出入的部分，找出在事实方面有利于被告（或被上诉人）的材料，从而提出为被告（或被上诉人）辩护的理由。二是针对适用法律不当进行反驳。凡属无理的诉讼请求难免在说理过程中出现逻辑混乱、观点和材料自相矛盾、违背常理等情况。答辩人只要能准确抓住这些问题，就可以驳斥对方的主张，使对方的诉讼理由不能成立。阐述理由时，一要列举证据、证人，二要援引法律条款作为说理的依据，不要空泛议论，不要无理狡辩。

2. 答辩意见

答辩意见是答辩人对法庭提出有关本案处理的主张和请求，请求法庭予以考虑。答辩意见可包括：根据确凿事实与证据，证明自己行为的合理性；依据有关法律条文，说明答辩理由的正确性；归纳答辩事实，揭示对方当事人法律行为的谬误；提出对本案的处理意见，请求人民法院合理地予以裁决。

（三）尾部

① 答辩状送达的法院名称。

② 具状人姓名和具状日期。

③ 有关附项，如副本的份数、证物和书证的件数等。

三、民事答辩状的写作要求

① 必须注意贯彻"以事实为根据，以法律为准绳"的基本原则。虽然答辩状是用以保护被告合法权益的重要手段，但它的内容也必须严格遵守上述原则，即根据事实和法律进行辩护。

② 答辩状的写作要突出针对性，针对对方之诉，抓住关键与要害，针锋相对地进行辩驳。不应空发议论，或者避重就轻、答非所问，更不应横生枝节。

③ 从文体上看，答辩状也是一种说理文。除要求立论外，还常常要有驳论的部分，但立场必须公正允当，说理必须精辟透彻、富有雄辩力，而且在语言上要求要言不烦、精炼确切。

民事答辩状

答辩人：李×，女，32岁，汉族，××市人，××市第二小学教师，现住××市绿园区江河路10号。

联系电话：×××××××。

委托代理人：刘×，××市第一律师事务所律师。

因王×诉李×继承纠纷一案，现提出答辩如下。

1. 我对婆婆尽了主要赡养义务，依法有权继承遗产。原告诬我不孝婆婆，事实恰恰相反。1985年我嫁入王家，一直与婆婆相处很好。丈夫去世后，全家靠我料理。我心疼婆婆年老体弱，小姑需要照顾，一直未嫁。1989年原告出嫁，也是我一手操办。9年来，我与婆婆相依为命，对其照顾周到，从未发生过争执。主要家务由我来做。我们婆媳和睦，街坊四邻皆知（证据1）。近两年，我家连续被街道评为五好家庭（证据2）。根据《中华人民共和国继承法》第12条"丧偶儿媳对公、婆，丧偶女婿对岳父、岳母，尽了主要赡养义务的，作为第一顺序继承人"，我对婆婆尽了主要赡养义务，有权作为第一顺序继承人，继承婆婆的遗产。

2. 关于遗产的分割。原告说，全部遗产由她一人继承，让我暂住西屋，找到房立即搬走。对此，我坚决反对。我与原告同属第一顺序继承人，我有权继承全部遗产的一半份额，即房屋45平方米，存款5000元人民币。

总之，我与婆婆的关系一直很好，并对其尽了全部赡养义务，有权继承上述遗产。原告列举的情形纯属无中生有，目的是要独占遗产。请人民法院依继承法的规定，对我的继承权加以确认和保护，驳回原告的无理请求。

　　此致
××市绿园区人民法院

　　附件：1. 邻居毛某、陈某的证词。

　　　　　2. 居委会出具的证词。

答辩人：李×

1999年3月11日

例文简析　本例文和本章的［例文5-1］分别是一起诉，一答辩。通过分析二状不难看出，起诉状目的是以"不孝"为由，欲剥夺代位继承人的继承权利，但无人证。答辩状针对起诉状提出的问题，一一驳辩，且有证人证词。该答辩，首先是澄清事实，然后恰当引用法律，最后合情合理提起请求。该答辩事实、情理、合法三者俱全。倘若证人等没有舞弊，则必胜诉。

思考与练习

一、判断题

1. 民事答辩状，是民事案件的被告或者被上诉人，针对原告的起诉状或上诉人的上诉状，作出回答和进行辩驳的文书。　　　　　　　　　　　　　　　　　　（　）

2. 民事答辩状的类型，按诉讼程序，可分为一审答辩状和二审答辩状两种。（　）

3. 被告或被上诉人，在收到法院发送的诉状副本后，必须在 10 日内写出答辩状交付法院，否则，就意味着放弃了这种诉讼权利，但这样并不影响人民法院对案件的审理。
　　　　　　　　　　　　　　　　　　　　　　　　　　　　　　　　　　（　）

4. 答辩状要针对起诉状或上诉状提出的有争议的事实证据、理由和法律依据，进行有的放矢的答辩，阐明自己的理由和请求。　　　　　　　　　　　　　　　　（　）

二、民事答辩状的理由应从哪些方面入手？民事答辩状的写作要求是什么？

三、修改下面这篇民事答辩状。

民事答辩状

答辩人（系被告人）：张××，男，31 岁，××公司工人，现住××市××区七里街。

被答辩人（系原告人）李××，女，27 岁，无业，现住同上。

答辩人就被答辩人所诉离婚一案，具体答辩如下：

答辩人认为被答辩人所诉离婚之理由纯属捏造的不实之词。答辩人不能同意被答辩人离婚的要求。理由有三：

一、被答辩人诉称答辩人不务正业，对家务事不管不问。经常在外赌博，致使答辩人生活困难，连买衣服都得回娘家要钱等情况，确系捏造。事实是：答辩人单位工作制度系三班倒，答辩人下夜班后还包工活，根本没有赌博之事。答辩人将挣来的钱交给被答辩人支配，现被答辩人有 3000 元储蓄，根本不存在买衣服回娘家要钱的事情。

二、被答辩人诉称近三四年来，答辩人对被答辩人张口就骂，举手就打，经常夜不归宿，在外赌博，被答辩人稍加询问，便对被答辩人进行毒打，逼得被答辩人曾两次自杀，经抢救脱险等，更是不符合事实的，答辩人从未打过被答辩人，除夜班外，答辩人都在家住。至于被答辩人两次自杀，与答辩人毫无关系，只不过是为其离婚创造条件而已。

三、应当指出的是，被答辩人生活作风不正派。曾于 2002 年跟×××乱搞两性关系，答辩人发现后，由于被答辩人和×××苦苦哀求，并表示悔改，答辩人才勉强把事情压下去，事情过后，被答辩人迄今并未有悔改表现，但答辩人考虑到两个女儿幼小，愿等答辩人悔改过来，重归于好。故答辩人请法院对合法婚姻予以保护，对被答辩人的不法行为给予教育，对其无理要求给予驳回，作出公正判决。

　　　　此致

××市××区人民法院

　　　　　　　　　　　　　　　　　　　　　　　　　　答辩人：张××

　　　　　　　　　　　　　　　　　　　　　　　　　　2004 年 7 月 16 日

四、根据华宝贸易公司负责人口述材料，写一份起诉状。

龙威贸易公司负责人口述材料：今年 3 月 5 日，通过招标，我单位与东方公司签订了安装单位内部局域网的合同。所需电脑50台和1台服务器，及安装网线、调试运行均由该公司负责，总计设备费58万元，工程费5万元，合计63万元。3月10日，东方公司来安装，3月20日完工。4月1日我公司付款。安装后，自4月中旬，设备就开始三天两头出问题，开始打电话，东方公司还来修理、调整，后来干脆不来，让我们自己解决。可合同上说"设备硬件保修一年，在一年内无偿更换"，可他们根本不履行。我们找了几个电脑专业人员，大家都认为是元件质量太差，所以，我们要求退货，但该公司不肯。我们觉得损失太大，所以要起诉它，不仅要退货，还得赔偿我们损失。

五、根据第四题的材料和下面的材料，为东方公司写一答辩状。

东方公司认为华宝公司所叙理由不实。华宝公司认定设备存在硬件质量问题，不是事实。其设备经常出故障，是他们使用不当和软件误操作问题，对这类问题本公司不能承担责任。以上问题可由公司维修记录为证。

第六节　仲裁申请书

一、仲裁申请书的性质和作用

仲裁申请书是指在经济贸易活动中，因合同执行或其他财产权益问题发生纠纷或争议时，当事人一方为了维护自己的合法权益而向仲裁机构所提交的、请求对纠纷予以仲裁的申请文书。

仲裁是社会主义市场经济条件下解决经济纠纷的重要途径。仲裁采取自愿原则，实行一裁终局的制度，程序简便，解决纠纷迅速及时。因此，在实践中，当经济合同争议不能协商解决时，当事人一般都选择仲裁方法解决纠纷。使用仲裁申请书提起仲裁，是当事人保护自己合法权益的行为。仲裁申请书是带有法律性质的文书，递交仲裁申请书是仲裁程序的开始，是进行仲裁的第一步。它也是仲裁机构进行仲裁的主要依据之一。

二、仲裁申请书的内容和格式

（一）首部

① 标题，即"仲裁申请书"。

② 当事人基本情况。

（二）正文

1. 案由

交代申请仲裁的事由。简要说明申诉人提出仲裁申请的根据、争议的性质和要求，受理该申请书的仲裁机构的名称等。

2. 仲裁请求

写明申请解决的主要问题、要达到的最终目的等。

3. 事实和理由

说明提出仲裁请求的事实根据与法律依据。

① 事实。叙述纠纷的事实经过，包括合同签订的时间、地点、编号，合同的内容、履行情况，双方争议的内容、经过和结果等。

② 理由。阐明请求仲裁的法律依据。

（三）尾部

① 写明所提交的仲裁委员会的名称。

② 申请人具名，具状日期。

③ 有关附项，如副本的份数、证物和书证的件数等。

三、仲裁申请书的写作要求

① 仲裁申请的提出要合乎法定的仲裁条件，有仲裁协议，有具体的事实、理由和仲裁请求。

② 要求应当有根有据，合理合法。要求赔偿的数额要适当，事实与理由要统一，不能自相矛盾。

③ 行文要简明具体，不要含糊啰唆。书写格式要规范。

④ 须按被诉人的人数提供相应数量的副本。

例文5-5

仲裁申请书

申请人：乌鲁木齐市××有限公司

法定代表人：××

地址：乌鲁木齐市青年路×号×花园×座×室

被申请人：××，女，汉族，19××年×月×日出生，系×负责人

地址：乌鲁木齐市×北街×号楼×室

仲裁请求：

1. 被申请人向申请人支付权利金200000元（2003年11月1日至2005年6月30日，共20个月），滞纳金115540元，广告金95000元，保证金100000元，共计：510540元。

2. 由被申请人承担仲裁费用。

事实与理由：

2002年10月13日，双方签订了特许经营合同。在合同履行初期，被申请人尚能按约定支付权利金、广告金等相关费用，并接受申请人的业务指导和培训。但至2003年11月，被申请人开始拖欠权利金及广告金，并拒绝接受申请人的业务指导和培训。申请人多次要求被申请人予以改正，并支付拖欠的相关费用，但被申请人始终置之不理。被申请人的行为严重违反了双方合同约定，损害了申请人的合法权益。申请人现诉至贵委，请依法予以公正裁决。

此致

乌鲁木齐仲裁委员会

申诉人：××

2005年×月×日

例文简析 这是一篇为解决合同纠纷而写的仲裁申请书。在事由部分详细叙述了争议的情况和过程，申请解决的主要问题；最后提出仲裁请求，表明要达到的仲裁目的。

思考与练习

一、仲裁申请书应包括哪些基本内容？

二、如何阐述仲裁申请书的事实和理由？

三、根据下列材料，为××市燃料公司拟写一份合同仲裁申请书

××市燃料公司与××煤矿于 2001 年 3 月签订了 20 万吨煤的购销合同，价款为 3000 万元，交货期是同年 5 月。××市燃料公司将货款交付后，9 月份才收到 10 万吨煤。××市燃料公司曾多次打电报催货，该煤矿才回电说：由于该矿资源枯竭，现已停产，原合同不能执行，余款退回。这样致使××市燃料公司的经营受到严重影响，造成巨大经济损失。

根据《合同法》第九十四条第一款之规定，××煤矿因停产不能执行合同，是法律所允许的，但法律允许以正当理由解除合同，并不等于不承担经济责任。根据《合同法》第一百一十七条第二款之规定，××市燃料公司有关方面要求××煤矿赔偿经济损失。

××市燃料公司提出赔偿要求被××煤矿拒绝后，向合同仲裁机关申请仲裁。

第六章 科技应用文

第一节 科技应用文概述

一、科技应用文的特点

科技应用文是学术论文的一大门类，是指应用于自然科学领域中，对科学原理、定律和其他科学技术研究成果进行科学记录、总结、论证和说明的文章。

与一般应用文比较起来，科技应用文具有自身特定的反映对象和行文格式。科技应用文的特点主要体现为以下几点。

（1）独创性　独创性是科技应用文的生命，缺乏创新的科技论文是没有意义和价值的。撰写科技论文，作者要在创造性劳动的基础上，提出新理论、新见解和新设想。

（2）科学性　科学性是指科技应用文必须正确地揭示客观事物的本质规律，其论点、论据和证明方法都必须经得起生产实践和科学实验的严格检验。这种科学性首先体现在指导思想和方法具有科学性，其次体现在写作态度要实事求是，要从客观实际出发，深入调查，做到材料真实，数据确凿可靠。

当然，科技应用文的科学性，并不是说一定万无一失，准确无误。在科学技术面前，人的认识总是无限地接近真实和真理。写作科技应用文，应本着谦虚谨慎、实事求是的态度，尽最大可能地追求科学性。

（3）学术性　学术性是科技应用文的重要特征。科技应用文应侧重于抽象论证，揭示自然和社会发展的规律。

二、科技应用文的种类和作用

（一）科技应用文的种类

根据性质和表达方式的差别，大体上可以将科技应用文分为以下三类。

（1）理论型论文　包括学术论文、学位论文等。从学科来分，论文类的科技应用文又可以分为自然科学论文、社会科学论文。通常将表述学术观点的自然科学论文或社会科学论文称为学术论文，将表述应用技术的称为科技论文。大专院校学生的毕业论文，也是属于这一类的科技应用文。

（2）实验型报告　指科学研究或产品开发过程中所适用的报告类文书，包括实验报告、考察报告和论证报告等。这一类科技应用文的作用从根本上说，是科研或技术工作过程中的信息工具，可以用来反映科技动态，交流科研信息，为科研管理部门或工程管理部门提供决策依据。

（3）描述型说明书　包括设计说明书（毕业设计、建筑工程设计、产品设计）、产品说明书、专利说明书、科技情报等。这一类科技应用文的作用在于指导产品使用和普及科学知识。某种新产品投放社会之后，人们并不是一下子就可以接受和熟练使用，需要宣传和推广，描述性说明书就是宣传和推广的重要方式。

（二）科技应用文的作用

（1）总结科研成果　科学研究的过程、结果、成就等方面的内容，要通过科技应用文的形式表达出来。

（2）交流科技、学术信息　科研成果以论文等形式发表后，可以不受时间、地点的限制，在广泛的范围内进行交流，收到很好的社会效益。

（3）推动经济的发展　科技应用文是向社会传播、普及和推广科学技术成果的重要手段，是将先进的科学技术转化为实际生产力的重要途径。

思考与练习

一、试述科技应用文的特点。

二、举例说明科技应用文可以分为哪几类？

第二节　实验报告

一、实验报告的特点与种类

实验报告，是指在某项科研活动或专业学习中，实验者把实验的目的、方法、步骤、结果等内容加以整理，以简洁的语言写成的书面报告。

常见的实验报告有两种类型。一是检验型实验报告。这种实验报告是用于检验型实验的实验报告，所谓的检验型实验是重复前人已做过的实验，为再进行一次检验而做的一种实验。理工科大学生撰写的实验报告，就属于这种检验型实验报告。

另一种实验报告是创新型科技实验报告。这种实验报告是用于创新型实验的科技实验报告。而所谓的创新型实验是为进行一项新的研究而做的一种实验。

实验报告必须在科学实验的基础上进行。成功的或失败的实验结果的记载，有利于不断积累研究资料，总结研究成果，提高实验者的观察能力以及分析问题和解决问题的能力，培养理论联系实际的学风和实事求是的科学态度。

二、实验报告的一般格式

实验报告的种类繁多，其格式大同小异，比较固定。一般根据实验的先后顺序来写，主要内容如下。

（一）标题

即实验报告名称，要用最简练的语言反映实验的内容、作者及所属单位名称。

（二）摘要

概述报告中心内容，点明实验的目的、方法、结果及意义。

（三）前言

简要说明实验的研究对象、目的、范围、研究方法及实验方案，相关领域已有的研究成果等。

（四）正文

1. 材料、设备、步骤和方法

① 实验材料、设备装置。择要介绍实验所用的仪器和材料，如玻璃器皿、金属用具、溶液、颜料、粉剂、燃料等。

② 实验步骤和方法。这是实验报告极其重要的内容。这部分要写明依据何种原理、定律或操作方法进行实验，要写明实验的具体步骤，必要时还应画出实验装置的结构示意图，再配以相应的文字说明。

2. 实验结果

这是实验报告的核心内容，包括实验的时间、环境、条件、现象、图表、数据记录和计算等的原始记录。数据记录和计算指从实验中测到的数据以及计算结果。

3. 分析

在实验结果的基础上进行分析、论证，阐明作者的新发现与新见解，找出实验成功或失败的原因，写明实验后的心得体会、建议等。

（五）结论

结论是对报告全文的总结。

（六）参考文献

创新性科技实验报告文末要注明报告中所引用的科技文献，一是表明作者的科学态度和对前人、别人劳动成果的尊重；二是方便读者查阅参考文献的原文。

三、实验报告的写作要求

① 精心试验，如实记录。在实验时，由于观察不细致、不认真，没有及时记录，结果就不能准确地写出所发生的各种现象，实事求是地分析各种现象发生的原因。故在记录中，一定要看到什么，就记录什么，不能弄虚作假。为了印证一些实验现象而修改数据，假造实验现象等做法，是不允许的。

② 不同类型的实验报告侧重点不同。从实验目的、方法上分，科技实验有定性实验、定量实验、结构分析实验、析因实验、对照实验、模拟实验等种类。实验报告的写作，要突出不同类型的实验的侧重点。

③ 描述与说明要准确，层次要清晰，尽量采用专用术语来说明事物，外文、符号、公式要准确、合乎规范。

例文6-1

验证欧姆定律

【实验目的】

通过实验加深对欧姆定律的理解，熟悉电流表、电压表、变阻器的使用方法。

【知识准备】

学习有关理论（略）。

【实验器材和装置】

器材：电流表、电压表、电池组、定值电阻、滑动变阻器、导线、开关、装置（略）。

【实验步骤】

1. 按图示连接电路。

2. 保持定值电阻 R 不变，移动滑动变阻器的铜片，改变加在 R 两端的电压，将电流表、电压表所测得的电流强度、电压的数值依次填入表 1。

3. 改变定值电阻 R 同时调节变阻器，使加在 R 两端的电压保持不变，将电阻 R 的数值与电流表测得的电流强度的数值依次填入表 2。

4. 通过实验分析：当 R 一定时，I 和 U 的关系及 U 一定时，I 与 R 的关系。

表 1　R 为定值的测定结果

R（欧姆）$=4\Omega$	U（伏特）	0.4V	0.8V	1.2V
	I（安培）	0.1A	0.2A	0.3A

表 2　U 为定值的测定结果

U（伏特）$=0.6V$	R（欧姆）	1Ω	2Ω	4Ω
	I（安培）	0.6A	0.3A	0.15A

【实验记录】

1. 调节滑动变阻器铜片，观察电压表和电流表，可以看出，电阻 R 两端的电压增大到几倍，通过它的电流强度也增大到几倍。这表明，在电阻一定时，通过导体的电流强度同这段导体上的电压成正比。

2. 更换不同的定值电阻，调节滑动变阻器铜片，保持 R 的电压不变，可以看出，定值电阻 R 的数值增大到几倍，通过它的电流强度就缩小到几分之一。这表明在电压不变时，通过导体的电流强度跟这段导体的电阻成反比。

【实验小结】

导体中的电流强度 I，跟这段导体两端电压 U 成正比，跟这段导体的电阻 R 成反比。用公式表示为：$I=U/R$。

例文简析　这是一篇验证欧姆定律的实验报告，这类报告书的撰写要按照固定格式的实验报告书，逐项填写，而其重点则在实验步骤、实验记录和实验结果。这篇例文描述与说明准确，层次清晰，采用了不少专用术语来加强表达效果；符号和公式准确、合乎规范；并能采用表格进行辅助说明。

例文6-2

发酵原料的不同处理对沼气产量和肥效的影响

许××

沼气是反映自然界生态循环的一种可再生的生物能源。农作物稿秆既是沼气发酵的主要原料，又是牲畜饲料和有机肥料。但是，中国目前农村每年却要烧掉大量的农作物稿秆，这种古老的直接燃烧方式，只能利用大约不到 1/10 的热能，是生物能源利用上的巨大浪费。因此，通过办沼气，把农作物稿秆作为沼气发酵的原料，是利用生物能源的最现实、最广泛和最科学的方法。

为了探索发酵原料的不同处理与沼气发酵的关系，提高发酵原料的利用率、产气率和肥效率，特做产气和肥效的对比试验，现将试验的结果报告如下。

摘要（略）。

材料和方法

一、装置

采用 6 个相同容积（各为 0.24 立方米）的发酵桶作为本试验的装置。1、3、5 号为试验桶，2、4、6 号为对照桶，分成三组，1、2 号为一组，3、4 号和 5、6 号分别为二组和三组。

二、测定方法

1. 沼气产量

6 个试验桶分别与 0.5 立方米/小时湿气体流量计接通，每天定时记录各试验桶的产气量。

2. 可溶性氮和磷的含量

用 581-G 型光电比色计测定。

三、原料

采用装料时间、种类、数量、浓度和接种物完全相同，但原料不同的处理方法的产气和肥效的对比试验。

1. 不同处理

取干麦草分成两份：一份通过筛孔直径为 2.5 毫米的粉碎机粉碎后，按等量装入 1、3、5 号试验桶；另一份切成 5 厘米长左右，按等量装入 2、4、6 号对照桶。

把晒干后的牛粪过筛（筛孔直径为 0.5 厘米），大于筛孔直径的牛粪装入对照桶，小筛孔直径的则装入试验桶。

2. 种类和数量

每个试验桶装入的粪草和水分为：

干麦草　　3.3kg

干牛粪　　10.7kg

水分　122.5kg

3. 接种物

取食品公司加工厂阴沟污泥，每桶加入 16 公斤，占总质量 10.2%。

结果和分析

通过 70 天的试验观察，发现了三个组的试验（粉碎）桶的产气量都比对照桶高，其中一组提高了 42.5%，二组提高了 45.6%，三组提高了 37%（见表 1）。

三个组试验桶的总产气量达到 2519 升，平均每个试验桶总产气量为 839.66 升，可见三个组对照桶提高产气量 41.7%（见表 2）。

表 1　各组产气量对比

组　别	一　组		二　组		三　组	
编号	1	2	3	4	5	6
原料不同处理	粉碎	对照	粉碎	对照	粉碎	对照
总产气量/L	908	637	794	545	817	596
粉碎比对照提高产气量/%	42.5		45.6		37	

表 2　试验与对照总产气量对比

原料不同处理	粉　碎			对　照		
编号	1	3	5	2	4	6
总产气量/L	2519			1778		
平均总产气量/L	839.66			592.7		
粉碎比对照提高产气量/%	41.7					

表 2 说明，原料经过粉碎入池发酵，可以大幅度地提高沼气的产量。因为，原料粉碎后，能使农作物稿秆——天然有机质易于分解。为了加强厌氧发酵菌的营养，就要求培养基有较大的反应表面，而稿秆粉碎入池发酵，就能满足两者之间的要求，使发酵菌与培养基之间的接触面扩大，因此能使底物消化较彻底，生产速度加快，从而提高了原料的利用率和产气量。

为了探索农作物稿秆的不同处理与肥效的关系，在试验末期，对每个试验桶和对照桶进行了可溶性氮和磷的测定，即每 1mL 发酵液含氮和含磷量（ppm）的测定。结果表明，原料粉碎入池发酵后，发酵液中含氮量和含磷量都比对照高，原料粉碎的 1 号、3 号和 5 号试验桶比 2 号、4 号和 6 号试验桶平均提高含氮量 11.4%，含磷量也高达 49.8%（见表 3）。

表 3　氮、磷含量对比

发酵物不同处理	编号	含氮量/ppm	平均含氮量/ppm	提高的含氮量/%	含磷量/ppm	平均含磷量/ppm	提高的含磷量/%
粉碎	1	135	146.7	11.4	40	40	49.8
	3	160			55		
	5	145			25		
对照	2	135	131.7		25	26.7	
	4	130			30		
	6	130			25		

注：1ppm＝10^{-6}。

说明农作物稿秆经过粉碎处理后，作为沼气发酵原料，由于颗粒变小，使有机物的不溶性物质较易分解，加快了厌氧消化的速度，不仅提高了沼气的产量，相应地也提高了发酵液中可溶氮和磷的含量，提高了肥效。

小　　结

农作物稿秆粉碎后作为沼气发酵的原料，可以提高发酵原料的利用率和沼气的产气率，同时也提高了肥效，特别是发酵液中含磷量的提高更为显著。

参考文献（略）

（载《西南师范学院学报》自然科学版，1980年第1期）

例文简析　这是一篇创新型的科技实验报告，报告记录了对比试验的方式、方法、过程和结果，最后得出结论：经过切碎处理的发酵原料会提高沼气的利用率，同时也能提高肥效。

思考与练习

一、请简要分析［例文6-1］由哪几个部分组成？说明各部分的写作内容。

二、［例文6-1］和［例文6-2］各属于哪种类型的实验报告？简述实验报告的写作要求。

第三节　产品说明书

一、产品说明书的特点

产品说明书，又称商品说明书，是企业向消费者介绍产品性能、结构原理、使用方法等有关知识的科技应用文。产品说明书具有以下特点。

① 科学性和知识性。产品说明书和广告的最大区别在于前者的科学性和知识性，它要向消费者如实地介绍商品的性能、结构、成分、效用等必需的知识。

② 针对性和责任性。产品说明书是为消费者而写的，目的是让消费者更好地认识和使用产品，因此要认真、负责地说明有关商品的各方面的信息。

③ 实用性。消费者购买产品，目的是为了实现使用价值，而产品说明书正是向消费者介绍有关产品的使用、保养、维修的知识的。

④ 形式灵活多样。产品说明书的内容可以根据需要或简或繁、或多或少，格式方面也比较灵活。

二、产品说明书的结构

① 封面或标题。完整的标题包括商标、型号和产品名称，再加"说明书"组成。

② 目录。标明每个章节的名称和页码。

③ 概述。简要介绍产品设计的目的、主要功用、适用范围和使用条件等。

④ 主要技术指标。列出产品的各项性能指标，以及产品工作条件的数据范围，如温度、压力范围、电压的变化范围等。

⑤ 工作原理。介绍产品的设计原理，以使用户有较深入的认识和理解。

⑥ 使用方法。依照操作的程序逐条列出每一项操作的要领，以及必须注意的事项。

⑦ 维护与修理。写明产品的常用维护保养方法、保修期、保修办法等内容。

⑧ 结构图（电路图）与零件表。

三、产品说明书的写作要求

① 介绍说明要客观、精确、科学，有的放矢。要明确说明书的服务对象，具体数据要经过核实，内容要恰当。不要弄虚作假，夸大其词。

② 简明扼要，条理清晰。一目了然的内容，不必多写。说明、解说的内容要恰当安排，做到条理清晰。

③ 语言规范。产品说明书不仅需要有精美的设计，清晰的印刷，更应有规范的文字。否则，产品做得再好，用户对它的认识也会打折扣。

例文6-3

TOR402 脱模剂（固）产品说明书

本产品为固体，属水质脱模剂，脱模效果好，能有效地克服模板与混凝土之间的黏结力或表层混凝土自身内聚力，促使混凝土在拆模时顺利脱离模板；本产品不影响混凝土强度和表面质量，能保持混凝土形状完好无损。

一、主要技术性能

（1）外观：淡黄色。

（2）涂敷方便、涂层均匀、拆模后又易清模，不污染钢筋，不影响抹灰及装修质量。

（3）能保护模板，最大限度延长模板寿命，对混凝土性能无不利影响。

（4）无毒、不燃，不含任何对人体有害和污染环境的物质。

二、使用范围

适用于现浇钢筋混凝土的钢模、木模等。

三、使用方法及注意事项

（1）用量：$150\sim160m^2/kg$。

（2）用法：每小袋（3kg），兑水40倍使用。即把3kg脱模剂倒入120kg干净水中，用小火烧开锅后，熬制半小时，熬时注意火势，防止外溢，冷却至常温，即可使用。

四、包装及储存

（1）本产品储运方便。用塑料编织袋包装，每袋3kg。

（2）应在干燥密封状态下保存，保存期为6个月。

本产品由 武汉工业大学与×公司研制
国家建筑材料测试中心监制

例文简析　这是一篇关于脱模剂这种建筑材料的产品说明书，依次介绍了产品结构性能、适用范围、使用方法和包装储运等有关知识。语言简洁，表达规范，便于用户使用。

 思考与练习

一、什么是产品说明书？简述产品说明书的写作格式。

二、请根据下面提供的材料，写一份产品说明书。

将本品置于干燥阴凉处，保质期三个月。本品采用先进工艺，优质原料精制而成。脂肪 0.99%，碳水化合物 76.6%，面粉、精盐、汤料、香菇、味精以及其他高级配料。蛋白质 9.12%，粗纤维 0.06%。配有调料汤料。不含任何化学添加剂，是居家旅行最理想的方便食品。将方便面放入沸水中，或在锅内煮三分钟，最后放入调料并搅拌，营养丰富，香味浓郁，美味可口。

三、阅读下面有关内容，并将内容归纳为几个方面，拟写一份条款式产品说明书。

氟嗪酸胶囊，又名氧氟沙星胶囊，是某制药有限公司的新产品，20 世纪 90 年代第一流的广谱高效口服抗菌药。本品为 DNA 螺旋酶抑制剂，对革兰阴性、革兰阳性菌和部分厌氧菌均有较强的抗菌作用。胶囊内容物为类白色或微黄色粉末，对大部分革兰阴性和革兰阳性菌均有效。适应于对氟嗪酸敏感的致病菌所引起的各种感染。

如葡萄球菌、溶血性链球菌、肠球菌、革兰阳性菌、大肠杆菌、肺炎杆菌、沙雷氏菌、变形杆菌、铜绿假单胞菌和流感嗜血杆菌等革兰阴性菌所致的感染。具有抗菌谱广、活性强、口服吸收完全、毒性低而疗效高等特点，而且比片剂具有更好的生物利用度。口服本品 300mg 约 1h 左右血药浓度峰值达 $(3.93+0.76)\mu g/mL$。

本品口服剂量为：成人 2 次/日，0.2～0.3g/次，或遵医嘱。不良反应轻微，偶见恶心、呕吐，胃腹部不适感及失眠，头晕等，停药后即可消失。对喹诺酮类药物过敏，小儿和妊娠哺乳期妇女以及中枢损伤、癫痫病人忌用。重度肾功能不全、严重脑血管硬化患者慎用。

本品用铝塑包装，10 粒/板，1 板/盒。规格为 0.1g/粒。使用期限 2 年，需遮光、密闭保存。

四、将下面这则商品广告改写成产品说明书。

无嗜睡×××清醒轻松抗过敏

常年性、季节性过敏性鼻炎、过敏性结膜炎、慢性荨麻疹及其他过敏反应常令患者饱受折磨。无嗜睡抗过敏药阿司咪唑（息斯敏），每日一片，便能有效控制瘙痒、红斑、丘疹、流鼻涕、流眼泪、打喷嚏等过敏症状达 24 小时，且无困倦、嗜睡副作用，令患者保持头脑清醒工作，因此得到过敏患者的信赖。

阿司咪唑（×××）　　　　　　　　　　　　　　西安××制药有限公司

请根据医生处方购买和使用　　　　　　　　　　　　　　（中外合资）

五、为你所熟悉的家用电器写一份产品说明书。

六、用产品说明书的写法为你所在的学校写一份有关专业设置等介绍情况的材料。

第四节 学术论文

一、学术论文的特点和种类

学术论文是指对科学领域中的课题进行探讨、研究，对科学研究成果进行记录和总结、论证和说明的文章。

（一）学术论文的特点

1. 独创性

独创性是学术论文的生命，缺乏创新的学术论文是没有意义和价值的。撰写学术论文，作者要在创造性劳动的基础上，提出新理论、新见解、新假说。

2. 科学性和客观性

科学性是指论文必须正确地揭示客观事物的本质和规律，其论点、论据和证明方法都必须经得起实践的严格检验。在立论上，学术论文不能带有个人的主观随意性，要有客观性。论据要充分有力，论证要逻辑严密。

3. 学术性和专业性

学术性是学术论文区别于其他一些科技文章的重要特征，学术论文应侧重于抽象论证，揭示普遍规律。它不是一般的认识和议论，而是思维活动反复的深化的结果，是系统化、专门化的学问，是具有较深厚实践基础和一定的理论体系的知识。另外，它的读者对象一般都是从事某一方面工作的专家或学者，专业性较强。

（二）学术论文的种类

学术论文包括的范围很广，专业类别很多。但从总的角度看，可以分为两大类。

1. 专业论文

专业论文是各专业领域里的研究人员和工作人员撰写的学术论文。专业论文大多向科技部门递交，或向学术刊物、学术会议提交。这类论文反映了各学科领域内最新的发展水平或学科的发展方向，可起到公布成果、交流信息的作用。

2. 学业论文

学业论文是高等院校学生为考核、检验、测评学习成绩、知识水平、处理问题的能力和进行科研而撰写的学术论文。包括学年论文、毕业论文和学位论文等。这类论文要求既充分表达作者的研究成果，又反映作者获取知识的能力和进行科学研究的能力。

二、学术论文的写作方法

一篇完整、规范的学术论文应由以下项目构成。

1. 标题

论文标题应力求简洁、明确。

2. 作者署名和隶属单位

3. 摘要

摘要是以简练的语言对论文的内容加以高度浓缩的一段文字，一般以 200～300 字为宜，重点是研究结果和结论。

4. 关键词

关键词又称主题词，是表达论文主题和内容的关键性单词或术语，一篇论文一般用

3～8个主题词。

5. 引言

引言又称绪论、前言、导言。主要说明研究的目的、范围、方法、设想等。

6. 正文

正文是论文的主体部分，详细阐述自己的研究成果。论文主体的结构形式主要有平行式和递进式两种。平行式又称并列式，是对问题分别进行论述，从不同的角度来证明观点，使各个层次之间呈现出一种平行关系的结构形式。递进式又称推进式，是由浅入深，使各层次之间呈现出一种层层深入、步步发展的逻辑关系的结构形式。这两种形式有时要结合使用。

7. 结论

结论是指论文最终的结论。

8. 致谢

对在论文写作过程中曾给予自己各种帮助的单位或个人，以书面的形式表示感谢。

9. 参考文献

在文后列出参考文献，一方面可以反映作者对课题研究的程度和状况，另一方面也反映出作者对他人劳动成果的尊重，同时还可为读者提供资料线索。

三、学术论文的写作要求

（1）正确选题　选题就是选定论文研究的范围和方向，选择合适的课题是学术论文写作成败的关键。选题要有目的性，要选择对当前有重要意义和学术价值的、自己又能胜任的课题做研究。

（2）充分占有资料　收集材料应该在博览的基础上兼收并蓄。一般需要收集前人和别人已有论述的相关材料、对立面的相关材料以及有关的背景材料。要养成做札记和卡片的良好习惯，并及时标上类别名称，以便查找。材料收集完以后，就要进行整理、分析和研究工作。

（3）论述严密，行文准确规范　论文的结构要清晰、严谨，论述要逻辑周密，语言要简练、明确、客观，格式要规范；使用标准化科学术语和计量单位；忌用华丽的辞藻修饰，忌用带感情色彩的句子。

（4）内容力求新颖　学术论文要能发前人所未发，并自成一家之言，在科学理论、方法或实践上获得新的进展或突破，这样才有价值和意义。

例文 6-4

国有企业集团改制中的问题与对策

杨××

企业集团作为一种现代企业组织形式，能够充分发挥规模经济的优势作用，较好地适应现代化、社会化大生产的要求，使企业具备更强的实力面对国际竞争的挑战。因此，从长远来看，将众多分散经营的小企业组建成企业集团，是我国经济参与国际竞争，走向可持续发展的客观要求。然而，没有规矩不成方圆。现代化的企业组织形式如果没有现代化的企业制度去规范、约束，反而会阻碍经济发展，在企业集团中建立规范的现代企业制度，是企业集团健康发展的前提。近年来，我国各国有企业集团普遍进行了股份制改造，并取得了显著效果。各集团建立了由股东大会、董事会、监事会和高级管理层组成的公司法人治理结构，形成了决策、监督、执行机构相互制约、权责分明的分层次领导体制。但是，由于各种内外部因素的影响，企业集团改制过程中仍存在一些问题。自去年以来，受宏观经济环境和亚洲金融危机的影响，这些问题暴露得更加明显，有些企业集团出现了效益下滑甚至亏损的局面。所以，有必要对企业集团改制中出现的问题进行分析，并提出相应的对策建议。

一、国有企业集团改制出现的主要问题

从内部、外部各种因素的角度综合分析，我国国有企业集团的改制存在下列问题。

1. 改制过程中形式性联合过多，实质性联合较少

众所周知，股份制具有使公司组织结构灵活转换的功能。股份公司可以根据现代化生产对公司规模结构的要求，通过买进和卖出股票，使股权在证券市场上自由转移。因此，通过股份制改造，能够实现国有企业跨行业、跨部门、跨地区、跨所有制的流动与重组，使分散的资本向主要行业和大型企业集中。遗憾的是，在某些地区，这一联合过程形式性过多，实质性较少，改造和重组变成了行政性质的合并、"拉郎配"。例如，去年江苏省的几个国有大中型企业在行政干预下进行合并，组成大型企业集团。政府的本意是要通过企业的协作与联合，创造规模效益。从表面上来看，确实使企业规模上去了。但实际上，各家企业之间并不完全具备联合的基础，从理论上说，这些企业之间的关系是上下游产业，联合起来可以降低交易费用。但实际上上游企业的产品价格过于昂贵，如果下游企业购买其产品，反倒比在市场上购买吃亏。类似的例子还很多，基本表现都是在集团成立后，集团中上游企业的产品比市场价格贵，使集团内部的购买方吃亏。目前，此类联合有的已宣告瓦解，有的虽还在勉强维持，但其效益却不尽如人意。可见，改制过程中的形式性联合，不仅难以使其成员获得规模效益，而且反倒会付出不应有的代价。

2. 改制后企业集团的治理结构不完善

一方面，改制后的企业集团，股权结构过于集中，国有股一般占70％以上，这使得上级主管部门仍有可能运用手中的行政权力干预企业经营。许多厂长经理反映，改制后尽管成立了董事会、监事会，但政府干预、政府决策仍未完全杜绝，而这种决策并不总是能带来经济效益的。如某企业集团在主管部门的干预下，出资兴建了一座三星级大酒店，建成后由于当地客流量不足，酒店严重亏损，无法收回投资，损失只能由企业承担。另一方面，有的企业集团董事会形同虚设，未能起到有效监督和约束企业经营者的作用。如某企业集团改制后，纺织总局占70％的股份，中信公司占30％的股份，相应地，董事会、监事会成员中纺织总局代表、中信公司代表比例为7：3。然而，这两个单位的董事会成员和监事会成员很少或几乎不来企业，对企业情况不大了解。在行使重大决策权时容易被企业经营者瞒住，此外也不利于企业集团与其他企业和当地政府之间的协调。

3. 企业集团改制后，仍然存在盲目扩张问题

从理论上讲，企业集团的改制应使企业集团成为自负盈亏、自我约束的市场主体，企业集团将走上集约化增长的道路，其预算约束也会变得硬起来，而不再像改制前那样盲目铺摊子、上项目。但实际上，某些企业集团改制之后仍然在盲目扩张。例如，某企业集团在改制之后，编制了一个大规模发展规划，要扩大企业规模，搞"国际先进水平的生产线"，所需投资达1.25亿元。作为董事会成员的政府代表未经详细论证，就批准了这一计划。结果项目建成后因产品在国内没有市场，导致企业集团连年亏损。1997年，集团的负债率达96%，亏损230万元。可见，改制之后的企业治理结构并不能完全保证防止企业集团的盲目扩张。

4. 企业集团改制过程中的国有资产流失

其主要表现有两种，一是改制过程中未进行严格、准确、公开的资产评估，国有资产被低估的现象严重。企业之间组成企业集团后，国有资产被低估部分随之流失。二是有些企业集团原本已负债沉重，政府为对其进行保护，在改制过程中将其债务大量冲销，或者由企业集团自己"赖账"。

5. 各企业集团在困难中依赖政府的思想严重

有的企业集团寄希望于国家继续注资、银行能够挂账或冲销其债务；有的企业集团盼望争取国家优惠产业政策；出口受到冲击的企业集团则寄希望于政府为它们申请进出口自营权和出口配额。总之，许多企业集团遇到困难时想到的不是如何适应市场，而是去找政府帮忙。这表明企业集团虽然改制，但适应市场经济的经营机制仍未建立，市场意识还未深入人心。

二、国有企业集团改制出现问题的原因分析和对策建议

国有企业集团改制出现的诸多问题，其原因是多方面的。其中的关键因素之一是政府在市场经济中角色的错位。本来，建立现代企业制度，实行股份制改造是为了使企业变成自主经营、自负盈亏的市场主体，既摆脱政府部门的行政干预，又通过企业治理结构建立起有效的代理人激励和约束机制。在企业和企业集团的改制过程中，首要的前提是应该界定政府、企业在改制中的行为边界，即在改制过程中和改制之后政府、企业应该干什么，不应该干什么。如果改制过程中行政干预过多，则不仅改制本身会留下行政痕迹，改制之后也免不了会有行政干预。有些企业集团的改制，从改制方案的提出、实施乃至具体操作，无不充斥着"政府行为"。改制之后也只是换了牌子，经营机制没有多大改变。实际上，企业集团的改制并不是不需要政府的参与。许多企业集团急需的配套改革，诸如市场环境建设、基础设施建设及市场机制的完善等，均离不开政府的公共政策。国际经验表明，政府的公共政策在任何国家都是必需的，但在市场经济条件下，公共政策的着力点应放在为企业的微观运行提供良好的外部环境上面，而不是具体指导企业微观运行；相应地，集团的改制也应在市场机制的指导下进行。亚洲金融危机的情况表明，由政府出面组织、干预和保护企业集团，内含着集团盲目扩张和效率低下的巨大风险，是一条不能重复的道路。所以，对企业集团改制出现的问题，必须从合理界定政府行为边界、充分发挥市场机制作用这个角度去解决。

另一方面，企业集团自身的原因也不容忽视。有些企业集团面对激烈的市场竞争，关心的不是如何向内挖潜、向外开拓市场，而是如何把企业规模做大，以争取政府的财政和贷款支持。规模越大，政府注资也就越多。这种预算软约束之下的盲目扩张，一旦遇到不

利的市场环境，就会发生资金周转困难和经营亏损。企业集团的改制，能够从企业内部治理结构的角度构建经营者的激励和约束机制。但是，由于治理结构中委托者与代理者的信息不对称性，作为代理人的经营者仍有可能对所有者隐瞒自己的预算软约束行为。所以，企业集团改制后，还应在集团外部构建完善的资本市场和经理市场，这是改制所必需的配套工程。

基于以上认识，本文提出解决国有企业集团改制问题的对策建议。

1. 政府采取适当的公共政策，为企业集团改制提供良好的外部环境

从我国市场经济的实践来看，政府采取的公共政策有两类：第一类是政府通过构建和保护完善的市场竞争机制、市场资源配置机制，为企业或企业集团的微观运行提供适宜的外部环境；第二类是政府凭借手中行政权力或改制后国有企业的控股权，具体指导微观企业运行，干预企业的经营决策。毫无疑问，第二类公共政策带有明显的计划经济色彩，是旧体制的遗留物。而第一类公共政策则代表着我国市场经济未来的发展方向。在目前的过渡时期，两类公共政策在同时发挥作用，也产生了不同的效果。从国有企业集团改制的实践可以看出，第二类公共政策存在严重弊端，因此，我们应力求缩小其作用范围，把公共政策的重点转移到为企业集团改制提供良好的外部环境上来。

改制所需要的外部环境，首先是完善的市场竞争机制。许多国有企业之所以在改制以后仍然没有效益，就是因为市场竞争机制不完善，企业受到政府的过分保护，即使不认真参与竞争，也照样有"退路"可走。所以，要推动企业集团改制，各级政府首先应撤除地方保护，拆除阻碍资源和生产要素流动的各种壁垒，停止人为制造"市场结构"的政府行为。只有这样，企业集团才能真正成为市场竞争的主体，并享受到市场机制的一系列好处。其次，政府的公共政策要为市场所必需的基础设施建设创造条件。如果基础设施改变了，自然就可以促使企业降低成本，同时扩大市场需求。更重要的是，政府从行政干预中退了出来，这本身就有利于企业集团改制的规范化。最后，政府也要对保护国有资产权益负责。改制过程中出现的国有资产流失，必须由政府通过依法进行国有资产评估和债务审核加以制止。政府对此不能撒手不管，更不能自己出面对企业债务进行随意冲销。对于有特殊困难的企业和企业集团，政府可以适当让利，通过合法途径减免其负担。如减免其土地出让金和土地使用费、促进企业兼并和重组等。

2. 改革目前的国有资产管理体制，实行政企分开

这样做的目的是从企业治理结构的角度推动企业集团改制。总结中国国有资产管理体制改革的经验，可以考虑对国有资产进行分层次管理。第一层是市国有资产管理委员会，由市委、市政府主要领导组成；它是本市国有产权的总代表，依法拥有本市全部国有资产，并对其行使占有、使用、收益和处分四项权利；第二层是国有资产运营机制，由职能局、大企业集团或综合性控股公司构成；第三层为国有资产运营机构将其运营的国有资产按不同份额投入到各种类型的企业形成的国有独资公司、控股公司和参股公司，形成企业法人财产权。在领导体制上，实行董事会、监事会和经营制度。这种制度的优点在于，它将过去多头管理变成由市委、市政府领导挂帅、各部门参与组成的班子，管理企业的"部门"少了，相应减少了政出多门的弊端。当然，政府仍能够最终管理企业并对企业人事、重大活动做最后裁决，政企尚未彻底分开，但它在近期仍不失为一种可以操作的改革方式。

3. 推动企业集团的股权结构多元化，发展机构持股和企业交叉持股

从长远来看，推动国有企业股权结构多元化，使任一国有部门均不能利用自己的职权地位干预企业事务，是解决政企不分问题的有效途径。可以考虑在已有企业集团的母公司之间交叉持股，一来可以改变股权结构，二来可以加强横向协作。对于某些地区性企业集团，这种做法更具操作性。还可以在上下游企业之间交叉持股，实行纵向一体化。但这项工作必须由市场机制来进行，政府至多起咨询和指导作用，不能"拉郎配"。政府的各种机构和民间金融机构都可以作为投资方在企业集团中参股，只是股权不能过分集中。

4. 加强资本市场和经理市场的建设

目前，由于中国企业在上市时受到额度限制，而且上市还仅仅是企业的一部分股份，因此在近期内，资本市场所起的监督作用有限，尚不能充分发挥其对企业"用脚投票"的作用。对于大多数地区性企业集团来说，建设经理市场倒是更现实的选择。关键是要把企业领导人的任命权从市委组织部转移到企业集团母公司，使经营者的身份由行政干部变成企业家。通过企业家在市场上的公平竞争，逐步形成合理的企业家平均绩效水平和平均市场价格。这样，所有者代表就会有更多的市场信息判断企业集团的经营业绩，从而对经营者形成强大的监督压力。国际经验表明，企业所有者主要是通过资本市场来购买代理人的服务，因为资本市场提供的信息是更为准确、迅速的信息。因此，从长远来看，中国资本市场的进一步完善已刻不容缓。

例文简析　这是一篇关于国有企业改革问题的学术论文。文章着重分析了国有企业集团改制中存在的问题和原因，并提出了相应的解决办法，有很强的理论性和现实针对性。全文观点鲜明，论据充分，条理清楚，分论点的内在逻辑联系也比较紧密。

思考与练习

一、判断题

1. 学术论文是批判错误观点的文章。　　　　　　　　　　　　　　（　　）
2. 学术论文的创造性是衡量其价值的基本标准。　　　　　　　　　（　　）
3. 规范的学术论文格式中包括 9 个项目，即题名、作者及单位、摘要、关键词、引言、正文、结论、致谢、参考文献。　　　　　　　　　　　　　　（　　）

二、选题是写作学术论文的一个关键，请根据选题的要求，围绕一个当前大家关注的问题搜集材料、确定选题，并拟出写作提纲

三、学术论文对正文部分的要求是什么？

四、请选择一个自己感兴趣的课题，按照学术论文的写作要求写一篇简短的论文

第五节　毕　业　论　文

一、毕业论文的特点

毕业论文是大学生综合运用已学知识表述理论创造或表述分析应用的应用文。毕业论

文对学生具有考查作用。由于学历层次的不同，考查要求的程度也不同。如对于硕士生和博士生，其论文就是学术论文，要求具有独创性；而对于专科生和本科生，主要考查的是已学理论的应用。

毕业论文本质上属于学术论文，其要求与学术论文大体相同。其特殊之处有以下三点。

（1）客观性　论文的内容必须真实地反映客观存在的事实。论文中的材料要真实，不能弄虚作假。论据不能主观臆造，要忠实于研究结果，客观地评价自己和他人的研究成果。

（2）学术性　论文所研究的内容应该是具有系统性和专门性的知识。学术性是毕业论文的本质特性，也是与其他文体的区别所在。

（3）创新性　科学研究要求人们在知识的不断积累的基础上，通过实践，对社会的各个不同领域进行更加深入的研究探索，进行创造性的劳动。主要体现在研究者对课题的探索研究应在前人的基础上有所发展，有所前进，而不是重复、抄袭、模仿前人的劳动。

二、毕业论文的选题与资料收集

（一）选题

选题可从以下几个方面考虑。

① 根据自己的兴趣或强项进行选题。选择自己在专业学习中的强项或自己最感兴趣的专业问题作为自己的课题方向，有利于提高论文撰写质量。当然，有了方向不等于有了恰当的课题，还应在调研的基础上，限制题目的外延，直至缩小到适合完成的程度为止。

② 从实习或实践中所发现的问题中进行选题。现实工作或生产实践总会遇到些应当解决但尚未解决的问题。有些问题属于宏观问题，如体制、政策或技术发展水平等。这些问题多数事关全局，毕业论文不宜选择。可选那些微观一些的课题，结合实践探讨对策或解决问题的方法。

③ 从有必要进行补充或纠正的课题中进行选题。学术问题总是在错误修正中，或扩大应用领域中，或与其他知识相结合中发展的。因此，选择课题时，同样可以采用这一思路。

从论文的价值来看，选题的理论意义和现实意义是首要的，在此前提下，可以发现生产或科研中亟待解决的问题、中外学术观点的异同问题、事关国计民生的问题、学科的现状与发展前沿性的问题等。

（二）资料的搜集

选题和资料搜集紧密相关。平时不了解学科动向，没有一定积累，就不好确定论文的选题；只有确定了选题才能按照选题方向去搜集更多的资料；有时也会因新资料的影响，产生新的看法，再次修订选题。搜集资料是具体研究问题的开始，没有资料就无从分析问题。资料可以通过直接调查获得，也可以通过图书馆或档案馆查阅获得。

直接调查是获得资料的重要途径。调查形式是多样的，对于学生个人来说，主要还是通过直接观察、个别访谈、查阅有关档案、抽样发放问卷等方式进行。调查材料是第一手资料，反映的是现实情况，对认识课题的现实意义有重要作用。

到图书馆或档案馆查阅资料，可以获得多方面的有用信息。

① 提供课题的研究状况。查阅资料，可了解自己的课题是否有人已经研究过。如果

有人研究过，可以了解他们的观点是什么、他们的基础资料来源于何处，从中分析比较他们的研究得失，吸取经验，提高对本课题的认识；如无人研究，那么可以考虑有哪些相关资料可供借鉴，自己的选题究竟新在何处、有什么意义，迫使自己思考研究本课题的方法和途径。

② 获得基础资料。已发表的论文或历史文献中具有大量的有用资料。某些基础性资料可帮助重新认识问题，因为同样的资料，站在不同的角度可以得到不同的认识。可以为证明自己的观点去摘抄、引用一些基础资料，但要注意，对任何资料的引用都不能断章取义。

③ 学习研究方法和论文的撰写方法。在搜集资料、研究资料的过程中，可以学习到其他学者研究问题的方法和撰写论文的方法。通过分析这些论文，找出作者的思路，探讨他们的研究方法，从而达到拓展自己思路的目的。

三、毕业论文的结构与写法

任何毕业论文的写作都不是轻而易举的，它的完成需要较长的时间和艰难的研究过程。一般说，写好一篇毕业论文需要有以下几个步骤：①确定题目；②限定论点；③搜集资料；④研究、评价资料；⑤整理材料；⑥写提纲；⑦起草；⑧誊清、加注；⑨完成定稿。

完成一篇毕业论文，要遵循一定的格式，它主要由以下几个部分构成。

（一）目录

即论文的篇章名目。一般毕业论文的篇幅都比较长，为了让读者先了解论文的内容，前面一般安排目录，按写作的顺序标清毕业论文的构成部分的名称和正文中的小标题，同时在它们的后面标明具体页码。目录的列出可按如下方式。

目录

1. 内容提要···（　）
2. 绪论···（　）
3. 本论···（　）
　（1）···（　）
　（2）···（　）
4. 结论···（　）
5. 注释···（　）
6. 参考文献···（　）

（二）标题

毕业论文的标题要求贴切、简洁、新颖、醒目、明确、具体。其类型一般有以下几种：①直截了当地点明论文的文题；②用比喻和象征性的词句来提示主题；③点明论文所说明的问题是什么；④有副标题和小标题。副标题是对正标题加以补充；小标题是用在篇幅较长、内容较丰富的论文中。

（三）开头

常见的论文开头方式有以下两种。

① 开门见山式。论文的第一段就紧紧抓住正题，点明主旨，使读者对论文的论点一目了然。

② 引用式。引用故事、诗文、警语等，借以寓意。

总之，论文的开头由文章的内容和作者的构思决定，好的开头可以引人入胜，抓住读者。

（四）主体

主体是毕业论文的核心部分。这部分阐明要论证的问题。它的构成与议论文的写作基本相同，要把论点、论据、论证有机地结合起来。作者在这里要表达出自己的理论见解和研究成果。

（五）结尾

结尾是毕业论文的结束部分。这部分内容一般是总结全文，突出主题；照应开头，首尾呼应；展望未来，增强信心；抒发感情，增强感染力。结尾的要求是言简意赅，恰当有力。

（六）附录

这部分写出毕业论文的参考文献（一般指公开发表出版的书籍），这是毕业论文的必要组成部分之一，放在正文之后。

四、毕业论文的写作要求

① 修订论文的格式。根据已经完成的主体内容，修订标题，撰写提要、前言，整理参考文献目录。这些虽不是论文的主体，但一样要花费大力气，不能图省事而直接影响文章的文面质量。

② 对过渡段落加以完善。全篇主要结构安排后，将材料组织成文，其间还需要增加过渡语，使之连贯起来。在撰写中，要注意层次和段落之间的过渡，不能使人摸不清文章的脉络。

③ 语言修饰。格式、语言看似小事，却直接影响论文的质量，要认真对待。要做到文从字顺，标点规范。标点正确、语言通顺是最基本的要求，还要在通顺的基础上，根据论文内容，进一步地删削、增补、调改、推敲与润色。

例文6-5

毕 业 论 文
浅析恶性价格竞争的危害、成因及企业对策

李 ×

价格策略是企业市场营销组合中的一个重要策略，也是一个最直接最有效的策略。价格策略包括维持稳定价格、涨价和降价3个方面，但是在中国企业家和老百姓心目中，价格策略就是降价，即所谓的价格战就是降价大战。价格战并不是市场惟一的竞争手段，却是中国企业最频繁使用的搏杀利器。今年以来，中国市场狼烟四起，价格战连绵，从彩电、空调、洗衣机、热水器、微波炉、DVD、汽车到建材、房地产、软件、报纸、手机、电脑、珠宝首饰、药品医疗，无一不降价声一片。越演越烈的价格战，有些企业甚至无法

在市场竞争中迈步，很多企业宁愿赔"血本"也要把一轮又一轮的价格战进行到底。可是低价竞争将导致商家徒劳无利、厂家焦头烂额、彼此相互抱怨、品牌夭折的恶果。这种价格大战，逐步演变为严重的恶性竞争。那么，形成恶性价格战的危害有哪些？它的成因又是什么？企业有何应对方法吗？本文试就这些问题谈一些个人看法。

一、恶性价格竞争的危害

今年8月11日以来，长虹开闸放水，康佳、乐华、TCL、海信等先后"跳水"，彩电价格降幅最大达35%，29英寸彩电跌破业内人士认定的最低成本价2300元，更有一些厂家将其降至2000元以下。对此，专家、学者、媒体及企业界莫衷一是，褒贬不一，不过主要观点是：企业只会单纯地运用价格杠杆，层次太低。恶性价格竞争会导致产品质量与消费者利益得不到保证，行业积累偏低，无法支撑技术进步。那么，恶性价格竞争到底有哪些危害呢？

1. 破坏原有市场价格秩序，形成恶性循环

哪里有市场，哪里就有价格竞争。但是以低于成本、排挤竞争者为主要目标或者纯粹为了广告效果而超低价销售商品的恶性价格竞争破坏了原有市场价格程序，形成了恶性经济循环。价格是商品价值的反映，围绕商品价值而上下波动。一旦价格与商品价值脱离，市场价格程序就会被破坏。消费者在恶性价格大战中买到便宜货，尝到了甜头，形成一定的期待心理，期望着再降价。然而，成本是刚性的，低于成本的价格竞争终究不能持久。恶性价格竞争的后果是大鱼吃小鱼，中小企业破产，被兼并，造成失业人员的增加和社会不安定。同时由于市场垄断势力的产生，价格信号被扭曲，资源配置也会失效。所以，恶性价格战会直接破坏经济秩序，给社会经济生活带来一定程度的灾难。

2. 浪费人力、物力和财力

市场上充斥着大大小小的企业，那些门槛低、技术含量不高、利润空间大的产品是许多企业生产的重点。在低水平重复的情况下，市场需求必然无法与过量的供给相平衡，价格竞争就无法避免。面对大企业的价格竞争，中小型企业无力反击，销路不佳，产品积压，负债增加，最终形成超低成本的恶性竞争。在这种情况下，中小型企业只会卖一件亏一件，而大型企业因为超低价格缺乏积累也会步履维艰。众多竞争者拥挤在一个狭小的市场里面，其结果必然还要有一大批被淘汰掉，应该淘汰的被淘汰了，不应该淘汰的也被淘汰了，重复生产会造成人力、物力和财力的浪费，让许多有形和无形资产打了水漂。

3. 侵犯了国家、企业的利益

市场经济条件下的任何竞争，都是置于特定的社会领域或国家范围进行的。恶性价格竞争结果只会导致国家税收收入的减少，与此同时也损害了企业自身的利益。因为降价，国家应该征收的税收会无形地减少，甚至为一些人偷税漏税提供了方便。长时间的恶性价格竞争，会使企业忙于应付价格竞争，无暇考虑企业的技术创新，给产品的更新换代造成了麻烦；企业长时间地参与价格竞争，必然会降低产品的质量。有关资料显示，由于竞争激烈，行业内价格战不断，生产彩电、功放、电热水器的小企业大量存在偷工减料的情况，产品抽查合格率很低，有的甚至出现全行业产品质量抽查合格率下降的情况。1999年第一季度，全省共检查了23家企业生产的23批次彩电，合格15批次，合格率65%，是近几年来省级定期监督检查合格率最低的一次，与1998年相比，合格率下降了17.2个

百分点。其中小型企业合格率为42.9%；去年第四季度对170家172批次功放产品抽查的结果表明，该行业产品合格率仅为20%；电热水器的抽查合格率为58.6%，其中大中型产品合格率为100%，但小型企业合格率仅是47.8%。而合格率下降的根本原因则是部分企业在价格压力下，降质压价，偷工减料，参与不正当竞争。可以预见，这些企业终将失去消费者，自食其果。

4. 损害了消费者的利益

企业打过多、过度的价格战多少会影响其在消费者心目中的形象。"买的没有卖的精"、"甩卖"、"放血"亏不了企业这是消费者普遍的心态。营销学鼻祖菲利浦·科特勒在营销宝典《营销管理》中谈价格策略时第一句话便是"没有降价两分钱而不能抵消的品牌忠诚"。那么，消费者是这场商战的"赢家"吗？不可否认，绝大多数消费者直奔降价"馅饼"而来，可如果全是"馅饼"，商家靠什么活？俗话说，只有错买的，没有错卖的。那么，在这场价格战游戏中，商家是怎样设陷阱规避价格战风险的呢？以空调等家电为例：一些打出超低价产品的商家，通常货源极其有限，甚至到竞争对手那进货，进价比卖价还高，商家肯定赔。而商家愿赔，主要是借"粑"做广告，借"粑"赚人气。几个"粑"树起来，其他产品统统装模作样地降价，烘托气氛，造成全场降价效果，煽起消费者的购买欲，人流中，消费者看着满眼的降价标签掏口袋，无论是吃了"馅饼"，还是落了"陷阱"都不是赢家。因为，买了低价"粑"产品的消费者，虽然吃了"馅饼"占了便宜，但由于不是该商家主营，售后服务未必有保障；被吸引来买了"假降价"商品的消费者，真正"落了陷阱"，不仅未占到价格光，而且由于冲动购物，未必买到真正中意的产品。另外，降价商品有相当一部分是积压库存，甚至是濒临淘汰和劣质商品，其质量可想而知。

经济学家说，混淆视听的价格战托起的虚假繁荣，给消费者带来了极大伤害，除了上面所说的直接伤害外，更有看不见的间接伤害。其一，从厂家而言，价格战打乱了消费者正常的消费行为，一些顾客"透支"消费，从整个消费过程看，由于"吃亏"的是厂商，最后必定是国家负担增加了，企业负担增加了，而这种宏观经济能力的削弱，最终还会转移到消费者的头上，使消费者为之付出代价。其二，从消费者而言，买了许多不该买的东西不仅没把钱增值，恰恰是贬值投资。试想，把用不上的毛毯、皮装、皮鞋买回去，放个三五年穿，不等于一直在贬值吗？如果把这些钱用到自己确确实实需要的方面，会创造出更高的投资效益。可见，恶性价格竞争最终吃亏的还是消费者。

恶性价格竞争不仅损害了企业自身发展的后劲，破坏了产品品牌形象，同时也使得国税收入减少，消费者利益受损（以次充好，以假乱真）等。那么，恶性价格竞争又是怎样产生的呢？

二、恶性价格竞争产生的原因

1. 法律规范的不健全

现在我国的改革开放已取得很大的成就，并在进一步深入发展。可是至今我国尚没有一部完整的《物价法》，虽然1987年9月由国务院发布了《中华人民共和国价格管理条例》，但也只是一部综合性的物价法规。由于现行的许多关于价格的法规都只是原则性的规定，缺乏可操作性，使许多不法商贩有空可钻。法律规范的不健全使竞争者无法可依，这样竞争就会是一种无规则竞争。再加上没有有效的监督保障机制，就会造成有法不依、违法不究的状况，由于违法得不到及时惩处，这样竞争者就会竞相效仿，从而使法律成为一纸空文，起不到保护和惩戒的作用。

2. 市场上供大于求的状况

从1995年以来中国统计的大多数商品中，几乎不存在供不应求的商品。如表所示：

年 份		供不应求	供求平衡	供大于求
1995	上半年	14.40	67.30	18.30
	下半年	13.10	72.30	14.60
1996	上半年	10.50	74.50	15.00
	下半年	6.20	85.70	8.10
1997	上半年	5.20	89.40	5.40
	下半年	1.60	66.60	31.80
1998	上半年	0	74.20	25.80
	下半年	0.16	66.07	33.77
1999	上半年	0	27.60	72.40
	下半年	0	20.00	80.00

由于中国已进入了买方市场，供大于求的压力落到了每一个商品生产者和供给者身上，降价是再自然不过的了。一方面，企业不得不大规模降价；另一方面，企业效益下降，工人下岗，加上国家通货紧缩，导致我国近几年平均每年下岗失业人员的增量在500万～1000万之间。虽然有一部分重新走上了工作岗位，但仍有一部分没有工作，这一部分人的收入及其家庭成员的收入均产生了明显的下降。医疗、养老、失业保险、住房等系列制度的改革，使他们不得不储蓄以备不时之需。种种原因导致了居民消费需求增长乏力，加剧了有效需求的不足和供大于求的矛盾。而这矛盾反过来又加剧了企业的恶性价格竞争。

3. 生产企业盲目投资、盲目生产，重复建设；经销商千店一面，缺乏个性

许多生产企业进行商品开发时，并没有进行十分周密的调查，随大流，看市场上什么赚钱就生产什么，盲目生产。低水平下的重复建设使本身需求已不太大的市场变得更加拥挤不堪。1998年的彩电价格战就是由于彩电技术含量低、门槛低、回报高，许多企业都只看到这一点就进行了大规模的生产。就价格竞争的问题，由于大家在技术上都是跟踪国际技术发展的潮流，加上市场上新企业不断进入，不断打破原有格局，所以价格战此起彼伏，本身有实力的企业也愿意打价格战以淘汰后来者。而商家，则看什么赚钱就进什么货，商品重复率高达80％，千人一面，缺乏个性。两方结合，不打价格战才怪。

4. 整个社会成员道德水平不高

随着经济的发展，精神素质并没有随着物质水平的提高而提高。整个社会成员道德水平不高，也是价格战的重要因素。在我国封建社会里，竞争者就没有依法竞争的观念。直到现在，有关道德法规还是没有被社会所接受和认可。竞争中的不道德行为没能得到及时揭露和谴责，违反道德要求的竞争者就不以为耻反以为荣，继续干不道德的勾当。在这样的情况下，竞争者也就不可能把道德规范当作自己行为的准则。

价格竞争是市场竞争的永恒主题。但恶性价格竞争不仅仅使消费者眼花缭乱，更使许多企业手足无措。恶性价格竞争的形成并非一朝一夕所致，自然也非一朝一夕所能改变。

那么，企业如何走出恶性价格竞争的"怪圈"呢？

三、企业避免恶性价格竞争的对策

1. 走服务竞争之路

全方位服务是 21 世纪企业塑造强势品牌、保持长期发展的最有效手段。"跨入服务竞争时代"是中国市场竞争的必须方向。比如海尔的"五星级服务"、康佳的"大拇指服务"、TCL 的"24 小时热线服务、王牌工程师"等服务，无不以亲情接待顾客，为顾客上门进行维修服务，解决顾客的疑难问题，甚至在节日赠送小礼品等，这些大企业都是靠优质服务作为第一竞争手段而做大企业的。在保证产品质量的同时，建立和完善优质快捷高效的服务体系，这一点对今天以服务的比重增加为重要特征的现代经济而言尤为重要，也是企业长期发展的立身之本。

2. 寻求差异化发展，营建竞争优势

营建竞争优势是企业寻求差异化的过程。在企业趋同性越来越明显的今天，营建竞争优势对企业至关重要。如 IBM 公司，产品质量不是一流的，但其服务则是世界第一，靠一流的服务仍能赢得市场，这就是差异化带来的竞争优势。恶性价格大战的一个重要因素是同质市场和同质化产品，只得凭借价格获胜。当前的各企业在提高产品质量的基础上，应重点在营销、服务和管理等方面创造自己的竞争优势。比如北京的秋装市场，各商场采用款式买断制，使各商场的商品独具特点，形成差异，吊起了消费者的胃口，避免了往年的恶性价格竞争。只要有个性，具有与众不同的差异，企业就可以走出恶性价格竞争的怪圈。

3. 加强品牌建设，增强品牌意识

价格策略被频繁使用，从而使得各主要品牌市场比重此消彼长，这种现象至少说明了用户的产品品牌的忠诚度处于比较低级的水平。中国品牌建设的道路依然艰辛而漫长。消费者品牌决策的过程是自上而下循序渐进的过程。价格战对于提高信誉度、偏好度、满意度和忠诚度的作用比较有限，甚至还有破坏作用。因此，用非价格手段着力提高信誉度、偏好度、满意度和忠诚度，从而确保占有率，应该成为企业创品牌、保名牌的首要任务。

在当前，各企业要不断提高名牌意识，特别要充分发挥自身创名牌的优势，以名牌为龙头，通过名牌提高竞争力和市场占有率。

4. 走技术创新之路

××大学经济学博士咸××指出，像彩电这样重复建设、严重过剩、过度竞争的产业，靠传统的规模经济制胜已经行不通。中国的彩电业因为没有核心技术的支撑，规模虽大竞争力不强，在国际化的竞争中，这种"规模"成了新世纪的恐龙。规模经济效益是通过创造成本的节省而获得的，它只存在于消费均衡、同一性较强的产品领域，对于产品需求变化快、时尚化特征显著的产品，则是创新的速度创造价值。现在，洋彩电虽然份额不占绝对优势，但新品迭出，它们已进入一个"速度利润时代"，别人没有的它们有，"舍我其谁"，赚取的是超额垄断利润。一年前，"索尼"、"东芝"的纯平、锐平镜面电视登陆，当时的价格都在万元以上，几个月后，当国内彩电企业跟进时，已喝了头汤的洋彩电迅速放水，价格打压到 5000～6000 元，国内彩电的获胜空间被压扁，当国内企业再一窝蜂进入急抢这桶清汤寡水时，洋彩电已整体战略性撤出，转而推出背投、等离子彩电和壁挂式高清晰度彩电，攀上新的市场制高点。国产彩电的市场份额虽然放大，但没有利润支持的份额没有意义。

洋彩电的制胜之道说明，以规模降低成本获得的利润是有限的，但通过自主创新，以速度经济和创新能力获得的垄断利润是无限的，彩电行业的前景应该是看好的，但行业前景不等于每个企业的前景，企业制胜之道在于提升核心竞争力，抢占先机。未来的商战是速度利润战胜规模利润的时代，速度利润的获得主要靠企业的自主创新能力。

5. 以合作替代对抗，实现"双赢"

在需求总量一定的情况下，胜者取得的成果等于败者遭受的损失。在这种情况下，价格大战不可避免地会破坏各品牌之间的市场均势，激化矛盾，造成稀缺资源的浪费。实际上，随着中国加入世界贸易组织，在国门内外、行业内外所面临的压力有增无减。只有借鉴国际惯例，通过强强联手，强弱联合，建立起"伙伴关系"共渡难关，共同进步、共谋发展，以合作取代对抗，扬长避短，充分发挥各自的核心竞争优势，方能"双赢"，否则两败俱伤，于己、于人、于国均不利。

综上所述，恶性价格战其实只不过是一种价格竞争的表现形式，它的形成有客观原因，也有主观原因。只有认清市场形势，并以大规模的产销、一流的管理水平、完善的服务体系、卓越的技术工艺、先进的生产设备和与同行密切的合作为支撑，才能使企业立于不败之地。恶性价格战并不可怕。只要企业摆正自身位置，做一个"个性"的企业，在经济大潮中才能有立足之地。

参考文献

1　×××. 价格大战的经济学思考. 价格理论与实践，2000（3）
2　××. 如何看待彩电"价格战". 价格理论与实践，2000（2）
3　×××. 价格战都是低层次的吗. 市场与消费，2000（2）

例文简析　这是一篇关于恶性价格竞争问题的毕业论文。论文从三个方面——恶性价格竞争的危害、成因及对策展开论述。文章选题具有较强的现实意义，在论述过程中采用层层递进的论证方式论证主题，论述观点有较好的参考价值，并能运用理论论据和事实论据来论证，文章说服力较强。全文主题突出，观点鲜明，说理透彻，层次清楚，结构完整，是一篇较好的毕业论文。

思考与练习

一、毕业论文由几个部分组成？完成一篇毕业论文按顺序要完成哪几个步骤？

二、为什么说选题是毕业论文成败的关键？

三、请在以下论题中选两题各拟一个详细提纲。

（一）为什么说知识经济的到来，对中国是个挑战，又是一个难得的机遇？

（二）西部大开发，作为改革开放较早的沿海省份，可以做些什么，说说二者结合的好处。

（三）中国加入世贸组织的利和弊。

四、阅读分析下面拆散的论文内容，完成文后的练习题。

传统测定叶面积的 3 种方法是：①九宫格法；②称重法；③叶面积测定仪测定法。这

3 种方法在应用上都存在局限性。九宫格法，因其耗时甚多，效率极低，且易出错早已淘汰。称重法，用分析天平则平衡甚慢，效率亦低，加之灯泡因频繁启闭易烧坏。用电子天平虽无上述缺陷，但害虫取食前后须各称重一次，由叶重转换成叶面积时因不同温湿度下叶片失水率不一，叶片含水量和厚薄的差异导致误差较大。叶面积测定仪测定法多用进口仪器，价格昂贵，且维修不便；为此，笔者以计算机扫描仪技术和 TurboC 语言为基础，建立了一种测定害虫食叶面积的新方法。其优点如下。

（1）操作简便。安装好软硬件后，在桌面垫一张白纸，上放待测叶片，展开并以干净透明玻璃板覆盖，扫描叶片用 Photofinish 的"橡皮擦"，擦除污点（或将叶片复印后，扫描复印纸），持所获图像文件命名存盘，调用 Areal.0 即得叶面积数据，扫描一次只需几秒钟。基本原理为：扫描仪所获图像由许多像素点组成，当采用黑白模式（即 Linoart 模式，图像文件扩展名为 BMP）扫描时，计算机将深色像素点视为"1"，浅色（白色）、像素点视为"0"，据此可区分背景（白色）与待测叶片（黑色），事先扫描精确面积为 10mm×10mm 的黑色正方形纸片，统计一定分辨率（dpi）下深色像素点即数字"1"的个数 n，即得读分辨率下每个像素点的面积 S_b，应用时 Area1.0，自动统计所获图像文件二进制码为"1"的次数，乘以 SDOT，再据分辨率加以调整，即得待测叶叶面积。

（2）精确度高。与初次测得的 SDOT 的精确度和选用的卸分辨率有关，在分辨率为 100dpi 时，用规则形状、面积已知的深色纸测得其误差小于 3%。

（3）价格低廉。只需一台计算机（计算机的软硬件配量要求为，386 以上机型带鼠标，建议内存 8M 以上，建议硬盘容量 540M 以上，Windows3.X 以上操作系统，手持式或台式扫描仪及其配套软件 Photofinish 3.0 以上版本，自编 TurboC 叶面积测度软件 Areal.0），另加台扫描仪及笔者开发的面积测试软件 Areal.09P 即可，市场时价手持黑白扫描仪（1600dpi）450 元，HR2，HR3（9600dpi）超级扫描仪 4380 元，彩色台式扫描仪（4800dpi）1950 元。

（4）功能多用。扫描仪本身功能是进行图像处理，另可复印文献保存在计算机内等。

（5）扫描面积大。扫描长度理论上为无穷大，只受桌面长度和计算机容量限制。

练习题

① 为上文拟写文题。

② 为该文撰写摘要。

③ 拟写出 3～5 个关键词。

④ 将内容按逻辑顺序编写成一篇规范的论文。

第六节　工科毕业设计报告

一、工科毕业设计报告的概念

工科毕业设计报告是工科大学生综合运用已学理论表述其工程设计情况的科技应用文。工科毕业设计主要考查学生是否具备工程设计的初步能力，包括以下这些方面的实际能力。

① 运用原理（机械、电力、电子、计算机等方面）的能力。

② 查阅资料、工程手册、材料手册等方面的能力。

③ 绘制图纸的能力。

④ 分析模型数据的能力。

⑤ 实验工作的能力。

二、工科毕业设计报告的写作方法

工科毕业设计报告的结构和写法与学术论文大体相同。但工科毕业设计的种类多，项目不同情况也不同，因此，很难统一主体撰写的模式。有的工程设计由于项目大，往往需要几个学生组成一个小组，分别各就某一方面的问题进行设计论证。这里主要讲述工科毕业设计报告主体有关内容的表述问题。

1. 设计原理的表述

① 表述整体。无论何种工程、何种产品，都必然涉及其工作原理。这原理当然有详细的图纸，但对总体进行说明时，多采用结构框架图或流程图的方式进行，这样易于让人从整体上先把握设计者的基本思路。

② 重点（关键问题）说明。指工程设计原理的关键技术或核心问题的说明。这需要采用图纸说明、模型或实验的验证说明等方式。①图纸说明。图纸是产品生产的依据，也是生产原理的具体说明。需要结合图纸，阐述关键问题的原理，要说得清楚、有条理。②模型或实验的验证说明。对于某些产品或工程，为了确保设计的成功，还采用类比模拟的方式，制作模型或运用实验手段来证明原理的可行性、技术的先进性。可将有关模拟的数据或实验数据、方法一一列出，用以证明原理的正确性。

2. 工程的特点或产品的性能表述

（1）技术或性能的科学性和先进性　优秀的设计总要体现科学性和先进性。对此进行说明的方式如下。

① 同类工程或产品的可比性。采用比较的方法，来说明设计的科学性和先进性，包括性能、质量、成本等方面的优越性。

② 最新技术说明。采用何种最新技术，工程或产品的性能有何提高、质量有何提高，这都是需要说明的地方。

（2）技术和质量标准的说明　技术和质量标准一般采用国家标准或国际标准。应按照国家质量技术监督局颁发的各类标准进行说明。

有的大型设计报告还有工艺分析等内容。

例文6-6

毕 业 设 计
关于学生成绩管理系统的设计报告
××大学信息管理系　×××

【摘要】　本文设计了一般学校通用的"学生成绩管理系统"。本设计采用目前通用的小型数据库 FoxBase 语言编写，以适应现行学校内部与外部交换信息的需要。

本设计以 FoxBase 为核心模块，开发出菜单模块、运算功能模块……采用功能模块式的组合方式，构建整个系统。

关键词：数据库　学生成绩　管理系统　设计

一、前言

目前，大多数学校在利用计算机管理学生成绩方面，还停留在"单独表格式文件管理、没有形成系统"的水平层面上，即采用的是半手工、半计算机式的管理方式。在计算机上录入编排学生成绩名册，并录入成绩，进行手工统计，最后排版打印。这种方式造成很大浪费，即计算机资源得不到充分利用，且每学期录入一次名单，手工统计一次分数，费时费工。

为解决这一问题，先后调查了 5 所中小学和 3 所大学，分析了学生成绩管理工作一般过程的需要，设计了本管理系统。

二、系统原理说明

（一）系统构建依据

本系统构建依据是一般学校的学生成绩管理过程。其过程是：新生学籍登记→一年级上下学期成绩登记，包括期中成绩登记、期末成绩登记、补考成绩登记→各个学期成绩登记→毕业成绩汇总。

（二）系统内容和性能

在这个过程中，各环节所需要的功能如下。

学籍登记需要名单录入、修改、查询、打印等功能。

各学期学习成绩需要名单录入、学习科目名称录入、各科成绩登记、各科人均分数、各分数段人数统计、学生个人各科成绩平均分数、各科补考人数统计和补考成绩登记。

毕业成绩汇总需要登记各学期成绩，统计学习总分和平均分，登记毕业实习和论文成绩等。

以上各项必须具有录入、修改、查询和打印的功能，已录成绩需要具有计算、统计等功能。

整体系统如下图所示（图略）。

三、系统设计

（一）数据库文件

1. 成绩库文件字段含义

QCJ（ABCD）库

Q101…………Q 期中，1 第一学期，01 第一门课程。

Q202…………Q 期中，2 第二学期，02 第二门课程。

F101…………F-Q101＜60，读入 1。

FZ…………第一学期不及格课程门数。

FZ2…………第二学期不及格课程门数。

QZ…………第一学期期中总分。

QZ2…………第二学期期中总分。

QP…………第一学期期中平均分。

QP2 ············ 第二学期期中平均分。

KQ01············ 第一学期期中考试门数。

······

2. 打印库文件

（1）文件名：kcdy.dbf

说明：本库用于打印各类成绩报表有关课程名称、学院名称、专业名称。与其他库的连接字段为"班级"。

本库的结构与各个"管理系统"中的"课程库（KCKA-BCD）"结构相同（略）。

（2）文件名：xjdy.dbf

本库为学籍打印库，与 XJKA-BCD 库结构相同（略）。

（3）文件名：bydy.dbf

本库为毕业成绩打印库，与"BYKA-BCD"结构相同（略）。

（二）功能模块设计

（1）软件整体界面与功能模块程序设计（略）。

（2）录入、修改、查询界面与功能模块程序设计（略）。

（3）运算、统计、打印界面与功能模块程序设计（略）。

（三）数据库文件与功能模块文件关系一览表（略）。

附件：1. 软件整体界面程序

2. 录入、修改、查询程序

3. 运算、统计、打印程序

参考文献

1 ×××主编.FoxBase 编程.北京：北京××技术出版社，1995

2 ×××主编.小型数据库实用案例.北京：××工业出版社，1996

例文简析 该设计报告书属于计算机程序设计类。作为学生的毕业设计实践，选题大小、难度均适当，又具有现实意义。从写法上来说，其整体为总分式，即先概括介绍整体设计思想，然后分项说明各项设计的具体内容，最后将局部设计汇总，结构清晰。在表述上，采用图表结合方式和典型设计程序说明方式，将设计思想阐述得比较清楚。具体程序文件，采用了附件形式说明，避免了因程序文件过长对阐述设计思想造成的影响。

思考与练习

一、思考并回答下列问题。

1. 你所学专业目前科研中有哪些前沿性问题？

2. 你所学专业目前科研（工程技术）中有哪些亟待解决的问题？

3. 你所学专业目前科研中已成立的学说有哪些需要补充或纠正的问题？

要求：每项至少列 3 条。

二、专业资料查阅训练。

1. 你所学的专业有哪些有关的重要期刊？

2. 你最喜欢本专业的哪种专业期刊？其中你最喜欢什么栏目？为什么？

3. 将最近三至四期专业期刊中你最喜欢的栏目的资料，分类编成小资料卡或小文集，并写出阅读心得。

三、根据自己所学专业撰写一份设计报告。

第七章 常用书信

第一节　常用书信概述

一、书信的作用和种类

书信是个人与个人之间、个人与组织之间、组织与组织之间，通过书面形式交流情感、研究问题、商讨事情、互通信息的一种应用文体。在多种多样的交际方式中，书信往来是人们使用最普遍、最频繁的一种，是人们生活中不可或缺的重要交际工具。作为一种交际工具和手段，书信文体具有距离性、双向性和平等性等特点。

在远古没有文字的时代，人们只能依赖"口口相传"传递信息。文字产生以后，用写作的方式交流各种信息应运而生了。事实上，早期的文字，主要的用途便是通信。在交通不发达的古代，书信的重要作用可想而知。即使是在交通和科技发达的现在，书信，作为人们交流思想感情的工具，仍然是人们最广泛使用的通信工具。出门在外，以书信报平安，寄托自己的情思，安慰家人的怀念；亲朋故友，以书信往来问候；情侣的互诉衷肠，夫妻的嘘寒问暖，长辈的谆谆教诲，晚辈的勤勤问安；师友往来，学术讨论，酬人谢赠，恳托拜请，举荐求知，咨询答疑等，都要用到书信。

书信的写作是有一定规范的，它是以文字为基础的，所输出的信息量，远比书写者想输出的要大得多，书信在传递信件内容的过程中，也把写信人的其他信息一起送了出去。从收信人来看，除了信件内容外，他还能从行款、称呼、字迹等非主要信息中判断对方的文化素养。正确的行款、恰当的称呼、妥帖的词句、工整的字迹与内容相配合，往往会博得好感，取得双方感情的融洽，从而达到通信的目的。反之，格式不规范，称呼不合宜，遣词造句不达意，语气生硬，白字连篇，乃至字迹潦草，都会适得其反，甚至会出现负效应。

按适用范围，书信可以分为一般书信和专用书信两大类型。一般书信是指人们日常和亲友、同事之间来往的书信；专用书信则是指在特定的场合中使用的具有专门用途的书信，如介绍信、证明信、求职信、应聘信、邀请信、表扬信、感谢信、申请书、倡议信、慰问信等。

二、一般书信写作的格式与要求

（一）一般书信的写作格式

一般书信由称呼、问候语、正文、祝颂语、署名、日期等部分组成。

（1）称呼　顶格书写于信的左侧第一行，后加冒号。如何称呼，要视写信人和收信人之间的关系而定。一般来说，平时口头上怎么称呼，信上就怎么称呼。写给长辈的，一般照辈分称呼；写给平辈的，可以直呼其名，也可以只写辈分称呼，或在名字后加辈分。同事、朋友间通信，一般称"同志"、"先生"或在姓之前加"老"或"小"字，以表示亲切；对德高望重的长者，常在姓后面加上"老"字，以表示尊重。有时在称呼之前加"敬爱的"、"亲爱的"等修饰语，以表示对特定对象的尊敬和亲密之情。

（2）问候语 写在称呼的下一行，空两格，单独成行。通常用"您好"，遇到佳庆节日，可以致以节日的问候。另外，还可以对收信人的工作、学习、生活、身体等各方面的情况进行问候。

（3）正文 正文要另起一行空两格写，转行时顶格，根据内容可以适当分段。正文部分一般先谈对方的事情，如询问对方情况，答复对方问题等；后谈自己想说的事。每一件事都要分段，做到条理清楚，一目了然。

正文部分的内容十分广泛，形式也非常自然。政治、经济、文学、艺术、风土人情、社会风尚、家庭琐事等内容都可以畅谈；叙述、描写、说明、议论、抒情等表达方式均可采用。

（4）祝颂语 正文写完了，另起一行表示祝愿或者敬意的话。祝颂语可根据收信人的不同身份及书信的目的内容选择，如写给长辈可用"安康"、"福安"等，写给平辈可用"工作顺利"、"学习进步"等，写给晚辈则可写"希努力工作"、"愿你进步"等。

（5）署名 署名写在正文右下方，写信的署名是有讲究的，给朋友写信署名时，一般不写称谓，只写名字。给长辈写信，一般要写称呼，如给父母的信，则写"儿某某上"。给老师写信，则写"学生某某上"等。

（6）日期 署名的下一行，写上写信的具体的年、月、日；有的在日期的后边，还写上写信的地点与时刻。

有的信写完后，发现漏写的内容，就要在后边补写，补写的内容叫"附言"。在写附言时，先写一个"附"字，后加冒号，再写补充内容，并用"另及"或"又及"说明。

写信还要写信封。标准信封的书写格式采用横写，行序由上而下，字序由左向右。第一行写收信人地址，要写得详细、具体、字迹清楚、工整。第二行写收信人姓名，要写在信封的中间，字体大一些，姓名的右方空两格处可写"同志"、"先生"等字样。信封是写给投递人员看的，不要写上写信人对收信人的具体称呼。第三行写寄信人的地址、姓名或姓，也要写得正确、具体，字样比收信人的姓名小一些。此外，还需填写"邮政编码"。信封的左上角印有 6 个小方格，这里写收信地邮政编码。在右下方也要填写寄信人所在的邮政编码。各地邮政编码有统一规定，如不清楚，可向邮局查询。

（二）一般书信的写作要求

（1）要有礼貌 在写信的格式和内容上都要讲究礼貌。称呼要切合自己的身份。问候语气也要体现出写信者的修养、礼貌，喜悦、愉快的要写得热情洋溢；哀痛、悲伤的要写得真挚关切；批评、建议的要写得诚恳、郑重；请教、求助的要写得谦逊、有礼。正文结尾处的致敬或祝愿的话，既表达了写信者的衷心祝福，也体现了写信者的礼貌。写信用纸一般有信纸、白纸或稿纸，应根据写信的目的和对象选用，给长辈写信更要注意用纸，为体现庄重，不要用很花哨的纸。写信最好用钢笔或毛笔书写，不要用铅笔，也不能用红墨水书写，用红墨水会被认为是不礼貌的"绝交信"。回信也要及时，万一由于某种原因回信迟了，在信中要说明理由，并表示歉意。

（2）要考虑对象 一般书信是写给特定收信人的，要考虑到对方的身份、经历、文化水平等。给识字不多的人写信，要写得通俗、易懂、浅显、明白，不要用深奥的词语、典故，免得给收信人带来理解上的困难。给文化水平较高的人写信，则写得典雅一些也无妨。

（3）要尽量口语化，并力求简洁　写信要直截了当，有什么说什么，尽量使用口语化的语言，使对方觉得写信人就在眼前，如同面对面地娓娓而谈。当然，书信语言口语化并不是绝对的，如果需要也可以用书面语言、文言，这也要根据收信的对象和书信的内容来确定。

三、一般书信和专用书信的区别

一般书信，也称"私人书信"，用于私人之间的书信往来；专用书信，也称"公务书信"常在特定场合中使用。它们有共同的写作要求，但也有所区别。

① 撰写一般书信不需用标题；而专用书信常有标明性质或内容的标题，写在书信前居中位置。

② 一般书信的收信人的称呼，固定写在开头第一行左侧，顶格书写；而专用书信收信人的称呼除像一般书信写在开头外，还可写在正文中或正文后另起一行顶格。

③ 一般书信的写信人只需署名，不必用章；而专用书信以单位名义写的，为表示慎重和有效，均要加盖公章。

例文7-1

爸爸、妈妈：

你们好！时节已近隆冬，窗外大雪纷飞，客居在外，尤其想念父母，愿你们身体健康。

北方的气候不比江南，虽说是冰天雪地，但屋内却是暖融融的，儿平日不出门，只在家中看书写字。记得去年冬天回上海，尽管气温远比不上北方寒冷，但到处冷飕飕的，又阴又湿。爸爸、妈妈在家，要注意保暖，取暖器用上了没有？还有，冬季仍要注意通风，保持室内空气新鲜。出门的话，穿得暖和些，以防感冒。远离家乡，没有比父母身体健康更值得孩儿安慰的，请你们千万珍重。

敬祝

冬安

儿　敏敏上

十二月二十日

例文简析　这是一封报告平安并给父母问安的家信，话不算多，却句句透露出温馨的亲情，是一篇很好的"私人信件"。

例文7-2

慈爱的外祖母：

自从拜别了您，跟着母亲到南方来居住，匆匆已经半年。这半年里面，因为学校功课很紧，同时又没有特别重要的事情，所以只写过两三封信给您，您不会骂我懒吧？

您近来身体好吗？母亲常于灯下絮絮地谈起您的往事，挂念您的健康，我跟姐姐也一起为您祈祷，祝您像松柏一样，健康长寿。

　　说起姐姐，我要告诉您：她的婚期已经决定了，是今年的 8 月 3 日，离目前只有几个月了。母亲因此忙碌得很，替姐姐操办这样，预备那样。

　　舅舅前天来信，已经答应届时前来帮办婚礼。母亲希望您同舅母、表姐、表弟等跟舅舅一同到我们家里来。我们已经收拾了两间房间，外祖母，你们一定要来啊，我家自父亲去世之后，人太少了，希望你们来热闹一下。

　　盼望您给我一个回信。

　　敬祝

安好

您的外孙　福良上

四月四日

　　例文简析　这是一封写给外祖母的家信，首先报告自己的平安，表达对外祖母的思念与祝愿，最后邀请外祖母来参加姐姐的婚礼。全信处处表现出晚辈对长辈的关心体贴，亲切而温馨。

思考与练习

一、简述一般书信的格式和写作要求。

二、给自己的父母亲写一封信，表达自己对父母问候、思念、感激之情。

第二节　求职信、应聘信

一、求职信、应聘信的特点

　　求职信与应聘信都是向用人单位自荐谋求职位的专用书信，不同的是，求职信是求职人根据自己的条件和意向，向可能聘用自己的单位所写的书信；应聘信是在已获知用人单位正在招聘人员的情况下所写的书信。其写作要求大致相同（见［例文 7-3］求职信、［例文 7-4］应聘信）。

　　求职信、应聘信有下列特点。

　　（1）针对性　为了达到求职的目的，要研究自荐过程中可能遇到的情况、问题，从用人单位和自身条件入手，认真、客观地分析自己的优势和劣势。自荐要分清主次，突出重点，有的放矢地加以表达，与求职无关的话，一概不提。

　　（2）自荐性　要让一个对你一无所知的人或组织，凭一封求职信就了解你、信任你，乃至录用你，难度是很大的。要实事求是地自我推荐，把自己的长处和优势客观地、清晰地、充分地表达出来，既不夸大，也不过分谦让，让用人单位受到你的自信的感染，获得一个良好的印象。

（3）竞争性　为想在激烈的竞争中取胜，要对用人单位的特点、求职岗位的要求、自身的条件进行具体的分析和归纳。要勇于挑战，竭尽全力去竞争。

二、求职信、应聘信的写作格式

（1）称呼　如果不知道用人单位主管者的姓名，可直接写上与单位、部门相称的主管者的职务称呼，如"人事部部长"、"营销部经理"等，也可在职务前写上"尊敬的"等修饰语。

（2）问候语　一般不用亲切的问候语，通常用"您好"、"打扰了"等开头。

（3）正文　这是求职信的重点，要写得紧凑、合理，具体写明自荐目标，选择对方单位的理由可以简述，重点介绍自己求职的各种有利条件，以引起对方的注意与兴趣。

（4）结尾　要写得非常简洁，一是可以再次强调自荐的目标和希望对方给予答复的期盼；二是告知对方自己的电话、通信地址和联系方式等。

（5）署名、日期　署名写在结尾右下方，署名要端正、清楚，不能写得龙飞凤舞，使人难以辨认。署名下一行写日期，要把年、月、日写全。

（6）附件　一般包括个人简历，所学专业课程一览表，各科成绩表，各类获奖证书和有关证件，发表的论文、论著，学校有关部门的推荐意见以及教授、专家的推荐信。附件的作用有时比求职信本身更大，千万不可忽略。

例文7-3

求　职　信

尊敬的××公司总经理先生：

首先，为我的冒昧打扰向您表示真诚的歉意。在即将毕业之际，我怀着对贵公司的无比信任与仰慕，斗胆投石问路，希望能成为贵公司一员，为贵公司服务。

我是××理工大学计算机软件专业99级学生，将于今年7月毕业。在大学四年中，我努力学习各门基础课及专业课，并取得了良好的成绩（见附表），英语已通过六级考试（见附件）。本人不仅熟练地掌握了学校所教课程的有关知识（Ⅶ程序设计、AOTOCADR14、FRONTPAGE98、FOXPRO2.5、C语言等），而且还自学了PHOTO-SHOP5.0、DMAX2.5、VISUAL FOXPRO等，专业能力强，曾获学校计算机软件设计比赛一等奖。

作为一名跨世纪的大学生，我非常注意各方面能力的培养，积极参加社会实践，曾在××保险做过业务员，在×××做过星级训练员，还在××信息有限公司做过网络工程师，爱好广泛，有责任感，能吃苦耐劳。

本人期盼能成为贵公司的一员，从事计算机、管理等工作。诚然我现在还缺乏丰富的社会经验和广泛的社会关系，如果公司给我机会，我会用我的热情、勤奋来弥补，用我的知识、能力来回报贵公司的赏识。

盼望您能给我一次面谈的机会。随信附上简历、英语等级证书、获奖证书等。

　　此致

敬礼

××敬上

2003 年 4 月 5 日

联系地址：××理工大学计算机系 99 级 1 班（邮编：××××××）

例文简析　　这是在不知公司是否要人的情况下写的一封求职信。开头用谦恭有礼的语言写明了求职的原因；接着介绍自己的学习情况，突出自己的专业技能，强调自己积极参加社会实践，有一定的经验；最后用恳切的言辞表达了自己的愿望和决心。全文情辞恳切，不亢不卑。

应 聘 信

尊敬的×××公司营销部经理：

　　贵公司的招聘启事为一个刚刚离开校园的青年提供了诱人的机会，能为您所在的广有影响的公司进行关于消费者的研究，简直是我最喜欢的工作了。下面谈谈我自己的情况。

　　我今年 22 岁，相貌端正，与人关系融洽。我好询问，好分析——喜欢将事情搞得水落石出。我机敏俏皮——有让人说真话的本事。这些品质加上热情、恒心和吃苦耐劳的精神，能够使我——一个初学者的工作得到你们的满意。

　　今年 7 月，我毕业于××商学院，主修市场营销专业。我的老师给我写了评价很高的推荐信。我希望能有机会把这封信给您看看。

　　随信附上明信片，上面有我的通信地址。希望能用它通知我和你们会晤的时间，如愿打电话，我的电话号码是×××××××××。

　　另附上我在校期间的成绩一览表，以及论文的复印件。

　　敬颂

安祺

×××谨启

20××年×月×日

例文简析　　这是根据招聘启事而写的一篇有针对性的应聘信。公司招聘的对象是营销人才，所以在自我介绍的时候，也突出了自己在公关、营销方面的专长，而且特别提到老师写的评价很高的推荐信，并附有成绩一览表、论文的复印件等附件。

思考与练习

一、判断题

1. 为了证明求职信中所介绍的内容，应尽量在附件中罗列有说服力的材料。（　　）

2. 写好求职信能给用人单位留下良好的第一印象，有利于达到谋求职位的目的。

（　　）

3. 求职信与应聘信是一回事。（　　）

4. 大中专学生与在职人员求职信的内容应是一样的。（　　）

二、请评议下面这封求职信。

尊敬的各位领导：你们好！

我是××中医学院针灸系2005届的毕业生，在即将毕业之际，我将自己推荐给大家。

在我了解到人们患病时的痛苦时，就立志学医，为祖国的医疗事业，接触人们的疾苦而奋斗。我热爱祖国，热爱人民，热爱劳动，刻苦学习，主修中、西各学科，于大学期间学习成绩名列前茅。我性格开朗，乐于助人，爱好广泛，热爱各种文体活动，积极锻炼身体，为将来有一个强健的体魄走向工作的第一线。实习期间，我荣幸地获得在国家三甲医院——南京中医学院实习的机会，使自己的理论知识与临床相结合，得到了进一步的充实。我遵守医院纪律，尊敬各位老师，关心病人，能做穴位注射、植线、理线、埋线、肌注等护理工作，为将来成为一个名副其实的医生打下良好的基础。

希望你们能给我一个机会——接受我的求职。

　　　　　　　　谢谢！

　　　　　　　　　　　　　　　　　　　　　　　　××

　　　　　　　　　　　　　　　　　　　　　二〇〇五年五月十二日

三、阅读下面这封应聘信，请加以修改。

尊敬的公司负责人：

当我即将毕业走向工作岗位，四处奔波而找不到一份称心如意的工作时，偶然从《×
×晚报》上看到贵公司的招聘启事，不禁欣喜万分。特毛遂自荐，应聘贵公司技术部经理或公关部经理一职。

我是××大学××专业的本科生，现已学完全部课程，学习成绩优秀，各门功课平均成绩在80分以上（成绩表复印件附后），曾担任系学生会纪检委员，工作认真负责，曾被校学生会评为优秀学生会干部（荣誉证书复印件附后）。我有广泛的爱好，在书法、足球方面尤有特长，是系足球队主力队员。身体健康，能够从事重体力劳动。我善于处理人际关系，在大学四年，从未跟同学和师长闹过别扭。

我应聘贵公司的职务，主要目的是想干一番事业，并不计较福利待遇和个人得失。我研究过贵公司的背景资料，发现贵公司有一套独特的经营管理之道，在实行过程中，虽然难免有不完善之处，但只要不断总结经验教训，就能逐渐形成贵公司的经营管理特色。我在学校辅修经济管理专业，在这方面有自己的一些不成熟的思路，盼望能有一个付诸实践的机会。这也是我向贵公司积极应聘的原因之一。如果如愿以偿，我将努力勤奋工作，在本职岗位上创造出骄人的业绩。我坚信你是不会失望的。

恳请您在×月×日前给我答复。

此致

敬礼！

××大学××系　×××

××××年×月××日

四、假设你即将毕业，希望到某单位工作，请按求职信的写作要求试为自己拟写一封求职信

第三节　邀请信、婉拒信

一、邀请信、婉拒信的特点

邀请信是邀请对方出席会议、宴会等活动。或与对方相约会面，或聘请对方担任某职时写的专用书信。

婉拒信是婉言推辞、谢绝别人的帮助、请求时写的专用书信。

二、邀请信、婉拒信的写作方法和要求

（一）邀请信的写作格式

① 标题。在第一行居中写上"邀请信"三字。

② 称呼。在标题下一行顶格书写被邀请单位名称或个人姓名和称呼。

③ 正文。写明活动的内容、时间、地点。如有参观和文艺活动，还应附上入场券；如有礼品赠送，应附上领取礼品的赠券；如有宴请，应写明"敬备菲酌"、"沏茗候教"等字样，并注明"席设"何处，以及宴请时间；如需乘车乘船，应交代路线及有无专人接站等。正文结尾一定要写上"敬请光临"、"敬请莅临"、"欢迎指导"等请语。

④ 署名、日期。在正文右下方写邀请单位名称或个人姓名，署名下一行再写发出邀请的具体的年、月、日。

（二）邀请信的写作要求

① 根据邀约活动的规模选择发请柬、请帖还是发邀请信的方式。一般说来，活动规模较大，邀请的人较多，则发请柬、请帖；规模较小或只是双方个人的会晤，则发邀请信。

② 要交代清楚邀请的原因、会面或活动的具体时间、地点、内容。必要时，要写清活动的详细地址及赴约的路线和活动安排的细节。

③ 态度要诚恳、热情，用语要礼貌、简约、典雅。邀请信的语体，视内容而定，可用准确、周密的事务语体（如邀请人参加一些比较隆重的活动，只需开门见山，把事情交代清楚，无需曲折铺叙）；也可以用生动活泼的文艺语体，在行文中融入情意性、形象性（如邀请旅游等悠闲之事，行文中除交代清楚所约时间、地点、内容外，融入感情，效果更佳）。

④ 邀请信一般不打印而要亲笔书写，以表示郑重和诚意。

（三）婉拒信的写作格式

① 称呼。第一行顶格写收信人的姓名和称呼。

② 正文。主要是表明谢绝的态度，讲明谢绝的理由。为表示真诚待人，要把情况摊明，不要东藏西掖，吞吞吐吐。

③ 结尾。可以写表示歉意的话，也可以写表示祝福的话。

④ 落款、日期。在结尾的右下方署上写信者的姓名，署名之下一行写上具体的年、月、日。

（四）婉拒信的写作要求

① 要向对方陈述无法答应所请的原因。对不愿为的事，可声明自己的一贯主张；对不能为的事，更应陈述理由，说明自己的为难之处。

② 要讲究礼貌。对关系较疏者，态度要谦和，对熟悉的亲友，可直陈理由，以实相告，但也要语气委婉，不要令对方感到难堪。

③ 虽是婉言谢绝，但态度必须明朗，不能模棱两可。

例文 7-5

关于举办"市场经济与现代管理"学术研讨会的邀请函

×××同志：

随着中国社会主义市场经济的发展，中国现代管理理论研究和管理实践面临着日益增多的新课题。根据党的十五大精神，为了适应建立社会主义市场经济新体制的需要，总结改革开放以来现代管理经验，探讨社会主义市场经济条件下现代管理的一系列基本理论和实践问题，促进科学管理水平的提高，我院决定于 1997 年 12 月 1～4 日在海南省海口市举办"市场经济与现代管理"学术研讨会，您发表的文章《论市场经济条件下现代管理的特征、规律和艺术》被确定在本次会议上交流，特邀请您出席。现将有关事宜通知如下。

一、会议内容

（一）学术研讨

会议将结合党的十五大精神，重点研讨以下议题。

1. 市场经济与现代管理的关系

2. 市场经济条件下现代管理的特征、规律

3. 现代管理方法与艺术

4. 现代管理制度创新

5. 改革开放以来市场经济的管理经验

我院将邀请有关专家在会上作学术报告（参会者可根据工作实际自拟具体题目）。

（二）海南经济特区环岛考察

二、会议时间

1997 年 12 月 1～4 日（12 月 1 日全天报到）。

三、报到地点

海南省海口市华侨大厦大厅（大同路 17 号），12 月 1 日全天机场有专人接。

四、参会程序

收到此函后请速将回执表填好寄回我院学术交流中心，并将您的文章自备 80 份赴会交流；如有随行人员请在回执中注明。我院可代为预定返程机、车、船票，并负责代表的接、送机工作。

五、会议费用

每人 1460 元（包括报到后会议期间 4 天 4 夜吃、住、行、会务、资料、海口至三亚环岛考察等费用）。

六、联系地址

地址：××省××市×××信箱　邮编：××××××

联系人：柳×　李×　电话（传真）：028-×××××××××

××亚太经济技术研究院学术交流中心（章）

1997 年 10 月 25 日

例文简析　这是一篇学术研讨会的邀请函，先交代邀请的原因，再详细说明活动的具体时间、地点、程序等，还注明了费用等细节。这是一篇较为规范的邀请函。

例文 7-6

婉　拒　信

××同学：

我是经过细心思考之后，才提笔给你写这封回信的。说真的，你那坦率的心意，真使我一时不知道该怎样办才好。我的心思，一向倾注在学习和工作上，对于你来信所提的那个问题，尚未考虑过。我觉得，我们还很年轻，对社会对人生的认识，可能很肤浅，很幼稚。如果不趁此大好时光，把精力集中在学习上，迅速地使自己成长起来，不然，我们将来定会后悔的。你说是么？

你认为："爱就是无限的倾心和尊重。"我也是这样认识的。但是，你在信中向我示意说："拒绝爱，就等于对对方的不尊重。"这一点我却实在难以同意。因为，每个人都有接受爱的权利，同时也有拒绝爱的权利。接受或是拒绝，对双方来说，都应该是平等的，自愿的。我们两人之间，对彼此的志趣爱好、性情脾气，尚缺乏深入了解，在这种情况下，倘若过于匆忙地决定，是不可能得到美好的结局的。你是个通情达理的人，对于我这样的解释，是一定会体谅的。

我衷心地希望，今后在工作和学习上，能继续得到你的帮助。让我们像往常一样，以朋友、同学相待吧!

　　祝

　　学习进步、身体健康

×××

×月×日

例文简析　　这是一封回绝异性求爱的婉拒信,因为是同学,所以作者的态度很温和,语气很委婉,不令对方感到难堪。但作者的态度还是明确的,相信收信者也会冷静地对待。

 思考与练习

一、请简述邀请信与婉拒信的写作要求。

二、指出下面这封邀请信的错漏之处。

邀　请　信

李先生:

　　您好!由于现在我们对外面社会了解甚少,特别对市场认识不够。为使同学们对社会有更多的了解、认识,毕业后更能适应工作,特邀先生光临敝校,与我们开一次座谈会,介绍市场的一些情况及工作中碰到的一些问题。我们全班同学恭候您的光临。

　　此致

敬礼!

王××

2005 年 10 月 15 日

三、结合书信的写作要求,比较下列两封信的不同之处,哪一封写得较好?为什么?

×××先生:

　　由于我校毕业典礼活动安排有变动,我不可能在 9 月 1 日赴约。

　　我感到十分失望,我仍期望到上海浦东新区来,我希望我们能重新定在 9 月 10 日会面,我想不会再有什么问题了。

　　此致

敬礼!

×××敬启者

××××年×月×日

×××先生:

　　由于我校毕业典礼活动安排有变动,我无法按我们先前的约定于 9 月 1 日赴上海浦东新区与您见面。

　　我想这一变化将会给您带来诸多不便,对此我表示深深的歉意,并希望能得到您的

应用文写作

谅解。

能否重新安排一下会晤的时间？我校的毕业典礼活动将于9月5日结束。

只要您觉得方便，9月5日以后的任何一天都可以，具体日期请您选择，并告知我。

谨颂

商祺！

×××敬启

××××年×月×日

四、2006届市场营销专业同学，毕业前夕特邀请2003届、2004届毕业生回校座谈，请你以2006届市场营销专业班委会的名义向校友发一封邀请信，并代不能回校参加座谈的一校友写一封婉拒信。

五、某市定于2007年12月1日举办商贸洽谈会，请你给服装公司写一封邀请信。

第四节　表扬信、感谢信

一、表扬信、感谢信的概念

表扬信是用来表彰单位、集体或个人的先进思想、先进事迹的专用书信，可以以组织的名义写，也可以以个人的名义写。

感谢信是得到别人帮助与支持而向对方表示感谢的专用书信，有写给个人的，也有写给单位的。

二、表扬信、感谢信的写作方法和要求

（一）表扬信

1. 表扬信的种类

① 当事者写的表扬信。写信人自身受到别人的关怀、帮助，事后给对方的单位或领导，上级组织或报社、电台写信，希望对做好事者给予表扬并表达自己的感激之情。

② 旁观者写的表扬信。写信人自身没有受到别人的关怀、帮助，但耳闻目睹了人家帮助别人，自己深受感动，因此给有关部门写信对好人好事进行表扬。

2. 表扬信的特点

① 对象的确指性。表扬信、感谢信都要写明被表扬、感谢的确切对象，使收信人知道你要表扬、感谢的是谁。

② 事实的具体性。表扬、感谢别人都要通过具体事实加以表达，写明表扬、感谢所在，这样才便于他人学习。

③ 感情的鲜明性。表扬信、感谢信都要写出鲜明而强烈的感情色彩，抒发赞扬、感谢之情，使知晓者都能够受到感染、教育。

3. 表扬信的格式

① 标题。在第一行居中，写上"表扬信"三字。

② 称呼。在第二行顶格写收信单位或个人姓名。如果是写给个人的，要在姓名之后再加上"同志"、"先生"、"女士"等字样。

③ 正文。先交代表扬的缘由。要写清什么人，在什么时间和地点，做了什么，以及

事情的经过和结果。被表扬的好人好事一定要叙述清楚、交代明白。要用事实来说话，不能笼统概括或空发议论。然后在叙述的基础上，用简洁的语言适当加以议论，阐明好人好事的意义，并表明向被表扬者学习。

④ 结尾。提出建议、希望，如"希望学校给予表扬"；或表示个人的感受等。在信的最后写上"此致敬礼"、"祝您愉快"等表示祝福、敬意的话。

⑤ 署名、日期。在结尾的右下方署上写信者的单位名称或个人姓名，署名下一行写明发信的具体的年、月、日。

4. 表扬信的写作要求

① 要实事求是。所表扬的好人好事要真实、可靠、准确无误，不夸张，不缩小，更不能虚构、编造。

② 评价要恰当。对好人好事的评价要恰如其分，不要随意拔高，不讲空洞的大道理。

③ 语言要亲切、热情，富有感情色彩。

④ 篇幅尽量短小。在一封表扬信中只写一件事，要突出重点，抓住最能表现被表扬者的好思想、好品德的事实来写。

（二）感谢信

1. 感谢信的种类

① 致发感谢对象所在单位或感谢对象本人的感谢信。这种感谢信的对象单一，或者是一个机关，或者是一个人。

② 致发报刊、电台的感谢信。这种感谢信不直接致发感谢的对象，而是通过报刊、电台等新闻媒体向感谢的对象表达谢意。

2. 感谢信的特点

感谢信的特点与表扬信一样，具有对象的确指性，事实的具体性和感情的鲜明性。

3. 感谢信的写作格式

① 标题。感谢信的第一行居中写"感谢信"或"致某某的感谢信"。

② 称呼。可写单位名称或被感谢对象的个人姓名和称呼。

③ 正文。交代清楚人物、事件、时间、地点、原因、结果，重点叙述对方关心、支持、帮助的事实以及所产生的效果，赞颂对方的高尚风格、思想境界和可贵精神，并表示向对方学习的态度和决心。

④ 结尾。写表示敬意、感激的话，如"致以最诚挚的敬礼"等。

⑤ 署名、日期。在结尾的右下方署上写信的单位名称或个人姓名，署名下一行写发信的具体的年、月、日。

4. 感谢信的写作要求

① 叙述准确，表达清楚。要把被感谢的人物、事件、准确、精当地叙述清楚，以使别人具体了解。

② 热情中肯，评论得当。要特别注意感情饱满、热情洋溢地写出感激之情，并实事求是地加以评论、评价，以突出其意义。

③ 真诚朴实，自然得体。表示感谢的话要合乎双方的身份，如年龄、性别、职业、境遇等；表达谢意的行动要符合实际，说到做到，切实可行。

④ 文字要精炼，篇幅不要太长。

例文 7-7

表 扬 信

××大学党委：

　　贵校老干部、老党员、老红军黄××老人是陕西省清涧县石盘乡上坪村人，这个村是面临黄河，背靠石头山，沟深坡陡，梁峁起伏，没有公路，尽是蛇盘羊肠小道，河滩泥泞，乱石便道，一切来往运输全是步行、肩挑、驴驮，有不少老人至今未到过县城，未见过汽车。至今村长、书记都是文盲。那里文化落后，但它是秦、晋两省四县的交界处，是清涧县最边远、最偏僻的一个穷山沟村。但我们村有着光荣的革命传统。一九三三年至一九三五年我村就建立了党支部、苏维埃政府。全村只有三十来户人家，就有二十多人参加了红军闹革命远离家乡。解放后又有一些人离开了这块贫瘠的土地在外谋生。但出去的多，回来的少，黄××就是其中的一个。他一九三四年参加了红军，始终不忘家乡父老乡亲。

　　我村只有几孔旧窑洞作为学校教室，因多年失修已成危房。顶上掉土，到处裂缝，少桌无凳，孩子们坐在石头上或自己带个小凳来上课，出了教室个个学生都变成了土娃娃。学校只设1～4年级，5～6年级的学生要到外村去上学。每日往返要走二十多里山路，总是起早摸黑。家长、教师、孩子们时常提心吊胆，不少娃娃就此停学。学校几乎办不下去了。村委会、党支部向外边工作的同志发出了求助信。

　　黄××老人得知此情况后与我村至今还健在的六位老红军和在外工作的人员取得联系。他将自己省吃俭用省下的钱给村里寄了叁仟元。每个老红军和在外工作的人员他们特别热情，个个捐资献爱心。上坪村小学得到挽救，二〇〇一年六月动工，先将七孔旧窑洞全部维修，粉刷，铺了水泥地，做了新黑板、新课桌、新凳子，安装了电棒，水泥铺了院子，打了围墙，盖了大门、厕所，又新建了两孔教室，从此开设了1～6年级的完全小学，是我们全乡的第一个好学校。全村老少高兴得无法形容，对黄××老红军感激不尽。乡政府、县委的领导亲自视察了学校，表扬了这些老红军，他们永远是人民最尊敬最受爱戴的人。

　　黄××老人又得知我村九十多户三百六十多人至今仍然吃的是从大石山石崖缝里流出的一股泉水。这水里有毒，含氟大大超标，人们长期饮用它，牙齿必黄、必断，不到四十岁就腰腿痛，还得很多怪病。全村老少盼望找水源打井，解决人畜饮水问题，但资金短缺办不到，又是黄××和在外工作的人员再次捐资扶贫献爱心，给我村在黄河滩打了三口井。今年四月十日动工，七月三日竣工。他老人家又拿出叁仟元资助家乡，现在全村人口喝上了清澈甘甜的好水，人人满意，个个高兴。为了纪念老红军的功德，把中滩一口井命名为"老红军井"并在井房的碑上刻上了他们的名字。让全村老少永远不忘老红军，学习他们的美德，让他们的好传统，高尚的美名流芳千古。

　　黄××老人为了解放全中国，虽然离家六十多年，但他时时不忘家乡的父老乡亲，在他年老体弱多病的情况下，将节约的陆仟元帮助家乡，扶贫献爱心，一个老党员、老革命的传统本色没有丢，我们在他身上看到了"三个代表"的真实体现和形象，我们全村老少尊敬他，爱戴他，想念他，遥祝他老人家健康长寿，诚望他和他的家人们回家看看。

我们乡里人没有什么好东西感谢他，只好把我们的感激之情，把他的好思想，好作风，好传统向党组织汇报。我们村党支部、村委会代表全村父老乡亲希望贵校组织对这样的好人好事，好典范给予表扬，鼓励本人，教育大家，把"三个代表"的学习深入实际，到处开花，发扬光大，推动中国繁荣富强。

　　此致
敬礼

上坪村党支部、村委会

二〇〇二年八月

例文简析　　这是一篇村民写给学校的表扬信。第一段介绍上坪村贫穷落后的现状，第二段、第三段写黄××老人捐资助教的事迹，第四段写黄××老人捐资打井的事迹，最后两段表达感激之情，并提出希望老人所在的学校对他给予表扬的愿望。这封表扬信叙述有条有理，态度热情诚恳！

思考与练习

一、简述感谢信与表扬信的异同。

二、具体说明表扬信与感谢信的正文主要写哪几方面的内容？

三、阅读下面有毛病的表扬信，指出不当之处，并重新写一封表扬信。

表 扬 信

各位老师、同学：

　　在刚刚结束的一万米比赛中，××同学不幸中途跌倒，腿部受伤严重，已分不清汗水和血水，但他忍着伤痛，坚持跑完了一万米，这种顽强拼搏的精神，得到了人们的好评，特此提出表扬，并希望全校教职工向他学习！

××学校大会主席团

2006 年 5 月 28 日

四、阅读下面的感谢信，指出其存在的问题，并将它改写成一封表扬信。

感 谢 信

××宾馆：

　　9 月 28 日下午我乘坐出租车时，不幸将一个手提包丢失在一个黑色轿车中，内有现金、信用卡、身份证等贵重物品价值 5 万余元。当时我非常着急，北京出租车多如蚂蚁，我去哪里寻找呢？回到旅馆后我把情况跟大堂经理×××说了，他答应帮我寻找。果然第二天早上他把包送到我手里时，包内物品一应俱在。×××这种一心为旅客着想的爱岗敬业精神深深地感动了我，特此表示衷心感谢，并祝贵宾馆"笑迎八方客，坐收九州财"！

旅客×××

2006 年 10 月 1 日

应用文写作

五、根据以下材料，如果写成一封感谢信，可删去和补充哪些内容，请拟出提纲后练习写作。

1. 2006 年 4 月 16 日，陈××父亲（陈×，68 岁，1920 年生）单独外出买芹菜 5 斤，灯泡两个。陈过马路时被摩托车撞伤头部，晕眩过去，肇事者当场逃走，至今未抓获。

2. 广州某汽车修配厂青工×× （24 岁，2006 年毕业于广东工学院）见状即拦车将陈父送往市第一人民医院救治。陈父经 3 天 3 夜抢救方脱险。陈父住院 23 天。陈父脱险前，该青工一直在医院看护，并为陈父输血 500mL，其后又常到医院看护，至陈父日前出院为止。

3. 据了解，该青工在工厂表现很好。

第五节 申请书、决心书

一、申请书、决心书的特点

申请书是个人或单位、集体因某种需要，向领导或组织表达愿望，或提出有关请求事项的专用书信。申请书的使用非常广泛，个人如入党、入团、入会、参军、开业、调动、住房、出国探亲或留学；个人或单位有特殊困难希望组织帮助解决等，均可以申请书的形式提出。

决心书是个人或单位、集体为了响应组织或上级部门号召开展工作、完成任务而提出的保证做好工作、完成任务的专用书信。

二、申请书、决心书的写作方法和要求

（一）申请书

1. 申请书的种类

申请书从内容上大致可以分为三类。

① 参加某种组织的申请书。这是要求参加某一社会团体、党派而写的申请书，如入党申请书、入团申请书等。

② 要求解决问题的申请书，如请求调动工作、申请住房、申请出国留学、探亲等。

③ 要求某种权利的申请书，如专利申请书、领养子女申请书、商标注册申请书等。

2. 申请书的写作格式

① 标题。有两种写法。一是直接在申请书的首行正中写上"申请书"即可；另一种根据申请的事项和目的，标明具体的名称，在申请书的首行正中写上"××申请书"字样，如"入党申请书"、"住房申请书"等。

② 称呼。写接受申请的名称，既可写有关的机关、组织的名称，也可写有关领导人的姓名，如"×××团支部"、"×××学校"、"×××校长"等。

③ 正文。包括申请事项、申请理由、申请人的态度三个部分。申请事项要开门见山、清楚明白地提出。申请理由要充分、肯定，抓住要点，突出重点。同时，应根据申请的事项，向所申请的组织或领导明确表态或提出诚恳的希望和要求。

④ 结尾。视具体情况而写，或写表示祝愿、敬意的话，或写表示感谢的话，如"此致敬礼"、"请接受我衷心的感谢"等。

⑤ 署名，日期。在结尾的右下方写申请人姓名，下一行再写提出申请的具体的年、月、日。

3. 申请书的写作要求

理由要充分，申请的事项要具体，叙事恳切；根据接受申请书的对象来斟酌内容的详略；语言表达要求准确、朴实，简洁通畅，切忌杂乱冗长，故弄玄虚。

（二）决心书

1. 决心书的写作格式

① 标题。一般只写"决心书"三个字即可。

② 称呼。开头顶格书写接收决心书的机关、单位或领导人的姓名、称呼。

③ 正文。简要写明在什么情况下，有什么样的任务、谁准备接受并决心完成，紧接着写决心的具体措施，包括怎样完成任务、完成的手段和方法、完成的时间等，如内容较多可分条列项一一写明。结尾表明态度，并要求监督等。

④ 落款、日期。先写明写决心书的团体或个人名称，再在下一行写上具体的年、月、日。

2. 决心书的写作要求

写决心书要有实事求是的态度，不夸大其词；对要做好的事情及措施要交代清楚、具体；语言要精炼、简洁。

例文7-8

入党申请书

敬爱的党：

像小苗盼望阳光雨露那样，我殷切期望早日投入您慈母般温暖的怀抱，在您的直接关怀、教育、培养下，成为伟大社会主义祖国四化建设的有用之才。因此，我盼望成为一名中国共产党党员。

敬爱的党，虽然我不能像健康人那样，在学校里系统地学习党的光荣历史，但是，从给我以厚爱的亲朋师友之中，从我自学的课堂上，从二十几年的生活经历中，同样强烈地领略到党的光荣和伟大。我们的党是中国工人阶级的先锋队！是中国各族人民利益的忠实代表，是中国社会主义事业的领导核心。党的最终目标，是实现共产主义的社会制度。我们的党领导全国各族人民，经过长期的反对帝国主义、封建主义、官僚资本主义的革命斗争，取得了新民主主义革命的胜利，建立了人民民主专政的中华人民共和国。"没有共产党就没有新中国"的歌声，唱出了人民的心声，也道出了一个伟大的历史事实。建国以后，党又领导全国人民顺利地进行了社会主义改造，完成了从新民主主义到社会主义的过渡，确立了社会主义制度，发展了社会主义经济、政治和文化。特别令人难忘的是，我们的党经受住了十年内乱的严峻考验，在国家和人民最危急的关头，一举粉碎了林彪、江青两个反革命集团，挽国家于存亡之际，救人民于水火之中。党的十一届三中全会的召开，在各条战线上取得了拨乱反正的重大胜利，实现了历史性的宏伟转变，规划了四化建设的宏伟蓝图。党的十二大以来，随着社会主义建设新局

面的开创，各族人民意气风发、同心同德奔向未来。历史证明，我们的党不愧为光荣、伟大、正确的党。

作为一名病残青年，我更无时无刻不在感受着党的温暖。没有党的关怀，就没有我的生命，更没有我的今天。特别是当我在生活中克服了一点困难，在工作中做出了一点成绩的时候，党又给我以很高的荣誉，使我时时有一种无功受禄之感。我付出的太少了，得到的太多了，纵然献上我的青春和生命也无法报答党和人民对我的厚爱。

我深知，自己离一个真正的共产党员的要求相差太远了。但我决心时时处处以一个党员的标准严格要求自己，战胜困难，刻苦自学，百折不挠，奋力攀登，更多地掌握四化建设的本领，为共产主义事业贡献出微薄的力量。敬爱的党，请考验我。

申请人张海迪

××××年×月×日

例文简析　这是一篇申请加入中国共产党组织的申请书。正文部分开头直接表明自己申请加入中国共产党的愿望，接下来结合党的历史和自己的感受说明申请入党的理由，最后简要地表明了申请的态度。全文详略得当，格式规范，情真意切，真挚地表达了作者渴望加入中国共产党组织的强烈愿望。

例文7-9

申　请　书

××厂长：

我是××车间的女工，家在向阳小区居住。我每天上下班都要穿过整个北京城，路途远，交通十分不便。每次坐车一般情况都要两个小时，遇到交通堵塞，时间就无法计算了。我每天上下班都要在路上耗去四个多小时，处在一种疲于奔命的状态。以前我都是早起晚睡来克服这些困难的。我现在已步入中年，每天挤车，搞得我筋疲力尽，十分影响情绪和工作。再者，我女儿今年就要进入小学念书，家中只有我们母女俩人（我爱人已去××国工作，为期两年），如我中午不回家，女儿的中午饭就没有着落。小孩子刚刚六岁半，我起早贪黑地上下班，她早、中、晚无人照顾，也实在让我放心不下。为此，我请求厂里允许我调到离家较近的××厂去。××厂已口头表示，如果我们厂可以放，他们可以考虑接收。希望厂长能考虑我面临的实际困难，予以批准。

×××机械厂

××车间　张××

××××年×月×日

例文简析　这是一篇因个人生活有特殊困难希望组织帮助解决的申请书。重点在于真实反映实际存在的困难情况，以事实来说服人，再提出诚恳的希望和要求。

决 心 书

各位领导、各位教官、各位老师、各位同学:

你们好!我们度过了一个愉快的暑假之后,新的学年又即将来临。在新学年开始之际,学校组织我们来到平洲参加为期 5 天的军训。

组织我们参加军训,是为了提高我们的国防意识,培养爱国主义情操。通过军训可以学习到基本的军事知识,可以磨炼我们的意志和毅力,增强我们的组织纪律性和自控能力,提高我们的应变能力自立能力及身体素质,使我们的身心得到锻炼,从而达到提高思想、强壮体魄的目的。

军训如此重要,我们绝不能马虎对待!必须以认真的态度积极极参加,努力完成军训任务,因此,我们决心做到:

1. 不怕苦,不怕累,认真完成军训任务。学习解放军叔叔大无畏的革命精神,艰苦奋斗,积极进取。不怕烈日当空晒,不怕汗水湿衣衫。坚持到底,不当逃兵!

2. 积极学习军事知识,虚心听从教官的指导,规范好每一个动作,按质按量地完成,达到训练的要求。

3. 遵守军训的纪律,遵守作息时间,做到准时集合,不迟到,不早退。

4. 发扬艰苦奋斗、勤俭节约的精神。爱护军训场地的一草一木,爱护公共财物。搞好环境卫生,不浪费粮食。

5. 同学之间要团结友爱,互相关心互相帮助,共同努力完成军训任务。

同学们,让我们在军训中发扬吃苦耐劳和团结协助的精神。在军训中增进同学间的友谊,加深师生间的了解,并把在军训中树立起来的新的精神面貌,带到新阶段的学习和工作中去,从而取得更好的成绩。

请教官和老师们监督。

××德育基地第×期军训营学员代表:周××

××××年×月×日

例文简析　这是一篇向教官和老师保证努力完成军训任务的决心书。先简要写明任务情况,再表示准备接受并决心完成,紧接着写决心的具体措施。因内容较多,采用分条列项的方法,一一写明决心的内容。结尾表明态度,并要求监督。

思考与练习

一、申请书有哪些用途?写申请书时用语方面要注意什么?

二、写申请加入某组织的申请书和请求解决某一困难的申请书各有什么侧重点?

三、写一份申请加入学院书法协会的申请书，该组织的性质、活动以及你个人具备的条件等可自拟。

四、你打算开一家旅游公司，要向当地工商部门申请开业，请拟一份申请书。

第六节 建议信、倡议信

一、建议信、倡议信的特点

（一）建议信

建议信又称意见书，是机关、集体或个人为开展某项工作。完成某种任务，处理某一现实问题，而向上级机关、部门或有关领导人陈述建议性意见而形成的专用书信。根据内容，建议信可以分为改进工作的建议信、开展活动的建议信和兴办事业的建议信三种。

建议信具有如下特点。

（1）建议性　建议信的递送对象是有关部门或领导，所提建议是否被接受、采纳，要由决策机关和决策人站在全局的角度上加以考虑，可能全部采纳、可能部分采纳、也可能完全不采纳。作为建议的提出者不能把自己的意见强加于人，要求对方非采纳不可。

（2）议政性　建议信是机关、集体和个体参与国家管理、部门管理、企业管理的一种方式，它是对决策者献计献策的工具之一，是参政议政的有效手段。

（3）针对性　建议信是建议者在现实生活中发现了某些问题，并对问题提出解决的办法，所指的都是实际的具体问题，有很强的针对性。

（二）倡议信

倡议信亦即倡议书，是个人或单位、集体为了做好某一工作，或开展某项公益活动向有关单位或集体提出一些奋斗目标，希望共同做到而写成的专用书信。它与建议信的不同之处在于对象的广泛性，即把一项重要的有创造性的建议或号召变为群众的行动。

倡议信有如下特点。

（1）对象的广泛性　倡议信不是对一个人、一个集体或一个单位发出的，而往往是面向群众、面向社会，甚至是面向海内外。它是把一项重要的、有创造性的建议，或有关组织、团体、领导的号召变为群众行动的重要途径，具有广泛的群众性。

（2）内容的号召性　倡议信的内容有一定的号召性质。倡议者与被倡议对象不是上下级的领导关系，不存在约束力。被倡议对象对倡议书中的号召可以响应，也可以不响应，也不要求有关人员作出明确答复。

二、建议信、倡议信的写作方法和要求

（一）建议信

1. 建议信的写作格式

（1）标题　写在第一行居中位置，写法比较灵活，可以有以下几种写法。①直接写明"建议信"或"建议"。②由建议的事项加建议信文种构成，前面加介词"关于"，如"关于切实解决中、小学生课业负担过重问题的建议"。③把"建议"放在标题开头，如"建议禁止生产、出售气枪等打猎工具"。④只写上建议的事项，如"切实解决农民负担过重的问题"，报刊上发表的建议信常用这种标题。⑤复式标题。正题写明建议的事项，引题

说明建议的提出者。如有份复式标题建议信，引题为"一些从事飞行事故调查的行家建议"，正题是"国家应设航空事故调查局"。

（2）称呼　在标题的下一行顶格写上单位名称或领导人的姓名、职务。

（3）正文　一般包括以下几方面的内容。①提出建议的原因或出发点。主要说明为什么要提出这项建议，提出建议的想法是什么，建议所涉及的问题及现状，可以作为建议提出的出发点，并适当论证建议的必要性、合理性和紧迫性。这样才能引起接收建议的机关、单位或领导人的认真对待，使之接收建议。②建议的具体事项。这一部分主要写明建议者所提建议的内容，要具体明确的提出解决问题的措施和方法。如果建议的事项较多可分条列项写出来，各条内容应界限分明，不要互相包容，这样才便于建议信的接收者逐条考虑，酌情处理。③提出希望。在建议事项后，可以表达一下提建议者的希望。

（4）结语　可以写上表示敬意或表示祝颂的话。也可省略。

（5）署名、日期　在结语下方先写明提建议者的机关名称或个人姓名。以机关名义提出的建议要写机关的全称或规范化的简称。以个人的名义提出的建议，应写明所在单位的全称和自己的真实姓名。如果是多人提出的建议，可以把姓名全部写上或写"×××等人"。在署名的下一行写明具体的年、月、日。

2. 建议信的写作要求

（1）要从实际出发，实事求是　写建议信要充分了解实际情况，根据具体问题实际需要和可能条件提出合乎情理又切实可行的建议，不要脱离实际说过头话，也不能提无理要求。

（2）建议信的内容要有针对性、新颖性　要针对当前工作中确实存在的缺点、错误，或是针对社会上的不正之风，或是为了某项工作更有成效，或是为了某项事业更加蓬勃发展，而提出有新意的建议。

（3）语言要精炼　写建议信切忌空泛地发议论，过多地讲道理。要把重点放在说明情况上，用言简意赅的语言把内容措施、办法表述清楚。

（二）倡议信

1. 倡议信的写作格式

（1）标题　写在第一行居中的位置。可用"倡议书"三字作为标题；也可以是由倡议者加倡议事项组成标题，如"教育部、中国文字改革委员会等15个单位提出大家都来说普通话的倡议信"；还有一种标题是倡议对象加文种，如"向文艺界发出的倡议"；另外还可以把倡议事项的要旨归纳出来作为标题，不加文种，如"让我们都来劝爸爸戒烟"。

（2）倡议的对象　有以下两种形式：一种是范围很广的倡议信，可以不写接受对象，如"教育部、中国文字改革委员会等15个单位提出大家都来说普通话的倡议信"，就没有一一列出接受倡议者的名单；另一种是有明确、具体的致发对象，可以写出有关单位名称和个人称呼。

（3）正文　一般包括以下几个方面的内容。

① 用简洁的语言交代倡议的背景，阐明倡议的目的和意义。发出倡议总是希望得到有关人员的响应，只有交代清楚在什么情况下发起的，为什么要发起这样的倡议，接受倡议者才能理解这样做的好处，并进而响应。如果对倡议的背景、目的、意图不作交代，或者交代不清，接受倡议者就很难从思想上明确认识，也就很难响应倡议。这一部分的文字

要有鼓动性和号召力，最后一句往往用"提出如下倡议"过渡到倡议的事项。

② 倡议的具体内容。这一部分主要是交代清楚倡议开展的活动和所要做的事情，一般是分条列项的写明，使之条理清晰，一目了然。倡议的事项必须明确、具体、切实、可行，以便倡议者行动。

③ 结语。这一部分可以用恳切的语言表达倡议者的希望，也可以省略。

（4）署名、日期。在结语右下方署上倡议信发起者的单位名称或个人名称，并在署名下一行写上具体的年、月、日。

2. 倡议信的写作要求

① 倡议信的内容要体现时代性和创造性，紧密结合当前党的中心工作和任务来提倡议。

② 倡议信的内容要结合本地区、本单位和本人的实际情况，并要符合群众的需要，是大家共同关心的事情，对为什么倡议、倡议什么，怎么实现倡议，都要从实际出发，具有可行性，并留有余地，使大家经过努力可以做到，这样有利于调动群众的积极性。

③ 语言要明确、中肯、热情、谦虚，既要有鼓动性和感召力，又不能脱离实际，说空话、大话，这样才能使人容易接受，并付诸行动。

④ 集体发出的倡议信的内容，应事先经全体人员充分酝酿讨论，由大家共同商定，不能由少数人包办代替。

⑤ 倡议信的发布形式要灵活。倡议信内容只涉及本单位的，可在本单位张贴；重要的倡议也可以印发给有关的组织和个人；地区性、全国性的倡议，要在当地或全国性的报刊上公开发表。

建　议　信

××省教育委员会：

目前，我省中小学生学习负担普遍过重，学生终日埋头于书本。过重的家庭作业给学生造成了超负荷的学习压力，在不同程度上影响了学生身心健康和学生智力的全面发展。造成学生负担过重有以下几个原因。

一、教材内容过多。我国原来的教材中，反映当代最新的科学成就少。为了赶上世界先进水平，编新教材时有意识地将一部分内容逐级下放，大学的部分教材内容下放到高中，高中的下放到初中，初中的下放到小学。因此造成教材内容过多，教师讲不完，只有开快车、加班加点。这是造成目前学生们学习负担过重的重要原因。

二、学制短。过去小学、中学各六年，现在各五年（少数小学为六年），学习时间普遍减少。

三、片面追求升学率。升学率的高低实际成了学校衡量教师、社会评价学校好坏的惟一标准。由于每年升学人数有限，就业也有困难，这就无形地对学生形成了综合性的压力。

四、教学不得法。我省中学教师约一万人，按本科毕业生教高中、专科毕业生教初中的师资要求来看，只有三分之一是合格的。大多数教师做不到让学生当堂理解所学的内容，因不能当堂消化，只能用笨办法占用学生的休息、体育、文娱活动时间。

关于这一问题的解决办法，特提出以下几点意见。

一、首先是教育行政领导干部应认真学习党的教育方针和政策，正确执行党的教育方针、政策，研究教学规律，坚决制止和纠正片面追求升学率的错误做法。衡量学校教育工作和教师的教学质量，应以学生德、智、体全面发展为标准，绝不应单纯以分数高低或升学率的高低为标准。

二、加速中等教育的改革，多办些职业中学。同时，要普遍建立研究生院。将一些教材内容放在研究生阶段去学习，而不要层层下放。研究生院学制可以是四年，对于没有培养前途的研究生，一两年即可淘汰，另行分配工作。

三、下大工夫培训师资，提高师资水平。教师不仅要深入钻研教材，还要在改进教学方法上下苦工夫。坚决废止注入式，运用启发式把课讲得有趣味，生动活泼，调动学生学习的主动性和积极性，使学生轻松愉快地完成学习任务。

四、加强教育科学研究。现在我们的教育思想受传统的教学影响很深，侧重于知识的灌输，不重视学生智力资源的开发，中学教材内容分量过重，与培养学生独立分析问题的能力、发展学生个性是有矛盾的。我们有些学生的创造精神和解决问题的能力较弱，就是这些原因造成的。而现在一些教育家比较强调学生智力资源的开发，有许多值得借鉴的地方，应该加以研究。

以上建议供省教委参考，希望能尽快解决这一问题。

×××

××××年×月×日

例文简析　这是一篇写给省教委的关于中小学教育改革的建议信。首先是提出建议的原因或出发点——中小学教育中存在的严峻问题；然后提出建议的具体事项，写信者分条列项，具体明确地提出了解决问题的措施和方法，这样便于建议信的接收者逐条考虑，酌情处理；最后提出希望。

例文7-12

倡　议　书

社会上热心的人们：

新的学年开始，我们大学生又带着父母双亲的殷切希望，再次走进神圣的大学校园继续深造。但是我们不曾想到，我们贵州××学院的孙××同学却不幸染上了尿毒症，不能再次来到这熟悉的校园继续学习。她家庭贫苦，这样的事情无疑是给她的家庭雪

应用文写作

上加霜！

　　一个人能够进入高等学校学习是一件很好的事，因为这样她又离自己的目标更近了一步！我们可怜的孙××同学却因为这件事不能实现自己的梦想！我们感到很痛心，为什么上苍要这样折磨人，为什么偏偏要把这样的痛楚施加给这样一个青春少女！

　　孙××同学因为家庭贫寒，在学校的时候用功学习，是一个优秀的女大学生！现在我们利用国际互联网把她的消息告诉大家，希望大家能够帮助她！

　　汇款请寄：55××××　贵州××学院投资系团委办公室收

　　联系电话：0851-6×××××××

　　联系人：×××

贵州××学院团委

××××年×月×日

　　例文简析　　这是一篇为不幸同学筹集医疗款的倡议书，一开始清楚明白地交代了倡议的根据、原因和目的，以及这样做的意义，让接收倡议者能够理解，从而响应倡议。最后写明接收汇款的详细地址、联系电话和联系人。

思考与练习

　　一、根据建议书和倡议书的特点，分析这两种文体在写作上有何不同？

　　二、以个人名义给校团委写一封关于建立学校英语协会的建议信。

　　三、××财会学校 2005 级 2 班，将于 5 月份赴××市工商银行下属各银行进行毕业实习。团支部为了配合学校搞好这项工作，使同学们更好地完成实习任务，把所学的专业知识运用到实际工作中去，拟就勤奋好学、勇于实践、遵守纪律、尊重师傅及开展技术竞赛等方面发出倡议。请代他们拟一篇倡议书。

　　四、以班委会名义写一封倡议信致学校学生会，倡议举行一次全校性社交书信写作比赛。倡议信应包括如下内容：

　　1. 学习与掌握社交书信写作的重要性；

　　2. 社交书信写作比赛的意义；

　　3. 比赛的内容（种类、内容要求、格式、语言等）；

　　4. 比赛的组织、程序、评奖办法；

　　5. 奖励名额及奖品。

　　要求：主旨明确，措施可行，格式规范，用语得体。

第七节　祝贺信、慰问信

一、祝贺信、慰问信的特点

　　祝贺信也称贺信，是表示祝贺、赞颂的专用书信，一般用于党政机关及其领导人、社会团体对取得巨大成绩、做出卓越贡献的集体或个人表示祝贺，或者对发生的重大喜事、重要会议的召开、知名人士的寿辰表示祝贺。在亲朋好友之间，对一些值得庆贺的事也常常发出贺信。在现代社会中，祝贺信已成为社会交往中不可或缺的礼仪文书。

慰问信是用来安慰、问候、鼓励对方，并表示亲切关怀的专用书信，一般是在对方取得成就、荣誉，作出贡献，庆贺重大节日时使用；也可在对方遭到灾害、困难，遭受意外损失时使用。慰问信能充分地体现组织的温暖和同志、亲友之间的深厚情谊，给人以情感的慰藉、心灵的鼓舞、克服困难的勇气和奋进的信心。慰问信可以直接寄给对方，也可以通过新闻媒体进行传播。

祝贺信、慰问信如果用电报发出，则称为"贺电"、"慰问电"。

二、祝贺信、慰问信的写作方法和要求

（一）祝贺信

1. 祝贺信的写作格式

① 标题。祝贺信的标题有四种写法：一是只写"祝贺信"或"贺信"即可；二是写出发信的主体，如"国务院贺信"；三是写出贺信的接受者，如"给中国女排的贺信"；四是写明谁给谁的贺信，如"中华人民共和国教育部给全国教师的贺信"。

② 称呼。标题下另起一行顶格写接受贺信的单位或个人姓名及称呼。如果是给会议发祝贺信，只写会议的名称。

③ 正文。开头，用简练的词语写出祝贺的原因，常用"值此……之际，谨代表……向……表示热烈祝贺"等语句。由于祝贺对象不同，主体的内容与措辞也应有所区别。如果是祝贺对方取得突出成绩的，就要充分肯定和热情赞扬对方新取得的成绩和意义；如果是祝贺会议召开的，就要侧重说明会议召开的重要意义和深远影响；如果是祝贺担任新的职务的领导人，就要侧重于祝贺对方荣任新职，并祝愿对方在新的任期内取得新的成就。结尾简要写一些祝愿、鼓励、希望或要求方面的内容。

④ 署名、日期。在正文的右下方写上祝贺单位的名称或姓名，再在下一行写明具体的年、月、日。

2. 祝贺信的写作要求

① 要有强烈的感情色彩，感情要饱满、充沛、真挚，给人以鼓舞、希望、褒扬之感。

② 赞扬对方的成绩是实事求是，切忌讲过头话，否则会使对方感到不安。

③ 语言要简练，避免那些老一套的陈词滥调，篇幅也不宜过长。

（二）慰问信

1. 慰问信的种类

① 给遇到意外损失者写的慰问信。这种慰问信的对象是因天灾人祸而暂时遭到挫折、困难和损失的地区、单位、个人，如灾区人民、工伤病残人员等。

② 给做出巨大贡献的集体或个人写的慰问信。

③ 节日慰问。这种慰问信通常是在某一重大节日里对驻守在边防线上的解放军战士，对节日坚持工作的各条战线的职工，以及军烈属、荣誉军人、离退休干部等表示节日的慰问。

2. 慰问信的特点

① 亲切性。慰问信是写信者向收信者表示亲切慰劳和问候的书信，要充分体现出亲切、热情，以使对方感受到写信者发自内心的关怀而深受鼓舞。

② 鼓舞性。慰问信如果是写给遭受灾害、遇到挫折的地区、单位和个人，要概括指出对方在不幸和困难中所表现出的可贵精神，指出战胜困难的有利条件，以鼓励对方增强战胜困境的信心。通篇要洋溢鼓舞人心的力量。

3. 慰问信的写作格式

① 标题。在第一行居中的位置写"慰问信"三个字，或者写"×××致×××慰问信"。

② 称呼。在标题下另起一行顶格写被慰问者的单位名称或个人姓名。如果是写给个人的，要在姓名之后，加"同志"、"先生"、"女士"等称呼。

③ 正文。在称呼的下一行空两格写慰问的内容。主要包括以下几方面：开头先交代慰问的背景、缘由，接着写表示深切慰劳和问候的话。主体部分要根据事情和慰问对象的不同有所区别。如给灾区人民写慰问信，要写出灾害发生后写信者一方的同情与采取的支援行动，如有捐赠的物品、资金也要在这里写清楚，并赞扬对方与灾害作斗争的精神，鼓励对方再接再厉，战胜困难；如给作出贡献的集体或个人写慰问信，要赞扬对方作出的杰出贡献，慰问对方在工作中的辛劳；如是节日写的慰问信，要根据对方工作的性质，简要地讲述这种工作的意义，赞扬他们的辛勤劳动、忠于职守或无私的奉献精神。结尾可表示共同的愿望和决心。

④ 结语。写祝愿的话，如"祝你们取得更大的成绩"、"祝节日愉快，合家欢乐"等。

⑤ 署名、日期。在结尾右下方署上单位名称或个人姓名。署名的下一行写上具体的年、月、日。

4. 慰问信的写作要求

① 要向慰问对象表示出亲切、关怀的感情，使对方感到写信者的深厚情谊。

② 在热情地赞颂慰问对象的可贵品质和高尚风格的同时，殷切地提出希望，鼓励他们继续奋斗。

③ 语气要亲切、热情、诚恳，文字要简洁、朴实，篇幅尽量短小。

例文7-13

给中国女排的祝贺信

中国女排全体队员同志，尊敬的教练员同志们：

我满怀喜悦的豪情，热烈地祝贺你们夺得二十三届奥运会的冠军。同时也向奥运会上各种运动项目取得优异成绩的男女体育健儿们表示祝贺！

我在电视机前全神贯注，心情激动地观看你们的比赛。你们高超的球艺，顽强的斗志，拼搏的精神，把我紧紧地吸引住了，使我和你们的心联在一起，同呼吸共喜悦。你们这次夺得冠军，实现了你们"三连冠"的愿望，为国争了光，为中华民族争了光，这不仅是你们的光荣，也是中华各族妇女的光荣，也是中国各族人民的包括台湾海峡两岸各族人民和所有爱国侨胞的光荣。

在授奖仪式上，当你们站在授奖台上，祖国的五星红旗慢慢升起的时候，场上的观众挥动着五星红旗，欢呼和喜悦、兴奋动人的情景，使我同国内外所有关心你们比赛的人的心情一样，感到一个中国人无上光荣和自豪。洛杉矶的一位老华侨说出了大家的心声，他说："我花100美元买了一张票，25％看体育运动，75％看国旗。"他把你们的胜利和热爱我们祖国的心情紧密联系在一起。

你们取得"三连冠"的胜利，是来之不易的。我希望你们戒骄戒躁，虚心向全国运动员学习，把"三连冠"作为争取新胜利的起点，为祖国、为民族争取新的胜利，为推动世界排球的发展，为发展同各国运动员和各国人民的友谊而努力。中国女排为我们树立了一个很好的榜样，我们要向中国女排学习，为我们四化建设，努力作出自己的贡献。

邓颖超

1984 年 8 月 11 日

例文简析　这是一篇写给中国女排的祝贺信，充满强烈的感情色彩，感情饱满、充沛、真挚，给人希望和鼓舞。因为发信者的身份，最后还对女排提出了希望。全信语言简练，没有老一套的陈词滥调。

例文7-14

中共中央、国务院、中央军委
致全国抗洪救灾军民的慰问电

各省、自治区、直辖市党委和人民政府、各大军区党委、军委各总部、各军兵种党委：

今年入汛以来，我国一些地方遭受严重洪涝灾害，特别是长江发生了自1954年以来又一次全流域性的大洪水。在国家和人民生命财产受到严重威胁的关键时刻，各级党委、政府发挥了坚强的领导核心作用，组织广大军民以顽强的拼搏精神，战胜了一次又一次的洪峰，保障了大江大河大湖、重要水库、重要城市和重要交通铁路干线的安全，保护了人民群众的生命安全，为国民经济发展和社会稳定作出了重大贡献。在这场抗洪斗争中，我们的党员和干部经受了考验，我们的人民和军队经受了考验，涌现了许多可歌可泣的英雄事迹和模范人物。这又一次证明，在中国共产党的领导下，我们的人民和军队能够战胜任何艰难险阻。党中央、国务院、中央军委向你们，并通过你们向战斗在抗洪抢险第一线的广大干部群众、解放军指战员、武警官兵、公安干警和受灾群众表示亲切的慰问。

当前，全国的防汛抗洪正处在最关键的阶段。党中央、国务院、中央军委号召，防汛抗洪第一线的各级党组织要发挥领导核心和战斗堡垒作用，广大共产党员、共青团员要发挥先锋模范作用，人民解放军、武警部队和公安干警要发挥突击队作用。全国各条战线的干部群众要以搞好生产和工作的实际行动，支援抗洪救灾。在以江泽民同志为核心的党中央领导下，各级党委和政府要进一步组织和动员广大军民继续发扬不怕疲劳、连续作战精神，再接再厉，团结奋斗，争取抗洪救灾斗争的全面胜利。

中共中央

国务院

中央军委

1998 年 8 月 6 日

例文简析　这是一封写给全国抗洪救灾军民的慰问电，体现党中央、国务院的关怀和鼓励。首先赞扬了抗洪救灾军民的拼搏精神，然后指出防汛抗洪正处在最关键的阶段，鼓励广大军民再接再厉，争取全面胜利。

思考与练习

一、慰问信有哪些不同的种类？它们在写作上各自有哪些侧重？

二、祝贺信一般在什么情况下使用？具体说明贺信标题的写法。

三、在雅典奥运会上，我国有不少优秀运动员获得了奖牌，为祖国夺得荣誉。请给其中你最喜欢的运动员写一封贺信。

四、教师节快到了，请代学院学生会起草一封慰问信，向全体教师致以节日的慰问。

五、根据下列报道，给民警陈思忠写一封慰问信。

独斗三凶　英勇可嘉
——民警陈思忠荣立一等功

广东省公安厅厅长陈绍基近日签署命令，给河源市公安局巡警支队二队民警陈思忠记一等功一次，颁发奖章和证书，并发给奖金 5000 元，以表彰他孤身一人勇斗三歹徒的英勇行为。

今年 6 月 16 日凌晨 3 时许，正在梦乡的陈思忠听说有歹徒作案，来不及穿上衣和鞋袜，光着脚便带着报案人追了出去。在小巷一偏僻处，三名案犯正用螺丝刀撬摩托车的车头锁，见有人追来，急忙弃车逃窜。陈思忠叫报案人看守摩托车，自己孤身追捕歹徒。三名歹徒见只有一人追来，便持螺丝刀、铁钳等作案工具向陈思忠合围过来。陈面对三名歹徒，毫无畏惧，与之展开殊死搏斗，背部、腹部被接连刺中好几刀，紧接着左眼也被刺中，血流满面。但陈思忠全然不顾，他以极大毅力强忍疼痛，使出抱膝压腹的招式将其中一名歹徒摔倒在地上，并抢过歹徒手中的铁钳，将其打得站不起来。另外两名歹徒见势不妙仓皇逃走，陈思忠也因伤势过重而倒在血泊之中。据医生介绍，陈思忠在与歹徒搏斗中，身上被挫伤达 20 多处，左眼角膜被刺穿四分之三。

第八节 介绍信、证明信

一、介绍信、证明信的特点

介绍信是机关、团体介绍本单位的有关人员到其他单位去联系、了解、办理、磋商事情时的专用书信。介绍信的特点是它的凭证性。持介绍信的人，可以凭借此信同有关单位或个人联系、商洽某些事项。收信者从对方的介绍信里就可以了解来者何人，任何职务，办何事情，有何具体希望和要求等，以便接洽、帮助、支持，把事情办好。所以介绍信不但有联系双方的作用，还有证明身份的作用，具有介绍和证明双重作用，通常按照一定格式事先编号印好，有的还留有存根，使用时只要逐项填写即可；另外也有临时写成的书信式的介绍信。

证明信，也称证明，它是以机关、团体、个人的名义凭借确凿的证据证明某人的身份、经历或某件事的真实情况时的专用书信。证明信有以下特点。①真实性。这是证明信最重要的、最本质的体现。写证明信应据实作出证明，不得作假，出假证明会造成严重的后果。②凭证性。证明信的凭证性是以真实性为基础的，许多事情的办理、问题的解决都是以证明信为依据的。

二、介绍信、证明信的写作方法和要求

（一）介绍信

1. 介绍信的种类

介绍信的形式大致分为三种：印刷成文，不留存根的介绍信；印刷成文并带存根的介绍信；用一般公文信纸写的书信式介绍信。

2. 介绍信的写作格式

① 标题。普通手写介绍信在办公用纸的上方写上"介绍信"几个字。不留存根和留存根的印刷介绍信，在第一行正中印上"介绍信"三个字。

② 称呼。在标题下一行，顶格写上单位名称。

③ 正文。在收信下一行空两格写介绍信的内容。内容包括持介绍信人的姓名、年龄、政治面貌、职务、人数等，这是为了让对方了解持介绍信人的一般情况和身份；再写接洽、商办的事项以及向对方提出的希望、要求，这一部分一定要写清楚。

④ 结语。写上祝愿的敬意的话，如"此致敬礼"、"顺致敬礼"等，也可以不写。

⑤ 署名、日期。在结语的右下方署上开具介绍信的单位名称，并加盖公章。署名的下一行，写上介绍信开出的具体的年、月、日。填表格式的介绍信，还要注意有效期限。

留有存根的介绍信，其存根是供本单位必要时查考用的。

3. 介绍信的写作要求

① 要把被介绍人的真实姓名、身份写清楚，不能冒名顶替。

② 联系的事项要写得简明、具体，与所要联系、商洽的事情无关的内容不要写到介绍中。

③ 重要的介绍信要经领导过目，并在存根上签字，以示负责。

④ 向对方提出要求时语气要谦和，一般使用"请接洽"、"请予协助"等，不能使用"应该"、"必须"等带有命令性的口气。

⑤ 书写要工整，不能任意涂改，涂改处必须加盖公章，否则，对方可以不予接待。

（二）证明信

1. 证明信的种类

（1）根据证明信的作用，可以把它分为三类。①存档材料的证明信。这是一种证明曾经在本单位工作过或现在在本单位工作的人员的身份、经历、学历或有关事件情况的证明信。②证实情况的证明信。这是由组织开出的证明某人身份或某一事实情况的证明信。③作为证件的证明信。这是一种由于外出工作的需要，由本单位或有关主管部门开出的证件性的证明信。

（2）根据证明信的写作作者来划分，可以分为以下两类。①以组织的名义写的证明信。这种证明信多数是证明曾经或正在本单位工作的人员的身份、职务、政治面貌、经历等，或者与本单位有关的事件。②以个人名义所写的证明信。这种证明信是个人证明某人、某事的真实情况，内容完全由个人负责。

2. 证明信的写作格式

（1）标题　在第一行居中位置写"证明信"三个字，或写"证明"也可以。

（2）称呼　在标题的下一行顶格写上收信者的单位名称。

（3）正文　在称呼的下一行空两格起写，要根据对方的要求，写清证明的内容。如果是证明经历的，要写清被证明人主要经历的时间、地点和所担任的职务。如果是证明事件的，要按事件发展的顺序写清时间、地点、参与者的姓名及其在此事件中的地位、作用以及事件的前因后果。

（4）结尾　在证明信正文的下一行，顶格写上"特此证明"。

（5）署名、日期　在结尾的右下方署上写证明信单位的名称并加盖公章。个人写的证明信署上个人的姓名并加盖个人名章。在署名下一行，写上具体的年、月、日。

（6）个人出具的证明信的末尾要由书写证明信人的所在单位签署意见　主要包括：①对写证明人的身份、职务、政治面貌作简要介绍，以便使对方了解证明人的情况，从而鉴别证明材料的真伪与可信程度；②对证明材料表态，如熟悉所证明的材料，可表示明确的肯定或否定的态度，如不熟悉，可写"仅供参考"等字样；③组织签署意见后，署上机关名称并加盖公章。在署名下一行，写上具体的年、月、日。

3. 证明信的写作要求

① 内容必须真实。写证明信一定要严肃慎重，对被证明人或事要有确实的清楚的了解，要实事求是，言之有据。

② 语言简明、准确。证明信表述要清楚，用词恰当，不能模棱两可，含糊其辞。如有涂改，单位出具的证明信一定要在涂改处加盖公章，个人出具的证明信要在涂改处加盖私章。

③ 证明信要盖章，表示负责，否则无效。要留有存根，以备查考。证明信邮寄时，应予登记，并挂号寄出，以免遗失。

介 绍 信

××大学图书馆：

　　兹介绍我研究所副研究员×××同志，前往你处查阅煤炭加工、利用的最新资料，请予接洽。

　　此致

敬礼

×××研究所（公章）

××××年×月×日

　　例文简析　这是一篇介绍本单位人员去图书馆查阅资料的介绍信。图书馆管理人员可以凭这封介绍信了解持信人的有关情况，以便接待和帮助。

证 明 信

××××学院党委：

　　李××同志原为我校中文系65级1班学生，"文革"期间曾参加"××××"群众组织，为一般成员，未发现有其他问题。特此证明。

证明人：王××（章）

××××年×月×日

学 历 证 明

××市职称评定领导小组：

　　我院生物系教师王××，虽未读过大学本科，但自1959年始，便从事中学、中专和××师范专科学校生物课的教学工作，自1980年，在我院生物系任教，教学效果良好，近两年来有6篇学术论文在省、中央级刊物发表。经我院教学部门职称评定小组联合认定，王××同志已达到高等医学类大学本科毕业生的学历水平。

应用文写作

特此证明。

第七章　常用书信

×××医学院教务处（印章）

×××医学院职称评定领导小组（印章）

××××年×月×日

例文简析　　〔例文7-16〕和〔例文7-17〕都是有关存档材料的证明信。两篇证明信对事实的叙述都做到了清楚明了，语言简洁、准确。

思考与练习

一、介绍信有哪些写作要求？证明信有哪些不同类型？

二、请修改下面这封介绍信。

××公司负责同志：

今介绍我所研究员、高级工程师李××、张××二位同志前往你处，请予接待。

此致

敬礼！

××实用技术研究所（公章）

××年×月×日

三、请指出下面这封证明信的错误之处，并重新拟写一封合乎规范的证明信。

证　　明

×××学院：

您好！

首先，向贵校的领导和老师表示真诚的谢意，并为自己的冒昧打扰道歉。事情是这样的，你们学院物理教研室的老师于1998～2001年在我校工作期间，工作认真负责，教学成绩显著，获得了我院师生的一致好评，为了表彰他的先进事迹，我校曾在1999年、2001年授予他院优秀教师的光荣称号，该同志又在2002年被评为省优秀教育工作者。在这里特向你们作出证明，谢谢！

××学院（盖章）

2003年9月25日

四、××学院的学生要到××石化总厂进行毕业实习，请你为他们出具一封介绍信。

五、按证明信的格式和要求为单位外出采购文化用品者开具一封身份证明。

━━━━━ **第九节　涉外书信** ━━━━━

一、英文书信的写作格式和要求

英文书信一般由信头、信内地址、称呼、正文、结尾、签署等部分组成。

1. 信头

位于信笺的右上角，先写发信人的单位名称、地址，后写发信日期。地址分别写几行，一般是先写门牌号、街道（或路）名，邮政信箱，次写市（县）名、省（州、郡）名、国名，再写发信日期。日期按日、月、年（也可以是月、日、年）顺序排列。信头分平列式和斜列式两种，平列式左边取齐排列，斜列式从第二行起向右缩进几个字母，顺次递减。有些公用信笺，若在信头上方居中已印有单位名称和通信地址，就只要写明发信日期即可。

2. 信内地址

位于信笺的左上角，写明收信人的姓名、单位名称和地址，一般要低于信头的发信日期一两行处，从左顶格书写。收信人姓名单列一行，姓名前加上敬语称呼，下行写单位名称，最后写地址，地址也要分行写，其排列顺序与信头发信人地址相同。行文排列也分平列式和斜列式两种。

3. 称呼

这是对收信人的客气称呼，也即我国书信中的称谓，写在低于信内地址一两行处，靠左顶格自成一行，以示尊重，每一个词的开头的英文字母要用大写；后加逗号，或不加任何标点符号。完整的称呼通常由尊称（或爱称）、称呼和提称三者组成，如"尊敬的（尊称）某某（称呼）先生（提称）"。其中的提称，男性一般都用"先生"（Mr.），未婚女性用"小姐"（Miss）、已婚女性用"夫人"、"太太"（Mrs.），也可以头衔称呼，如"教授"、"博士"、"总经理"等。

4. 正文

这是书信内容的实质部分，在称呼的下面一两行处书写，分成开头、主体、结束语三部分。出于礼貌，开头常用敬语，如"非常感谢您来信"、"非常高兴地获悉"、"很荣幸地通知您"、"来函敬悉"等。主体部分应开门见山、直截了当地说明要表达的意思，并按事情的主次、情况的缓急分段叙述，力求条理清晰、简明扼要、感情真挚。各段第一行缩进几个英文字母，第二行起顶格书写。信末也需寒暄一两句作为结束敬语，如"顺致最崇高的祝愿"、"承蒙关照，万分感谢"、"如蒙赐复，不胜感谢"、"祝您和夫人、孩子好"等。

5. 结尾

这是发信人对收信人所表示的谦称、尊重和致敬，一般写在书信正文下隔一行处，从正中或偏右处写起。开头词的第一个英文字母大写，末尾加逗号。结尾用语可视不同对象，分别用"爱您的"、"您的忠诚的"、"您的真诚的"等词语，也可用"祝您快乐"、"敬祝如意"等。

6. 签署

在结尾下面一两行左下角处亲笔签上真实姓名，如果签名代表组织或机构，则在签名的下一行写明所代表的组织或机构名称。签名前也可加上自己的职衔，如"××大学校长"、"××公司经理"。

另外，书信如有附件（enclosures），可在信的左下角附注说明，如有多件，可用数字分别标列，以便收信人查阅。写完信，若还有事情交代，可在签署下一两行，信件左侧先写上附言（postscript），再补叙要讲的话。

下面是书信格式示例：

> Department of
> Chinese Language
> East China Normal University
> Shanghai，China
> April 18，1999
>
> Mr. Lester Lewis
> Manager of Textbooks Department
> Atlantic Publishing Company
> 4550 Broadway，New York City
> U. S. A
>
> Dear Mr. Lewis，
>   Thank you for your letter of 28th March. ....
> ....
> ....
>   A prompt reply would be appreciated.
>
>   Yours truly，
>   Wang Yiping
>
> Enclosures，
>   1. Curriculum Vitae
>   2. A list of Publications
>   3. Course Taught
> Postscript，......

英文信封均按横式书写，其格式也有平列式和斜列式两种，具体写法如下。

收信人的姓名、地址。位置在信封中央偏右下方，每一个词的开头的英文字母要用大写，其书写顺序是：第一行写收信人的名和姓，并写明诸如"先生"、"小姐"、"女士"、"博士"、"经理"、"校长"等称呼或职衔；第二行写收信人的：门牌号、街道（或路）名；第三行写单位名称、市（县）名、省（州、郡）名及所在地的邮政编码；寄往国外的则在第四行写上国名。

发信人的姓名、地址。位置在信封的左上方，第一个词开头的英文字母也要用大写，其书写顺序是：第一行写发信人的名和姓，第二至四行则分别写上门牌号、街道（或路）名，单位名称和市（县）名、省（州）郡名、国名。

信封右上方为贴邮票（stamp）处。如果是航空信、挂号信或快件信，则在信封左下方分别用英文写明"航空"（By Air Mail）、"挂号"（Registered）、"快件"（Express Mail）等。

信封格式示例如下：

```
┌─────────────────────────────────────────────────────────────┐
│ Wang Yiping                                                   │
│ 3663 Zhongshan North Road                        ┌─────────┐ │
│ East China Normal University                     │  Stamp  │ │
│ Shanghai，China                                  └─────────┘ │
│                                                               │
│                                                               │
│                          Mr. Lester Lewis                     │
│                          Manager of Textbooks Department      │
│                          Atlantic Publishing Company          │
│                          4550 Broadway，New York City         │
│                          U. S. A                              │
│                                                               │
│ By Air Mail                                                   │
└─────────────────────────────────────────────────────────────┘
```

二、日文书信的写作格式和要求

日文书信在格式上有竖式和横式两种。一般说来，私人书信用竖式较多；为表示尊敬，对初交者和长者也多用竖式；而现代日本青年所写的信函常用横式，机关文书和商用信函因需引用英文和编号，所以也多用横式。在使用文体上，日本语言很注意使用敬体和简体的区别，通常是对长辈、有身份者和初交者用敬体，女性发信或写信给女性也用敬体；对平辈、晚辈或熟悉的朋友则常用简体。

日文书信内容一般包括开头语、寒暄语、正文、结束语、发信日期和发信人签名、收信人姓名和敬称等。

1. 开头语

与中国古代写信相似，开头不写收信人姓名，而是写发信人姓名（也可以不写），其后根据收、发信人的关系分别使用"谨启"、"拜启"、"恭启"、"手启"、"复启"、"再启"、"急启"等常用词语。对关系亲密的人也可直接写称呼或爱称。开头语要单独成行顶格书写。

2. 寒暄语

日文书信特别讲究开头和结束时的寒暄语。在开头语后，要根据不同季节、气候、节令向收信人致以问候，再告知自己及家属近况，以示礼貌，然后向对方表示感谢，或因久疏问候向对方致歉，以求谅解。

3. 正文

这是主体部分，另起一行书写，把自己要告诉对方的事分主次、有条理地加以叙述；如是复信，可先回答对方的询问，再讲自己的事。信中特别要注意文明礼貌。

4. 结束语

这是指正文结束时的寒暄语，可以祝福、代问好、期待关照、要求回信等，也可以再次向对方表示感谢。常用诸如"顿首"、"谨上"、"敬具"、"草草"等词语。

5. 发信日期和发信人签名

一般先写日期，后签发信人姓名。

6. 收信人姓名和敬称

写在信末顶端处，先写姓名，后写"君"、"檬"、"殿"、"先生"等，以示尊敬，如用"尊下"、"台下"、"侍史"等敬称，则表示对收信人特别尊敬。

日文信封也有竖式、横式两种。一般都在信封的正面、背面采用竖写形式，从右到左书写。正面上端写上收信人所在地的邮政编码，然后从右到左写明收信人的地址和姓名，地址按收信人的国名、都名、区名、路名、门牌号次序书写，如果文字较长可以转行，另起一行再写收信人姓名，一般在信封正面的中间位置，下空一个字写上敬称"樣"字，然后再用一行写上"亲展"两字，书写时要与收信人姓名的最后一个字保持平行；如果收信的是机关、企事业单位，可在其后另一行写上"御中"两字，书写时也要与单位名称最后一个字保持平行；收信的是有关负责人，则在后面写"殿"、"先生"，也可写"樣"；写给多数人时，后面写"各位"，以示尊敬。各行书写时，第二行要缩进第一行两个字的地位写收信人的单位名称，第三行再缩进第二行两个字写收信人姓名。"邮票"日文为"切手"，贴在信封左上方，如果是航空信，要标明日文"航空郵便"或英文"By Air Mail"等字样。信封背面从右至左分行写发信日期、发信人地址和发信人姓名，地址按发信人的国名、省市名、路名、门牌号次序书写。如前一样每行均缩进右边一行两个字的地位，同时不要忘记写上发信者所在地的邮政编码。

如果用横式信封，写法与竖式信封相似，正面、背面只需将从右到左改为从上到下就行了。不同的是邮政编码的位置由右上方改为左上方；贴邮票处由左上方改为右上方。

思考与练习

一、英文书信一般由哪几个部分组成？

二、中文信件一般不写信内地址，你认为这方面有没有必要学习英文书信的规范？写信内地址有什么好处？

三、日文书信内容一般包括哪几个部分？

四、日文书信在什么情况下使用敬体？什么情况下使用简体？

第八章 公关礼仪应用文

第一节 公关礼仪应用文概述

一、公关礼仪应用文的概念

礼仪应用文是指国家、单位、集体或个人在喜庆、哀丧、欢迎、送别以及其他社交场合用以表示礼节、抒发感情的、具有较规范固定格式的文书。它是人们在社交场合、人际交往等礼仪活动中，用书面形式表达恭敬之情、礼貌之意时使用的各种实用性文体的总称。

礼是一种行为模式，最初起源于敬神求佛，所以古人云："礼，履也，所以事神致福也。"后来推而广之，由事神演变为事人，即对人对事表示恭敬、尊重。仪，既指仪式，亦指仪态。通过一定的仪式表达对人、事的敬重，就是礼仪。总之，礼仪是礼节和仪式的统称。它是人类文明交往的标志，是人们在相互尊重、礼尚往来的基础上形成起来的。人有生老病死、喜怒哀乐，人们借此表示祝贺、慰问或哀悼。

礼仪应用文是传统应用文，它适应社会的需要而产生，又随着社会的发展变化而发展变化。许多礼仪文书古今通用，像庆贺文书中的庆贺信函，书信一体，由来已久，南朝刘勰《文心雕龙·书记》说："详总书体，本在尽言，言以散郁陶，托风采，固宜条畅以任气，优柔以泽怀。文明从容，亦心声之献酬也。"它的主要意思是说，书信的根本在于"尽言"。今天的庆贺信函不离其宗，写作时也是尽庆贺之言。再如以"序"名篇的文章，古代有序跋文、赠序文、序记文。序跋文中的序，指序文。宋代王应麟《辞学指南》说"序者，序典籍之所以作。"序亦作"叙"，或称"引"。是说明书籍著述或出版意旨、编次体例和作者情况等的文章，也可包括对作家作品的评论和有关问题的研究阐发。古代多列于书末，如《史记·太史公自序》等。后来一般置于书前，而谓列于书后者为"跋"，亦称"后序"。显然，这类序文不属于礼仪文书。而赠序文是专门为送别亲友而写的，一般以叙友谊、道惜别为主，盛行于唐宋。唐代古文家韩愈扩大了赠序文的内容，他在《送孟东野序》中，援引大量历史事实，说明时代与文学的关系，抒发了自己的文学见解。它已不是常用的应酬之作，而是一篇融叙事、说理、抒情于一体的论文。宋、明以后，赠序文才逐渐成为单纯赠别之文。序记文多用以记宴饮赋诗盛会，着重写宴饮之乐和盛会的场面。由于它的写作对象比较具体，因而与记事广泛的记事文不同；又由于它以记事为主，也与赠序性质相异，晋代王羲之的《兰亭集序》、唐代王勃的《滕王阁序》就是此类名篇。当代赠序文不多，序记文却不少，如《一九七八年小兰菊花会序》即是其中一篇。

除此之外，还有碑文，即刻于石碑上的文字。石碑上原来不刻字，古时，宫室的石碑是用来识日影（通过观察日影的移动来计算时间）的。宗庙的石碑是用来系牲口的，后来才发展到在这些石头上刻字，逐渐形成碑文。《文心雕龙·诔碑》一文，详细谈了碑得名的由来及其社会作用，正如明代徐师曾在《文体明辨序说》中所指出的："后汉以来，作者渐盛，故有山川之碑，有城池之碑，有宫室之碑，有桥道之碑，有坛井之碑，有神庙之碑，有家庙之碑，有古迹之碑，有风土之碑，有灾祥之碑，有功德之碑，有墓道之碑，有寺观之碑，有托物之碑，皆因庸器（彝鼎之类）渐阙（同缺）而后为之，所谓'以石代金，同乎不朽'者也。"这些古代碑文，有不少保存了珍贵的史料，具有重大的历史价值。又由于许多碑文，如韩愈的《柳子厚墓志铭》、欧阳修的《泷冈阡表》（这个"表"不是上行文的"表"，而是墓表文的"表"）、明代张溥的《五人墓碑记》等，文章声情并茂，深切感人，成为脍炙人口的名作，今天仍有借鉴作用。

如今，因社会改革和生活节奏的加快，伴随土葬风气逐渐被淘汰，墓碑文已不多见，记功碑文仍沿用。而致词、题词、柬帖等礼仪文书，无论是在公共关系工作中还是私人交往中的使用，则愈来愈普遍。

二、礼仪应用文的特点

（1）传统性　如上所述，礼仪文书作为古今通用的传统应用文，它与书牍文、公牍文一样，很早就成为我国古代文章中的重要体裁。这既是它适应社会生活需要的明证，又是社会语言不断发展变化、作者写作经验长期积累的结果。

随着时代的变迁，社会的发展，今天的礼仪文书和过去的尤其是古代的礼仪文书，无论是在类别上，还是在制作形态、结构特点以及写法上都有所不同。然而，今天的礼仪文书是在过去的礼仪文书的基础上发展起来的，有其承传关系，考察这种文书的演变过程，探寻其发展轨迹，汲取精华，扬弃不适应当代社会发展的部分，对促进今天礼仪文书的兴旺和更新，是有所帮助的。

（2）交际性　礼仪文书是一种应酬文字。应酬即交际往来。交际中固然要能言善辩，但首先要提高交际者自身的素质。不但要通过多种途径了解、揣摩各种礼仪，而且要区分各种礼仪文书的写法。

（3）情感性　应用文重在解决生活中实际问题，不要求以情感人，但礼仪文书由于其特殊性质，与其他应用文尤其是公文不同，在严肃性之外还添加情感性，它实际上是人们进行情感交流的一种书面形式。所以，写礼仪文书不只是写作技巧问题，还应先考虑它们需要表达一种什么样的感情，感情的深度如何，然后再考虑采用哪种格式，又如何遣词造句。

（4）真实性　礼仪文书是大至国家单位，小至集体个人，在喜庆、哀丧、欢迎、送别或祝贺场合用以表示礼节、抒发情感的一种应用文。它是真情的流露，所以，要真诚、亲切、热情，不得虚假矫情、敷衍应付。

三、礼仪应用文的作用和种类

（1）礼仪应用文的作用　礼仪应用文是人们在交际场合、人际交往等礼仪活动中，用书面形式表达恭敬之情、礼貌之意时使用的各种实用性文体的总称。随着社会生活的发展，人们交往的日益频繁，交际方式也日益增多。根据不同的需要，在不同的场合，针对不同的对象，运用适当的文字处理各种人际关系，已成为社会生活的必然要求。礼仪文书恰恰满足了这种要求，迎来送往、节日庆典、婚丧寿贺、致谢慰问等各种礼仪和仪式中，都必然使用各种礼仪文体。它是人们在日常工作、生活中进行文明交往，密切人际关系，增强友好气氛，显示礼貌风范的一种重要工具。

（2）礼仪应用文的种类　自古至今，礼仪应用文种类繁多、体裁各异，除了表示感谢、慰问、祝贺、致敬类的书信或电报外，礼仪应用文主要包括下列常用的应用文体，如请柬、启事、声明、海报、祝词、悼词、欢迎词、欢送词、答谢词、开幕词、闭幕词、祝酒词，以及讣告、祭文、碑文、挽幛、对联等。

四、礼仪应用文的写作要求

尽管礼仪应用文种类繁多、体裁各异，但在写作上要求是一样的。

① 审时度势，注意分寸。大至国际交往，小至私人应酬，各类礼仪应用文都用得上，写作时，务须审时度势，充分了解对方，用字谨慎，讲究与场景气氛和谐融洽，方能增进友谊，促进友好合作。

② 感情真挚，态度诚恳，大方有礼，不卑不亢，做到善辞令而不做作，讲礼貌而非应付。切忌言不由衷，虚情假意。

③ 区别场合，行文得体，做到切身份、切年龄、切时令、切感情，不可张冠李戴、文不对题。

④ 概括要简明，用语要得体，表意要直截了当，不可故弄玄虚、刻意渲染。

⑤ 格式要规范，做到结构标准，布局合理，文字工整，风格质朴。

思考与练习

一、判断题

1. 礼仪应用文是指国家、单位、集体或个人在喜庆、哀丧、欢迎、送别以及其他社交场合用以表示礼节、抒发感情的、具有较规范固定格式的文书。　　　　　　（　　）

2. 礼仪应用文具有传统性、应酬性、情感性这三个特点。　　　　　　　　（　　）

3. 礼仪应用文体适合所有的社会场合及人际交往活动。　　　　　　　　　（　　）

4. 礼仪应用文体的语言要简明概括，得体规范；但是语意表达可以婉转曲折。

　　　　　　　　　　　　　　　　　　　　　　　　　　　　　　　　　（　　）

5. 礼仪应用文作为一种文体始于近代社会。　　　　　　　　　　　　　　（　　）

二、简答题

1. 什么是礼仪应用文，它有哪些特点？

2. 联系实际，分析写作礼仪应用文时应注意哪些问题。

第二节　启事、声明

一、启事的特点和种类

"启"即告知、陈述的意思。启事是一种公开的文告，一种陈述说明、知照请求性的文书。一个单位或个人有什么事情要向大家公开说明，或希望公众予以办理或帮助参与，简明扼要地写出来，公布于众，张贴在公共场所或刊登在报刊杂志上，这就是启事。任何单位、个人，有事需要向大家告知、说明或对大家有什么要求，都可以使用启事。

需要注意的是，"启事"不能写成"启示"，前者是公开陈述，后者则是启发指示，二者风马牛不相及。因此，写作者用字一定要规范，不要把"启事"和"启示"混淆了。

启事属于一般性的宣传、告知或请求，不具备任何法令性、政策性，也没有任何强制性和约束力。启事的对象可以参与启事中所要求的事，也可以在集体与集体之间、个人与个人之间、集体与个人之间，知照事情，通报信息，相互联系，处理事情，应用范围相当广泛，使用也很简便易行。

启事的种类很多，其中最为常见的有这样几类：征召类启事，如招聘、招生、招标、招领、征婚、招商等启事；告知类启事，如开业、停业、迁址、更名、遗失等事项启事；寻找类启事，如寻人、寻物等启事。

二、启事的写作方法

启事的写作格式，一般包括标题、正文、落款三个部分。

① 标题。启事的标题，可以有三种写法：一是由单位名称（或个人）、事由和文种构成，即完整式标题，如《上海港汇房地产开发有限公司招聘教授启事》、《当代作家文库征稿启事》，这样的标题既醒目，又郑重。二是由事由和文种构成，如《征婚启事》、《招商启事》、《寻人启事》、《致歉启事》，这样的标题使读者一眼就能看出启事的事由。三是只写事由，如《创中国名校　招优秀教师》、《寻物》、《招聘》等，这样的标题简单明了。有比较重要或紧急的启事，可以写"重要启事"、"紧急启事"。

② 正文。由于启事种类繁多，体裁各异，所以写法不尽相同。一般说来，启事的正文主要写启事的事项，要用明确、具体、简练的语言说明启事的目的、原因，并提出要求，或告知具体的事项。这部分文字较多的，可使用序号表示顺序，内容的详略则视具体情况而定。如"招生启事"，正文要交代招生目的、类别、名额、报名条件、时间及地点，以及联系人姓名、地址、联系方法等。如写"征订启事"，就要把征订书刊、辅导材料的主要内容、征订时间、价格、开户银行等写清楚。如写"招领启事"，一般只写拾物的名称，不罗列细目。

③ 落款。落款由署名和日期两部分组成。署名即写作启事的单位名称或个人姓名，写在正文的右下方，并注明日期，而且，日期的年、月、日写法要统一。

三、启事的写作要求

① 情况要真实可靠。启事是公开说明某事或希望公众予以协助办理或帮助某事，其内容必须完全真实，不得弄虚作假，否则就是欺骗他人。

② 内容要单一清晰。启事要做到一事一启，不要几件事情放在一个启事中去写，否则启事的内容就会繁杂，重要的事情就会淹没其中。

③ 语言要简明扼要。启事都是张贴在公共场所或刊登在报纸杂志的某一角落，所占篇幅有限，所以语言要尽量写得简明扼要，通俗明白，让人一看就懂，不宜将细节一一写清，更无需描写渲染。

④ 启事的读者极为广泛，没有指定对象，因此开头一般不用称呼。

四、声明的特点和种类

声明是公开说明的意思，它是单位或个人在日常生活、工作中遇到一些重大的或紧要的事情，需要郑重其事地告知有关人员时所用的一种应用文体，具有庄重性与严肃性。

声明大致可分为三种：一是警告性声明，当单位、团体或个人的某种合法权益受到损害或侵犯时，为了保障自身权益、警告对方并引起公众关注而发出的声明。二是遗失声明，当单位或个人遗失了支票、证件或其他重要东西时，为了防止有人乘机钻空子，提醒有关部门而发出的声明。三是外交声明，国家、政府、政党、团体或其他领导人，为表明其对某些问题、事件的立场、观点、态度或主张而公开发表的外交文件。

五、声明的写作方法和要求

（一）声明的写作方法

① 标题。可直接写"声明"，也可写"郑重声明"、"严正声明"或"×××单位委托×××律师严正声明"。

② 正文。写声明的原因，表明对事件的态度、立场以及为制止事件的继续发展而将要采取的措施和做法。正文的结尾，可写"特此声明"四字，也可不写。

③ 署名和日期。署名写在正文右下方，日期可写可不写。

（二）声明的写作要求

① 要有据可查。声明中提到的事实要清楚、确凿，有据可查。如是遗失声明，所遗失的证件、票据还应写上号码、份数。

② 要有法可依。声明的内容要合乎有关法律的规定，是非正误的界限要分清。

③ 要有理可辨。声明的观点要鲜明，表述要合乎逻辑，且要直截了当，理直气壮，切不可含糊其辞，模棱两可。

六、声明与启事的异同

① 相同点。启事与声明都是公开说明某事，单位或个人在日常工作生活中遇到某事都是向公众表明、告知或希望予以帮助；并且两者都可张贴在公共场所或刊登在报纸杂志上。

② 不同点。声明比启事更具庄重性与严肃性。一般重大或紧要的事情才使用"声明"。

例文 8-1

招聘启事

根据工作需要，××大学动力与机械学院招聘办公室管理工作人员和车削加工实验技术人员。现将有关事项公布如下：

一、招聘岗位及人数

研究生教学秘书、本科生教学秘书、车削加工实验技术人员各 1 名。

二、招聘条件

1. 大学本科及以上学历，年龄在 30 岁以下。其中，车削加工特别优秀者，年龄可以放宽到 45 岁，学历可放宽到专科。

2. 政治思想品德好，诚实守信，组织纪律性强，团结协作精神好。

3. 爱岗敬业，事业心强，工作责任感强。

4. 有一定的组织能力和对外交流能力。

5. 语言和文字表达能力及计算机操作能力较强。

三、招聘范围与性质

向校内外公开招聘。用工性质为临时聘用制。

四、待遇

车削加工实验教学人员实行"基本工资＋教学业绩津贴"的薪酬制，教学秘书实行"基本工资＋岗位业绩奖励"的薪酬制。其中，基本工资按××大学临时聘用制人员工资待遇执行（专科850元，本科1000元，研究生1100元）。

五、应聘提供的材料

（1）本人简历和应聘申请各1份；

（2）身份证、学历和学位证书复印件一套（原件当场审验）。

六、报名截止时间及联系方式

报名截止时间：2008年2月29日。

联系方式：××大学动力与机械学院组织人事办公室（××工学部九教学楼3楼）。

通讯地址：×××××，邮编：4×××××。

联系人：①陈老师，电话：6××××××，E-mail：×××××@163.com；②徐老师，电话：6×××××，E-mail：××××@whu.edu.cn。

学院传真：6××××××。

××大学动力与机械学院

二〇〇八年二月二日

例文简析　　这是一则招聘专业人才的启事。结构由标题和正文两部分组成。标题由事由和文种构成，简洁明了；正文部分先后交代了招聘岗位及人数，招聘条件，招聘范围与性质、待遇，应聘提供的材料，报名截止时间及联系方式等。语言准确得体，表达简明、清晰。

例文8-2

开 业 启 事

具有丰富的专卖店运营理念的吸引力服饰有限公司又一重大举措，与××针织制衣有限公司合作，将具有意大利独特风范、用料严谨、制作认真的高档女装艾玛、曼妮莎，精品男装马可·波士等世界名牌引入××市场，从而为我们现代生活中的女士与男士写下了自信、自然、舒适、利落、个性的洒脱篇章。

专卖店地址：××市×××路××号大厦一层

为庆祝开业，吸引力公司特于9月18日14时在××宾馆××号楼××厅举办艾玛世界名牌信息发布会。

例文简析　　这是一则两个公司合作后的企业开业的启事，向社会公众广而告之。

结构由标题和正文两部分内容组成。标题由事由和文种构成；正文既写明了营业单位的名称，也交代了经营的性质、范围、业务项目，经营方式和服务设施，开业的具体时间、地点以及联系方式。内容简洁明了，语言通俗易懂。

例文8-3

声　明

1. 凡本网注明"来源：国务院新闻办公室"或"来源：×××（地方各级政府新闻办公室）"的所有作品，版权均归本网站所属。本网站内容由国务院新闻办各局、直属单位及地方新闻办提供。

任何媒体、互联网站和商业机构不得利用本网站发布的内容进行商业性的原版原式地转载，也不得歪曲和篡改本网站所发布的内容。

任何媒体、网站或个人未经本网书面授权不得转载、链接、转贴或以其他方式使用；已经本网书面授权的，在使用时必须注明"来源：国务院新闻办公室网站"。违反上述声明者，本网将追究其相关法律责任。

2. 凡本网注明"来源：×××（非国务院新闻办公室和地方各级政府新闻办公室）"的作品，转载的内容均有可靠的来源，明确署有出处，其版权属于原作者。转载目的在于传递更多信息，并不代表国务院新闻办公室和本网站赞同其观点和对其真实性负责。由于受条件限制，如有未能与作者本人取得联系，或作者不同意该内容在本网公布，或发现有错误之处，请与本网联系，我们将尊重作者的意愿，及时予以更正。如其他媒体、网站或个人转载使用，必须保留本网注明的"稿件来源"，并自负法律责任。

3. 本网站提供的资料如与国务院新闻办公室或地方各级政府新闻办公室的相关文本不符，以国务院新闻办公室或地方各级政府新闻办公室的文本为准。

特此声明

×××新闻办网站

二○○×年×月×日

例文简析　这是一则警告性声明。结构由标题和正文两部分组成。标题只有文种构成；正文写明了声明的原因，表明了对事件的态度、立场以及为制止事件的继续发展而将要采取的措施和做法。内容合乎有关法律的规定，观点鲜明，表述合乎逻辑。

思考与练习

一、判断题

1. 启事是一种陈述、说明、知照请求性的文书。　　　　　　　　　　　　　（　　）

2. "启示"和"启事"可以混用。 （　　）

3. 启事的写作，一般包括标题、正文、落款三个部分。 （　　）

4. 声明是单位或个人在日常生活、工作中遇到一些重大的或紧要的事情，需要郑重其事地告知有关人员时所用的一种应用文体。 （　　）

5. 声明是非常庄重、严肃的一种文体。 （　　）

二、简述启事与声明的写作结构与格式以及它们的适用范围。

三、按下列要求拟写启事，有关内容自行拟定。

1. 学生会搞摄影作品评奖，征集作品。

2. 某学生的身份证（或学生证）丢失。

第三节　海　报

一、海报的特点

海报是向公众报道或介绍有关戏剧、电影、杂技、体育、学术报告会等消息时所使用的一种招贴性应用文，有的还加以美术设计。它是广告的一种，具有在放映或表演场所、街头张贴的特性。而加以美术设计的海报，又是电影、戏剧、体育、宣传画的一种。

海报通常张贴在有关演出的场所或较为醒目的地方，告知有关活动的事项。有的还可以在广播电视上播出。

一般来讲，海报具有以下特点。

① 广告宣传性。海报是广告的一种，它希望社会各界的参与，希望人们了解最新消息，所以大部分都是张贴在人们易于见到的地方；有的广告还可以加以美术设计，以吸引更多的人加入活动，其广告性色彩极其浓厚。

② 商业性。海报是为某项活动做的前期广告和宣传，其目的是让人们参与其中，所以商业性色彩较浓厚；当然，学术报告类的海报一般是不具商业性的。

二、海报的写作方法和要求

（一）海报的写作方法

海报一般由标题、正文和落款三部分组成。

（1）标题　海报的标题写法多样，形式灵活，大体有三种写法。一种是单独由文种构成，在第一行居中写"海报"或"好消息"字样。另一种是直接由活动的内容承担题目，只写"影讯"、"舞讯"、"球讯"等。再一种是采用新闻式标题，把内容最精彩、最引人、最重要的部分用艺术的手法概括，用若干词组表述出来，放在正题之下，如"×××再现风采"、"××寺旧事重提"、"一元钱存款"等。

（2）正文　海报的正文包括三层意思：①举办活动的目的和意义；②活动的主要内容、时间、地点；③参加或参观的具体办法及其他注意事项，如是否凭票入场、票价及售票的时间、地点等。

（3）落款　要求署上主办单位的名称及海报的发文日期。

以上的格式是就海报的整体要求来讲，实际使用中有些内容可以少些或省略，灵活应用。

（二）海报的写作要求

写海报要注意以下几点。

① 内容必须真实、具体。一定要具体真实地写明活动的地点、时间及主要内容，把向观众报道或介绍的问题、情况讲清楚，不要弄错。

② 文字要求简洁明了，篇幅要短小精悍。文中可以用些鼓动性的词语，以吸引观众，但不可以夸张失实。

③ 为了加强宣传效果，做到图文并茂，海报的版式可做些艺术性的处理，画些象征性的图案或图画。

④ 海报要张贴在易为群众所注意的公共场所，有的也可登报。

应用文写作

海　报

××杂技团演出

精彩杂技　　大型幽默

技彩新颖　滑稽幽默　来去无踪　变幻莫测

演出时间：×月×日晚×时

演出地点：××××××

票　　价：×角、×角、×角

电　　话：×××××××

例文简析　这是一则杂技演出海报。结构、内容简洁明了，简单几行字即交代了活动的地点、时间及主要内容，同时六个词语又别具一番风格，有很强的吸引力。

报告会海报

为了进一步推动向雷锋同志学习活动的开展，我校团委特邀请雷锋生前所在连队指导员×××同志来校做报告。希望全体团员和青年踊跃参加。

时间：×月×日×时

地点：大礼堂

××大学团委
×年×月×日

例文简析 这是一则学习报告会海报。结构内容清晰明了，简单几个字具体真实地写明了活动的时间、地点及主要内容。并具有很强的针对性。

"一元钱存款"

用手掬一捧水，水会从手指间流走。很想存一些钱，但是在目前这种情况下糊口都难的日子里，是做梦也不敢想的。先生们、女士们，如果你们有这种想法的话，那么请您持一本存款簿吧，它就像是一个水桶，有了它，从手指间流走的零钱就会一滴一滴、一点一点地存起来，您就会在不知不觉中，有一笔可观的大钱了。我们千代田银行是一块钱也可以存的。有了一本千代田存款簿，您的胸膛就会因此充满希望而满足，您的心就能在天空中飘然翔翔。

例文简析 第二次世界大战后，日本经济很不景气，财阀、财团被迫解体或更名。享有盛誉的三菱银行，也更名为千代田银行。名字的陌生，带来的是生意的冷清。业务部的岛田晋苦闷不已，整天苦思冥想，终于在一天想出了"一元钱存款"的策略。但一元钱实在太少了，顾客们未上门存款，在此情况下，千代田银行才发出了这份海报。

"一元钱存款"这份海报能够历经风尘50年而被流传下来，被人们称颂。它的独到之处是有目共睹的。这则海报具有很强的广告宣传性、商业性。银行要发展生存，必须有社会各界的积极参与，人们的参与无疑会给银行生存带来生机与新生。这则海报形象地把存款比作水桶，把零钱比作点滴水珠，积少成多便成为客观的大钱。小小存款会使人们拥有希望与满足。这便是这则海报的成功之处，于微小处见阳光。这则海报由千代田银行发布，用鼓动性的充满希望与自信及诚恳热情的语言来增强人们的参与积极性。简洁明了的文字、短小精悍的篇幅是这则海报的又一特点。

思考与练习

一、简述海报的适用范围及写作结构。

二、××市中心医院特邀请俄罗斯国家卫生部重点心血管病专科医院医务人员一行7人，于2000年3月10日到我院讲学、手术表演，共10天。以此为内容，请你代写一份海报，希望有此病的病人速与我院联系，住院检查。

三、××大学学生会邀请到上海申花足球队来校与校足球队进行友谊比赛，请以校学生会名义拟写一份海报。

第四节 开幕词、闭幕词

一、开幕词的特点

开幕词是指在比较隆重的大型会议开始的时候，由组织召开会议的机关的主要领导人向大会所作的重要讲话。其主要内容是阐述会议的指导思想、宗旨、重要意义，以及向参加会议者提出要求并表达对会议成功的良好祝愿。开幕词是大会正式召开的标志，开幕词中的一些内容对于整个会议具有重要的指示与指导作用。

一般来讲，开幕词有以下两个特点。

第一，宣告性。开幕词是会议正式开始的标志，此后，会议的各项议程陆续展开。因此，开幕词起到了宣告会议开始的作用。

第二，指导性。开幕词一般要阐明会议的宗旨、任务、目的、意义等，这些对于整个会议的召开起到了明确的指导作用，因此，开幕词具有明显的指导性。

二、开幕词的写作方法和要求

（一）开幕词的写作方法

开幕词一般由标题、日期、署名、称呼语、正文等几部分组成。

（1）标题 开幕词的标题一般由会议名称加文种构成，如"中国共产党第十五次全国代表大会开幕词"，有时也可以加上致词人姓名，如"××同志在××大会上的开幕词"。

（2）日期 开幕词的时间一般写在标题下面的正中位置，加括号。

（3）署名 即致开幕词的领导人的姓名，放在日期下面居中位置。

（4）称呼语 称呼语主要是指对与会者的统称，常见的有"同志们"、"各位代表"、"各位嘉宾"、"女士们、先生们"等。称呼语后要加冒号。

（5）正文 开幕词的正文一般包括以下内容：①宣布大会的开幕，交代会议的名称和内容，介绍出席会议的有关单位和领导人员等；②指出召开会议的背景和意义；③说明会议的中心任务、主要议题、会议的目的以及会议的议程安排；④向与会者提出希望和要求；⑤表达对会议的期望和良好祝愿。

（二）开幕词的写作要求

① 开幕词作为会议开始前的主要领导人的讲话，是大会正式开始的标志。其中既有对会议内容的阐述和良好祝愿，同时，也表达对与会者的欢迎，所以感情要真挚，态度要诚恳，措词要礼貌，注意分寸，大方有礼，不卑不亢，做到善辞令而不做作，讲礼貌而非应付。切忌言不由衷，虚情假意。

② 语言要简洁明了，篇幅要短小精悍。用字谨慎，讲究与场景气氛和谐融洽。

③ 主题要明确，中心要突出。

三、闭幕词的特点

闭幕词是指大中型会议结束的时候，由有关领导向全体与会人员所发表的带有总结性的讲话。闭幕词适用于大会的结束阶段，是大会的结束语，闭幕词既是对整个会议的评价和总结，又是会后贯彻落实会议精神的总动员，因此，具有"过渡"的作用。

一般来讲，闭幕词有以下两个特点。

第一，总结性。闭幕词要对会议的主要内容和基本精神进行简要总结，包括会议的进程情况、解决了哪些问题、与会者提出了哪些意见和合理化的建议、今后努力的方向等，因此，具有很强的总结性。

第二，评价性。在会议的闭幕词中，不仅要对会议的主要内容和基本精神作简要概括，更要对整个会议作总体评价。如会议的收获与作用、意义与重大影响等。这对于激励与会人员为贯彻会议精神而努力奋斗具有重要的作用。

四、闭幕词的写作方法和要求

（一）闭幕词的写作方法

闭幕词一般由标题、署名、日期、称呼语、正文几部分内容组成。

（1）标题　闭幕词的标题与开幕词的标题相似，有两种写法：一是由会议名称加文种组成，如"××大会闭幕词"；二是由致词人姓名、会议名称加文种构成，如"××同志在××大会上的闭幕词"。

（2）署名　即致闭幕词的领导人的姓名，置于正文之下居中位置。

（3）日期　即致闭幕词的时间，放在标题之下居中位置。需要说明的是，日期有时放在署名之上，有时放在署名之下，两种都可以。

（4）称呼语　与开幕词的写法基本相同。

（5）正文　闭幕词的正文一般包括以下几个方面内容：

① 用简洁的语言说明大会在什么情况下圆满完成了各项预定任务；

② 简要回顾会议议程进行的情况，对会议取得的成果、作用、意义等进行简要评价，对与会者的努力给予充分的肯定；

③ 对会议通过的重要决议、完成的主要任务和会议的基本精神进行概括和总结；

④ 向与会者提出贯彻落实会议精神、做好会后工作的要求和希望；

⑤ 郑重宣布，大会胜利闭幕。

（二）闭幕词的写作要求

① 闭幕词是带有总结性的讲话，所以，语言要高度概括，简明精炼。

② 闭幕词对整个会议的评价要合理，要符合实际情况。

例文8-7

在"中国年"开幕式上的致辞

（2007年3月26日，莫斯科）

中华人民共和国主席　胡锦涛

尊敬的普京总统，女士们，先生们，朋友们：

在这个美好的季节，我很高兴再次访问伟大邻邦俄罗斯，并和普京总统共同出席"中国年"开幕式。在这里，我谨代表中国政府和人民，向友好的俄罗斯政府和人民，致以热烈的祝贺和诚挚的祝福！

俄罗斯是伟大的国家，俄罗斯人民是伟大的人民。在漫长的历史发展中，勤劳勇敢智慧的俄罗斯人民创造了悠久灿烂的文化，书写了顽强奋斗的历史，为世界文明和人类进步作出了重大贡献。近年来，在普京总统领导下，俄罗斯社会政治稳定，经济快速增长，人民安居乐业，在国际和地区事务中发挥着重要作用，赢得了国际社会高度尊重。作为友好邻邦和战略伙伴，中国政府和人民，为此感到由衷的高兴。中国政府和人民衷心祝愿俄罗斯繁荣富强！衷心祝愿俄罗斯人民在国家建设的各项事业中取得更大成就！

中俄两国山水相连，两国人民的友谊源远流长。自双方确立战略协作伙伴关系以来，两国关系蓬勃发展，取得了一系列重要成果。中俄永做好邻居、好朋友、好伙伴，是两国人民的真诚愿望，也是双方国家利益的必然要求。为增进两国和两国人民的相互了解和友谊，为确保中俄战略协作伙伴关系长期健康稳定发展，我和普京总统共同决定互办"国家年"。2006 年，双方在中国成功举办"俄罗斯年"。所举办的 300 多项活动丰富多彩，涉及范围之广，两国民众参与程度之高，社会效应之强，在双方交往史上前所未有，为促进中俄关系全面深入发展发挥了重要作用。

今年，我们在俄罗斯举办"中国年"，将组织近 200 项形式多样的活动，涵盖政治、经济、科技、人文等各个方面。我们希望通过这些活动向俄罗斯人民展示中国历史文化，展示中国改革开放历程，增进两国和两国人民的相互了解和友谊，深化两国各领域交流合作，促进双方人员往来，让世代友好的和平思想深深植根两国人民心中，为中俄战略协作伙伴关系长期健康稳定发展注入新的活力。

我们愿同俄方一道，以办好"国家年"为契机，全面落实《中俄睦邻友好合作条约》，深化两国互利合作和战略协作，促进两国共同发展繁荣，共同为推动建设持久和平、共同繁荣的和谐世界而努力！

衷心祝愿中俄两国和两国人民的友谊万古长青！

谢谢各位！

例文简析　这则开幕词由标题、日期、署名、称呼语、正文构成。首先指出召开会议的背景及意义，说明会议的中心任务、主要议题及会议的目的；然后向与会者提出了希望和要求，并表达了对会议的期望和良好祝愿。内容简洁明了，语言通俗易懂，具有宣告性和指导性。

例文 8-8

周济部长在孔子学院大会上的总结讲话

（2006 年 7 月 7 日）

《教育部通报》第 18 期

在过去的两天里，陈至立国务委员发表了主旨讲话，我们聆听到了很多精彩的发言和有益的建议；刚才，中国全国人大常委会副委员长、著名语言学家许嘉璐教授发表了热情洋溢的致辞，11位代表作了很有价值的总结发言；大家深受启发。感谢各位把自己的智慧贡献了出来，使这次会议取得丰硕的成果。作为孔子学院大家庭的第一次聚会，这次会议取得了重要成果，明确了方向，凝聚了人心，交流了经验，增进了友谊，对孔子学院的发展具有里程碑式的重要意义。孔子学院的同事们，作为这项事业的开拓者，在孔子学院的历史扉页上，将写下你们的名字。

这次会议在四个方面取得了很大的收获。

——大家赞同《孔子学院章程》及其确定的目标和任务。《孔子学院章程》将吸收大家的意见以进行修改，确定之后将为孔子学院所共同遵守。孔子学院的宗旨和使命，就是要为增进世界人民对中国语言文化的了解、发展中国与世界各国的友好关系、促进世界多元文化发展、构建和谐世界贡献力量。孔子学院是公益性的非营利性的汉语推广机构，得到中国政府支持，由中国和海外教育机构、社会组织合作举办。

——大家赞同通过中外双方的共同努力，为孔子学院的发展建立稳定的经费投入渠道。在发展初期，中国政府将按《章程》和双方的协议，为孔子学院提供必要的经费支持。同时，外方合作者也要加大投入。从长远看，孔子学院的经费来源应当主要通过良好的服务，吸引社会各方面的支持。

——大家赞同设立孔子学院总部、设立理事会和秘书处以及孔子学院院长会议，加强孔子学院的管理。孔子学院总部是具有独立法人资格的非政府组织，拥有孔子学院名称、标志、品牌的管理权，监督、指导、评估孔子学院的运行。孔子学院总部将致力于推进其与全球各孔子学院的伙伴关系，完善自主、自愿的合作模式和互惠、互利的合作机制，并不断拓展与广播、电视、出版等机构的合作，为孔子学院的健康发展创造有利的环境。

——大家赞同定期召开孔子学院大会，共享成功的经验。本次大会就是一次孔子学院建设、发展的经验交流会。会上，大家畅所欲言，对孔子学院的管理、运行，师资培训，教材建设，教学产品的开发，教学方式的改革，以及以孔子学院为基地推动中外文化交流、经贸往来和中国问题研究提出了很多有价值的建议。

这次大会是和谐的大会。孔夫子的重要思想之一就是"和为贵"，经过数千年的培育和熏陶，这种和谐理念已经深深植根于中国文化传统之中，成为中华民族文化的宝贵财富。"和为贵"的思想应该是孔子学院基本的、共同的哲学理念。我们希望孔子学院是一个和谐的机构，是一个和谐的团体，这次大会很好地实践了这一理念。孔子学院是一个新生事物，在我们发展的过程当中还会碰到很多困难和问题，但只要我们同舟共济，共同奋斗，任何困难都是可以克服的。

会议即将结束，而孔子学院的事业才刚刚开始。孔子学院虽然分布在世界的各个角落，但将始终是一个整体。我们从五大洲四大洋聚到一起，中国有句古话："海内存知己，天涯若比邻"，意思是说，天下很大，但只要我们心灵相通，无论距离多远，都像相聚在一起。孔子学院将会是用共同的理想和信念团结在一起的和谐大家庭，是能够为人类文明进步做出贡献的团体。为着这样的目标，我想提三点希望。

一、始终坚持孔子学院的责任和使命。

语言是交流的工具，也是文化的载体。今天，在不断加深的中国与世界的经济文化联系中，最直接的障碍，已经不是地理、交通、技术，而是语言和文化的阻隔。在全球化、信息化的时代里，打破语言和文化的阻隔，才能跨越发展差距、促进文明对话、缩小数字鸿沟、实现和平发展。孔子学院就是这样的发展之桥、文化之桥、友谊之桥。根据大家的意见，孔子学院应承担起以下三种使命。

第一，孔子学院是国际汉语学习网络的中心基地。今天，在全世界已经有4000万非母语的汉语学习者，构成了国际汉语学习的网络。这个网络由大学中文系、中小学汉语课程、业余汉语教学机构、企业内部的汉语培训、中文广播电视、网上汉语、汉语桥竞赛等多种学习形式组成。在这个网络中，孔子学院担负着中心基地的作用。概括地讲，未来的孔子学院，应当是一个推广中心，努力挖掘、发现和扩大所在的国家和地区汉语学习的需求；是一个教学中心，积极组织开发和实施各种形式的汉语课程；是一个研究中心，推动从不同国家和地区的实际情况出发研究汉语学习的策略；是一个培训中心，为各类汉语学习机构提供师资和技术的支持；是一个考试中心，担负起推进各类对外汉语考试的职责。根据各地不同需要，因地制宜地建立与各种形式的汉语学习机构的伙伴关系，充分发挥中心基地的作用，是孔子学院的基本责任。

第二，孔子学院是深化中外教育合作与交流的平台。在中国不断推进改革开放的进程中，中外教育合作与交流不断深化。其中一个重要的标志，就是从单纯的学术交流和人员往来扩大到机构性合作。对国外教育机构到中国来合作办学，我们采取积极欢迎的"请进来"的方针；同时，我们也积极倡导中国教育"走出去"。孔子学院就是中国教育走向世界的一个举措。我们希望通过中国和外国同事们的共同努力，扎扎实实地办好孔子学院，使之成为中外教育合作的示范工程；同时，在合作双方互信、双赢的基础上，推动双方更加紧密地合作。

第三，孔子学院是推动中国与世界经济文化交流的桥梁。孔子学院的发展是由于中国与世界经济文化往来日益密切所推动的。孔子学院的发展，必须从一开始就把汉语学习与世界了解中国、认识中国的需要结合在一起，与文化、经贸、投资、旅游等需求紧密联系在一起，成为遍布世界的中国之窗、中国之家。新时期汉语学习需求具有的多样化、多层次、功能化的特点，为孔子学院打开了广阔的发展空间。

二、牢固树立品牌意识，坚持质量第一，加强规范管理。

目前，孔子学院发展很快，形势很好。从辩证法的观点来看，没有数量就没有质量，没有一定的规模就不能有有效的作用，因此在初期发展得快一些是必要的。但是我们也必须保持清醒的头脑。从长远来看，孔子学院要真正取得成功，关键是树立孔子学院的品牌形象，加强孔子学院的能力建设，提高孔子学院的教育质量。

第一，要始终爱护孔子学院的品牌形象。今天，孔子学院已经是一块闪亮的品牌，大家对于孔子学院都有很高的评价。孔子学院能够从一开始就成为"金字招牌"，短短两年就像插上了翅膀一样，飞向五大洲四大洋，首先是因为世界上对于汉语的学习和对汉文化的了解有着强烈的需求，也是因为有中国政府的信誉，还有一个原因就是用了"孔子"命名。今天看到大家济济一堂，我们在激动的同时感到肩上的责任实在很重很重。大家都在看着我们能不能对得起孔子学院这个名字，能不能真正维护好这个品牌。现在我们已经有80所孔子学院和孔子课堂，将来还会有更多。办得好是我们大家共同的荣誉，但只要有一个办得不好就会对孔子学院带来很大的损害。所以我们的行为必须要有利于孔子学院的形象，而绝对不允许损害这一形象，这是一个基本的原则，也是大家共同的愿望。

第二，要始终把教育质量摆在第一位。质量永远是孔子学院的生命线。今后，孔子学院的规划和建设，必须认真考虑和全面衡量申办者的素质和能力，同时还要加快建立孔子学院的教学质量认证标准，建立和完善对孔子学院的质量评估和质量保障体系。每一所孔子学院都要坚持质量为本，树立全心全意为学习者服务的理念，不断创新教学方式和教学技术，以质量和服务来求得发展。孔子说，"近者说（悦），远者来"，又说"欲速则不达"，"见小利，则大事不成"。这就是说，把事情办好了，大家都会来；质量搞好了，规模就会有发展；速度过快了，反而达不到希望的目标。希望我们大家切实负起责任来，坚持质量第一的原则。

第三，要始终坚持科学管理、规范管理。孔子学院是一项全新的事业，从一开始就要高度重视建立良好制度。中国有句古话，"没有规矩，不成方圆"。规范管理是保证质量和持续发展的基础。这一次我们讨论的《孔子学院章程》是孔子学院的总规则。在这一总规则下，我们还要进一步考虑制度的建设，包括质量保证机制，激励和约束机制，以及退出机制。这些制度是我们的规矩。无论是中方还是外方，我们加入到孔子学院这个大家庭当中，都要按照规矩办事。中外合作方要严格遵守合同和协议，互信合作，对合作当中出现的问题，采取友好、协商的方式来解决，坚持以"和为贵"、"和而不同"的思路解决问题。同时，要建设好孔子学院的领导班子，完善学院的理事会，特别是要选择好学院的院长，不断提高管理水平。

三、在统一性中发展多样性、鼓励创新。

孔子学院本身是一个创新的产物，是第二语言学习的新模式，也是中外教育合作的新模式。我们以开放的态度，把汉语看成是人类的共同财富，希望世界各地的朋友们一起来工作，以中外合作的形式共同发展汉语学习事业。在这个过程当中我们强调要在坚持统一性的基础之上，鼓励多样性，推动创新。这就是孔子学院的发展思路。

首先，我们强调统一性。统一性是中华民族文化的优秀传统，统一性在孔子学院的建设中非常重要。我们有共同的目标和宗旨，有章程的共同约束，有统一的品牌标志，可以共享孔子学院的无形资产，有统一的质量认证体系，有规范的合同协议文本以及中外合作这一基本的办学方式。孔子学院是服务于广大汉语学习者，服务于中国和世界各国教育文化交流事业的非营利性、公益性教育机构，这一基本性质得到了大家的一致赞成，是不容动摇的。孔子学院总部将为各孔子学院提供五个方面的服务：一是统一的品牌和标志的服务；二是教材的服务，选编不同类型、不同层次的最好的教材推荐给各孔子学院选用；三是教师的服务，要制定针对不同对象、不同程度的比较统一的教师资格标准，组织汉语教师的培训和选派高质量的教师；四是提供丰富的形式多样的信息资料和辅导材料；五是考试方面的支持，为孔子学院提供针对不同水平的汉语考试。这五个方面的服务将给各孔子学院提供一个统一的平台和基础。我们要把内在的统一性融于我们的思想和行动，有关合作各方加强沟通，信守承诺，互利互惠，互相促进，维护团结，凝聚力量。

同时，我们支持和鼓励多样化的办学模式和多样化的管理、运作模式。由于各国国情不同，文化背景千差万别，孔子学院要在统一性的基础上，根据各自的实际情况，在办学模式、管理方式上进行创新。目前已经形成了四类比较成型的合作模式，每种模式各具特点。一是中外高等学校合作举办的，目前这种模式占多数；二是外国的社团机构和中方的高校合作举办的；三是外国的政府和中国的高校合办的；四是中外高校联合跨国公司合办的。我们要对这四种合作模式分别进行深入的研究，总结出各种不同模式的规定性、规律性的东西，在章程的总体要求下，加强不同模式孔子学院的管理。同时要在基本的四类合作模式的基础上，鼓励管理运作模式的创新和业务范围的拓展，使得孔子学院更富有生机和活力。孔子学院作为自主管理的办学实体，要积极探索市场化运作，重视市场调研，品牌宣传，提供良好服务，积极培育汉语的学习市场，在市场中筹集孔子学院发展的资源。推进市场化将有利于办学质量的提高。

第三，我们希望促进课程、教材以及教学方法的改革和多样化。目前我们正在组织中外专家，研究汉语作为第二语言的理论和规律，分析评估国际汉语学习的不同需求。孔子学院要为不同母语、不同年龄、不同层次、不同目的的汉语学习者研制课程和教材，要大胆突破传统的教学方法。比如，汉语学习如何为各国对华投资者服务，为交换学生服务，为旅游者服务，为中国企业走出去服务，为2008年北京奥运会服务和2010年上海世博会服务，这都要求进行课程和教材的创新开发。总之要通过各具特色的多样化发展，使每一所孔子学院都具有竞争力，并逐步形成有号召力的课程和教材的品牌。

在这里我想特别强调的是信息技术对于国际汉语学习创新的重要意义。当前信息技术正在为教育带来一场深刻的革命，不仅促进了教育技术和教学方法的变化，而且促进了教育理念、组织和结构的改革。我们高兴地看到，信息技术在国际汉语学习当中，已经有所作为，并且还将大有作为。中国正在农村地区大力普及远程教育，运用信息技术把中国最好的老师的授课和教学资源送到农村去，帮助当地的教师开展教学。这是解决中国农村教师问题，提高教学质量的一个非常有效的手段。这种做法对解决孔子学院教师问题很有启发。我们强调，在孔子学院的发展过程中，要大力运用信息技术，包括网络学习技术。目前语音识别和语音合成技术已经非常成功，汉语口语考试已经可以用电脑代替了。下一阶段我们将把信息化作为汉语教学的重点，优先推动和发展汉语学习的多媒体产品，丰富网络教学内容，促进远程教育和互动学习，构建跨时空的网络汉语学习社区，建立汉语语音识别和测试系统，发展网上孔子学院，广播电视孔子学院，使之与世界各国的孔子学院构成一个立体交叉的遍布全世界的网络，形成远程和面授相结合，虚拟和实体相结合的孔子学院教学系统，把汉语学习和中华文化学习资源送到每一个需要者的面前。

建设一个和谐的世界是我们共同的理想，让我们为了这样一个崇高的事业而共同努力！

例文简析　这则总结讲话由标题、日期和正文几部分组成。讲话首先用简洁的语言回顾了会议的基本情况以及会议取得的成果和作用；然后对会议进行概括和总结，并提出希望。结构清晰明了，内容具有总结性和评价性，语言通俗易懂。

思考与练习

一、简述开幕词与闭幕词的特点与写作结构。

二、××大学为庆祝第20个教师节，召开了隆重的教师节大会。请你代××大学团委为教师节大会写一份开幕词和闭幕词。要求结构准确，内容充实明了。

第五节 欢迎词、欢送词、答谢词

一、欢迎词的写作方法

欢迎词是行政机关、企事业单位、社会团体或个人在迎宾仪式上或宴会开始时，主人对客人的到来表示欢迎的致词文稿。

欢迎词一般由标题、称呼、正文、落款等几部分组成。

（1）标题 欢迎词的标题一般由致词人、致词场合和文种三要素构成，如"××在××会上的欢迎词"或"在××招待会上的讲话"；还可以单独由文种命名，如"欢迎词"。在首行正中书写标题。

（2）称呼 在开头顶格书写被欢迎者的称呼，要写明来宾的姓名称呼，如"尊敬的各位先生们女士们"、"亲爱的××大学各位同仁"等，后要加冒号，个人姓名要用尊称。

（3）正文 首先要说明致词者代表什么人向哪些来宾表示欢迎；接着阐述来访或欢迎的意义、作用，或赞扬客人的成就、贡献，或回顾双方的交往和友谊；最后再次表示欢迎之意，以及对今后的祝愿和希望。

（4）落款 要署上致词单位名称，致词者身份、姓名，并署上成文日期。

写欢迎词的要求是：称呼要用尊称；语言要热情，感情要真挚；措辞要慎重得体，篇幅要短小精悍；表述要礼貌大方，而且要尊重对方的风俗习惯应避开对方的忌讳。

二、欢送词的写作方法

欢送词是行政机关、企事业单位、社会团体或个人在宾客来访即将离开或亲友即将离别时，东道主在欢送仪式或送别场合为表示欢送和祝福而发表的致词文稿。

同欢迎词一样，欢送词也由标题、称呼、正文和落款等部分构成。

（1）标题 同欢迎词的标题大体相同，或由欢送对象与文种构成，如"欢送×××归国的讲话"，或单独以文种名为标题，如"欢送词"。

（2）称呼 与欢迎词的写法相同。

（3）正文 首先简要表达真挚、热情的欢送之意；接着叙述被送者或宾客的成绩、贡献或双方的友谊，并对此做出积极的评价；最后要再次表达惜别之情，以及对被送者或宾客的希望、勉励。

（4）落款 与欢迎词的写法相同。

写欢送词的要求：称呼用尊称，致词要恰到好处；感情要真挚诚恳，措辞要慎重得体；态度要真诚热情，语言要简明准确；内容要因人因事而异，不可张冠李戴、千篇一律。

三、答谢词的写作方法

答谢词是在公开的仪式或场合，客人对主人的热烈欢迎和盛情款待表示感谢时所使用的讲话文稿。

答谢词的书写格式与欢迎词、欢送词基本相同。答谢词的正文内容主要是对自己所受到的礼遇、招待表示感谢；对双方的友谊、交往和合作的成果或成就表示满意和赞赏；对前景的展望和对未来的祝愿，并再次表示感谢。辞别时的答谢词还要表示一种惜别之情。

写答谢词时要特别注意礼貌，其写作要求与欢迎词、欢送词基本相同。

第四届国际水产遗传学会议主席的欢迎词

女士们、先生们：

我非常愉快地代表大会组织委员会向应邀前来参加会议的全体与会者表示诚挚的欢迎。

本次大会将探讨水生生物、营养学、生理学、畜牧学中的各种遗传问题以及水生经济动物的疾病问题。会议的议题还将包括正在培养或有潜在培养价值的淡水、海水鱼类，两栖类，龟类，软体动物以及甲壳动物等。

我们还邀请了诸位游览观赏武汉和中国其他地方的风景名胜。

我们深信本次第四届国际水产遗传学会议会取得圆满成功，并将是该领域最大的一次国际聚会。

请接受我们最热烈的欢迎。

会议主席：×××

××××年×月×日

例文简析　这是一则第四届国际水产遗传学会议主席的欢迎词。由标题、称呼、正文和落款几部分组成。语言热情真诚，措辞慎重得体，表述礼貌大方。

欢　送　词

尊敬的汉斯博士，朋友们、同志们：

汉斯博士结束了在我校为期三年的执教生活，近日就要回国了。今天我们备此薄餐，为汉斯博士送行。三年来，汉斯博士以出众的才智和辛勤的工作，赢得了全校师生的信赖和尊重。他所做的几次学术报告，开阔了我们的视野，推动了学校的教学改革。对此，请允许我代表全校师生对汉斯博士表示衷心的感谢。

在三年的教学工作和日常交往中，汉斯博士与我校师生诚挚交流，以友相待，结下了深厚的友谊，我们为此而感到高兴。中国有句古语："海内存知己，天涯若比邻"，千山万水隔不断我们彼此之间的友谊和联系。我们期望汉斯博士在适当的时候再回来讲学、做客。

汉斯博士，在即将踏上归程时，请带上我们全校师生的深情厚谊，也请给我们留下宝贵的意见和建议。

祝汉斯博士回国途中一路平安，身体健康。

×××

××××年×月×日

例文简析　这是一则×××以学校名义写的欢送词。由标题、称呼、正文和落款几部分组成。态度真诚热情，语言简洁明确，措辞慎重得体。

例文8-11

答　谢　词

亲爱的××大学校长×××教授，女士们、先生们：

校长先生，感谢你刚才说的一些热情友好的话，并感谢女士们和先生们的诚挚欢迎。贵校誉满全球，取得了卓越的成就。今天我有机会访问贵校，是一件大幸事。

在贵国辉煌灿烂的科学文化史上，贵校培养和造就了许多杰出的科学家和文学家，他们为贵校的（在许多方面也为世界的）科学文化发展做出了巨大的贡献。贵国是一个伟大的国家，贵国的人民是伟大的人民。过去的100年中，贵国的科学和技术取得了迅速的发展。这里有许多东西值得参观学习。当然，我还将利用这次访问的机会与贵国友人、同行交流经验。

作为一个科学家，我衷心欢呼过去的几年中贵国和我国之间在科学、学术和文化交流方面取得的巨大进展。这有助于促进两国之间的相互了解、友谊和合作。我们两国的科学家和学者，为了人类的共同进步，应同心协力探索科学的奥秘，开拓新的文明领域。我想大家是会欣然同意我的见解的。

承蒙大家的热情款待，实在愧不敢当。在此，我对各位给予的一切帮助，再次表示谢忱。

×××

××××年×月×日

例文简析　这是一则客人在交往活动结束后，对主人的盛情款待、妥善安排表示感谢的答谢词。由标题、称呼语、正文和落款几部分组成。行文庄重、热情、真挚、诚恳，语言简明、准确。

思考与练习

一、简述欢迎词、欢送词与答谢词的结构与特点。

二、2004 年 8 月 10 日，西安市高校团的干部代表团访问上海×××大学，请你代上海×××大学团委写一篇欢迎词或欢送词。

三、请你代写西安市高校团的干部代表团对上海×××大学的盛情款待表示感谢的感谢词。

第六节　讣告、悼词

一、讣告的种类

讣告，也称讣闻、讣文。"讣"原意是报丧的意思，也就是将人死了的消息报告给大家。讣告是指机关、企事业单位或个人将某人去世的消息向死者的亲朋好友及相关人士发出的一种告知性应用文书。讣告是一种用于报丧的专用文书，通常由死者的亲属、工作单位或专门成立的治丧委员会发出。讣告的发布方式可以公开张贴或直接投送给个人，也可以通过报纸等新闻媒体向社会公布。讣告应当在遗体告别仪式或丧礼举办前尽快发出，以便死者的亲友及时做好必要的安排和准备，如准备花圈、挽联等。

讣告可以分为以下三种。一是一般性讣告，这类讣告最为多见，通常是手写或印刷后分发给亲朋好友，也可登报。二是新闻报道式讣告，这种讣告适用于社会上有一定知名度的逝世者，以"新华社电"或"本报讯"的形式，在报纸上刊登，也可在广播、电视新闻中播出。三是公告式讣告，党和国家的主要领导人逝世后，通常要用公告的形式在报纸、广播、电视等媒体上公布。

二、讣告的写作方法和要求

（一）讣告的写作方法

讣告一般由标题、正文、落款三部分构成。

（1）标题　讣告的分类不同，标题的写作格式也不同。一般性讣告的标题，可以只写"讣告"两字，写在第一行居中位置；也可以由死者名和文种名共同构成，如"鲁迅先生讣告"。新闻报道式讣告，标题中写明逝世者的姓名，如"×××同志逝世"。公告式讣告，其标题由发文单位、团体名称和文种构成，如"中国共产党中央委员会、中华人民共和国全国人民代表大会常务委员会、中华人民共和国国务院公告"；有时，在发文单位之后，也可不写"公告"二字，而写"告全国人民书"字样，如"邓小平逝世的讣告"。

（2）正文　讣告的正文一般包括三层意思。一是逝世者的姓名、身份，逝世的原因、时间、地点，终年岁数。二是逝世者的生平事迹。重要人物、知名人士的事迹要概括叙述，普通人则略写或不写。三是开追悼会或举行遗体告别仪式的时间、地点。如不开追悼会，不举行遗体告别仪式，也要写明。正文的末尾下一行左起空两格处写"特此讣告"或"谨此讣告"。公告式的讣告，正文结尾处往往写"伟大的×××××家×××同志永垂不朽"。

（3）落款　写发出讣告的单位名称、个人名称或治丧委员会名称，并写明发出讣告的具体时间。

（二）讣告的写作要求

讣告写作之前一定要对死者的生平事迹了解准确，不能出错；语言要高度概括，简明精炼，并体现出深沉哀痛的感情；讣告要用白纸黑字书写或印刷，如果登报的话要加黑边。

三、悼词的特点

悼词，古人称"祭文"，是一种对死者的哀悼、怀念之词，用来祭奠悼念、寄托哀思、追述逝世者生平事迹、缅怀其道德人品、表彰其功德业绩，以激励、教育生者的一种祭吊性应用文。悼词一般在追悼大会上宣读。

现在的悼词，一般来讲具有以下特征。一是激励性。通过追述逝世者的生平事迹、缅怀其道德人品、表彰其功德业绩，充分肯定其社会价值，以激励生者的奋发图强精神。二是积极性。即悼词不仅仅用来寄托哀思、表示怀念，往往是孕育着化悲痛为力量的情感基调和积极内容，希望人们面对现实，展望未来。此外，在表现形式和表现手法上，更具有多样性。

四、悼词的写作方法和要求

（一）悼词的写作方法

通常来讲悼词是没有固定格式的，但宣读体悼词形式却相对稳定。一般来讲，其结构由三部分构成：标题、正文、落款。

（1）标题　悼词的标题一般为"在×××同志追悼大会上的悼词"或"在追悼×××大会上×××同志致的悼词"，即由死者姓名（或加上致悼词者姓名）和文种构成；也可以直接由文种名承担标题，如"悼词"。

（2）正文　正文的结尾，通常由开头、主体、结尾三部分构成。

① 开头。多以"我们怀着沉痛的心情悼念×××同志"开始，表明召开此追悼会的目的，尽可能全面而准确地说明死者的职务、职称和称呼，以示尊崇，并且要注意称呼之间的排列顺序。然后简要概述逝世者何年何月何日何时何原因与世长辞，以及所享年龄等。

② 主体。承接开头，缅怀死者。这是悼词的主体部分。主要由两方面组成。一是介绍死者的生平事迹，包括出生年月、籍贯、学历以及业绩，集中介绍逝世者对社会、对人民的贡献。二是对逝世者的思想、精神、作风、品质、修养等做出综合评价，介绍其对他人和社会产生的积极影响。如鼓舞、激励了青年人，为后人树立了榜样等。

③ 结尾。主要写明生者对逝世者的悼念、对死者家属的慰问及如何向死者学习、继承其未完成的事业、化悲痛为力量，为国家、为社会做出更大的贡献等内容。最后，用"×××同志永垂不朽"、"×××同志精神长存"、"×××同志永远活在我们心中"或"安息吧"等作结束。

（3）落款　悼词一般在开头就已经介绍了参加追悼会的人员情况，所以悼词的最后落款一般只写成文日期即可。

（二）悼词的写作要求

① 内容要绝对真实，不能夸张，不能捏造；对死者的评价要全面真实、不夸大、不缩小、不粉饰、不歪曲，以充分肯定死者的奉献为主要内容。

② 悼词以缅怀和激励为目的，所以要把握好其感情基调，不可太悲伤、太消极，要对后人有所激励和鞭策。

③ 悼词是用来宣读的，所以语言要质朴、庄重、口语化，不能用太多的文言词句。

例文8-12

鲁迅先生讣告

鲁迅（周树人）先生于 1936 年 10 月 19 日上午 5 时 25 分病卒于上海寓所，享年 56 岁。即日移置万国殡仪馆，由 20 日上午 5 时为各界瞻仰遗容的时间。依先生的遗言："不得因为丧事收受任何人一文钱。"除祭奠和表示哀悼的挽词、花圈等以外，谢绝一切金钱上的赠送。谨此讣闻。

鲁迅先生治丧委员会

（因刊载于当日报纸，而未署明日期）

例文简析　这是一则普通式讣告。由标题、正文和落款组成。内容包括死者的姓名、死亡的原因、地点、时间和终年岁数，丧礼的地点、时间、方式以及死者的意愿、意向等。结构简单明了，语言准确、精炼、严肃、庄重。

例文8-13

悼　词

当大地渐渐恢复平静，我们的心灵却再也不能回复到往昔。血肉同胞的伤亡，美丽山川的破碎，英雄战士的眼泪，幸存孩子的未来，以及灾难中那些感人至深的故事：同胞们捐献的鲜血，同胞们挥洒的汗水，同胞们流淌的眼泪，同胞们无尽的愤怒与悲伤，尤其是，那些奋战在抗灾、救灾现场的同胞的生命……从 2008 年 5 月 12 日 14 时 28 分开始，它们就像一把尖锐的刀子，一天又一天，一个小时又一个小时，把一张照片又一张照片、一个画面又一个画面，一个故事又一个故事……永远地刻在我们柔软的心里，刻成我们终身难以释怀的伤痛，成为我们生命中沉重的一部分。

死难的同胞们，纵然我们不能一一念及你们的名字，纵然我们不能一一想起你们的面容，但是我们永远不会忘却你们，因为你们和我们一样，有一个共同的名字：中国人。

大地渐渐地恢复平静，沉睡在大地深处的同胞们，安息吧。

——这是你们的家园，这是生你养你怜你疼你今天也将你吞噬的大地；对于大地的神秘，对于我们生命的神秘，无论是逝去的你，还是侥幸活着的我们，都将继续保持那古老的敬畏。

当你们回到大地深处，加入祖先们的行列；当灾难平息，成为历史，成为人类共同的恒久记忆。除了难以释怀的悲痛，除了难以忘却的怀念，我们这些依然存活的人们，将努力——

赡养你们的父亲和母亲，照顾你们的兄弟和姐妹，抚育你们的儿子与女儿。

应用文写作

我们将让曾经美丽的你们的家园，重新拥有蓝天、白云，重新拥有葱郁的树木和清澈的河流；

　　我们将让曾经飘荡的歌声，依然在你们的亲人中间，依然在你们的村寨与城市上空回响；

　　我们将让你们的孩子们依然在这片古老的大地上，生生不息，歌唱不息……

　　安息吧，同胞。

　　明天，我们还会笑对生活。虽然在我们的笑声里，将永远有着今天悲痛的回忆，永远有着对你们深深的怀念。

××××

2008 年 5 月 19 日

例文简析　　这篇发表在网上的悼词感情真挚，表达了对四川汶川大地震中死难同胞的追念、悲伤之情，语言庄重、质朴。既表达了对死者的哀婉、缅怀，又鼓舞、激励了生者。

思考与练习

　　一、简述讣告、悼词的结构与特点。

　　二、病例分析：这则讣告，在内容、语言、格式上都有错误，请指出错误并加以纠正。

讣　　告

　　夫张××（原××市××厂党委书记，离休）于 19×× 年 4 月 18 日上午因病逝世，终年 74 岁。在此沉痛告知社会各界。

　　张××遗体告别仪式定于 4 月 24 日在××殡仪馆举行，欢迎各位届时光临。

　　妻：王××率

　　子：××　媳：××　孙：××

　　女：××　婿：××　外孙：××　　泣告

附录一 国家行政机关公文处理办法

国法办〔2000〕23 号文件

（2000 年 8 月 24 日国务院发布）

第一章 总 则

第一条 为使国家行政机关（以下简称行政机关）的公文处理工作规范化、制度化、科学化，制定本办法。

第二条 行政机关的公文（包括电报，下同），是行政机关在行政管理过程中形成的具有法定效力和规范体式的文书，是依法行政和进行公务活动的重要工具。

第三条 公文处理指公文的办理、管理、整理（立卷）、归档等一系列相互关联、衔接有序的工作。

第四条 公文处理应当坚持实事求是、精简、高效的原则，做到及时、准确、安全。

第五条 公文处理必须严格执行国家保密法律、法规和其他有关规定，确保国家秘密的安全。

第六条 各级行政机关的负责人应当高度重视公文处理工作，模范遵守本办法并加强对本机关公文处理工作的领导和检查。

第七条 各级行政机关的办公厅（室）是公文处理的管理机构，主管本机关的公文处理工作并指导下级机关的公文处理工作。

第八条 各级行政机关的办公厅（室）应当设立文秘部门或者配备专职人员负责公文处理工作。

第二章 公文种类

第九条 行政机关的公文种类主要有：

（一）命令（令）

适用于依照有关法律公布行政法规和规章；宣布施行重大强制性行政措施；嘉奖有关单位及人员。

（二）决定

适用于对重要事项或者重大行动做出安排，奖惩有关单位及人员，变更或者撤销下级机关不适当的决定事项。

（三）公告

适用于向国内外宣布重要事项或者法定事项。

（四）通告

适用于公布社会各有关方面应当遵守或者周知的事项。

（五）通知

适用于批转下级机关的公文，转发上级机关和不相隶属机关的公文，传达要求下级机关办理和需要有关单位周知或者执行的事项，任免人员。

（六）通报

适用于表彰先进，批评错误，传达重要精神或者情况。

（七）议案

适用于各级人民政府按照法律程序向同级人民代表大会或人民代表大会常务委员会提请审议事项。

（八）报告

适用于向上级机关汇报工作，反映情况，答复上级机关的询问。

（九）请示

适用于向上级机关请求指示、批准。

（十）批复

适用于答复下级机关的请示事项。

（十一）意见

适用于对重要问题提出见解和处理办法。

（十二）函

适用于不相隶属机关之间商洽工作，询问和答复问题，请求批准和答复审批事项。

（十三）会议纪要

适用于记载、传达会议情况和议定事项。

第三章　公文格式

第十条　公文一般由秘密等级和保密期限、紧急程度、发文机关标识、发文字号、签发人、标题、主送机关、正文、附件说明、成文日期、印章、附注、附件、主题词、抄送机关、印发机关和印发日期等部分组成。

（一）涉及国家秘密的公文应当标明密级和保密期限，其中，"绝密"、"机密"级公文还应当标明份数序号。

（二）紧急公文应当根据紧急程序分别标明"特急"、"急件"。其中电报应当分别标明"特提"、"特急"、"加急"、"平急"。

（三）发文机关标识应当使用发文机关全称或者规范化简称。联合行文，主办机关排列在前。

（四）发文字号应当包括机关代字、年份、序号。联合行文，只标明主办机关发文字号。

（五）上行文应当注明签发人、会签人姓名。其中，"请示"应当在附注处注明联系人的姓名和电话。

（六）公文标题应当准确简要地概括公文的主要内容并标明公文种类，一般应当标明发文机关。公文标题中除法规、规章名称加书名号外，一般不用标点符号。

（七）主送机关指公文的主要受理机关，应当使用全称或者规范化简称、统称。

（八）公文如有附件，应当注明附件顺序和名称。

（九）公文除"会议纪要"和以电报形式发出的以外，应当加盖印章。联合上报的公文，由主办机关加盖印章；联合下发的公文，发文机关都应当加盖印章。

（十）成文日期以负责人签发的日期为准，联合行文以最后签发机关负责人的签发日期为准。电报以发出日期为准。

（十一）公文如有附注（需要说明的其他事项），应当加括号标注。

（十二）公文应当标注主题词。上行文按照上级机关的要求标注主题词。

（十三）抄送机关指除主送机关外需要执行或知晓公文的其他机关，应当使用全称或者规范化简称、统称。

（十四）文字从左至右横写、横排。在民族自治地方，可以并用汉字和通用的少数民族文字（按其习惯书写、排版）。

第十一条 公文中各组成部分的标识规则，参照《国家行政机关公文格式》国家标准执行。

第十二条 公文用纸一般采用国际标准 A4 型（210mm×297mm），左侧装订。张贴的公文用纸大小，根据实际需要确定。

第四章 行 文 规 则

第十三条 行文应当确有必要，注重效用。

第十四条 行文关系根据隶属关系和职权范围确定，一般不得越级请示和报告。

第十五条 政府各部门依据部门职权可以相互行文和向下一级政府的相关业务部门行文；除以函的形式商洽工作、询问和答复问题、审批事项外，一般不得向下一级政府正式行文。

部门内设机构除办公厅（室）外不得对外正式行文。

第十六条 同级政府、同级政府各部门、上级政府部门与下一级政府可以联合行文；政府与同级党委和军队机关可以联合行文；政府部门与相应的党组织和军队机关可以联合行文；政府部门与同级人民团体和具有行政职能的事业单位也可以联合行文。

第十七条 属于部门职权范围内的事务，应当由部门自行行文或联合行文。联合行文应当明确主办部门。须经政府审批的事项，经政府同意也可以由部门行文，文中应当注明经政府同意。

第十八条 属于主管部门职务范围内的具体问题，应当直接报送主管部门处理。

第十九条 部门之间对有关问题未经协商一致，不得各自向下行文。如擅自行文，上级机关应当责令纠正或撤销。

第二十条 向下级机关或者本系统的重要行文，应当同时抄送直接上级机关。

第二十一条 "请示"应当一文一事；一般只写一个主送机关，需要同时送其他机关的，应当用抄送形式，但不得抄送其下级机关。

"报告"不得夹带请示事项。

第二十二条 除上级机关负责人直接交办的事项外，不得以机关名义向上级机关负责人报送"请示"、"意见"和"报告"。

第二十三条 受双重领导的机关向上级机关行文，应当写明主送机关和抄送机关。上级机关向受双重领导的下级机关行文，必要时应当抄送其另一上级机关。

第五章　发文办理

第二十四条　发文办理指以本机关名义制发公文的过程，包括草拟、审核、签发、复核、缮印、用印、登记、分发等程序。

第二十五条　草拟公文应当做到：

（一）符合国家的法律、法规及其他有关规定。如提出新的政策、规定等，要切实可行并加以说明。

（二）情况确实，观点明确，表述准确，结构严谨，条理清楚，直述不曲，字词规范，标点正确，篇幅力求简短。

（三）公文的文种应根据行文目的、发文机关的职权和与主送机关的行文关系确定。

（四）拟制紧急公文，应当体现紧急的原因，并根据实际需要确定紧急程度。

（五）人名、地名、数字、引文准确。引用公文应当先引标题，后引发文字号。引用外文应当注明中文含义。日期应当写明具体的年、月、日。

（六）结构层次序数，第一层为"一、"，第二层为"（一）"，第三层为"1."，第四层为"（1）"。

（七）应当使用国家法定计量单位。

（八）文内使用非规范化简称，应当先用全称并注明简称。使用国际组织外文名称或其缩写形式，应当在第一次出现时注明准确的中文译名。

（九）公文中的数字，除成文日期、部分结构层次序数和在词、词组、惯用语、缩略语、具有修辞色彩语句中作为词素的数字必须使用汉字外，应当使用阿拉伯数字。

第二十六条　拟制公文，对涉及其他部门职权范围内的事项，主办部门应当主动与有关部门协商，取得一致意见后方可行文；如有分歧，主办部门的主要负责人应当出面协调，仍不能取得一致时，主办部门可以列明各方理据，提出建设性意见，并与有关部门会签后报请上级机关协调或裁定。

第二十七条　公文送负责人签发前，应当由办公厅（室）进行审核，审核的重点是：是否确需行文，行文方式是否妥当，是否符合行文规则和拟制公文的有关要求，公文格式是否符合本办法的规定等。

第二十八条　以本机关名义制发的上行文，由主要负责人或者主持工作的负责人签发；以本机关名义制发的下行文或平行文，由主要负责人或者由主要负责人授权的其他负责人签发。

第二十九条　公文正式印制前，文秘部门应当进行复核，重点是：审批、签发手续是否完备，附件材料是否齐全，格式是否统一、规范等。

经复核需要对文稿进行实质性修改的，应按程序复审。

第六章　收文办理

第三十条　收文办理指对收到公文的办理过程，包括签收、登记、审核、拟办、承办、催办等程序。

第三十一条　收到下级机关上报的需要办理的公文，文秘部门应当进行审核。审核的重点是：是否应由本机关办理；是否符合行文规则；内容是否符合国家法律、法规及其他有关规定；涉及其他部门或地区职权的事项是否已协商、会签；文种使用、公文格式是否规范。

第三十二条 经审核，对符合本办法规定的公文，文秘部门应当及时提出拟办意见送负责人批示或者交有关部门办理，需要两个以上部门办理的应当明确主办部门。紧急公文，应当明确办理时限。对不符合本办法规定的公文，经办公厅（室）负责人批准后，可以退回呈报单位并说明理由。

第三十三条 承办部门收到交办的公文后应当及时办理，不得延误、推诿。紧急公文应当按时限要求办理，确有困难的，应当及时予以说明。对不属于本单位职权范围或者不宜由本单位办理的，应当及时退回交办的文秘部门并说明理由。

第三十四条 收到上级机关下发或交办的公文，由文秘部门提出拟办意见，送负责人批示后办理。

第三十五条 公文办理中遇有涉及其他部门职权的事项，主办部门应当主动与有关部门协商；如有分歧，主办部门主要负责人要出面协调，如仍不能取得一致，可以报请上级机关协调或裁定。

第三十六条 审批公文时，对有具体请示事项的，主批人应当明确签署意见、姓名和审批日期，其他审批人圈阅视为同意；没有请示事项的，圈阅表示已阅知。

第三十七条 送负责人批示或者交有关部门办理的公文，文秘部门要负责催办，做到紧急公文跟踪催办，重要公文重点催办，一般公文定期催办。

第七章　公文归档

第三十八条 公文办理完毕后，应当根据《中华人民共和国档案法》和其他有关规定，及时整理（立卷）、归档。

个人不得保存应当归档的公文。

第三十九条 归档范围内的公文，应当根据其相互联系、特征和保存价值等整理（立卷），要保证归档公文齐全、完整，能正确反映本机关的主要工作情况，便于保管和利用。

第四十条 联合办理的公文，原件由主办机关整理（立卷）、归档，其他机关保存复制件或其他形式的公文副本。

第四十一条 本机关负责人兼任其他机关职务，在履行所兼职务职责过程中形成的公文，由其兼职机关整理（立卷）、归档。

第四十二条 归档范围内的公文应当确定保管期限，按照有关规定定期向档案部门移交。

第四十三条 拟制、修改和签批公文，书写及所用纸张和字迹材料必须符合存档要求。

第八章　公文管理

第四十四条 公文由文秘部门或专职人员统一收发、审核、用印、归档和销毁。

第四十五条 文秘部门应当建立健全本机关公文处理的有关制度。

第四十六条 上级机关的公文，除绝密级和注明不准翻印的以外，下一级机关经负责人或者办公厅（室）主任批准，可以翻印。翻印时，应当注明翻印的机关、日期、份数和印发范围。

第四十七条　公开发布行政机关公文，必须经发文机关批准。经批准公开发布的公文，同发文机关正式印发的公文具有同等效力。

第四十八条　公文复印件作为正式公文使用时，应当加盖复印机关证明章。

第四十九条　公文被撤销，视作自始不产生效力；公文被废止，视作自废止之日起不产生效力。

第五十条　不具备归档和存查价值的公文，经过鉴别并经办公厅（室）负责人批准，可以销毁。

第五十一条　销毁秘密公文应当到指定场所由二人以上监销，保证不丢失、不漏销。其中，销毁绝密公文（含密码电报）应当进行登记。

第五十二条　机关合并时，全部公文应当随之合并管理。机关撤销时，需要归档的公文整理（立卷）后按有关规定移交档案部门。

工作人员调离工作岗位时，应当将本人暂存、借用的公文按照有关规定移交、清退。

第五十三条　密码电报的使用和管理，按照有关规定执行。

第九章　附　则

第五十四条　行政法规、规章方面的公文，依照有关规定处理。外事方面的公文，按照外交部的有关规定处理。

第五十五条　公文处理中涉及电子文件的有关规定另行制定。统一规定发布之前，各级行政机关可以制定本机关或者本地区、本系统的试行规定。

第五十六条　各级行政机关的办公厅（室）对上级机关和本机关下发公文的贯彻落实情况应当进行督促检查并建立督察制度。有关规定另行制定。

第五十七条　本办法自 2001 年 1 月 1 日起施行。1993 年 11 月 21 日国务院办公厅发布，1994 年 1 月 1 日起施行的《国家行政机关公文处理办法》同时废止。

附录二　国家行政机关公文格式

GB/T 9704—1999

（国家质量技术监督局 1999 年 12 月 27 日批准公布，2000 年 1 月 1 日实施）

前言

本标准根据国务院办公厅发布的《国家行政机关公文处理办法》的有关规定对 GB/T 9704—1988 进行修订。本标准相对 GB/T 9704—1988 作如下修订：

（1）将原标准名称《国家机关公文格式》改为《国家行政机关公文格式》；

（2）删去原标准中的引言部分；

（3）删去原标准中与公文格式规定无关的一些叙述性解释；

（4）对公文用纸的幅面尺寸作了较大调整，将国际标准 A4 型纸作为用纸纸型；删去国内 16 开型纸张的相应说明；

（5）对公文用纸的页边尺寸作了较大的调整；

（6）不设各标识域，而按公文眉首、主体和版记三部分各要素的顺序依次进行说明；

（7）增加了公文用纸的主要技术指标；

（8）增加了印刷和装订要求；

（9）增加了每页正文行数和每行字数以及各种要素标识的字体和字号；

（10）增加了主要公文式样。

本标准中所用公文用语与《国家行政机关公文处理办法》中的用语一致。

本标准为第一次修订。

本标准由国务院办公厅提出。

本标准起草单位：中国标准研究中心、国务院办公厅秘书局。

本标准主要起草人：孟辛卯、房庆、李志祥、刘碧松、范一乔、张荣静、李颖。

1　范围

本标准规定了国家行政机关公文通用的纸张要求、印刷要求、公文中各要素排列顺序和标识规则。

本标准适用于国家各级行政机关制发的公文。其他机关公文可参照执行。

使用少数民族文字印制的公文，其格式可参照本标准按有关规定执行。

2　引用标准

下列标准所包含的条文，通过在本标准中引用而构成为本标准的条文。本标准出版时，所示版本均为有效。所有标准都会被修订，使用本标准的各方应探讨使用下列标准最新版本的可能性。

GB 148—1977　印刷、书写和绘图纸幅面尺寸

3　定义

本标准采用下列定义。

3.1　字　Word

标识公文中横向距离的长度单位。一个字指一个汉字所占空间。

3.2　行　line

标识公文中纵向距离的长度单位。本标准以3号字高度加3号字高度7/8倍的距离为一基准行。

4　公文用纸主要技术指标

公文用纸一般使用纸张定量为60～80g/m²的胶版印刷纸或复印纸。纸张白度为85％～90％，横向耐折度≥15次，不透明度≥85％，pH值为7.5～9.5。

5　公文用纸幅面及版面尺寸

5.1　公文用纸幅面尺寸

公文用纸采用GB/T 148中规定的A4型纸，其成品幅面尺寸为：210mm×297mm，尺寸的允许偏差见GB/T 148。

5.2　公文页边与版心尺寸

公文用纸天头（上白边）为：37mm±1mm。

公文用纸订口（左白边）为：28mm±1mm。

版心尺寸为：156mm×225mm（不含页码）。

6　公文中图文的颜色

未作特殊说明公文中图文的颜色均为黑色。

7　排版规格与印制装订要求

7.1　排版规格

正文用3号仿宋字，一般每面排22行，每行排28个字。

7.2　制版要求

版面干净无底灰，字迹清楚无断划，尺寸标准，版心不斜，误差不超过1mm。

7.3　印刷要求

双面印刷；页码套正，两面误差不得超过2mm。黑色油墨应达到色谱所标BL100％，红色油墨应达到色谱所标Y80％，M80％。印品着墨实、均匀；字面不花、不白、无断划。

7.4　装订要求

公文应左侧装订，不掉页。包本公文的封面与书芯不脱落，后背平整、不空。两页页码之间误差不超过4mm。骑马订或平订的位为两钉钉锯外订眼距书芯上下各1/4处，允许误差±4mm。平订钉锯与书脊间的距离为3～5mm；无坏钉、漏钉、重钉，钉脚平伏牢固；后背不可散页明订。裁切成品尺寸误差±1mm，四角成90°，无毛茬或缺损。

8　公文中各要素标识规则

本标准将组成公文的各要素划分为眉首、主体、版记三部分。置于公文首页红色反线（宽度同版心，即156mm）以上的各要素统称眉首；置于红色反线（不含）以下至主题词（不含）之间的各要素统称主体；置于主题词以下的各要素统称版记。

8.1　眉首

8.1.1　公文份数序号

公文份数序号是将同一文稿印制若干份时每份公文的顺序编号。如需标识公文份数序号，用阿拉伯数码顶格标识在版心左上角第1行。

8.1.2　秘密等级和保密期限

如需标识秘密等级，用3号黑体字，顶格标识在版心右上角第1行，两字之间空1字；如需同时标识秘密等级和保密期限，用3号黑体字，顶格标识在版心右上角第1行，秘密等级和保密期限之间用"★"隔开。

8.1.3　紧急程度

如需标识紧急程度，用3号黑体字，顶格标识在版心右上角第1行，两字之间空1行；如需同时标识秘密等级与紧急程度，秘密等级顶格标识在版心右上角第1行，紧急程度顶格标识在版心右上角第2行。

8.1.4　发文机关标识

由发文机关全称或规范化简称后面加"文件"组成；对一些特定的公文可只标识发文机关全称或规范化简称。发文机关标识上边缘至版心上边缘为25mm。对于上报的公文，发文机关标识上边缘至版心上边缘为80mm。

发文机关标识推荐使用小标宋体字，用红色标识。字号由发文机关以醒目美观为原则酌定，但最大不能等于或大于22mm×15mm。

联合行文时应使主办机关名称在前，"文件"二字置于发文机关名称右侧，上下居中排布；如联合行文机关过多，必须保证公文首页显示正文。

8.1.5　发文字号

发文字号由发文机关代字、年份和序号组成。发文机关标识下空2行，用3号仿宋体字，居中排布；年份、序号用阿拉伯数码标识；年份应标全称，用六角括号"〔 〕"括入；序号不编虚位（即1不编为001），不加"第"字。

发文字号之下4mm处印一条与版心等宽的红色反线。

8.1.6　签发人

上报的公文需标识签发人姓名，平行排列于发文字号右侧。发文字号居左空1字，签发人姓名居右空1字；签发人用3号仿宋体字，签发人后标全角冒号，冒号后用3号楷体字标识签发人姓名。

如有多个签发人，主办单位签发人姓名置于第1行，其他签发人姓名从第2行起在主办单位签发人姓名之下按发文机关顺序依次顺排，下移红色反线，应使发文字号与最后一个签发人姓名处在同一行并使红色反线与之的距离为4mm。

8.2　主体

8.2.1　公文标题

红色反线下空2行，用2号小标宋体字，可分一行或多行居中排布；回行时，要做到词意完整，排列对称，间距恰当。

8.2.2　主送机关

标题下空1行，左侧顶格用3号仿宋体字标识，回行时仍顶格；最后一个主送机关名称后标全角冒号。如主送机关名称过多而使公文首页不能显示正文时，应将主送机关名称移至版记中的主题词之下、抄送之上，标识方法同抄送。

8.2.3　公文正文

主送机关名称下一行，每自然段左空 2 字，回行顶格。数字、年份不能回行。

8.2.4　附件

公文如有附件，在正文下一行左空 2 字用 3 号仿宋体字标识"附件"，后标全角冒号和名称。附件如有序号使用阿拉伯数码（如"附件：1.××××××"）；附件名称后不加标点符号。附件应与公文正文一起装订，并在附件左上角第 1 行顶格标识"附件"，有序号时标识序号；附件的序号和名称前后标识应一致。如附件与公文正文不能一起装订，应在附件左上角第 1 行顶格标识公文的发文序号并在其后标识附件（或带序号）。

8.2.5　成文时间

用汉字将年、月、日标全；"零"写为"〇"；成文时间的标识位置见 8.2.6。

8.2.6　公文生效标识

8.2.6.1　单一发文印章

单一机关制发的公文在落款处不署发文机关名称，只标识成文时间。成文时间右空 4 字；加盖印章应上距正文 2～4mm，端正、居中下压成文时间，印章用红色。

当印章下弧无文字时，采用下套方式，即仅以下弧压在成文时间上；

当印章下弧有文字时，采用中套方式，即印章中心线压在成文时间上。

8.2.6.2　联合行文印章

当联合行文需加盖两个印章时，应将成文时间拉开，左右各空 7 字；主办机关印章在前；两个印章均压成文时间，印章用红色。只能采用同种加盖印章方式，以保证印章排列整齐。两印章之间不相交或相切，相距不超过 3mm。

当联合行文需加盖 3 个以上印章时，为防止出现空白印章，应将各发文机关名称（可用简称）排在发文时间和正文之间。主办机关印章在前，每排最多排 3 个印章，两端不得超出版心；最后一排如余一个或两个印章，均居中排布；印章之间互不相交或相切，在最后一排印章之下右空 2 字标识成文时间。

8.2.6.3　特殊情况说明

当公文排版后所剩空白处不能容下印章位置时，应采取调整行距、字距的措施加以解决，务使印章与正文同处一面，不得采取标识"此页无正文"的方法解决。

8.2.7　附注

公文如有附注，用 3 号仿宋体字，居左空 2 号字加圆括号标识在成文时间下一行。

8.3　版记

8.3.1　主题词

"主题词"用 3 号黑体字，居左顶格标识，后标全角冒号词日用 3 号小标宋体字；词目之间空 1 字。

8.3.2　抄送

公文如有抄送，在主题词下一行左空 1 字用 3 号仿宋体字标识"抄送"，后标全角冒号；回行时与冒号后的抄送机关对齐；在最后一个抄送机关后标句号。如主送机关移至主题词之下，标识方法同抄送机关。

8.3.3　印发机关和印发时间

位于抄送机关之下（无抄送机关在主题词之下）占 1 行位置；用 3 号仿宋体字。印发机关左空 1 字，印发时间右空 1 字。印发时间以公文付印的日期为准，用阿拉伯数码标识。

8.3.4 版记中的反线

版记中各要素之下均加一条反线，宽度同版心。

8.3.5 版记的位置

版记应置于公文最后一页，版记的最后一个要素置于最后一行。

9 页码

用 4 号半角白体阿拉伯数码标识，置于版心下边缘之下一行，数码左右各放一条 4 号一字线，一字线距离版心下边缘 7mm。单页码居右空 1 字，双页码居左空 1 字。空白页和空白页以后的页不标识页码。

10 公文中表格

公文如需附表，对横排 A4 纸型表格，应将页码放在横表的左侧，单页码置于表的左下角，双页码置于表的左上角，单页码表头在订口一边，双页码表头在切口一边。

公文如需附 A3 纸型表格，且当最后一页为 A3 纸型表格时，封三、封四（可放分送，不放页码）就为空白，将 A3 纸型表格贴在封三前，不应贴在文件最后一页（封四）上。

11 公文的特定格式

11.1 信函式格式

发文机关名称上边缘距上页边的距离为 30mm，推荐用小标宋体字，字号由发文机关酌定；发文机关全称下 4mm 处为一条武文线（上粗下细），距下页边 20mm 处为一条文武线（上细下粗），两条线长均为 170mm。每行居中排 28 个字。发文机关名称及双线均印红色。两线之间各要素的标识方法从本标准相应要素说明。

11.2 命令格式

命令标识由发文机关名称加"命令"或"令"组成，用红色小标宋体字，字号由发文机关酌定。命令标识上边缘距版心上边缘 20mm，下边缘空 2 行居中标识标识令号；令号下空 2 行标识正文；正文下一行右空 4 字标识签发人签名章，签名章左空 2 字标识签发人职务；联合发布的命令或令的签发人职务应标识全称。在签发人签名章下一行右空 2 字标识成文时间。分送机关标识方法同抄送机关。其他要素从本标准相关要素说明。

11.3 会议纪要格式

会议纪要标识由"××××会议纪要"组成。其标识位置同 8.1.4，用红色小标宋体字，字号由发文机关酌定。会议纪要不加盖印章。其他要素从本标准相关要素说明。

12 式样

A4 型公文纸页边及版心尺寸见附图 1；公文首页版式见图 2-1；上报公文首页版式见图 2-2；公文末页版式见图 2-3；联合行文公文末页版式 1 见附图 2；联合行文公文末页版式 2 见附图 3。

注：版心实线框仅为示意，在印制公文时并不印出。

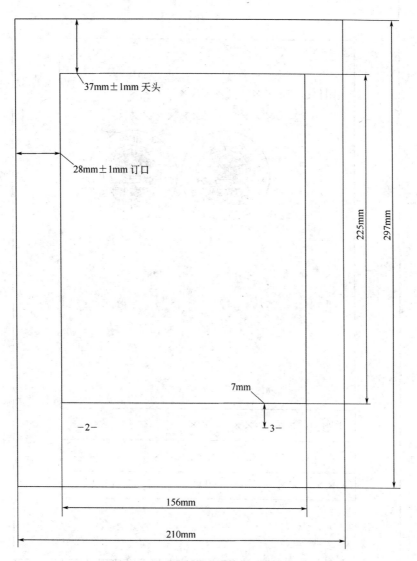

37mm±1mm 天头

28mm±1mm 订口

225mm

297mm

7mm

−2−

−3−

156mm

210mm

附图 1 A4 型公文用纸页边及版心尺寸

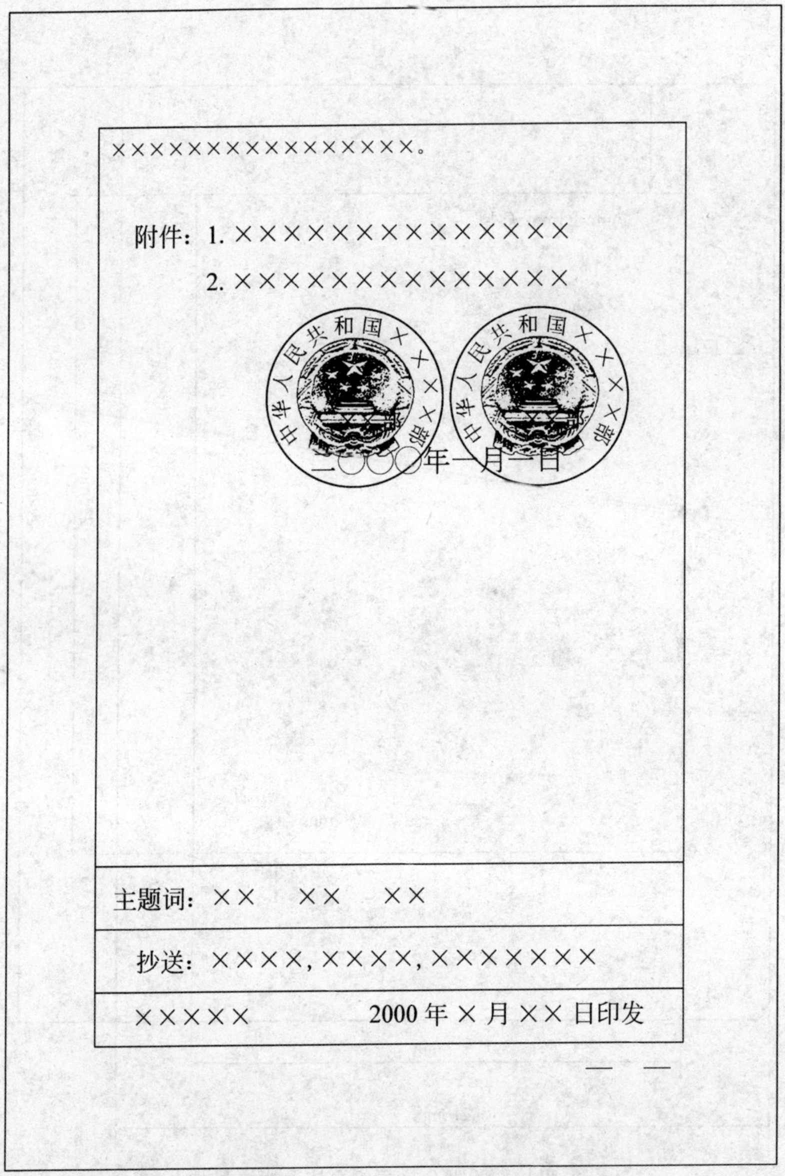

××××××××××××××××。

    附件: 1. ××××××××××××

           2. ××××××××××××

主题词: ××   ××   ××
抄送: ××××, ××××, ×××××××
×××××   2000 年 × 月 ×× 日印发

附图 2 联合行文公文末页版式 1

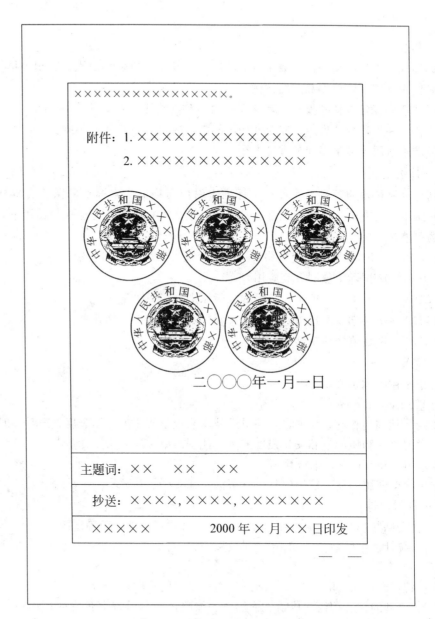

附图 3　联合行文公文末页版式 2

附录三　出版物上数字用法的规定

1　范围

本标准规定了出版物在涉及数字（表示时间、长度、质量、面积、容积等量值和数字代码）时使用汉字和阿拉伯数字的体例。

本标准适用于各级新闻报刊、普及性读物和专业性社会人文科学出版物。

自然科学和工程技术出版物亦应使用本标准，并可制定专业性细则。

本标准不适用于文学书刊和重排古籍。

2　引用标准

下列标准所包含的条文，通过在本标准中引用而构成为本标准的条文。本标准出版时，所示版本均为有效。所有标准都会被修订，使用本标准的各方应探讨使用下列标准最新版本的可能性。

GB/T 7408—94 数据元和交换格式　信息交换　日期和时间表示法

GB 3100—93 国际单位制及其应用

GB 3101—93 有关量、单位和符号的一般原则

GB 7713—87 科学技术报告、学位论文和学术论文的编写格式

GB 8170—87 数值修约规则

3　定义

本标准采用下列定义。

物理量 physical quantity

用于定量地描述物理现象的量，即科学技术领域里使用的表示长度、质量、时间、电流、热力学温度、物质的量和发光强度的量。使用的单位应是法定计量单位。

非物理量 non-physical quantity

日常生活中使用的量，使用的是一般量词。如 30 元、45 天、67 根等。

4　一般原则

4.1　使用阿拉伯数字或是汉字数字，有的情形选择是惟一而确定的。

4.1.1　统计表中的数值，如正负整数、小数、百分比、分数、比例等，必须使用阿拉伯数字。

示例：48　302　−125.03　34.05％　63％～68％　1/4　2/5　1：500

4.1.2　定型的词、词组、成语、惯用语、缩略语或具有修辞色彩的词语中作为语素的数字，必须使用汉字。

示例：一律　一方面　十滴水　二倍体　三叶虫　星期五　四氧化三铁　一〇五九（农药内吸磷）　八国联军　二〇九师　二万五千里长征　四书五经　五四运动　九三学社　十月十七日同盟　路易十六　十月革命　"八五"计划　五省一市　五局三胜制　二八年华　二十挂零　零点方案　零岁教育　白发三千丈　七上八下　不管三七二十一　相差十万八千里　第一书记　第二轻工业局　一机部三所　第三季度　第四方面军　十三届四中全会

4.2　使用阿拉伯数字或是汉字数字，有的情形，如年月日、物理量、非物理量、代码、代号中的数字，目前体例尚不统一。对这种情形，要求凡是可以使用阿拉伯数字而且又很得体的地方，特别是当所表示的数目比较精确时，均应使用阿拉伯数字。遇特殊情形，或者为避免歧解，可以灵活变通，但全篇体例应相对统一。

5　时间（世纪、年代、年、月、日、时刻）

5.1　要求使用阿拉伯数字的情况

5.1.1　公历世纪、年代、年、月、日

示例：公元前 8 世纪　20 世纪 80 年代　公元前 440 年　公元 7 年　1994 年 10 月 1 日

5.1.1.1　年份一般不用简写。如：1990 年不应简做"九〇年"或"90 年"。

5.1.1.2　引文著录、行文注释、表格、索引、年表等，年月日的标记可按 GB/T 7408—94 的 5.2.1.1 中的扩展格式。如：1994 年 9 月 30 日和 1994 年 10 月 1 日可分别写为 1994-09-30 和 1994-10-01，仍读做 1994 年 9 月 30 日、1994 年 10 月 1 日。年月日之间使用半字线"-"。当月和日是个位数时，在十位上加"0"。

5.1.2　时、分、秒

示例：4 时　15 时 40 分（下午 3 点 40 分）　14 时 12 分 36 秒

注：必要时，可按 GB/T 7408—94 的 5.3.1.1 中的扩展格式。该格式采用每日 24 小时计时制，时、分、秒的分隔符为冒号"："。

示例：04：00（4 时）　15：40（15 时 40 分）　14：12：36（14 时 12 分 36 秒）

5.2　要求使用汉字的情况

5.2.1　中国干支纪年和夏历月日

示例：丙寅年十月十五日　腊月二十三日　正月初五　八月十五中秋节

5.2.2　中国清代和清代以前的历史纪年、各民族的非公历纪年

这类纪年不应与公历月日混用，并应采用阿拉伯数字括注公历。

示例：秦文公四十四年（公元前 722 年）　太平天国庚申十年九月二十四日（清咸丰十年九月二十日，公元 1860 年 11 月 2 日）　藏历阳木龙年八月二十六日（1964 年 10 月 1 日）　日本庆应三年（1867 年）

5.2.3　含有月日简称表示事件、节日和其他意义的词组

如果涉及一月、十一月、十二月，应用间隔号"·"将表示月和日的数隔开，并外加引号，避免歧义。涉及其他月份时，不用间隔号，是否使用引号，视事件的知名度而定。

示例 1："一·二八"事变（1 月 28 日）　"一二·九"运动（12 月 9 日）　"一·一七"批示（1 月 17 日）　"一一·一〇"案件（11 月 10 日）

示例 2：五四运动　五卅运动　七七事变　五一国际劳动节　"五二〇"声明　"九一三"事件

6　物理量

物理量量值必须用阿拉伯数字，并正确使用法定计量单位。小学和初中教科书、非专业科技书刊的计量单位可使用中文符号。

示例：8736.80km（8736.80 千米）　600g（600 克）　100～150kg（100～150 千克）　12.5m² （12.5 平方米）　外形尺寸是 400mm×200mm×300mm（400 毫米×200 毫米×300 毫米）　34～39℃（34～39 摄氏度）　0.59A（0.59 安 ［培］）

7 非物理量

7.1 一般情况下应使用阿拉伯数字。

示例：21.35 元　45.6 万元　270 美元　290 亿英镑　48 岁　11 个月　1480 人　4.6 万册　600 幅　550 名

7.2 整数一至十，如果不是出现在具有统计意义的一组数字中，可以用汉字，但要照顾到上下文，求得局部体例上的一致。

示例1：一个人　三本书　四种产品　六条意见　读了十遍　五个百分点

示例2：截至 1984 年 9 月，我国高等学校有新闻系 6 个，新闻专业 7 个，新闻班 1 个，新闻教育专职教员 274 人，在校学生 1561 人。

8 多位整数与小数

8.1 阿拉伯数字书写的多位整数和小数的分节

8.1.1 专业性科技出版物的分节法：从小数点起，向左和向右每三位数字一组，组间空四分之一个汉字（二分之一个阿拉伯数字）的位置。

示例：2748456　3.14159265

8.1.2 非专业性科技出版物如排版留四分空有困难，可仍采用传统的以千分撇"，"分节的办法。小数部分不分节。四位以内的整数也可以不分节。

示例：2，748，456　3.14159265　8703

8.2 阿拉伯数字书写的纯小数必须写出小数点前定位的"0"。小数点是齐底线的黑圆点"．"。

示例：0.46 不得写成 .46 和 0·46

8.3 尾数有多个"0"的整数数值的写法

8.3.1 专业性科技出版物根据 GB 8170—87 关于数值修约的规则处理。

8.3.2 非科技出版物中的数值一般可以"万"、"亿"做单位。

示例：三亿四千五百万可写成 345，000，000，也可写成 34，500 万或 3.45 亿，但一般不得写为 3 亿 4 千 5 百万。

8.4 数值巨大的精确数字，为了便于定位读数或移行，作为特例可以同时使用"亿、万"做单位。

示例：我国 1982 年人口普查人数为 10 亿 817 万 5288 人；1990 年人口普查人数为 11 亿 3368 万 2501 人。

8.5 一个用阿拉伯数字书写的数值应避免断开移行。

8.6 阿拉伯数字书写的数值在表示数值的范围时，使用浪纹式连接号"～"。

示例：150～200 千米　－36～－8℃　2500～3000 元

9 概数和约数

9.1 相邻的两个数字并列连用表示概数，必须使用汉字，连用的两个数字之间不得用顿号"、"隔开。

示例：二三米　一两个小时　三五天　三四个月　十三四吨　一二十个　四十五六岁 七八十种　二三百架次　一千七八百元　五六万套

9.2 带有"几"字的数字表示约数，必须使用汉字。

示例：几千年　十几天　一百几十次　几十万分之一